LES ENFANTS DU SOLEIL

Du même auteur
aux Éditions Stock

LE TOMBEAU DE SAQQARAH.
LA DAME DU NIL.

Pauline Gedge

Les Enfants du Soleil

roman

TRADUIT DE L'ANGLAIS
PAR ANNE LAFLAQUIÈRE

Stock

Titre original :

THE TWELFTH TRANSFORMING

Rappel historique

C'est au XIVe siècle avant J.-C. qu'Amenophis IV devient Pharaon, succédant à son père, Amenophis III, imposant son autorité avec l'aide de sa mère, l'Impératrice Tii.

Peu de temps après son avènement, il instaure le culte d'Aton, dieu du disque solaire, à l'exclusion de tout autre, et principalement d'Amon, dieu officiel de l'Égypte. Prenant alors le nom d'Akhenaton, il convertit sa jeune épouse Nefertiti (qui lui donnera six filles) à ce dieu dont il prétend être l'incarnation terrestre. Défiant les prêtres d'Amon, il fait bâtir une cité à la gloire d'Aton; abandonnant Thèbes, il oblige toute la cour à s'y transporter afin de mieux l'adorer. Sombrant dans une sorte de folie destructrice, il ne réagit ni devant la révolte des tribus frontalières, ni devant l'effroyable sécheresse qui accable l'Égypte.

Incapable de gouverner, et peu de temps avant sa mort, il est contraint de partager le pouvoir avec son frère Smenkhara. Puis après le court règne de Toutankhamon, c'est un homme de guerre, le général Horemheb, ancien précepteur et confident d'Akhenaton, qui rétablira l'Égypte dans toute sa puissance.

Liste des personnages

Amenophis III, *Pharaon d'Égypte (env. 1400-1370 av. J.-C.)*
Tii, *épouse d'Amenophis III*

Tia-Ha Tadoukhipa	*Épouses secondaires d'Amenophis III*
Amenophis IV *(devenu Akhenaton)* Smenkhara	*fils d'Amenophis III et de Tii*

Sitamon, *fille d'Amenophis III et de Tii*
Ay, *frère de Tii*
Tey, *épouse d'Ay*
Nefertiti, *fille d'Ay, épouse d'Akhenaton*
Moutnodjme, *fille d'Ay, épouse d'Horemheb*
Horemheb, *commandant des armées, compagnon de jeunesse d'Akhenaton*

Meritaton Meketaton Ankhesenpaaton Nefer-neferou-Aton-ta-sherit Nefer-neferou-Râ Sotpe-en-Râ	*filles d'Akhenaton et de Nefertiti*
Baketaton Toutankhaton (devenu Toutankhamon)	*enfants d'Akhenaton et de Tii*

Meritaton-ta-sherit, *fille d'Akhenaton et de Meritaton*

Pour mes fils Simon et Roger
avec amour

Première partie

1.

La reine Tii quitta ses appartements, escortée de quatre soldats de la Garde Impériale et de son héraut. Sous le feu cuivré des flambeaux, une haie de sentinelles, cimeterre au flanc, festonna sa marche de pagnes blancs et casques blancs et bleus qui illuminaient d'un éclat frais les peaux sombres. Le long de ses pas s'inclinèrent les lances et les crânes. Le jardin était noir, d'une noirceur suffocante que n'entamait pas la frêle vibration des étoiles piquées très haut dans le ciel du désert. Le petit groupe parcourut vivement les allées, se fit introduire dans les quartiers privés du Pharaon et longea l'enceinte arrière du palais.

Devant les portes monumentales que Pharaon se plaisait souvent à franchir pour flâner dans ses jardins ou contempler les collines du couchant, Tii ordonna à son escorte de l'attendre et s'enfonça dans le vestibule, précédée de son héraut. Elle observa rapidement les fresques murales, dont la profusion effrénée attirait toujours son regard, puis la frise qui courait tout en haut, sous le plafond, et où interminablement se déroulait, gravé à la feuille d'or dans le cèdre odorant, le nom sacré du souverain. *Nebmaetrâ, Le Seigneur de Vérité est Râ.* Il n'existait nul endroit, dans l'immensité du palais, où l'on pût échapper à ces mots.

Tii s'arrêta. Le chambellan du Roi se leva de son siège et mordit la poussière à ses pieds.

– Sourero, veuillez annoncer à Sa Majesté que la Déesse des Deux Terres demande à être reçue, dit le héraut.

Sourero disparut, et quelques instants plus tard s'inclinait devant la Reine, la priant d'entrer. Le héraut s'accroupit sur le sol et Tii s'avança, tandis que les portes se repliaient derrière elle.

Le Pharaon Amenophis III, Seigneur de l'Univers, était assis près de sa couche à pieds de lion, seulement vêtu d'un cache-sexe de lin royal et d'une perruque à bourse bleue surmontée d'un cobra d'or. La douce lueur jaune de lampes innombrables éparpillées sur les trépieds ou les tables basses ruisselait telle une huile précieuse sur ses fortes épaules, le dôme flasque de son ventre, ses cuisses massives et pâles. Aucun fard ne peignait son visage. La mâchoire, jadis vigoureuse et carrée, se noyait dans des plis de peau molle, les joues creuses et tirées dénonçaient les maux de dents et de gencives qui le torturaient sans trêve. Son nez s'était aplati avec l'âge, et seuls le haut front lisse et les yeux noirs qui avaient conservé, même dénudés de leur frange de khôl, leur éclat impérieux, disaient encore quel homme superbe et flamboyant il avait été. Son pied reposait sur un tabouret bas, plante offerte au pinceau du cosméticien, qui la badigeonnait de henné.

Tii regarda vivement autour d'elle. La chambre sentait la sueur rance, le lourd encens syrien, les fleurs fanées. Les mèches des lampes crachaient une fumée grise et suffocante, malgré les soins d'un esclave qui glissait en silence de l'une à l'autre pour les tailler. Et dans l'âcre brouillard tournoyaient gauchement les silhouettes de Bès, dieu d'amour, de musique et de danse, peintes en grandioses dimensions sur les murs, et dont une flamme un peu plus vive faisait jaillir de temps à autre une langue incarnat ou un nombril d'argent, une panse rebondie, des oreilles léonines. La couche était en désordre, semée de feuilles de mandragore et de lotus froissées. Une forme menue, cheveux d'ébène, respirait tranquillement sous le drap, endormie.

– Eh bien, ma Tii, que me vaut l'insigne honneur de cette visite nocturne ? articula Pharaon, dont la voix se perdit d'un écho maussade sous la voûte invisible du plafond. Viens-tu encore m'ensorceler, ô séductrice ? Je me souviens que tu portais une robe bleue et des myosotis dans les cheveux le premier soir où tu es entrée dans cette chambre.

Elle sourit et, s'agenouillant devant lui, lui baisa le pied.

– Les courtisans se pâmeraient d'horreur si j'arborais une tenue aussi démodée aujourd'hui ! le taquina-t-elle. (Elle se redressa, parfaitement calme, devant lui.) Comment se porte mon royal époux en ce jour ?

– Le mieux du monde, ainsi que tu le sais. Ma bouche me tourmente, ma tête éclate et mon dos est au supplice. Toute la journée, les magiciens ont ânonné leurs incantations derrière ma porte, et pour le bien de l'Égypte, hélas, j'ai dû les tolérer. Ces imbéciles ne chantent que pour entendre le son de leur propre voix. Ils viennent enfin de se retirer. Sans doute sont-ils fort affairés à se remplir la panse de bière et à réviser leurs formules magiques. Crois-tu que j'abrite un démon en moi, Tii ?

– Depuis toujours tu as un démon en toi, cher époux. Et tu le sais fort bien. Y a-t-il du vin, dans cette cruche ?

– Non, c'est de l'infusion de mandragore, noire et répugnante, que je me suis moi-même prescrite. J'ai découvert qu'outre ses vertus aphrodisiaques, que nul gamin de douze ans n'ignore, cet ignoble breuvage possède également le pouvoir d'assoupir ma douleur.

Il lui jeta un regard espiègle, et ils rirent tous deux.

– La princesse Tadoukhipa va apporter avec elle Ishtar, de Mitanni, rappela Tii d'un ton léger. La déesse t'a déjà soulagé autrefois, t'en souviens-tu ? Toushratta en était fort heureux.

– Il pouvait l'être, ce gredin ! Je lui ai renvoyé sa précieuse Ishtar enrobée d'une couche d'or, ainsi qu'une montagne de lingots. Et voilà que je vais de nouveau le combler de richesses, en échange de la main de sa fille, cette fois. J'espère que la mignonne vaudra son pesant d'or. (Il retira son pied.) Le henné est sec, tu peux sortir. Toi aussi ! cria-t-il au serviteur des lampes. (Quand les portes se furent refermées en silence, Amenophis reprit d'une voix plus calme :) Eh bien, ma Tii, que me veux-tu ? Je ne pense pas que tu sois venue jusqu'ici pour faire l'amour à un Dieu sénile et obèse aux dents pourries ?

Elle réprima la sourde angoisse que faisait toujours naître en elle ce genre de discours. Car il était subtil et froid, cet homme qui savait, mieux que personne, railler d'un humour implacable les humaines faiblesses et rire de ses propres imperfections. Et à Soleb, en Nubie, ses prêtres le vénéraient jour et nuit de leurs cantiques, et nuit et jour brûlait l'encens, et mille bougies se consumaient devant la statue colossale d'Amenophis, son effigie de Dieu vivant, éternellement jeune et vigoureuse.

– Je désire te parler en privé, Horus. (Elle désigna l'adolescent.) Renvoie-le, je te prie.

Il leva les sourcils. Puis, se hissant hors de son siège, il ouvrit le drap et caressa doucement le flanc nu de l'enfant qui dormait.

– Va-t'en, lui dit-il. La Reine est ici.

Le garçon gémit, se tourna sur le dos et ouvrit de grands yeux sombres cerclés de khôl. A la vue de Tii, il glissa à terre, plia un genou et sans un mot s'éloigna.

– Il est plus âgé qu'il ne paraît, commenta Pharaon, sans aucunement se justifier. Il a treize ans.

Elle s'assit au bord du lit, considéra froidement son époux.

– Tu sais fort bien que tu n'as pas le droit. De toutes les lois antiques, celle-ci est la plus sévère, et celui qui attire une telle malédiction sur sa Maison est puni de mort par les Dieux, ainsi que son amant.

Amenophis haussa les épaules.

– C'est moi qui incarne la loi aujourd'hui. En outre, chère Tii, pourquoi te tourmenter de cette transgression-là ? N'avons-nous pas bafoué, toi et moi, toutes les lois de l'Empire ?

Jusqu'au meurtre, pensa Tii. Elle dit :

– Je ne m'inquiète que des commérages et des superstitions. Tes appétits sont légendaires, et la rumeur qui a enflé au fil des ans a longtemps subjugué tes sujets et tes vassaux étrangers. Mais ce que tu fais là... Ce que tu fais là ne suscite que murmures malveillants et recours aux exorcismes. L'hostilité commence à poindre là où régnaient l'adoration et la crainte.

– Que m'importe ? Ne suis-je pas le Dieu vivant, tout-puissant ? Je parle, et les hommes vivent ou meurent. J'agis comme bon me semble. Et toi, Déesse à la Double Plume, toi la Sphinge royale à seins et griffes, pourquoi considères-tu d'un œil si sévère un si modeste écart de conduite ?

– Ni sévère, ni indulgent, mon époux. Je t'informe simplement de l'humeur de ton peuple. Car si les courtisans ne disent mot, tous les autres murmurent.

– Qu'ils aillent au diable. (Il grimpa sur la couche et s'adossa, le souffle court.) J'ai fait de toi l'image de l'homme que j'aurais pu être. Je n'ai pas voulu être cet homme. Et tu gouvernes, pendant que je poursuis... quelque chose. Quelque chose que je cherche depuis longtemps, et n'ai pas encore trouvé. L'immortalité dans une carafe de vin, peut-être. La fertilité tapie dans un ventre de femme. L'essence de ma propre virilité dans cet adolescent. Personne ne détient le secret – quel qu'il soit. Ni les Dieux, ni l'Égypte.

- Je sais, répondit-elle tout bas, et il lui sourit.

Ils se dévisagèrent tendrement, unis à cet instant par des années d'intimité profonde. Pour elle, aucun être n'était plus précieux que cet homme fantasque et déroutant, dont se dégradait irrémédiablement l'enveloppe charnelle, cet homme qu'elle aimerait toujours. Elle soupira et lui tendit la coupe de mandragore. Elle choisit soigneusement ses mots.

– Le Fils d'Apou est mort depuis longtemps, dit-elle.

Il but, fit la grimace et se mit à rire.

– La seule mort qui m'ait jamais réellement ému. Il était déjà si vieux quand je suis monté sur le trône! Je croyais qu'il avait obligé les Dieux à le rendre immortel. Il avait survécu à deux Pharaons avant moi. Et aucun oracle n'avait eu en Égypte, depuis l'aube des temps, de telles visions, de tels rêves...

– Un simple paysan né dans une masure du Delta. De quel endroit, dis-moi, intervenait-il sur des questions aussi graves que celles de la succession au trône d'Égypte?

– Il était Oracle du Sphinx et Prophète d'Amon. En outre, ses prédictions se sont réalisées pendant près de quatre-vingts ans.

– Toutes sauf une, Amenophis.

Pharaon crispa les lèvres et s'agita sur les feuilles flétries, les pétales en décomposition.

– Je suis en danger de mort. Alors non, avant que tu ne me le demandes, jamais je ne délivrerai cet enfant!

– Pourquoi ne l'appelles-tu pas ton fils?

– Mon fils est mort, fit-il d'un ton sec. Touthmôsis le chasseur, l'adolescent superbe qui savait si bien manier le sabre. Cette roue de chariot qui s'est brisée, il y a neuf ans, a anéanti en le tuant tout espoir de succession directe en Égypte.

– Homme entêté, tu t'obstines à vénérer ce qui aurait pu être, lui dit-elle avec autant de calme qu'elle put, sachant que la moindre nuance d'aigreur dans sa voix susciterait le mépris courroucé de son époux. Cela ne te ressemble pourtant guère de garder rancune au destin. A moins que ce ne soit au Fils d'Apou que tu en veuilles encore, de n'avoir pas su prédire la mort de Touthmôsis? (Elle se pencha vers lui.) Amenophis, pourquoi ton chagrin ne peut-il s'apaiser? Pourquoi ne pas reconnaître que ce garçon qui est enfermé au Harem est ton fils autant que le mien, qu'il est le dernier mâle de notre lignée, et qu'il a droit au trône d'Égypte après ta mort?

Il étreignait la coupe dans ses deux mains, paupières baissées.

– J'ai voulu le tuer lorsque l'Oracle m'a dit ce qu'il voyait dans la coupe d'Anubis. Ce jour est une brûlure dans ma mémoire, Tii. Je sens encore le parfum des fleurs de lotus humides sous mon trône. Je revois Apou, debout à mes pieds, l'Œil d'Horus étincelant sur sa poitrine. J'ai eu très peur. Apou me conseillait de faire étrangler l'enfant, et j'en avais déjà donné l'ordre, mais soudain j'ai faibli. Comment ce nourrisson, ce vermisseau âgé de trois jours à peine, ai-je pensé, pourrait-il jamais me faire du mal ? Apou protestait : « J'ai examiné par deux fois la coupe, me disait-il, et j'ai lu les présages. Cet enfant te tuera, ô Puissant Taureau. » (Il palpa délicatement ses joues et grimaça.) Mais je me suis laissé attendrir. Je l'ai fait enfermer au Harem.

– Où il a été en sécurité... jusqu'à la mort de Touthmôsis.

Amenophis plissa le front. Il posa la coupe sur la table de chevet et laissa pendre ses jambes au bord de la couche. Tii sentit sa cuisse douce glisser contre la sienne.

– J'ai toujours su que c'était toi qui avais déjoué cette tentative, murmura-t-il, les yeux très vifs soudain. Mais en dépit de tous leurs efforts, mes espions n'ont jamais pu m'en apporter la preuve. De même que je n'ai pu savoir si tu avais ou non empoisonné Nebet-nouhe.

Elle ne broncha pas, déclara simplement :

– J'ai compris ton affolement à la mort de Touthmôsis. Le Fils d'Apou avait réussi à te convaincre que cette mort était un complot fomenté par un enfant de dix ans qui n'avait jamais mis un pied hors du Harem, dont on changeait les gardes chaque semaine, et à qui on interdisait de fréquenter un seul ami de son sexe ! Mais il n'y a jamais eu conspiration, je te l'assure. Apou voulait seulement affermir le pouvoir qu'il avait sur toi.

– Non. Il tentait une fois encore de m'inciter à faire ce à quoi j'avais eu la faiblesse de renoncer autrefois.

Tii posa la tête contre le bras de son époux.

– Si tu avais vraiment voulu tuer ton fils, tu aurais poursuivi tes efforts. Mais au plus profond de ton cœur, ô Dieu d'Égypte, et quelque mépris que tu aies pour cet enfant, tu reconnais en lui ta propre chair. Il sera couronné Roi à ta mort, et j'aimerais mieux que tu le proclames dès maintenant Prince Héritier et que tu l'envoies faire son initiation à Memphis que d'avoir à arbitrer les conflits qui ne manqueront pas d'éclater si tu meurs sans héritier officiel. Si nous l'avions marié à sa sœur dès que Touthmôsis a été embaumé, ta succession serait assurée à présent, et j'aurais l'âme en paix.

Il ne bougeait plus. Seul son souffle court et douloureux troublait l'épaisse quiétude de la chambre. Quelque part dans l'ombre, une mèche grésilla puis s'éteignit, et l'écœurante fadeur de l'huile parfumée s'intensifia.

– Je désirais Sitamon. Et je l'ai prise. A seize ans, elle était déjà trop superbe pour que même son père pût y résister.

– Nous n'avons plus aujourd'hui de fille à marier. Il ne nous reste qu'un seul fils, et tes jours sont comptés, mon époux.

Il tendit la main, lui caressa le visage.

– Je t'ai appris à mentir avec aisance à tous sauf à moi, murmura-t-il. Mais ta franchise est parfois terrifiante. Pourtant je ne me berce pas d'illusions. Supposons que j'ordonne la libération de cet... cet eunuque efféminé que j'ai engendré, supposons que le Fils d'Apou ait dit la vérité, et qu'il profite de sa liberté pour m'assassiner ?

– Eh bien, rétorqua-t-elle plaisamment, misant sur le singulier humour de son époux, tu aurais alors la satisfaction de savoir que l'Oracle avait raison. En outre, si par quelque épouvantable hasard, le Prince parvenait à t'occire, les Dieux t'accueilleraient un peu plus tôt dans la Barque de Râ, rien de plus! Et Amenophis sera Pharaon, que tu le veuilles ou non.

– A moins que je ne le fasse exécuter sur-le-champ, afin de mettre un terme une fois pour toutes à cette querelle.

Il dit ces mots d'un air d'indifférence polie, sereine et Tii se demanda s'il était véritablement courroucé ou désirait simplement lui rappeler, à son ironique et féroce manière, qu'il restait le maître absolu du jeu.

– Parfait, fit-elle d'un ton enjoué, les mains soudain de glace. Ordonne, Pharaon, et je veillerai moi-même à ce que tu sois obéi. Je connais mon devoir. Ainsi, lorsque tu partiras pour le Royaume du Couchant, je me retirerai dans mes terres, la conscience en repos. Que m'importera alors que ta succession soit abandonnée aux mains d'hommes de peu de valeur, qui noieront l'Égypte dans un bain de sang pour grimper sur le trône d'Horus ? Que m'importera que le Puissant Taureau n'ait laissé derrière lui nulle semence royale ?

Il scruta un long moment son visage, puis hocha lentement la tête.

– L'argument suprême, grommela-t-il. Maintenant, mon arrogante Tii, enfin je t'écoute. Ne m'enfonce plus le visage dans l'amère défaite de mon orgueil. Car par la mort de Touthmôsis, les Dieux m'ont fait cruellement payer la richesse et le pouvoir qui sont miens depuis ma naissance. (Il eut un pâle sourire.) Je reconnais mes torts. Fais délivrer ton fils. J'ai tout connu, tout possédé, et que ce soit de maladie ou sous le poignard d'un assassin, il faut bien que j'en finisse un jour. Je peux au moins éviter qu'une meute de chacals ne t'aboie en pleine face si je meurs sans désigner mon successeur. Mais renonce à lui donner Sitamon. J'ai besoin d'elle.

Soulagée, sans énergie soudain, elle lâcha maladroitement :

– J'ai pensé à Nefertiti.

Il eut alors un rire effrayant. Se tournant vers elle, il lui empoigna le cou et le pétrit sans douceur entre ses doigts. La chaîne du sphinx qui ornait la poitrine de Tii lui mordait cruellement la peau, mais elle s'efforça de rester tranquille.

– Une vieille tradition familiale, grogna-t-il, le souffle rauque. (Il la secouait, précisant son étreinte.) Une fois encore, tu tiens à ce que le trône reste aux mains de votre bande d'aventuriers du Mitanni, n'est-ce pas, ma Tii ? Car c'est bien ce que vous êtes, toi et les tiens. De loyaux serviteurs de la couronne, méritants et fidèles, mais gare au Pharaon qui tombe entre vos griffes!

– Depuis trois générations, ma famille sert l'Égypte. Tu es injuste, Horus, parvint-elle à articuler. Mon père ne t'a pas forcé à m'élever au rang d'Impératrice. Il n'en avait pas le pouvoir. C'est toi qui l'as voulu.

Soudain il la délivra, et elle tenta de reprendre calmement son souffle.

– J'aimais Youya ton père. J'avais confiance en lui. Tout comme je t'aime et te fais confiance, Tii. C'est la douleur. Parfois elle est insoutenable. Essence de girofle, casse, mandragore, rien ne me soulage vraiment.

– Je sais, dit-elle. (Elle se leva, se coula entre ses jambes, posa les mains sur ses épaules.) Il n'y a que ceci.

Elle l'embrassa. Avec un soupir, il l'attira sur son genou, et sa bouche chercha goulûment le mamelon coloré de son sein. Tant de choses ont changé, Amenophis, pensa-t-elle, un instant abandonnée à son plaisir, mais cela non. En dépit de tout, je t'aime toujours et te vénère.

– Nefertiti ? insista-t-elle tout bas.

Puis elle cria, car il la mordait.

– Si tu veux, répondit-il, frémissant et joyeux.

Il lui arracha sa perruque et plongea les deux mains dans ses longues boucles.

Peu avant l'aube, il s'endormit paisiblement, délivré pour quelques heures de sa souffrance. Elle eut envie de rester un peu près de lui, bercer son sommeil d'une mélopée tendre mais, se ravisant, elle saisit sa perruque, agrafa le sphinx sur sa gorge meurtrie et sortit en silence. Héraut et chambellan dormaient dans le couloir, l'un plié sur son siège, l'autre blotti contre le mur. Les flambeaux ne brûlaient plus et les gardes avaient changé. Dans l'éphémère fraîcheur de cette fin de nuit d'été se faufilait une pâle lueur grise. Comme Tii s'apprêtait à réveiller le héraut du bout de sa sandale, il y eut un froissement derrière elle. Elle se retourna.

Sitamon était apparue dans le vestibule, timide, enveloppée de lin blanc, une courte cape de gaze plissée drapant ses fines épaules. Ses cheveux bruns moussaient autour de son visage, cerclés d'un bandeau d'argent. Des amulettes précieuses enserraient ses bras, et pendillaient entre ses seins des scarabées et des sphinx d'argent. Tii eut un instant l'impression de contempler une vision lointaine d'elle-même, et se sentit glacée par le souvenir douloureux de ce qui avait été et ne serait jamais plus. Puis, infiniment lasse et comblée, elle s'avança vers sa fille.

– Il n'a plus besoin de toi, Sitamon, prononça-t-elle d'une voix si ferme que son héraut bondit aussitôt sur ses pieds. Il s'est endormi.

La jeune fille ne répondit pas à son sourire. Elle fit une raide révérence, puis disparut dans les ombres somnolentes du corridor.

De retour dans ses appartements, la Reine déjeuna au son des luths et des harpes qui l'éveillaient chaque matin. Après avoir expédié les affaires courantes en compagnie de son scribe Neb-Amon, elle se fit laver, puis vêtir de lin frais, et convoqua son héraut.

– Rassemble mon escorte, dit-elle. Nous allons au Harem.

Elle déboucha sur la terrasse du palais, flanquée de ses porteurs d'éventail et de chasse-mouches. Plusieurs soldats ouvraient et fermaient la marche. Bien qu'il fût tôt encore, l'avant-cour fourmillait de bambins pataugeant dans les fontaines, d'esclaves et de serviteurs qui, la voyant passer, s'aplatirent par vagues sur le sol. La vaste cour pavée qui menait à la salle d'audience d'Amenophis bruissait pareillement d'émissaires étrangers et d'ambassadeurs qui attendaient d'être reçus par Pharaon ou ses ministres. Ils se courbèrent devant les pas de la Reine. Mais dès qu'eurent claqué dans son dos les portails farouches du Harem, le bourdonnement s'apaisa. L'escorte s'enfonça dans le vestibule à colonnes du Quartier des Femmes, où apparut Kherouef, Grand Chambellan de la Reine et Surintendant du Harem Royal. Tii lui tendit une main.

– Tu vas devoir préparer un appartement et acheter des esclaves, dit-elle. (Il lui baisa le bout des doigts.) La princesse Tadoukhipa arrive de Mitanni dans quelques jours.

Kherouef sourit poliment.

– Voilà qui réjouira la princesse Giloukhipa, Majesté. Depuis le meurtre de son père et l'accession de son frère au pouvoir, elle attend avec impatience des nouvelles de son pays.

– Giloukhipa est épouse royale depuis presque aussi longtemps que moi. Je ne comprends pas la nostalgie qu'elle éprouve encore pour cette contrée barbare! Mais je ne suis pas venue discuter des épouses mitaniennes de Pharaon. Je désire rencontrer le Prince.

– Il vient de se lever et se trouve dans le jardin, près du lac, Majesté.

– Bien. Veille à ce que personne ne nous dérange.

Seule, Tii longea le corridor délicatement aéré, dont toutes les portes étaient ouvertes. Elle entrevit les parloirs où les femmes recevaient leur chambellan et les membres de leur famille, les petits salons plus intimes où elles s'assemblaient autour des braseros, les soirs d'hiver, pour bavarder. Elle croisa d'autres couloirs, où s'alignaient les déesses de granit, Mout, Hathor, Sekhmet et Ta-Ourt, aux pieds desquelles les femmes venaient consumer l'encens et prier, debout, pour que jamais ne s'altèrent leur beauté et leur jeunesse, la fécondité de leur ventre et la santé de leurs enfants. Ceux-là menaient aux appartements des épouses royales, groupés dans la même résidence, au cœur du gynécée. Les logements des concubines étaient dispersés dans tout le Harem.

Tii se sentit peu à peu oppressée par l'insolite touffeur qui imprégnait dans ses moindres recoins la Maison des Femmes. Rires et babils stridents se répercutant sur les murailles. Cliquetis des anneaux de cheville, des bijoux d'argent. Éclairs de lin jaunes, écarlates ou bleus voletant au détour des couloirs. Elle entendit gémir un enfant malade, et une boucle d'encens lui vint en plein visage d'une porte entrouverte, portée par le rythme mélodieux d'une prière étrangère, syrienne peut-être, ou babylonienne. Plus loin, un corps nu, bras étirés, et la plainte d'un pipeau.

Comme je hais ce Harem, songea-t-elle pour la millième fois, tandis qu'elle débouchait dans l'éblouissante clarté du jardin et se dirigeait vers le lac. Elle se souvint. Petite épouse royale de douze ans, sauvage et volontaire, elle avait connu là les mois les plus angoissants de son existence. Sa mère Touyou, Ornement Royal et Supérieure du Harem, qui commandait ses femmes tel un capitaine sa troupe, au fouet et à la voix, avait horreur de la voir caracoler à l'aube sur les pelouses, nue et sans fards, tandis que les autres jeunes filles dormaient encore sur leurs rêves parfumés. Si Amenophis ne m'avait pas aimée, songea-t-elle encore, c'est le poison que j'aurais choisi pour mourir.

Elle aperçut enfin son fils, assis en tailleur sur une natte de papyrus, au bord de l'eau, à l'ombre d'un petit dais. Il était seul et immobile, mains nichées au creux d'un pagne blanc, le regard noyé dans les scintillements mouvants du lac. Fuyant l'ombre mouchetée d'un bosquet d'arbres, il avait fait dresser son parasol sous le plein soleil. Il ne leva les yeux que lorsqu'elle fut tout près. Alors il se dressa, se prosterna dans l'herbe puis se rassit, jambes croisées.

Elle s'installa gracieusement près de lui. Il ne la regardait pas, comme absorbé dans la calme contemplation de l'eau. Cette froideur indolente et passive qu'elle lui connaissait depuis toujours, elle ignorait encore, au bout de dix-neuf ans, si elle était la marque d'une extrême arrogance, d'une résignation stoïque au destin qui lui était imposé, ou d'une sincère candeur. Les femmes du Harem manifestaient à son égard, elle le savait, un mélange de tendresse et de dédain, comme s'il se fût agi d'un petit animal indésirable, et Tii s'était souvent demandé, au fil de toutes ces années, si son époux avait conscience de la lente corruption qui pouvait ronger, dans une telle atmosphère, l'âme d'un adolescent. Il savait, bien sûr. Rien de ce qui concernait la dégradation d'un être humain ne lui était étranger.

– Amenophis ?

Lentement il tourna vers elle un doux regard liquide. Ses lèvres charnues dessinèrent un sourire qui accentua cruellement la ligne trop longue d'un menton saillant. Il était laid. Seul le fin nez aquilin sauvait ce visage d'une irrémédiable disgrâce.

– Mère ? Tu sembles lasse aujourd'hui. Tout le monde semble très las. (Sa voix, légère et haut perchée, était celle d'un enfant.) Ce doit être la chaleur.

Elle hésita un instant, puis elle dit :

– Depuis des années, je rêve de t'annoncer cette nouvelle. Ordonne à ton chambellan et à tes domestiques de rassembler tes objets personnels. Tu quittes le Harem.

Il ne cessa pas de sourire, mais les longs doigts bruns froissèrent le lin du pagne.

– Pour aller où ?

– A Memphis. Où tu seras ordonné Grand Prêtre de Ptah.

– Pharaon est mort ? (Il s'informait, sans plus.)

– Non. Mais il est très malade, et te nomme son héritier.

– Il est donc mourant... (Ses yeux se perdirent dans l'azur.) Memphis est tout près des temples d'On, n'est-ce pas ?

– Tout près, oui. Tu verras les grandioses tombeaux de tes ancêtres, la nécropole de Saqqarah et Memphis, bien sûr, qui est un pur joyau. Tu logeras dans le palais d'été de Pharaon. Cela te plaît-il ?

– Certainement. Puis-je emmener mes musiciens et mes animaux ?

– Tout ce que tu voudras. Il reste une question à régler. Tu n'ignores pas qu'en tant que futur Horus d'Égypte, tu dois choisir une épouse.

Elle le sentit enfin un peu ému. Il tourna vivement la tête et ses yeux scintillèrent.

– Je peux prendre Sitamon ?

– Non. Pharaon tient à la garder auprès de lui.

– Mais elle est ma sœur, et de sang royal !

Il fronça les lèvres, plissa le front. Elle ne sut s'il était soulagé ou déçu.

– Mon fils, le temps est révolu où un homme accédait au trône en épousant une princesse de sang royal. Aujourd'hui, c'est Pharaon qui choisit son successeur, ou l'Oracle d'Amon.

L'adolescent grimaça un rictus.

– Je suis bien le dernier qu'aurait élu le Fils d'Apou ! Je me réjouis qu'il soit mort. Comme je le haïssais ! C'est toi, Mère, qui as obtenu de Pharaon qu'il me nomme Héritier, n'est-ce pas ?

Lentement il leva les bras, effleura d'une main pensive les oreillons de son casque de cuir blanc.

– Je veux Nefertiti.

Tii fut prise de court.

– C'est à elle aussi que je pensais, dit-elle. Ta cousine sera pour toi une bonne épouse.

– Elle vient me rendre visite parfois, avec les babouins de mon oncle. Elle m'apporte des papyrus de la Bibliothèque, et nous parlons des dieux.

– C'est fort aimable à elle, répondit Tii, surprise de découvrir en sa nièce un être moins futile qu'elle ne le pensait jusqu'alors. Tu serviras donc à Memphis pendant un an. Après quoi tu reviendras à Thèbes, où tu pourras prendre épouse et faire bâtir ton propre palais. Je t'aiderai, Amenophis. Les choses ne seront pas très faciles pour toi, après une si longue captivité.

Il lui prit la main.

– Je t'aime tant, Mère. Et c'est à toi que je dois ce bonheur. (Il lui caressa tendrement le poignet.) Pharaon désire-t-il me voir avant mon départ ?

– Je ne pense pas. Sa santé est précaire.

– Mais sa crainte de moi toujours aussi vivace ! Qu'il en soit ainsi. Quand dois-je partir ?

– Dans quelques jours. (Ils se levèrent, et elle posa un baiser sur la joue lisse de son fils.) Le prince Amenophis ne désire-t-il pas commencer à choisir son propre harem ?

– Plus tard, déclara-t-il, solennel. J'aurai fort à faire à Memphis.

– Comme tu voudras. Je te laisse donner tes ordres, donc. Que ton Nom vive éternellement, Amenophis.

Il s'inclina. Lorsqu'elle se retourna, quelques pas plus loin, il se tenait à l'endroit où elle l'avait laissé. Son expression était indéchiffrable.

Avant d'entreprendre les tâches officielles de l'après-midi, la Reine dépêcha un message à son frère Ay, le priant de l'attendre chez lui. Elle présida fébrilement à deux audiences, puis écouta le rapport quotidien du Trésorier en Chef. Et avant même que le dernier ministre se fût retiré de la salle de travail, elle jaillissait de son trône et commandait sa litière.

Ay l'accueillit devant sa résidence, située non loin du palais, sur la route qui longe le fleuve. Il s'agenouilla dans l'herbe et lui baisa les pieds, puis il la conduisit jusqu'au fauteuil préparé pour elle et s'assit à son tour.

– J'ai l'air fatiguée, je sais. (Elle sourit.) Je n'ai guère dormi la nuit dernière. Mais je vais boire un peu de vin et me détendre ici avec toi. La maison ne change pas, Ay. Les fleurs que j'aimais autrefois, les mêmes vieux arbres tout tordus... Nous avons résolu ici bien des mystères, toi et moi, t'en souviens-tu ?

Sur un geste du maître des lieux, un serviteur vint remplir la coupe de Tii et s'éloigna.

– Dois-je déduire de la belle humeur de ma Reine qu'elle a trouvé Pharaon dans de bonnes dispositions ?

Elle posa la coupe sur la table et le regarda dans les yeux.

– J'ai réussi. Il accepte de délivrer le Prince. J'ai vaincu enfin le Fils d'Apou, que Sebek broie ses os! Tant de courtisans le croyaient immortel et protégé des dieux...

Ay saisit son chasse-mouches incrusté de gemmes.

– Nous avons longtemps cherché le moyen de leur prouver le contraire, murmura-t-il sèchement. Quand ton fils sera-t-il libéré ?

– Le plus tôt possible. Je désire que tu tiennes à sa disposition un détachement de la Division de Ptah, qui l'escortera jusqu'à Memphis dès que j'en aurai donné l'ordre. Je pense que tu peux en confier le commandement à Horemheb. Il est jeune, mais il connaît son métier.

– Et il sera certainement ravi de retourner à Memphis. Qui ne le serait ? Thèbes est devenu un taudis puant, infesté de mendiants et de voleurs. Fort bien, Tii, je rassemble mes hommes. Et tu m'en vois très heureux. Le monde se réjouit de rendre hommage à ton fils.

– Que les Dieux le favorisent pour toutes ces années perdues, ajouta-t-elle tout bas. Pharaon accepte également de marier Amenophis et Nefertiti. Il ne lâchera pas Sitamon. Mais peu importe. J'ai tenu mes promesses envers notre famille en affirmant notre influence, et ta fille et mon fils feront de même. Nous n'avons pas trop mal réussi, qu'en dis-tu, pour de modestes descendants d'un mercenaire *maryannou*...

Ils furent un long moment sans dire un mot. Puis Ay prit la parole.

– Nefertiti est boudeuse, impatiente et obstinée comme une mule. Mais elle est si belle que nul ne voit ses défauts, et tous s'inclinent devant ses caprices : nourrices, précepteurs, et jusqu'à mes propres officiers de cavalerie ! J'ignore si elle a de l'ambition. A dix-huit ans, elle me reproche de n'être pas encore mariée et mère de famille.

– Tu peux lui annoncer qu'elle le sera bientôt. Quant à n'en faire qu'à sa tête, il faudra qu'elle change de ton lorsqu'elle vivra au palais.

– N'y compte pas. Elle est ma fille et je l'aime tendrement, mais je ne suis pas aveugle. Si sa mère avait vécu, peut-être, ou si j'avais eu plus de temps pour m'occuper de son éducation, si ma chère Tey avait accepté d'élever mes deux filles ici, avec moi...

– C'est sans importance, coupa Tii. Les défauts d'une reine s'estompent sous les fards, les bijoux et le protocole. (Elle souleva l'étoffe humide qui collait à sa peau et s'éventa.) Si Isis ne daigne pas bientôt verser quelques pleurs, je vais mourir de chaleur !

Un doux claquement de pieds nus sur la mosaïque de la terrasse l'interrompit. Moutnodjme, fille cadette d'Ay et demi-sœur de Nefertiti, se dirigeait nonchalamment vers eux, nue, arborant pour toute parure un collier d'or et un ruban écarlate tressé dans sa mèche d'enfant. Elle balançait au bout des doigts une grappe de raisin noir, de l'autre main tenait un petit fouet. Sur ses talons trottinaient deux nains, nus aussi, qui traînaient des serviettes de bain et un éventail en plumes d'autruche rouges. Dès qu'ils virent la Reine, ils entreprirent de se quereller en prenant des mines grotesques. Moutnodjme se prosterna devant sa tante, puis alla planter un désinvolte baiser sur la joue d'Ay.

– Le jour est déjà bien avancé, gronda Tii, remarquant les paupières bouffies de la jeune fille. Aurais-tu dormi toute la matinée ?

Moutnodjme mordit dans la grappe de raisin, puis essuya du dos de la main le jus qui perlait au coin de ses lèvres.

– May et Werel ont donné une fête hier soir. Nous avons fait ensuite une promenade en barque sur le fleuve, puis nous avons pris des flambeaux et des litières et nous avons flâné dans les rues de Thèbes. L'aube est apparue sans que je m'en rende compte. (Elle mastiqua, l'air rêveur.) J'ai remarqué que les putains, devant les bordels, portaient des colliers de perles d'argile minuscules et multicolores. Ils vont faire fureur dans peu de temps au palais, je le sens. Je dois en commander sans plus tarder. Comment se porte mon Impériale Tante ?

– Fort bien, répondit Tii, réprimant un sourire.

– Grand bonheur pour l'Égypte, donc. Je vais me baigner avant que ma peau ne se tanne comme du vieux cuir dans cette fournaise. Râ est impitoyable cet été !

Elle jeta le raisin sur la table, fouetta languissamment ses nains et s'éloigna dans l'aveuglante lumière, et les muscles de ses cuisses ruisselaient sous le creux parfait de ses hanches.

– Je plains l'homme qui épousera celle-là, commenta la Reine. Il lui faudra une poigne solide... Horemheb, peut-être...

Elle observa les babouins accroupis dans l'herbe sèche, au fond du jardin, qui pépiaient et bâillaient, se grattaient sous les pierres précieuses de leur collier.

– Mais si Nefertiti venait à disparaître avant que ne soit scellé le contrat de mariage, reprit-elle, je préférerais voir mon fils épouser Moutnodjme plutôt que Sitamon... Mais attendons, et sans trop d'inquiétude. J'aimerais que tu persuades ta fille de couper sa tresse d'enfant et de laisser pousser ses cheveux. Cela fait bien quatre ans qu'elle est femme, maintenant.

Ay eut un sourire désabusé.

– Je renonce à me bagarrer avec elle à ce sujet. Moutnodjme, vois-tu, aime être différente, elle aime choquer ses inférieurs, émoustiller les gens de son rang. C'est elle qui fait la mode, à Thèbes.

– Tant qu'elle ne s'occupe que de cela, elle ne joue pas à des jeux plus dangereux.

Tii se leva, frappa dans ses mains, et Ay se redressa aussitôt, tandis qu'une nuée de domestiques jaillissait de la calme pénombre de la maison. La Reine tendit les deux mains aux lèvres de son frère.

– Je t'enverrai Kherouef dès que je serai prête. Que ton Nom vive éternellement.

2.

Les ordres de Tii balayèrent le palais et les casernes tel un vent furieux venu du désert, et trois jours plus tard, le jeune Amenophis s'embarquait pour Memphis dans le faste et l'apparat dignes d'un futur Dieu d'Égypte. Les eaux du fleuve avaient légèrement grossi, et la foule s'était attroupée le long des berges afin d'entrevoir ce Prince qui allait paraître enfin, semblable à une rumeur incarnée. Tii présidait à la cérémonie sur son trône d'ébène, à l'ombre d'un baldaquin précieux. Les éventails ondulaient mollement devant elle. A son côté siégeait Sitamon, de lin jaune gainée, et le plumeau de sa couronne de Première Épouse vibrait au rythme de sa poitrine. Ay faisait les cent pas entre la Barque d'État et ses soldats figés, ruisselants de sueur. Emmaillotée de lin blanc et peinte de fards épais, Moutnodjme agitait mornement son fouet sous les palmes, tandis que ses nains haletaient à ses pieds.

Un petit groupe de prêtres de Karnak conduits par Simout, Deuxième Prophète d'Amon, préparaient sistres et encens afin d'escorter le Prince de leurs prières. Tii eut envie soudain de revoir son frère Anon, qui avait occupé avant Simout l'office sacré. Une année seulement s'était écoulée depuis que les fièvres l'avaient ravi à sa tendresse. Elle arracha le chasse-mouches des mains de son esclave et fébrilement délogea les insectes qui rampaient dans son cou et s'en venaient sucer le sel autour de sa bouche et de ses yeux ourlés de khôl.

Un bourdonnement avide enfin, suivi d'un lourd silence. L'escorte princière approchait. Horemheb se précipita vers le trône et, s'agenouillant, baisa les pieds de la Reine.

– La responsabilité que je te confie est immense, Horemheb. (De la main elle lui ordonna de se relever.) Je veux que tu m'envoies régulièrement des rapports clairs et précis.

Il inclina la tête, ne répondit pas.

Se tournant vers son fils, Tii se leva et descendit les marches du trône. Ce fut alors qu'elle remarqua Nefertiti au côté du Prince, longue et délicate dans un fourreau de lin jaune. Les boucles de sa perruque cascadaient jusqu'au creux de ses reins, tressées de myosotis de lapis-lazuli. La couleur des Dieux. Surprise, la Reine enlaça son fils.

– Donne-moi de tes nouvelles aussi souvent que possible.

Il appuya la tête contre sa joue, et comme il s'écartait, sourire aux lèvres, elle vit son regard voler au loin derrière elle, en direction du palais. Un masque figea aussitôt le long visage olivâtre, qui se détourna brusquement. Tii jeta un regard en arrière. A l'abri d'une colonne de la grande salle des fêtes, et flanqué d'un seul serviteur, son époux observait la scène.

Un murmure stupéfait monta soudain de la foule. Tii se retourna. Le Prince posait les lèvres sur la bouche écarlate de Nefertiti.

– Que vive éternellement ton Nom, cousine, déclara-t-il bien haut. (Il taquina un instant l'une de ses chatoyantes boucles, tandis qu'elle souriait, plissant les yeux sous le soleil.) Viens me rendre visite, si ton père le permet. Nos conversations me manqueront.

Outrée, Tii décocha un regard furieux à son frère.

– Que la plante de tes pieds te mène avec vigueur, Prince, lança hardiment l'adolescente.

Le Prince gravit la passerelle et disparut dans l'ombre de la cabine. Horemheb hurla un ordre. Les tentures se déployèrent. Simout entonna les incantations. L'encens se déroula et les soldats prirent position le long du parapet. Les avirons se dressèrent, le maître d'équipage donna de la voix pour rythmer la cadence, et la Cange Royale où ondoyaient de petits pennons bleus et blancs s'éloigna gracieusement des berges, puis traversa le bassin qui menait au fleuve.

Tii étreignait avec force son chasse-mouches, dont elle mourait d'envie de cingler le beau petit visage de fleur de sa nièce. Comme celle-ci s'apprêtait à s'éloigner, elle lui jeta vivement :

– Nefertiti, fais rassembler tes objets personnels et emménage dans mon palais dès que possible. Laisse tes esclaves à ton père, renvoie-les à Akhmin ou vends-les, peu importe. Je t'en donnerai d'autres. Il est temps que tu apprennes à te comporter en épouse, et que tu cesses de minauder à la façon d'une concubine!

– Je ne suis encore ni l'une ni l'autre, Majesté, répliqua Nefertiti, nullement intimidée. Amenophis m'a baisé les lèvres. Je ne lui ai pas rendu son baiser.

– Ignores-tu que tu aurais dû reculer d'un pas et poser un genou en terre, afin d'exprimer que tu étais à la fois honorée de cette attention et confuse que ce geste ait eu lieu en public? A quoi pensais-tu donc?

– Je connais mon devoir, mais mon cousin m'a surprise... (Puis elle ajouta :) Il m'a témoigné une grande faveur, dont je suis très honorée.

Les prêtres avaient atteint la berge du lac, et Simout éparpillait des fleurs dans l'eau. La foule se dispersait. Moutnodjme, qui s'était approchée de la Reine, ne perdait pas une miette de l'escarmouche.

– Tu peux l'être, en effet, concéda Tii de mauvaise grâce. Oublions l'incident. Tu dois commencer à assumer tes charges de Princesse, Nefertiti. Les émissaires de cet ambitieux prince des Hittites sont arrivés hier, et Pharaon organise ce soir une réception en leur honneur. Je tiens à ce que vous assistiez toutes deux à cette soirée. Je regrette que Tey soit restée à Akhmim. Elle me manque beaucoup.

– Mère ne supporte pas Thèbes en été, Majesté, intervint Moutnodjme. Elle ne se sent vraiment chez elle que sur nos terres. Mais je viendrai. Pouvons-nous nous retirer?

Tii hocha la tête, et les deux adolescentes s'inclinèrent. Moutnodjme lança la lanière de son fouet sur les deux nains qui somnolaient un peu plus loin et bondirent avec de petits hurlements furieux. D'une paume teinte au henné elle lissa son crâne nu et, jetant par-dessus son épaule sa tresse d'enfant enrubannée, elle partit vers la barque de son père, amarrée sous les sycomores, au bout du quai. Nefertiti rassembla d'un signe son escorte de femmes et suivit sa sœur. Tii soupira, se tourna vers le palais. Son époux avait disparu de l'ombre de la colonne où elle l'avait entrevu, massif et muet.

Peu de temps après, la Cour s'assembla de nouveau sur les quais du palais pour accueillir la princesse Tadoukhipa. Le fleuve tourmentait ses berges tel un cheval furieux ses entraves. Il inonderait bientôt les champs roussis de sécheresse, et les acacias épineux dont les racines qui surplombaient le courant scintillaient déjà d'une mince toison verte. L'air était plus lourd, la chaleur énervante. La maladie rampait dans les corps frêles des enfants du Harem.

Sur son trône d'ébène, la Reine se liquéfiait, et le marbre rose et noir où reposaient ses sandales lui grillait la plante des pieds. Pharaon siégeait, impassible, à côté d'elle, maintenant au creux de son giron la crosse, le fléau et le glaive. La sueur perlait tout autour de la Double Couronne et gouttait le long de ses tempes sans qu'il fît un geste. Peut-être somnolait-il. Tii regarda l'eau fraîche et noire qui léchait les degrés de pierre. De l'autre côté du fleuve, sur la rive orientale, la rumeur de Thèbes et la foule des badauds qui étirait sa guirlande au bord de l'eau vacillaient dans la chaleur, lointaines et floues comme un mirage. Les courtisans devisaient en remuant leurs émouchoirs, tous de lin blanc vêtus et coiffés de perruques étincelantes. Les prêtres de Karnak se serraient sous leur dais, debout, incommodés par les fines boucles d'encens qui serpentaient autour d'eux. Les femmes du Harem se prélassaient plus loin dans l'herbe, à l'ombre des murailles du palais, parmi leurs chats et leurs chiens. Des servantes circulaient, leur offrant friandises et boissons fraîches. Tii se sentit lasse soudain, vaguement malade.

Un guetteur hurla enfin. *Splendeur d'Aton*, retour de Memphis, venait de surgir à l'horizon du canal et cinglait vers le débarcadère, voiles serrées, rames plongeant en cadence. Lorsque la barque fut assez loin des regards avides de la populace, on releva les tentures de soie. Les musiciens firent rouler les tambours, vibrer les clochettes et les cordes. La cange accosta, inondant le quai du reflet de ses flancs d'or humide, poli au soleil. Des esclaves coururent jeter la passerelle, l'ombre de la cabine s'agita, et la Princesse parut. Dès qu'elle eut quitté l'abri des tentures, ses suivantes dressèrent au-dessus d'elle un étrange dais de satin blanc, rigide et cintré, couronné d'une face grimaçante de dieu barbare. Amenophis se mit debout, essoufflé et suant, empoigna les insignes royaux et attendit.

Tii observa la visiteuse. Elle avait un minuscule visage noiraud et des yeux de jais, vifs et nerveux, encadrés d'un bonnet de fils d'or dont les franges ondulaient dans son cou. De fins chaussons de brocart, une lourde jupe multicolore, ourlée d'or, et un ample châle de la même étoffe ne révélaient de son corps que la peau nue de ses bras. Six embarcations accostèrent bientôt, dégorgeant une troupe jacassante de femmes aux tenues criardes. La suite de la Princesse.

Tadoukhipa s'avança à pas menus, s'agenouilla pour baiser les pieds de son époux. Puis, hésitant, elle leva sur Tii un regard timide et curieux, et lui baisa les pieds à son tour.

Amenophis adressa un signe de tête à son héraut, qui proclama :

– Au Nom d'Amon le Tout-Puissant et d'Aton dont la Beauté resplendit, Moi, Nebmaetrâ Hek-Waset, Dieu de ce Royaume, accueille en ma cité de Thèbes, Tadoukhipa, Princesse du Mitanni et fille de mon ami et frère le Seigneur Toushratta. Que ce mariage scelle entre nos deux peuples une relation profonde et durable.

Pharaon se pencha lourdement vers la Princesse et la releva. Tii, qui s'était dressée au côté de son époux, sentit son coude glisser contre son bras. Comprenant aussitôt ce qu'il souhaitait, elle le soutint discrètement.

– Mon père t'envoie ses salutations sincères, articula Tadoukhipa dans l'accent râpeux de son pays. Il me confie en toute sérénité en tes augustes mains. Mais l'état de ta santé le tourmente et il t'envoie notre déesse Ishtar dans l'espoir qu'elle soulagera tes maux.

Elle fit un signe à l'esclave qui se tenait derrière elle. Un drap noir glissa de l'objet qu'il soutenait dans ses mains, dévoilant une petite statue dorée. Tous les courtisans s'inclinèrent. La jeune fille l'offrit au Pharaon de ses doigts fragiles qui tremblaient.

– Ptahotep! bougonna le Roi. (Il tendit la statuette au Grand Prêtre.) Fais dresser dans ma chambre l'autel de la Déesse, et veille à ce que lui soient offerts nourriture, vin et encens. Et maintenant, allons rendre grâces à Amon pour la bienheureuse venue de mon épouse.

Lorsque fut consommé le sacrifice rituel du taureau, dans le fracas des sistres et des cymbales, les psalmodies des prêtres et les vivats de l'assemblée, Amenophis lança l'un après l'autre dans les flammes de l'autel les organes sacrés. Puis il prit la main de Tadoukhipa et lui sourit, lèvres soigneusement closes sur ses dents noirâtres.

– Le Surintendant du Harem est à ton service, et ta tante Giloukhipa est impatiente de bavarder avec toi. Va.

Il ne la regarda pas s'éloigner. Pressé de tout son poids contre le flanc de Tii, il longea lentement la terrasse et s'enfonça dans la fraîche pénombre de la salle d'audience. Braillant et riant derrière eux, les courtisans se teignaient le front, la poitrine et les pieds du sang du taureau égorgé.

Un banquet fut offert le soir même en l'honneur de Tadoukhipa. La Princesse siégeait à la gauche du Pharaon sous le baldaquin royal, raide poupée trop peinte qui ne parlait que si on l'y invitait, et endurait modestement la pesante curiosité des centaines de courtisans et de convives qui se pressaient dans l'immense salle. A la droite d'Amenophis, altière sous sa couronne à cornes et double plume, Tii veillait à ce que la jeune fille ne manquât de rien. Mais Pharaon l'inquiétait. Avachi dans son fauteuil, somnolent, il respirait avec effort et se redressait de temps à autre, péniblement, pour échanger quelque remarque polie avec sa jeune épouse. Les doigts de Sitamon voletaient sur une petite table dorée jonchée de fleurs, se tendaient parfois vers la bouche de Pharaon pour y glisser quelque mets particulièrement délicat. La brise capricieuse qui s'engouffrait entre les colonnes ne parvenait pas à purifier l'atmosphère de la salle, alourdie de relents de nourriture et de l'épaisse senteur de l'huile parfumée qui gouttait des cônes d'encens noués aux perruques des convives.

Entre les tables, les danseuses nues plongeaient et ondoyaient en faisant claquer leurs anneaux de cheville, et les poids d'argent tissés dans leurs cheveux crachaient des étincelles lorsqu'elles passaient sous les flambeaux. Elles cueillaient avec grâce les pièces d'or, les bijoux et les messages que leur lançaient les spectateurs, dont les cris obscènes couvraient parfois les tambours et les harpes des musiciens de cour. Tii, amusée soudain, vit la princesse Tia-Ha se dresser des coussins où elle dînait parmi les épouses royales. Glissant du long fourreau bleu qui la drapait, elle s'avança, nue, au pied du baldaquin. Amenophis grogna. Elle s'inclina, lui envoya de la main un baiser puis, rejetant en arrière ses longs cheveux, elle délia son corps et se mit à onduler vivement au rythme de la musique.

– Cette femme est immortelle, s'extasia le Roi. Aimez-vous danser, Princesse?

Tadoukhipa se troubla, leva vers son époux des prunelles affolées.

– J'ai appris les danses sacrées de mon pays, dit-elle. Si Pharaon le désire, je peux danser pour lui.

– Ce soir, Tadoukhipa, murmura-t-il, ému de sa détresse. Tu possèdes la fragile beauté d'un bleuet de printemps, et tu es bien trop délicate pour le regard de ces brutes avinées.

Il lui effleura le bras, puis se tourna vers Tii.

– Souppiloulouma, ce Hittite prétentieux, n'a guère perdu de temps pour m'envoyer ses émissaires. Mais vois le genre d'ambassadeur dont il nous honore!

L'homme se vautrait parmi les coussins, un pied nu sur la table, enserrant dans chaque bras une danseuse capturée au passage. Cheveux longs et barbe en broussaille crasseuse, il débitait un fougueux discours à l'oreille d'Ay, qui écoutait poliment.

– Ces Hittites se soucient bien peu des convenances, approuva Tii, observant le soldat hilare. Ils ignorent les lois élémentaires de la diplomatie. Mais c'est cette arrogance, cette force brute, qui les rendra dangereux. Laissons faire Ay, il connaît les soldats et saura bientôt ce que Souppiloulouma cherche à extorquer de l'Égypte. En plus de notre or, évidemment.

Nefertiti flâna d'une glissade langoureuse le long de l'estrade impériale, s'inclina négligemment et poursuivit sa route, un lotus à la main, un singe perché sur la fine attache de son épaule. Dans le coin des officiers de cavalerie, il y eut un grand éclat de rire. Les nains de Moutnodjme venaient d'entamer une bagarre et s'assommaient en couinant de leurs petits poings charnus. L'adolescente bâillait et s'étirait dans les coussins qu'elle venait de traîner jusqu'au milieu du groupe.

– En attendant d'en savoir plus, reprit la Reine, nous devons veiller à ce que le barbare ait tout ce qu'il désire.

Sitamon sourit, trempa les doigts dans sa coupe de vin.

– Offre-lui donc Moutnodjme. Ils sont de la même espèce, fit-elle d'une voix traînarde. Mon Roi se retire-t-il?

Amenophis s'était levé, et le tumulte de la salle ne fut aussitôt qu'une onde de murmures. Le gardien des Insignes Royaux tira les emblèmes du coffre qu'il transportait toujours avec lui, les brandit au-dessus du Pharaon. Celui-ci fit un signe de tête à son héraut.

– Mani, avance! cria l'officier.

L'ambassadeur d'Égypte en Mitanni abandonna ses coussins et approcha rapidement jusqu'au pied du baldaquin, vieillard frêle et digne dont scintillaient les cheveux blancs. Il se prosterna et resta immobile, face contre terre. Alors, mobilisant toutes ses maigres forces, Pharaon énonça d'une voix ferme et majestueuse :

– Mani, loyal serviteur des Dieux et de l'Égypte, pour le talent et le dévouement dont tu as toujours fait preuve dans ta mission, et en témoignage de notre royale confiance, je te décore de l'Or des Faveurs. Relève-toi.

Mani se dressa, grave, mains tendues, et le Roi se dépouilla de ses ornements pour les lui lancer. Bracelets, bagues, boucles d'oreilles et pectoral d'or dégringolèrent en pluie sonore et cliquetante sur les dalles de marbre. Mani s'inclina. Les acclamations explosèrent. Indifférent, Amenophis quitta l'estrade, suivi de ses domestiques, et disparut par la porte du fond. Sur un signe de Tii, Kherouef s'approcha de Tadoukhipa, lui indiqua discrètement qu'elle devait se retirer à son tour.

Tii s'éveilla soudain, baignée de sueur. Une lampe douce vacillait tout près d'elle et la main de Piha effleurait ses cheveux.

– Kherouef est dehors, chuchota la servante. Horus demande à te voir, Majesté.

Tii se redressa, grommelante, et saisit machinalement la coupe d'eau fraîche que sa chambrière renouvelait en permanence sur la table de chevet. Piha la vêtit d'une ample robe, puis elle peigna ses longues mèches humides.

– Je rêvais de la lune sur l'eau à Akhmim. Ay était enfant et mon père se tenait debout dans la barque, son bâton de lancer à la main. Ce songe a-t-il un sens, Piha ?

– Je l'ignore, Majesté. Désires-tu que je te lave ?

– Non, je suis trop fatiguée. J'ai bu trop de vin, je crois. Attends-moi ici, et lève les rideaux. On étouffe.

Dans le corridor, Kherouef s'inclina sans un mot, et les gardes du Harem encadrèrent la Reine. Ils longèrent en silence les couloirs déserts, les jardins. Près du parc du Harem, Tii perçut un bruissement de murmures innombrables et le trille plaintif d'une harpe. Les femmes du gynécée avaient disposé pour la nuit leurs coussins sur la terrasse, que rasait parfois un souffle d'air venu du nord. Plus bas, le clapotis du fleuve sur la pierre du port et le chant rauque des grenouilles modulaient dans l'air nocturne un semblant de fraîcheur. Tii inspira longuement l'air humide avant de plonger dans les quartiers privés de Pharaon, où pesait encore le souffle brûlant de Râ, fétide et impitoyable. L'escorte fit halte, puis recula. Les gardes écartèrent les portes, le héraut parla et Tii entra dans la chambre du Roi.

Elle le trouva assis dans les coussins, bouche entrouverte. Ses paupières bouffies clignaient à la chaude et maigre lueur de quelques lampes d'albâtre. Les mouches s'agglutinaient sur son corps flasque, dénudé, mais il ne bronchait pas. Il avait une cruche de vin descellée à portée de la main, et sa coupe avait roulé sur le sol, vide. Tii s'approcha vivement et s'inclina. Elle saisit le chasse-mouches enfoui dans un pli du drap, l'agita doucement. Pharaon sourit au contact des crins sur sa peau.

– Refuserai-je à ces mouches le droit de festoyer sur la chair de leur Dieu ? Elles sont aussi gloutonnes et repues que tous mes autres sujets. En vérité, ma Tii, je ne les sentais même pas. J'ai renvoyé mes esclaves. Le seul bruit de leurs pas m'incommodait.

– Désires-tu de l'eau, du linge frais, des fruits ?

Elle scruta la pénombre, ne vit pas l'adolescent.

– Plus tard. Quand tu t'en iras.

Il roula sur la couche et enfouit son crâne rasé dans les coussins.

– Il y a de l'huile dans un plat, quelque part sur la table. Masse-moi, Tii. Je ne supporte pas qu'un esclave me touche, ce soir.

Docile, elle retira ses bagues, fit couler sa tunique à ses pieds puis, le bol d'huile au creux des mains, s'agenouilla sur les draps. Longuement elle malaxa le dos massif, travaillant avec application les muscles raides, douloureux. Longuement, sans faiblir, elle pétrit les vastes épaules, les courbes vigoureuses de ce corps familier, qui miroitait et cédait peu à peu sous ses doigts. Il ne dit rien, puis :

– La petite Princesse a fait de son mieux pour me plaire. Elle a dansé devant moi fort joliment, seulement vêtue de ses bijoux. Elle m'a fredonné des chants de son pays. Elle m'a embrassé, caressé, mais a dû repartir en n'emportant avec elle que le récit de ma lamentable impuissance à répandre dans tout le Harem. Ce soir, je suis semblable à Osiris, mutilé et dispersé à tous vents. Car loin de m'exciter, sa jeunesse et son innocence m'ont empli soudain de terreur.

Avec un grognement, il se souleva et lui fit face, et pour la première fois depuis qu'elle le connaissait, elle lut dans ses pupilles noires l'effroi de sa défaillance, la vulnérabilité du taureau qui attend le sacrifice et implore.

– Elle est fille de Roi, lui dit-elle tendrement. Elle sait qu'il y a une limite aux bavardages qu'elle peut décemment se permettre, et elle s'y tiendra. Veux-tu que j'envoie chercher le garçon ?

Il eut un regard amer et moqueur.

– Non, merci bien. J'ai eu mon compte de jeunesse en fleur pour aujourd'hui! Tes mains sont magiques, ma Tii. Je me sens mieux.

Alors il attendit, suppliant en silence qu'on lui permît de se racheter, et elle s'allongea sur lui avec un sourire.

3.

Malgré les mots rassurants de la Reine, tous les courtisans surent bientôt qu'Amenophis n'avait pu honorer sa minuscule épouse de Mitanni, et cet événement, plus qu'aucun autre signe, les persuada que leur Dieu n'en avait plus pour longtemps à vivre, car son appétit sexuel était légendaire. Pourtant, abruti de souffrance et de fièvre, d'amères décoctions et des psalmodies interminables de ses prêtres, il se cramponnait à la vie et trouvait encore la force d'observer avec une ironie implacable la déchéance de son corps. Il ne fit plus venir auprès de lui Tadoukhipa, qui tenta d'apaiser ce qu'elle considérait comme un échec personnel dans un silence timide et digne. Son jeune amant, son épouse et sa fille-épouse occupaient les nuits du Pharaon. Le fleuve en crue avait franchi ses rives et vivifiait la terre roussie, qu'il fouaillait de ses lames. Les germes des maladies s'écoulaient avec l'eau sur les berges, et au sein du Harem royal, dans les taudis de la ville et les masures paysannes, les plus faibles succombaient, les femmes se lamentaient sur les cercueils.

Des nouvelles parvinrent enfin de Memphis. Assise auprès du trône vide de Pharaon, le menton dans la paume et le regard vissé à ses sandales d'or, Tii écoutait soigneusement les mots que lui lisait son scribe. Les messages de son fils étaient brefs et révérencieux, rassurants. Il suivait avec sérieux, disait-il, sa formation religieuse au temple de Ptah. Mais il ne s'informait jamais de la santé de son père. Les seuls propos un peu tendres qu'il dictât, en dehors des formules polies adressées à la Reine et de rares allusions à Nefertiti, concernaient Horemheb, dont il mentionnait avec fougue les bontés qu'il avait pour lui.

Tii préférait les missives moins cérémonieuses et foisonnantes de détails que lui faisait parvenir régulièrement le jeune capitaine. Horemheb décrivait sans détours, et en termes colorés, comment le Prince aimait à se faire promener dans les rues de la ville dans un char doré, afin que le peuple se prosternât sur son passage. Il avait par deux fois visité les temples d'On, où il avait prié Râ et l'Aton. Il discutait pendant des nuits entières avec les prêtres du Soleil, au grand dam des officiants de Ptah, qui refrénaient cependant leur irritation, car le futur Roi d'Égypte sacrifiait également à leurs rites, fût-ce d'un air distrait. Il avait appris à jouer du luth et composait des chansons, dont il régalait Horemheb et ses concubines. Sa voix, précisait le capitaine, était fluette mais juste.

Tii écoutait, analysait, méditait. Les lettres que son fils adressait à Nefertiti, interceptées par son scribe puis rescellées, ne lui révélaient rien qu'elle ne sût déjà, en dehors de quelques références à des entretiens que les deux adolescents avaient eus au sujet d'Amon, alors qu'Amenophis vivait encore au Harem.

Nefertiti avait emménagé dans un appartement du palais attenant à celui de la Reine. Elle avait vendu sans un regret ses anciens esclaves, et à l'égard de ceux qui travaillaient désormais à son service, se révélait une maîtresse rude et intransigeante. Elle ne souffrait pas la moindre négligence, et il ne passait pas un jour sans que des pleurs amers fussent versés à son propos dans le quartier des domestiques. Mais Tii s'inquiétait surtout du peu d'intérêt que manifestait sa nièce pour ses devoirs de souveraine. Car elle découvrait une adolescente hautaine, et qui n'apprenait pas aisément. Nefertiti l'accompagnait dans les audiences, les réceptions, et jusque sous le vent brûlant du champ de manœuvres, toujours escortée de son train de suivantes, de porteurs d'éventail et de cosméticiens. Elle se contentait d'écouter, jamais n'intervenait. Avec ses cheveux noirs et scintillants, ses yeux d'amande gris pâle, sa peau de satin sombre et ses lèvres pulpeuses, elle se savait sans rivale en beauté à la Cour. Et cela semblait lui suffire. Elle avait confié à son porteur de chasse-mouches un petit miroir de cuivre dans lequel, aux moments les plus incongrus, elle s'absorbait longuement – comme pour vérifier, songeait Tii, qu'aucune ride n'était apparue soudain, qui serait venue gâter l'impeccable tenue de ses fards.

Par une matinée lumineuse où semblèrent éclore en même temps, dans la verdure des jardins, des milliers de bourgeons, les femmes du

Harem prirent des barques et se laissèrent voguer, bavardant et riant, dans la brise tiède du Nil. Clouée sur sa couche, Tii avait hâte de les rejoindre et regrettait déjà, pour quelques nausées et un peu de lassitude, d'avoir convoqué son médecin. Elle se laissa palper, impatiente. L'homme se redressa enfin et recula d'un pas. Un sourire étirait ses lèvres.

– Tu n'es nullement souffrante, Majesté. Tu attends un enfant.

Elle s'assit, livide, cramponnée au drap.

– Enceinte, moi ? Non. Tu dois faire erreur. Je suis trop vieille. Dis-moi que ce n'est pas vrai !

Il fit une révérence, s'éloigna discrètement à reculons.

– Cela ne fait aucun doute, Majesté. J'ai suivi chacune de tes grossesses.

– Sors d'ici immédiatement !

Quand les portes se furent fermées derrière lui, Tii arpenta la chambre d'un pas furieux, hurlant aux oreilles des servantes qui se ratatinaient dans les coins :

– C'est intolérable ! Je suis trop vieille, trop vieille...

A bout de rage, elle s'effondra sur un coussin, maussade et accablée, frissonnant de tous ses membres.

– Je me demande, murmura-t-elle amèrement, ce que dira Pharaon lorsqu'il saura.

Amenophis ne dit rien. Il rit tant et tant qu'il dut soutenir à deux mains son ventre ballonné. Les larmes déposèrent sur ses joues de longues zébrures de khôl.

– Ainsi, il restait encore un brin de vie dans ma divine semence ! glousa-t-il enfin, tandis qu'elle souriait malgré elle. Et le printemps a refleuri dans l'hiver de ton ventre ! Les Dieux jubilent, j'en suis certain !

Il écarta le drap et, bondissant de sa couche, se dressa devant elle. Elle avait oublié combien il était grand.

– Es-tu heureuse, ma Tii ?

– Non. Pas le moins du monde.

Il cueillit son visage au creux de ses doigts.

– Quel Pharaon prolifique je suis ! Il nous faut immédiatement consulter l'Oracle au sujet de cet enfant. (Il prit soudain un air sournois.) Et si c'était un garçon ? Sain et vigoureux ? Il se pourrait alors que je change d'avis en ce qui concerne la succession. Qu'en dis-tu, ma Tii ?

Elle s'écarta brusquement.

– Je ne tiens pas à consulter l'Oracle avant la naissance. Et les problèmes de succession peuvent attendre également.

Il eut un grand sourire espiègle.

– J'adore te mettre en colère. Il y a bien longtemps que je ne me suis pas senti aussi bien! Faisons préparer *Splendeur d'Aton* et rejoignons les femmes sur le fleuve. J'ai grande envie de me prélasser au soleil pendant que tu me maudiras tout ton soûl en agitant le chasse-mouches.

Si la grossesse inattendue de la Reine suscita peu d'émotion dans les rues de Thèbes, où seuls les mendiants cessèrent d'agriffer les passants pour s'accroupir à l'ombre des maisons et prendre de maigres paris sur le sexe de l'enfant à naître, au palais en revanche on remâcha sans fin la nouvelle, et on manifesta à haute voix une vive admiration pour la verdeur du Roi, la suprenante vitalité de la Déesse. La Cour devint sentimentale. Le culte de Mout, mère de Khonsou et épouse d'Amon, connut un nouvel essor. Les sculpteurs taillèrent d'innombrables statuettes d'Horus tétant le sein d'Isis, pour le compte de riches clients qui espéraient partager ainsi, par procuration, le sursaut de jouvence de leur souverain. Et bien des joailliers s'enrichirent en vendant aux femmes de la Cour des amulettes précieuses destinées à stimuler leur fécondité. L'optimisme régnait, Pharaon reprenait goût aux affaires de l'État, et l'air embaumait les récoltes mûrissantes, les lourds parfums des fleurs d'été.

Par une fin d'après-midi torride, Tii donna naissance à un garçon, dont le premier hurlement, vif et sonore, souleva dans l'assemblée venue assister à la délivrance un murmure d'approbation. Après en avoir longuement délibéré, les oracles décidèrent que l'enfant porterait le nom de Smenkhara. Pharaon approuva ce choix et s'en fut lui-même l'annoncer à son épouse.

– Il me plaît, commenta-t-il, que cet enfant qui symbolise un renouveau soit le premier de ce nom dans ma Dynastie. De plus, il est dédié à Râ, l'universellement adoré. Et notre Empire accueille toutes les religions, n'est-ce pas? (Il piqua d'un ongle rouge et griffu un grain de figue coincé dans ses dents noires et ajouta, malicieux :) Je me demande comment nous appellerons notre prochain enfant...

Mais il apparut bientôt que Pharaon avait engrangé la dernière moisson de son corps en ruine. Un mois plus tard. Il sombrait de nouveau dans les fièvres, et un abcès à la gencive le mit au supplice. Il refusa de recevoir Tii durant plusieurs jours, mais ses médecins vinrent débiter à la Reine des rapports voilés, polis, sur la santé de son époux. Il s'accrochait tant et plus à la vie, marmonnaient-ils, tout le jour gisant sur son lit dans la pénombre, suffoquant à l'approche des grandes chaleurs. Le soir, l'adolescent venait s'allonger près de lui, immobile et muet, tandis que son vieil amant invoquait dans son délire des personnages qui avaient disparu bien avant qu'il fût né, des événements embaumés déjà dans la mémoire des hommes. Amenophis le réclamait toujours près de lui, bien qu'il n'eût pas la force de le toucher.

Mais pendant que son époux luttait désespérément dans ses draps moites, la Reine se dressait nue, parfois, devant son long miroir de cuivre. Et lorsque le crépuscule venait inonder sa chambre d'écarlate et sa peau d'une carnation mordorée, presque irréelle, elle s'émerveillait du regain de vie que la naissance de Smenkhara éveillait en elle. Elle n'avait jamais eu, elle le savait, la froide et lointaine splendeur de sa nièce, et cela lui importait peu. Car elle connaissait sa séduction, pétrie de concrète et vigoureuse sensualité. Sans indulgence elle examinait son corps trapu, banal, ses hanches rondes, sa taille fine sans excès, ses seins qui commençaient à perdre leur belle fermeté. Elle avait un cou long et gracieux dont elle eût pu tirer orgueil, mais préférait à ces vanités le bonheur d'un corps sain, qui savait lui donner du plaisir, et la grâce surtout d'un esprit vif et tortueux, passionné des jeux subtils de l'intelligence. Elle scrutait son visage. Paupières trop lourdes, joues zébrées de longues rides, comme égratignées par le sphinx de son pectoral, bouche trop grande, dont la moue perdait avec l'âge son élégance boudeuse. Et pourtant... Elle souriait à l'image qui vibrait devant ses yeux telle une lame d'or en fusion. Et tandis qu'agonisait Pharaon, elle se sentait renaître, et se faisait horreur soudain. Elle fuyait le miroir.

– Emporte-le d'ici! criait-elle à Piha. Fais venir les musiciens et les danseurs. Je n'ai pas sommeil.

Alors les musiciens jouaient, et les jeunes gens dansaient pour elle, mais rien ne parvenait à la distraire vraiment de cette étrange vigueur qu'elle sentait jaillir en elle, et qui l'éloignait irrémédiablement de son époux.

Le mois de Mesore fut torride. La fête de l'An Nouveau

approchait, et au début du mois de Thoth, Dieu de la sagesse, Amon quitterait dans sa Barque d'or le sanctuaire de Karnak afin de visiter, en amont du fleuve, le temple de Louxor que Pharaon faisait bâtir en son honneur depuis trente ans. Selon la coutume, le Roi devait accompagner le Dieu dans son voyage et assumer son identité pendant les quatorze jours de la fête, afin de vivifier l'incarnation divine.

Tii convoqua le Grand Prêtre Ptahotep, ainsi que Sourero, le chambellan du Roi.

– Sourero, la fête d'Opet approche. Toi qui côtoies Pharaon tous les jours, penses-tu qu'il pourra se rendre à Louxor?

Sourero hésita.

– Pharaon s'assied près de son lit et prend un peu de nourriture. Hier, il s'est promené dans son jardin.

– Ce n'est pas ce que je te demande. Ptahotep, tu l'as vu ce matin. Quelle est ton opinion?

– L'Incarnation du Dieu était de fort belle humeur, Majesté. Du reste, le Roi envisage un nouveau Jubilé.

Tii empoigna les têtes de sphinx qui ricanaient sous les accoudoirs de son trône.

– Je pensais que ce projet avait été annulé lorsque mon époux est tombé malade, il y a quelques mois! D'ailleurs, Pharaon a déjà honoré l'Égypte de deux Jubilés. Cela ne suffit-il pas?

Ptahotep savourait visiblement la stupeur de la Reine.

– Sa Majesté m'a ordonné de retrouver à la Bibliothèque le rituel précis de son premier Jubilé, précisa-t-il d'un ton pénétré. Il souhaite célébrer son règne lors la fête d'Opet.

Tii se tourna vers le chambellan.

– Est-ce possible, Sourero? Pharaon ne présume-t-il pas de ses forces?

– Sa décision est prise, Majesté. Il désire se présenter à ses sujets, ainsi qu'à ses vassaux étrangers.

Elle en était donc la dernière informée. Si son frère Anon avait vécu, elle aurait su depuis longtemps. Elle aurait été prête. Sèchement elle congédia le Grand Prêtre, qui se prosterna de mauvaise grâce et recula jusqu'à la porte. Il ne l'aimait pas, elle le savait. Lorsqu'il fut sorti, elle se détendit un peu, s'adossa à son siège.

– Pharaon estime-t-il, Sourero, que sa longue maladie risque de rendre les alliés de l'Empire nerveux, ou trop gourmands, peut-être?

Est-ce la raison pour laquelle il organise un nouveau Jubilé?

– Je le pense, Majesté. Les affaires de l'État ne sont nullement de ma compétence, puisque ma fonction se limite au palais. Mais il est certain que Pharaon évoque souvent la nécessité d'affermir l'équilibre du Royaume, afin de léguer à son fils un Empire unifié et puissant.

– Son plus jeune fils, je présume.

Le chambellan parut mal à l'aise.

– Je crois, oui, Divine Reine.

– Parfait. Demande au Grand Prêtre, je te prie, de ne pas compliquer inutilement le rituel. Je pense qu'Amenophis surestime sa vigueur.

O mon subtil et perfide époux, songea-t-elle, voilà donc pourquoi tu refusais de me recevoir!

– Majesté, objecta Sourero, je n'ai aucune autorité sur le Grand Prêtre. Seuls Pharaon et l'Oracle peuvent lui en donner l'ordre.

– Sans doute. Mais Ptahotep n'aimerait guère que l'on dise partout qu'il cherche délibérément à affaiblir la santé précaire de son Roi, n'est-ce pas? Glisse-lui donc un mot ou deux dans ce sens. Cela suffira.

Elle réfléchit un instant.

– Délivre-moi d'un doute, Sourero. N'est-il pas écrit dans les textes que si Pharaon nomme un Prince Héritier, celui-ci doit officier avec lui au cours du Jubilé?

– En effet.

– Pharaon sort-il prendre l'air aujourd'hui?

– Il se reposera dans son jardin au coucher de Râ.

– Fort bien. Retire-toi.

Et tandis qu'elle déambulait de la salle d'audience aux bureaux ministériels, tandis qu'elle posait des questions, ratifiait des décrets, rendait des sentences, traînant dans son sillage Nefertii et son babouin familier, la Reine réfléchit furieusement. Bien avant que le petit Smenkhara n'ait atteint l'âge de modeler son ambition, Pharaon serait mort, et Amenophis son fils règnerait. Pourquoi s'affolait-elle ainsi? Le Roi pouvait bien fêter son Jubilé, conserver encore un peu l'illusion qu'il manipulait l'avenir de l'Empire. Elle le lui concédait volontiers, après tout. Car si l'enfant au berceau couvait peut-être une force avec laquelle il faudrait compter un jour, son fils aîné était un roseau qui s'inclinait souplement sous son souffle.

– Ma Tante, est-il bien raisonnable d'envoyer de l'or à l'Assyrien Eriba-Adad, si l'on considère que l'Assyrie est menacée par Kadashman-Enlil avec qui nous avons signé un pacte d'amitié ? Cela ne risque-t-il pas d'indisposer les Babyloniens à notre égard ?

La question de Nefertiti tira la Reine de sa méditation. La jeune fille tentait depuis quelque temps de s'intéresser mollement aux inextricables finesses de sa politique extérieure, et Tii appréciait son effort.

– Non, expliqua-t-elle. Car sans notre or, l'Assyrie se ferait écraser, et Babylone pourrait devenir dangereuse pour nous. Lui envoyer des soldats, par contre, serait maladroit. Car le Roi de Babylone y sentirait de notre part une insulte. Mais grâce à notre or, l'Assyrie peut louer des mercenaires et se défendre – et l'honneur de Babylone est sauf. Comprends-tu ?

A midi, la Reine proposa à sa nièce une baignade dans son lac privé. Râ déversait sur l'eau une cascade aveuglante, et les deux femmes s'engloutirent avec bonheur dans la verdure des nénuphars. Leurs servantes les attendaient sur la berge, munies de serviettes et de parasols. Après le bain, assises côte à côte, chevelure collée à leur dos ruisselant, elles bavardèrent.

– Nous aurons une belle fête d'Opet, cette année. (Nefertiti cueillit des brins d'herbe, délicatement, sur sa cuisse humide.) Dans un peu plus de deux mois, le Prince revient de Memphis.

– Il t'aime beaucoup, je crois. Mais sois prudente, Nefertiti. L'affection qu'il te porte te confère un grand pouvoir sur lui. Et les contrats de mariage n'attendent plus que le sceau de Pharaon.

Deux prunelles d'amande grise, presque transparentes, clouèrent soudain le regard de Tii.

– J'ai l'intention d'être pour Amenophis ce que toi, ma Tante, as toujours été auprès du Puissant Taureau.

Sur quoi l'adolescente eut un sourire exquis et siffla son singe, qui accourut lui lécher les bras.

– Vraiment! jeta la Reine, narquoise. Tant de dévouement, tant d'abnégation sont tout à ton honneur, ma nièce. Ton père en sera enchanté. (Nefertiti lui coula un regard glacé dessous l'aile noire de ses sourcils, et Tii sut qu'elle était comprise). Nous donnons une réception ce soir afin d'offrir l'Or des Faveurs à Mahou Fils de Youni. Il a rendu de grands services à Horemheb sur la frontière syrienne. Tu l'honoreras à ma place, car je veux passer la soirée auprès du Pharaon. Ton père et Sitamon siégeront sous le dais royal avec toi.

Nefertiti hocha la tête, sans un mot. Le singe s'était endormi sur ses genoux. Puis elle dit :

– Horemheb revient-il à Thèbes en même temps que le Prince ?

– Pourquoi ?

Elle haussa les épaules.

– Le Prince est tellement attaché à lui. Il risque de se sentir un peu seul, si son ami ne l'accompagne pas.

– Je rappellerai le capitaine si je l'estime nécessaire, répliqua sèchement la Reine. Mais écoute bien mon conseil, Nefertiti. Ne tente jamais d'influencer un homme au travers de ses amis. Les hommes sont différents des femmes. Il vaut toujours mieux les affronter de face.

Nefertiti rougit et se mordit la lèvre. Tii se radoucit.

– Amenophis t'aime beaucoup, ajouta-t-elle gentiment. Tu n'as pas besoin d'entremetteur.

Après l'avoir envoyée se reposer dans sa chambre, elle se rendit auprès de Smenkhara qui dormait nu dans son berceau, veillé par deux sentinelles de la Garde Impériale. Elle questionna brièvement les deux hommes et la nourrice, se pencha sur l'enfant et baisa le duvet noir et crêpu du petit crâne emperlé de sueur. Puis elle alla s'étendre sur sa couche et s'endormit.

Assis sur la berge de son lac privé, Pharaon lançait des miettes de pain à une troupe de canards piaillants lorsque Tii le rejoignit un peu plus tard. Le soleil avait sombré derrière la muraille du couchant qui protégeait le palais des sables du désert et des morts inhumés au pied des falaises. Les flèches de lumière incandescente qui zébraient la pelouse sous les sandales de Tii lui léchaient les mollets et le ventre. Sourero était agenouillé aux pieds du Roi, tandis qu'Apouia, le majordome, penché sur son épaule, versait de l'eau dans la coupe que lui tendait son maître. Les éventails de plume susurraient en cadence.

Un peu plus loin, le jeune amant du Roi observait un scarabée d'or, couché dans l'herbe, le menton posé sur les mains. A ses poignets scintillaient des anneaux, et son dos nu baignait dans une flaque de lumière rose.

Esclaves et domestiques se pressaient derrière le siège du Pharaon. Au cri du héraut de la Reine, tous se prosternèrent dans des flots de lin blanc. Son époux l'invita à venir s'asseoir. Kherouef ordonna que l'on déplie son siège. Elle sourit en prenant place sous le dais.

– Oui, je me sens mieux, avant que tu ne poses la question. (Le Roi jeta le reste du pain rassis aux volatiles et vida sa coupe.) Tu vois, je ne transpire même pas. Râ s'est coulé en douceur dans mes vieux os, aujourd'hui. Je savais que tu viendrais. Ne tente pas de me dissuader, Tii. Je tiens à ce Jubilé.

Le garçon taquinait le scarabée du bout d'un bâton.

– Je suis ravie de te voir en si bonne forme, mon époux. Mais je ne suis pas venue discuter ta décision. J'estime, du reste, qu'elle est assez habile vis-à-vis de nos alliés. Je tiens simplement à te rappeler que ton héritier légal doit être présent à la cérémonie.

Il sourit poliment.

– Bien entendu. Je le ferai transporter près de moi dans un couffin.

– Tu as signé le décret, Amenophis. Si tu meurs alors que Smenkhara est encore au berceau, il y aura une longue régence en Égypte, avec tous les problèmes qu'entraîne ce genre de situation.

Il haussa les épaules et ricana.

– Pauvre Tii! Tellement incapable d'assumer une régence! Mon cœur en frémit d'avance pour toi!

Elle ne put s'empêcher de rire à son tour.

– Mais imagine que je meure, moi aussi, avant qu'il n'ait atteint sa majorité.

– Toi? (Il écarta de la main le plat de friandises que lui tendait Apouia.) Tu te nourris d'adulation et de pouvoir. Tant qu'il restera quelque chose ou quelqu'un à manipuler, tu seras immortelle!

– Considère alors que tu vas donner à ton fils aîné une nouvelle raison de te haïr.

– Nous y voilà enfin! Mais pourquoi me soucierais-je d'être aimé ou haï par quiconque? Je suis Pharaon, Dieu de Soleb et Dieu de Thèbes, l'Unique. Du reste, cet eunuque n'est pas mon fils.

– Je constate, lui siffla Tii dans le creux de l'oreille, que tes ridicules frayeurs te reviennent en même temps que tes forces! Fort bien. Fais ce qu'il te plaira. Mais le décret reste valable.

– Oui, pour l'instant. Car tu as refusé de savoir ce que déclare l'Oracle au sujet de l'enfant, n'est-il pas vrai? (Il posa une main bouffie sur le genou voilé de safran de la Reine.) Smenkhara sera Pharaon. Cela ne fait aucun doute.

– Aucun doute non plus que le digne successeur du Fils d'Apou se soucie davantage de flatter son royal maître que de lui dire la vérité! cracha-t-elle tout bas.

L'adolescent poussa un cri de rage. Dépliant sa carapace irisée, le scarabée avait pris son envol. Il le poursuivit un instant à quatre pattes, en agitant son bout de bois. Tii et Pharaon observèrent le vol affolé du gros insecte, qui soudain vacilla, piqua vers le sol et s'abattit gauchement sur le sphinx vert qui ornait le pectoral de la Reine. Le garçon se précipita, et tout à sa poursuite, il trébucha contre Tii, tomba sur elle. Une main vola, qui cingla violemment la joue de bronze. Le gamin chancela.

– Comment oses-tu te vautrer ainsi sur moi! s'écria Tii, laissant enfin exploser sa fureur. A genoux!

Elle vit du venin dans les grands yeux noirs, tandis qu'il plongeait dans l'herbe à ses pieds.

Amenophis gloussait.

– Le Soleil cherche refuge auprès d'un sphinx femelle... Intéressant! Il faudra que je demande aux oracles ce que cela signifie.

– Cela signifie, ô mon époux obstiné, que Râ n'est guère impatient de te conduire sur la Barque Sacrée. Redresse-toi, petit imbécile!

Elle se leva, et ses porteurs d'éventail bondirent auprès d'elle. Après avoir posé un baiser sur le front du Roi, et tandis que tous se prosternaient à nouveau devant ses pas, elle s'en fut.

Pendant une heure, elle arpenta la salle d'audience. Son scribe, assis au pied du trône, tenait en l'air, patiemment, sa plume de roseau. Un long moment elle chercha les mots qui feraient comprendre à son fils, sans le blesser, qu'il devait rester encore à Memphis. Faute de mieux, elle se contenta d'annoncer à l'adresse d'Horemheb que la succession risquait d'être compromise si le Prince se présentait à Malkatta, et priait le capitaine de transmettre le message à son fils. Lorsqu'elle eut scellé le papyrus de sa bague et congédié scribe et héraut, elle se laissa tomber dans un fauteuil, à bout de forces. Tapis dans l'ombre, Piha et Kherouef attendaient ses ordres, mais elle ne bougeait plus, laissait voltiger son regard. Les échos de la fête lui parvenaient de la grande salle sur des bouffées de brise brûlante saturées de rires et de musique. Elle parla enfin.

– Apporte une lampe, Piha. Je désire me promener le long du lac avant de dormir.

Mais la clameur la suivit jusqu'au bord de l'eau, et lorsque les convives commencèrent à se répandre, ivres et amoureux, dans les jardins attenants à sa résidence, elle s'enfuit au cœur de ses appartements.

4.

La fête d'Opet et le Jubilé de Pharaon furent célébrés selon les rites, dans une grande solennité. Le septième jour, Amon quitta l'antre noir de son sanctuaire de Karnak pour émerger en pleine lumière, parmi les hurlements joyeux de la foule. Suant et gémissant sous le poids de la châsse, les prêtres le conduisirent jusqu'à la Barque Sacrée, précédés des porteurs d'éventail. Des officiants en robe blanche purifiaient le sol de libations de vin et de lait, et des filets roses ruisselaient entre les dalles de pierre. Dès que le Dieu eut pris place dans sa barque lamée d'or, des esclaves saisirent les cordes de halage sur la berge et, à mi-courant, la Cange Impériale intervint pour soulager leurs efforts. A sa proue, la statue dorée de Pharaon tenant une rame conduisit symboliquement le Dieu vers Louxor. Les badauds se mirent à courir le long du fleuve et lancèrent des guirlandes dont ils tentaient de couronner, à la proue et à la poupe de la Cange Sacrée, les deux têtes de bélier qui figuraient l'apparence traditionnelle d'Amon-Râ. De petites embarcations fourmillaient alentour, bondées de Thébains vociférants qui agitaient des plumes et brandissaient des têtes d'oies, afin d'implorer la grâce du Dieu que les tentures de lin voilaient à leur tumulte profane. Plus loin défilaient, sur des canges plus modestes, les effigies de Mout, l'épouse du Dieu, et de son fils Khonsou. Les femmes de la Cour étaient venues en grand nombre escorter la Déesse alors en vogue au palais. Les tambours roulaient sur la rive, où se déchaînaient les musiciens et psalmodiaient les chanteurs du temple. Plantés derrière des étals de fortune, les vendeurs d'amulettes s'égosillaient en vain.

Mais les marchands de mets et de boissons croulaient sous l'avidité des spectateurs, dont certains venaient de fort loin et piétinaient depuis des heures au bord de l'eau, le gosier sec et l'estomac criant famine.

Deux milles en amont, les quais de Louxor étaient bondés aussi, mais d'une foule digne et muette, composée d'invités officiels et de hauts dignitaires du Temple. De son trône à baldaquin, Pharaon observait l'approche du précieux chargement. Il avait revêtu la peau de léopard du Grand Prêtre, complétée de la queue du fauve, symbole de sa propre divinité. La cange rasa les degrés de pierre, et la châsse fut débarquée. De nouveau, le lait éclaboussa les dalles et le vin inonda les pelouses d'une fine averse de perles pourpres. Amenophis leva les pieds. Son porteur de sandales, à genoux, le déchaussa.

Pharaon pénétra dans le Temple, longea l'allée aux cinquante colonnes papyriformes qui conduisait au sanctuaire où, assisté de Ptahotep et Simout, il procéda au sacrifice sanglant. Il psalmodia les prières avec dignité puis, seulement paré de la Double Couronne et d'un pagne primitif, esquissa d'un pas mal assuré l'étrange et majestueuse danse tissée par des siècles de tradition. Tii le regarda, déchirée entre la crainte qu'il ne s'effondre, et une admiration extrême pour l'indomptable volonté de cet homme. Il y eut enfin le festin rituel aux pieds d'Amon, que les officiants avaient surchargés de nourritures, de fleurs et d'encens. Tii se posa avec soulagement au côté de son époux, bien que le vacarme de la foule agglutinée dans la cour du Temple et la puanteur du sang chaud lui eussent coupé l'appétit.

– J'ai accompli mon devoir pour un an. (Suant et haletant, Pharaon vida d'une lampée sa coupe de vin.) Demain, nous présiderons ensemble aux fêtes du Jubilé. Comme j'aurai plaisir à voguer avec toi sur la Cange Royale, ma Tii, dans la splendeur rosée du lever du soleil!

Elle sourit sous son œil taquin.

– Et comme j'aurai plaisir à te voir, cher époux, hisser les piliers *djed* dans la grande salle du Jubilé! répliqua-t-elle aussitôt.

Ils se dévisagèrent en riant. Tii exécrait les levers de soleil, et Pharaon la très symbolique et déshonorante corvée qui exigeait qu'il tirât lui-même sur les cordes.

Le lendemain à l'aube, ils se firent conduire à Karnak dans la

Barque d'État *Splendeur d'Aton,* afin de symboliser le parcours de Pharaon vers une nouvelle naissance divine. Peints et chargés de joyaux, ils siégeaient côte à côte sans dire un mot, lui serrant les dents sur une nouvelle attaque de fièvre, elle encore à demi somnolant. Râ ourlait l'horizon de ses flammes douces qui, dans quelques heures, dévoreraient sans merci la terre d'Égypte.

– Plus de Jubilé, je t'en supplie, chuchota la Reine à l'oreille de son époux. Je meurs de sommeil. C'est un vrai supplice.

Il gémit un grognement et ne répondit pas. Elle sentit soudain sa main engloutir la sienne, tremblante et moite.

Plus tard, dans la salle des fêtes que le Roi avait fait construire à l'intérieur du palais pour son premier Jubilé, fut renouvelée la cérémonie du Couronnement. Les Déesses des Deux Royaumes dressèrent au-dessus de Pharaon les couronnes blanche et rouge. Le Grand Prêtre lui confia le fléau, la crosse et le glaive. L'assemblée des courtisans et des ambassadeurs observait avec déférence le rituel, quand le petit Smenkhara se mit soudain à vagir et brailler dans son couffin, que soutenait un prêtre déconfit. Tii s'agita, sentant le malaise gagner l'auditoire. Pharaon s'affolait, elle entendit sa voix qui s'essoufflait, se faisait plus âpre. Les dignitaires suivirent d'un regard sans expression ses gestes malhabiles, puis commencèrent à murmurer entre eux. Des chacals, pensa Tii. Des embaumeurs guettant le corps dont ils allaient enfin pouvoir déchirer les entrailles. Sans consulter son époux, elle adressa un signe de tête à Kherouef, qui fit évacuer discrètement le nourrisson. Ce fut la seule intervention qu'elle se permit au cours des cérémonies.

Il y eut ensuite les heures interminables de discours, d'hommages rendus au Dieu Vivant, de prosternations. Courtisans et vassaux mordirent la poussière en déversant des multitudes de cadeaux aux pieds du Pharaon transi de fatigue. Mais plus d'un noble vint aussi poser les lèvres sur les pieds de la Reine, en un fervent et sincère hommage, lui sembla-t-il, à sa dignité de souveraine, de véritable souveraine, de l'Égypte.

Amenophis ne quitta pas son trône lorsque vint le moment de dresser les piliers *djed.* Sur un signe de sa main, ce fut le Grand Prêtre qui procéda à l'érection des fines colonnes de bois taillé. L'assistance cria : « Stabilité ! » et s'inclina devant les symboles de l'éternelle puissance de l'Empire. Mais les voix manquaient de conviction, et le vent de la nuit balaya la salle d'une rumeur sinistre, semblable au souffle glacé de l'inconnu.

L'exténuante corvée qu'il s'était imposée en voulant présider aux deux fêtes eut raison d'Amenophis, qui sombra de nouveau dans ses fièvres et ses rages de dents. Tii reçut un message de Memphis annonçant le retour du Prince au cours du même mois. Elle choisit d'organiser une réception discrète, et attendit son fils sur les quais du palais, en compagnie d'Ay et de Nefertiti. Mais l'arrivée fut retardée. Le Prince avait ordonné qu'on le débarquât tout d'abord sur la rive de Thèbes, et refusa de traverser le fleuve avant de s'être fait promener sur son char, lentement, par les rues étroites et nauséabondes de la cité. La Reine écouta, horrifiée, le récit que lui en fit plus tard Horemheb, après qu'elle eut enfin embrassé son fils et l'eut envoyé, avec Nefertiti, visiter les appartements qu'elle avait fait préparer pour lui dans une aile du palais. Son émotion fut plus vive encore lorsqu'elle aperçut Moutnodjme qui descendait à son tour, d'un pas tranquille, la passerelle du bateau, balançant sa tresse et ses rubans, son fouet, ses boucles d'oreilles.

– Tu n'aurais jamais dû permettre cela! hurla-t-elle à la face d'Horemheb quand ils furent dans la salle d'audience. Quel démon l'a donc poussé à parader ainsi, comme une vulgaire putain, au milieu de la populace, et à exposer sa royale personne au péril de sa vie ?

Le capitaine rougit violemment, et la balafre qui tranchait son menton devint blême. Il ouvrit la bouche, mais Ay s'interposa calmement.

– Majesté, il n'est guère facile à un simple soldat de contredire un prince de sang. En outre, Horemheb ignorait les intentions de mon neveu jusqu'au moment où celui-ci a ordonné d'accoster sur la rive orientale. Il n'est pas à blâmer.

– Il est fautif, c'est évident! cracha la Reine.

Mais son frère resta de marbre et, serein, ajouta :

– Laisse-le parler, Tii.

Elle fit la moue, hocha sèchement la tête. Le jeune homme tendit alors ses deux mains chargées de bagues.

– Majesté, le choix était rude. Soit je perdais un temps précieux à tenter de dissuader le Prince, et je le connais assez bien maintenant pour savoir que nul ne peut le faire changer d'avis, jamais. Soit je décidais de la meilleure façon d'organiser mes soldats pour sa protection.

– Je vois. Continue.

– Je l'ai protégé du mieux que j'ai pu. J'ai immédiatement convoqué les sentinelles qui gardent les entrepôts et fait venir tous les chars dont nous disposions sur le port. Mais le Prince a refusé l'escorte. C'est moi qui ai conduit son char. Il tenait à être clairement vu de la foule.

– L'a-t-on reconnu ? demanda Ay.

– Seulement lorsque son héraut, qui courait devant nous, criait ses titres. Mais les passants sont restés étrangement silencieux. Ils reculaient, bien sûr, et levaient la tête, mais personne ne l'a acclamé.

– Cela n'a rien de surprenant. C'est la première fois depuis des siècles qu'un membre de la famille royale se permet une telle folie! Il a traversé toute la ville ?

– Oui, Majesté. D'un bout à l'autre.

Horemheb se voûta soudain, et Tii comprit combien il était épuisé. Mais elle bouillait de fureur.

– Je constate que la discipline s'est grandement relâchée autour de mon fils, fit-elle d'un ton acerbe. Aurais-tu oublié, capitaine, que la colère du Prince a moins d'importance que le devoir auquel tu t'es engagé auprès de moi, ta Reine ? Et Moutnodjme ? Quelle autre folie est-ce là ?

Horemheb se redressa et vint plus près du trône.

– Majesté, tu n'apprécies guère, je le sais, la manière dont ton fils occupait son temps à Memphis. J'ai permis à Moutnodjme de le distraire, dans l'espoir qu'il négligerait un peu ces prêtres d'On qui le suivent partout. Car nul ne s'intéresse moins à la religion que ta nièce, qui a du reste fort amusé le Prince avec les pitreries de ses nains et son habileté à manier le fouet.

– J'ai dans l'idée qu'elle n'a pas diverti que mon fils... Ne souris pas. Tu m'avais promis des rapports complets. Comment se fait-il que tu n'aies jamais mentionné sa présence à Memphis ? Ta négligence est impardonnable!

– Je me suis efforcé d'être aussi précis que possible, ma Reine, mais ce n'était pas facile. Le prince a ses propres informateurs, et je sais qu'il lisait les messages que je t'envoyais. En outre, il consacrait le plus clair de son temps à son apprentissage religieux, et j'ignorais si ce détail était susceptible de t'intéresser.

– C'était à moi d'en juger! (Elle tapota les accoudoirs du trône.) Parle-moi de ces prêtres d'On.

– Le Prince a rassemblé autour de lui de nombreux prêtres du Soleil. Ils débattent de questions religieuses de l'aube au coucher de Râ. Ton fils est devenu très érudit en la matière, et sa parole commence à faire autorité. Il a invité plusieurs de ces jeunes gens à le suivre à Thèbes.

– A-t-il confiance en toi ?

– Oui.

– Tu resteras donc son garde du corps. Mais je veux des rapports quotidiens sur ses activités. Tu peux sortir.

Le capitaine s'inclina et disparut. Tii se laissa glisser du trône, lasse et contrariée.

– Donne-moi ton avis, Ay. A quoi rime cette parade insensée dans les rues de Thèbes ? Et pourquoi mon fils a-t-il ramené à Malkatta ce troupeau de prêtres ?

Ay croisa les bras et se mit à arpenter le dallage, paupières lourdes soudain, et comme ensommeillées. Son front se plissa sous le casque de cuir jaune.

– Si tu n'avais pas été si préoccupée de la santé de Pharaon, tu répondrais toi-même à ces questions. Pharaon redoute depuis toujours que son fils l'assassine, et tu es pareillement obsédée de cette idée, comme un chien par l'os qu'il ronge. Mais tu oublies que le Prince, de son côté, craint tous les jours pour sa propre vie, et jusqu'à ce que son père meure, il est à la merci des caprices d'un vieil homme terrorisé. Je pense que sa folle promenade dans Thèbes était pour lui un moyen de rappeler au peuple son existence, d'affirmer son droit à la vie, son droit à être vengé s'il lui arrivait malheur.

– Bah ! Tu es trop compliqué. Je crois que c'est plutôt l'ivresse du pouvoir imminent qui lui monte à la tête telle une vapeur de vin fort. Il va devenir aussi arrogant que son oncle !

Ay cessa de marcher, baissa les bras. Il eut un grand sourire.

– Dommage que tu n'aies pas de sang royal dans les veines, Tii. Toi et moi aurions pu être mari et femme.

– Une princesse légitimant l'accession de son frère au trône d'Égypte, comme au bon vieux temps ? Tu te vois déjà coiffé de la Double Couronne !

Il grimaça joyeusement.

– Dans les moments d'extrême ennui, rien de plus.

– Que penses-tu d'Horemheb ? (Tii se détourna du regard tendre de son frère.) Son attitude est inadmissible, n'est-ce pas ?

– Bien au contraire. Il s'est comporté avec sagesse et bon sens. En vrai soldat, il a concentré ses forces sur la seule solution possible. En ce qui concerne la présence de Moutnodjme auprès du Prince, ses arguments sont loin d'être sots. De toute façon, Moutnodjme est rentrée chez moi. Et sans doute le Prince a-t-il déjà perdu tout intérêt à ses yeux. Ma fille, vois-tu, n'a d'autre ambition que de procurer à son existence toujours plus de luxe et de plaisirs raffinés et divers.

Tii effleura les ankhs de son bracelet.

– Des mots, des mots, murmura-t-elle. Et derrière tous ces mots, l'immense bonheur de revoir mon fils. Nous sommes toi et moi semblables à deux souris clouées sur place par la crainte d'invisibles rapaces tournoyant dans le ciel. Il est temps de nous détendre, Ay, et de contempler l'abondance des moissons qui nous environnent.

– Joli discours, conclut-il d'un ton railleur.

Et riant de sa propre grandiloquence, elle le congédia.

Dans la soirée, elle convoqua ses suivantes et partit à la recherche de son fils. Les appartements du Prince étaient encore dans un grand désordre. Les esclaves déballaient prestement les malles arrivées le matin de Memphis, et les artisans finissaient d'installer les meubles que Tii leur avait commandés. Elle glissa un œil dans le somptueux salon aux portes d'argent, puis sortit dans le jardin où elle aperçut enfin son fils, assis dans l'herbe au bord du lac, jambes croisées sous lui, ainsi qu'il faisait au Harem. Mais il n'était plus seul. De nombreux jeunes gens l'environnaient, assis ou étendus sur la pelouse. Elle les observa rapidement tandis que son héraut ordonnait à tous de se prosterner. Nefertiti enlaçait le bras du Prince. Sitamon reposait joliment sur un coude, la hanche étroitement moulée de lin écarlate. Amenophis se leva et s'avança vers Tii en souriant, bras tendus. Il lui prit les mains, baisa doucement sa bouche.

– Dis-moi qui sont donc ces hommes qui broutent l'herbe à mes pieds, bougonna-t-elle gaiement. (Piha dépliait son siège.) Sitamon, tu ne devrais pas te vautrer ainsi en public dans les fleurs, telle une concubine! Apporte un autre siège, Piha.

Mortifiée, la jeune fille se leva, ramena nerveusement sur ses seins sa cape de gaze bleue.

– On vient d'arroser la pelouse, mère, intervint le Prince de sa voix aiguë et mélodieuse. Sitamon désirait en profiter. (Il désigna d'un bras le groupe prosterné.) Mère, je te présente mes amis.

Pentou, prêtre du temple de Râ-Herakhti d'On. Pinhasy, prêtre du Soleil également, et que j'ai nommé mon majordome. Toutou, dont tu as pu contempler la belle écriture dans les messages que je t'envoyais. Kenofer, Ranefer...

L'un après l'autre, les jeunes hommes se relevèrent et vinrent lui baiser les pieds. Elle croisa des regards respectueux, où vacillait pourtant une discrète lueur de défi. Presque tous avaient le crâne rasé et portaient le long pagne blanc de leur sacerdoce. Autour du cou, ou peint sur l'avant-bras, ils arboraient l'emblème du Dieu de l'Horizon, le faucon soutenant le disque solaire. Elle reconnut soudain les yeux ourlés de khôl qui se levaient vers elle.

– Mahou! Que fais-tu ici? Aurais-tu perdu ton poste à la direction du Mazoï?

Voilà donc l'espion de mon fils, se dit-elle. Le chef de la police municipale de Memphis. Mahou esquissa un sourire.

– Non, Majesté. Le Prince me fait l'honneur de convier l'humble soldat que je suis dans le cercle de ses intimes.

Un humble soldat dévoré d'une curiosité point si humble pour les secrets de sa Reine, songea-t-elle encore tandis qu'il se relevait.

Tii s'installa sur son siège, et chacun reprit sa place dans l'herbe, visiblement soulagé. Amenophis se rassit. Nefertiti fut aussitôt près de lui, genou collé à celui du Prince. Tii se demanda quel genre de réunion elle venait d'interrompre. Plusieurs rouleaux de papyrus jonchaient la pelouse, parmi des plats de friandises entamés et des coupes de vin à moitié vides. Elle sentit le regard placide et ferme de son fils posé sur elle.

– Que penses-tu de Thèbes, Amenophis?

Il médita la question avec un sérieux qu'elle ne méritait pas.

– Les rues sont répugnantes, dit-il enfin, et les gens du peuple puent.

L'assemblée partit d'un grand éclat de rire, où elle décela la nuance de flagornerie habituelle. Son fils ne daigna pas sourire mais la dévisageait toujours, et elle comprit alors qu'il la jaugeait, la pesait en une balance dont la nature lui était un mystère. Elle en fut gênée, et comme dans un cauchemar se sentit très vieille, soudain, parmi tant de jeunesse.

– Tu as eu envie de voir la ville d'après ce que t'en avait dit Moutnodjme, n'est-ce pas? demanda-t-elle poliment.

Il baissa les yeux.

– Cela se peut, en effet.

– Je préfère Memphis, moi aussi, je te l'avoue. Mais je n'oublie pas que sans le combat des princes de Thèbes, jadis, nous végéterions encore sous la domination étrangère. En outre, Thèbes est le berceau d'Amon. Sous toute cette crasse et cette décadence repose une cité noble et fière.

Il y eut un échange de brefs regards dans l'auditoire. Amenophis contemplait ses mains.

– Ce que tu dis est juste, Noble Tante, intervint Nefertiti. Mais nous préférons n'admirer Thèbes que de loin, et laisser couler le fleuve entre la ville et nous. (Tii remarqua l'animation de la jeune fille, l'étincelle de ses yeux gris, les gestes exagérément gracieux.) Dis-moi, Toute-Puissante Reine, que penses-tu de ce nouvel ambassadeur des Hittites et de ses compères ? De vrais sauvages, non ?

L'atmosphère s'allégea aussitôt, et les bavardages reprirent ici et là sur la pelouse, Sitamon boudait toujours sur son tabouret. La Reine s'attarda un moment encore avant de se retirer, sachant que l'entretien mystérieux s'épanouirait de plus belle dès qu'elle serait hors du jardin.

Dans la chambre de Pharaon, contrairement à l'habitude, les tapisseries ne voilaient plus les fenêtres, et aucune lampe ne brillait encore. Les ombres du crépuscule baignaient suavement le dallage. Apouia servait le repas du Roi, et Sourero se tenait aux ordres. Des esclaves sillonnaient la pièce, affairés et muets. Dans un coin, un joueur de harpe égrenait d'un doigt un air mélancolique. Tii chercha l'adolescent, entendit son rire dans le jardin. Par la fenêtre, elle l'aperçut qui courait, suivi des lévriers du Roi.

– Ainsi que tu peux le constater, je mange, marmona Amenophis d'un air mutin. Ma fièvre est tombée, et mes dents ne tremblent plus dans leur niche. Viens t'asseoir près de moi, ma Tii. Ainsi, l'eunuque est de retour !

Elle s'installa près de lui, saisit la coupe de vin que lui tendait Sourero.

– Un homme ne se juge pas seulement à la façon dont il tire à l'arc ou lance le javelot, ainsi que tu le dis souvent. (Elle savoura une lampée de frais liquide.) Ton fils n'a aucun goût pour les arts martiaux, je te l'accorde. Encore qu'il sache assez bien conduire un char. Aurais-tu un préjugé contre ses talents religieux ou musicaux ? Pourquoi t'obstines-tu à le traiter d'eunuque ?

– Ma foi, je trouve qu'il en a l'apparence. (Il déglutit avec précaution.) Cette bouche épaisse, ce dos voûté... Tu veux que j'appose mon sceau sur le contrat de mariage, n'est-ce pas ?

– Il est temps, Amenophis.

– Nous verrons bien alors quel genre d'eunuque est ton cher eunuque, gloussa-t-il. (Il leva sa coupe et ses yeux pétillèrent de malice.) J'ai lu le papyrus. Renvoie-le-moi demain.

Il ordonna que l'on retire les reliefs de son repas et s'adossa dans les coussins.

– Sourero, fais entrer les acrobates syriens et allumer les lampes. Tu t'en vas, ma Tii ?

– Je dîne ce soir avec les émissaires d'Alashia. Tu auras le contrat demain, Horus. Que ton Nom vive éternellement.

Il écarquilla les yeux, surpris de tant de solennité.

– Qu'il en soit de même pour toi. Mes condoléances à Nefertiti.

Il aura toujours le dernier mot, songea-t-elle en réprimant un rire, tandis qu'elle se retirait d'un pas grave et fier.

5.

Lorsque Sourero apporta le contrat, le lendemain, Amenophis jouait sur sa couche avec le petit Smekhara qui roucoulait contre lui. La nourrice veillait, un peu inquiète, dans un coin de la chambre. Sourero déplia le papyrus.

– Résume, Sourero, résume. Tu vois bien que je suis occupé.

Il se pencha sur le nourrisson, lui chatouilla le ventre de ses doigts boudinés.

– Eh bien, qu'attends-tu ? Je t'écoute.

Se détournant du bébé, il caressa le front brun de son amant. Sourero croisa le regard de la nourrice.

– Il s'agit d'un contrat de mariage habituel, à l'exception de deux clauses. Nefertiti portera le titre de Princesse dès que tu auras apposé ton sceau. Comme les autres femmes de la Cour, elle dispose du droit légal de divorcer de son mari, de rapporter dans la maison de son père l'ensemble de sa dot et de garder tout objet acquis par elle au cours de la vie conjugale. Mais lorsque le Prince accédera au trône d'Égypte, toute séparation deviendra impossible, puisqu'elle-même sera nommée Déesse des Deux Royaumes.

Il se tut. Amenophis ne daigna pas lever les paupières. Le chambellan émit un soupir puis reprit :

– Tous les enfants issus du mariage restent à la garde du père dans le cas où un divorce interviendrait avant le Couronnement.

– Oh, finissons-en, Sourero! Tout est en règle. Viens ici, que j'appose mon sceau.

Sourero gagna la table de chevet où brûlait une mèche. Il fit fondre la cire, la déposa goutte à goutte sur le document. Pharaon serra doucement le bébé sur son épaule, puis enfonça d'un coup sa bague dans la cire molle.

– Voilà qui est fait. Bien entendu, je suis trop malade pour assister à la cérémonie. Charge-toi d'offrir un cadeau convenable à l'heureux couple, Sourero. Tu peux te retirer.

Pharaon ne parut pas au mariage, dont le rituel, sobre et discret, se déroula quelques jours plus tard à Karnak. Tii ne s'en formalisa guère. L'apposition du sceau royal constituait l'essentiel du sacrement. Mais son émotion fut profonde lorsqu'elle vit son fils et Nefertiti, parés de lin royal et d'argent, prier debout, main dans la main, devant l'autel d'Amon. Il y eut ensuite un banquet somptueux où la Cour fut conviée. Mais Tii se retira dès qu'elle le put dans ses appartements. J'ai fait beaucoup en peu de temps, songea-t-elle tandis que Piha la dévêtait. J'ai fait beaucoup, et je me sens bien lasse. Maintenant j'ai besoin, grand besoin, de ne rien faire du tout.

Elle décida d'aller se reposer dans sa propriété de Djaroukha. Le Nil avait roulé sur les berges et les champs, et tout le pays dessinait un vaste lac tranquille. Les paysans, pour qui la Crue était un long repos, s'en allaient en foule visiter les chantiers de Pharaon à Louxor, Soleb et dans le Delta. Les eaux léchaient l'entrée béante du tombeau royal encore inachevé.

– Viens avec moi, Ay. Nous cueillerons ta chère Tey au passage, à Akhmim. Je n'ai plus rien à faire ici. Tout est calme, et la santé de Pharaon n'est pas trop mauvaise. La rumeur de Thèbes me fatigue tant. J'ai parfois l'impression de sentir la puanteur de la ville flotter jusqu'au palais.

– Si tu le souhaites, Majesté, répondit le Maître des Chevaux. Mais ne crois-tu pas que tu as plutôt besoin de t'éloigner de ceux-là ?

Il désigna le petit groupe serré à l'ombre des appartements du Prince. De la terrasse où ils se tenaient, ils distinguaient l'adolescent assis en tailleur, et son casque blanc ponctuait les rythmes de son discours. Ils n'entendaient pas ce qu'il disait, mais l'envol énergique des mains, la lumineuse assurance de son visage levé vers le ciel semblaient conférer à sa parole une insolite autorité.

Tii émit un petit claquement de la langue.

– Regarde-le! Il traîne tout le jour avec Nefertiti à son bras et ce troupeau de prêtres pendus à ses lèvres. Et il parle, il parle... Quant à ses nuits, il les passe à jouer du luth et à dicter des chansons! A quoi pense-t-il donc? Il devrait se baigner avec ta fille, courir nu sous les sycomores, dormir avec elle sous les étoiles! Que peut-il bien leur raconter avec tant de fougue?

– Demande-le-lui.

Elle regarda son frère.

– Je ne suis pas certaine d'avoir envie de savoir.

A Djaroukha, ils nagèrent, mangèrent abondamment et coulèrent de douces soirées à évoquer leurs souvenirs en buvant du vin. Et tandis qu'ils devisaient dans la fraîcheur des soirs ou se taisaient, perdus dans leurs rêves, Tey étalait sous les papyrus les bijoux et les fleurs de pierres précieuses qu'elle confectionnait tout le jour, et souvent se promenait le long du fleuve, collée au flanc de son garde du corps.

Ils revinrent à Thèbes un mois plus tard, après avoir déposé l'épouse d'Ay à Akhmim. Dès leur arrivée au palais, Ay disparut dans ses bureaux, et Tii se précipita au Harem en quête de Tia-Ha, qui saurait mieux que personne lui conter les derniers potins de la Cour.

Elle sentit aussitôt, en longeant les corridors, qu'un vent nouveau soufflait sur Malkatta. Elle croisa des prêtres à long pagne blanc qui s'inclinaient devant elle, des jeunes hommes au visage inconnu affublés de l'emblème des Scribes Royaux et des Surveillants du Temple. Au détour d'un couloir, elle buta contre un soldat de forte carrure, qui se jeta gauchement à genoux et se couvrit le visage. Il portait un court pagne de lin, un casque blanc sans parure, et sur la poitrine un pectoral doré figurant le dieu du Soleil à tête de faucon. Un garde du temple d'On. Les portes du Harem s'ouvrirent devant elle.

Les appartements des femmes bruissaient de brise fraîche, de murmures et de pas. La porte de Tia-Ha était ouverte. Un parfum capiteux cloua la Reine sur le seuil. La Princesse et son cosméticien s'affairaient au-dessus d'une petite table d'ébène jonchée de pots minuscules. Ils se jetèrent au sol à l'apparition de la Reine. Des vapeurs de myrrhe, de lotus et d'essences variées saturaient l'air de la chambre.

– Que fais-tu là? gémit Tii, qui s'approcha. Cette odeur me fait tourner la tête!

– J'invente des parfums, Majesté. (Tia-Ha lui glissa sous le nez le doigt qu'elle venait de plonger dans l'un des pots.) Je suis lasse de la myrrhe et de l'aloès. Et je compte bien en vendre à la Cour. Mon cosméticien prétend que c'est une bonne année pour les huiles précieuses. J'en ai fait venir de fort loin, et qui m'ont coûté de belles pièces de lin, tu peux m'en croire.

Sur son ordre, l'homme posa ses instruments et se retira.

– Envoie donc quelques échantillons à mes cosméticiens, suggéra la Reine. Mais pas de myrrhe, je t'en supplie. Le palais empeste déjà trop la religion!

– Pas autant que tu le penses, Majesté. Mais il est certain que l'heure n'est plus aux frivolités. Étais-tu donc si loin que tes espions n'aient pu te joindre?

– J'ai refusé de les voir. Raconte-moi donc les derniers commérages, Princesse.

Tia-Ha roula ses grands yeux de nuit.

– Les commérages du Harem donnent beaucoup de jus et bien peu de fruits, tu le sais. Quant aux proches du Roi, ils ont les lèvres fort bien cousues!

– Nous sommes de vieilles amies, sourit la Reine. Dis-moi tout.

Elles s'étaient assises sur des coussins posés sur le carrelage. Une esclave vint en silence leur offrir des dattes et du vin. Tia-Ha soupira.

– Nous voyons le Prince presque aussi souvent que lorsqu'il vivait ici, au Harem. Lui, et aussi la princesse Nefertiti, les prêtres et la Reine.

– Sitamon? Que dit-on au sujet d'Amenophis et de sa sœur?

– Il y a des rumeurs, évidemment, mais ta fille ne reste jamais seule avec le Prince. Elle est trop habile pour cela.

– As-tu vu Pharaon durant mon absence? Est-il au courant de ces bavardages?

Tia-Ha cueillit une datte visqueuse, la contempla d'un air pensif.

– Majesté, ce sont là les questions d'une enfant de cinq ans. Même la petite Tadoukhipa qui rase les murs et ne parle qu'à sa tante pourrait y répondre!

Tii se leva brusquement.

– Il se peut que j'aie envie d'avoir de nouveau cinq ans, fit-elle, vexée. Tes parfums me donnent la migraine, Princesse.

Son amie grignota la datte, saisit son gobelet.

– Je veux bien espionner Pharaon pour ton compte, Tii, mais d'autres femmes du Harem sont plus habiles que moi à ce petit jeu. Je préfère bavarder avec toi de sujets dont tout le monde parle. (Tii se calma un peu.) Figure-toi que la princesse Henout, la fière Henout de glorieuse ascendance, s'est battue avec une femme de Babylone, il y a quelques jours! Tu sais sans doute que Henout est très pieuse. Elle vénère Amon-Râ, et l'encens qui brûle dans ses appartements suffoquerait un prêtre. Et voilà que la Babylonienne a soudain pris de grands airs, clamant partout que le Prince était venu chez elle prier le dieu de Babylone! Elle s'en est vantée devant Henout, qui l'a frappée de son chasse-mouches. Sur quoi l'étrangère a eu la fâcheuse idée de gifler la face austère et solennelle de la Princesse! Kherouef lui a fait donner le fouet.

Tii ne pouvait détacher son regard de la belle bouche pulpeuse de son amie, où le jus de datte avait collé une mèche noire.

– Tu veux dire qu'il y a eu une bagarre au Harem à propos de... de *religion*?

– Parfaitement. Il semble qu'Amon ait toujours de fervents adeptes, non?

– J'ai peine à y croire!

– Et ce n'est pas tout. (Elle se leva, plongea ses yeux dans les yeux de la Reine.) Le Prince a fait offrir à la Babylonienne une paire de boucles d'oreilles en or dès qu'il a eu vent de la punition.

– Oh dieux! gémit la Reine, atterrée.

Son fils connaissait pourtant la loi du Harem. La discipline y était stricte, et seul le surintendant était autorisé, par tradition, à y distribuer châtiments et récompenses. Elle tourna les talons et sortit sans rien ajouter.

Appuyé sur un coude à sa fenêtre, le Prince contemplait le jardin arrosé de soleil couchant à ses pieds. Un scribe, assis sur le sol, lui faisait la lecture. La pénombre de la chambre était fraîche, piquetée de rais de lumière qui pleuvaient du plafond à claire-voie. Des petits singes couinaient sous les colonnes. Sur des gerbes de lotus flétries, négligemment empilées sur le trône, somnolait un gros chat moucheté. Au cri du héraut, le jeune homme se retourna et le scribe s'aplatit à terre.

– Mère! Vous voici enfin revenue! Tout s'est-il bien passé à Djaroukha?

Saisissant ses mains moites et glacées, elle vit avec stupeur qu'il portait le pagne plissé des prêtres, noué bas sous son abdomen rebondi. Il avait rougi ses lèvres au henné, comme une femme. D'un signe de tête elle congédia le scribe, qui roula prestement son papyrus et sortit.

– Djaroukha était superbe, mais j'ai quelques mots à te dire.

Comme toujours lorsqu'elle était avec lui, elle écourta les préliminaires. Le regard candide et mouillé du Prince n'invitait guère aux fades babillages qui composaient l'ordinaire des conversations du palais.

– Tu m'as beaucoup manqué, Majesté. Le palais n'est plus le même sans toi.

Elle sourit prudemment.

– Amenophis, j'ai croisé un étrange soldat aujourd'hui, un garde du temple d'On, si je ne me trompe. Je suppose qu'il t'appartient, et tu n'ignores pas, sans doute, que tout changement intervenant au sein du palais doit obtenir l'autorisation du Pharaon ou de moi-même.

– J'ai fait venir un bataillon afin de protéger les prêtres qui sont mes amis, rétorqua-t-il sans se troubler.

– Pourquoi ces prêtres auraient-ils besoin de protection ici, dans la résidence privée du Dieu d'Égypte?

Il lui prit le bras, la conduisit devant la fenêtre.

– Quelle belle journée, Mère. Vois ces canards qui ébouriffent leurs plumes et piquent du bec dans le lac! Et cette eau qui se déploie des seaux des jardiniers telle une cascade d'argent fondu... Mes amis, vois-tu, irritent parfois les officiants de Karnak, car nous enseignons la suprématie de Râ. Ils m'ont prié de faire venir auprès d'eux leurs propres gardes.

Tii se détendit. Elle laissa pendre ses bracelets sur le rebord de la croisée.

– C'est donc de cela que vous discutiez! La suprématie de Râ... Pauvre fou! Les prêtres d'Amon n'ont aucune raison de prendre ces enfantillages au tragique. Ton père a toujours encouragé en Égypte une religion universelle, et ils le savent bien.

Son fils vint tout contre elle, l'effleura de sa maigre épaule.

– Amon est d'une autre nature, souffla-t-il très vite. Il est certain que son pouvoir est grand dans le Royaume, mais il n'est pas le plus puissant. Alors que Thèbes n'était encore qu'un tas de huttes de boue séchée et Amon une humble divinité locale enchaînée à son village, Aton le Soleil dominait l'Empire dans tout l'éclat de sa gloire. Et il doit régner à nouveau, c'est ce que nous désirons!

Sa voix enfantine vibrait, autoritaire et troublante. Tii n'osait pas tourner la tête.

– Où as-tu appris tout cela? dit-elle enfin, gorge nouée.

– Je le sais. Je le sais depuis le jour de ma naissance. Et même si je m'étais fourvoyé, les écrits anciens auraient guidé mon esprit aveugle. Nous les avons retrouvés à la Bibliothèque. Pharaon les avait fait retranscrire à l'occasion de son premier Jubilé. Le Maât a été gravement perverti, Mère, et j'ai pour mission de restituer à l'univers son ordre primitif.

– Mais ton père *est* le Maât! Dans son corps, dans toute sa personne. Là où il vit règnent la vérité, l'équilibre de toute chose, la tradition et la loi, l'aurais-tu oublié?

– C'est ce que l'on dit, en effet.

Il grimaça un semblant de sourire. Tii sentit la fureur l'envahir.

– Comment oses-tu, Amenophis! Je te somme de ne plus encourager ces prêtres du Soleil, tu m'entends? Tu es le Faucon-dans-l'Œuf, et tu incarneras bientôt Amon dans le Royaume d'Égypte. Tu dois servir Karnak autant que ce palais, les prêtres d'On devront bien se résoudre à l'admettre! Alors amuse-toi encore un peu, mais souviens-toi que dès que Pharaon mourra, tes amis devront regagner leurs temples!

– Tu n'as pas compris. (Soudain il agrippa les mains de sa mère et, penchant la tête, les baisa avec une ferveur qui la laissa interdite.) Mais tu sauras bientôt. Grande Mère, Reine Divine, un jour tes yeux se dessilleront.

L'étrange crise cessa aussi brutalement qu'elle était apparue. Il reposa les mains de Tii sur le bord de la fenêtre, arrangea ses bagues une à une avec un sourire très doux, tandis qu'elle s'efforçait de rassembler ses esprits. Elle put enfin parler.

– Je tiens à ce que tu n'interviennes plus dans la vie du Harem de ton père, Amenophis. On m'a raconté ce qui s'est passé entre Henout et la Babylonienne.

Il soupira.

– Majesté, tu ne comprends pas encore pourquoi j'ai prié avec la femme de Babylone, n'est-ce pas?

Il y eut un silence. Tii haussa les épaules.

– Je ne comprends que ce que je vois, mon fils. Encore une question. Nefertiti ne te plaît-elle pas ? Et pourquoi n'as-tu pas acheté de concubines ?

Son long visage ne broncha pas, mais sa voix se fit brusquement plus rauque lorsqu'il dit :

– A la mort de Pharaon, je reprendrai son harem.

– C'est Sitamon qui t'a mis cette folle idée en tête, j'en suis sûre ! Mais je ne le permettrai pas !

– Elle est ma sœur de sang royal et m'appartient de droit.

– Elle est forte et sournoise et veut te dominer, ne le sens-tu pas ? Elle cherche à devenir Première Épouse, à supplanter Nefertiti !

– Tes yeux sont si bleus, Mère, on dirait un ciel glacé. On dirait la déesse Nout lorsqu'elle engloutit Râ dans sa bouche à la tombée du jour, murmura-t-il. J'aime Nefertiti, et j'aime Sitamon tout autant. Elle a mis ses esclaves à ma disposition. Elle m'adore.

– Nefertiti aussi t'adore, et elle est belle. Donne-lui donc un fils pour l'Égypte. Et si tu veux Sitamon à la mort de ton père, nomme-la simplement Épouse Royale.

Il se replongea dans la contemplation du jardin, qu'un lent crépuscule poudrait de bronze. Puis il se pencha, et Tii ne sut pas si c'était l'émotion ou une touche de soleil couchant qui rosit soudainement sa peau blanche.

– Un Dieu n'engendre pas des héritiers à la légère, prononça-t-il enfin.

– Tu n'est pas encore un Dieu, mon fils. Jouis de ton corps, et repose un moment ton esprit. Renvoie ces prêtres.

Il ne répondit pas, et elle n'osa plus insister. Appelant son héraut, elle sortit.

Peu après, bouleversée par le ton étrange de cette conversation, la Reine demanda à son frère combien il y avait de ces soldats à l'intérieur du palais.

– Une centaine, Majesté. Mais les prêtres sont plus nombreux.

– Une centaine ! (La migraine qui l'avait assaillie dans la chambre trop parfumée de Tia-Ha lui tenaillait le crâne.) Enfin, espérons qu'il ne s'agit là que d'une folie de jeunesse, dont le Prince se lassera bientôt.

– D'après un rapport que j'ai reçu de Memphis, il semble que ton fils ait offert aux temples du Soleil un présent substantiel. Mais on me dit également qu'il a fait porter quantité de grain et de miel à Karnak.

La Reine se détendit.

– Le jeune Faucon apprend à voler et déploie gauchement ses ailes. Pauvre petit Horus! Maintenant je désire manger parmi les fleurs, Ay, et regarder mes acrobates, ne plus penser à rien.

Elle se retira dans ses appartements un peu rasséréné. Mais lorsqu'elle s'allongea, plus tard, sur sa couche, elle se sentit aussi vide qu'un cadavre sans viscères offert aux mains des embaumeurs.

6.

Les courtisans s'accoutumèrent peu à peu à la calme présence des prêtres de Râ. L'évolution des modes religieuses était pour eux un délassement comme un autre, qui distrayait agréablement leur ennui. Car si la toute-puissance d'Amon semblait établie une fois pour toutes, il arrivait souvent que des divinités mineures, égyptiennes ou barbares, connussent une vogue éphémère et vivace, avant de céder la place à d'autres dieux, d'autres rites. Et la vie de la Cour continuait, immuable et futile.

Tii se prit à penser que son fils avait épuisé sa crise de révolte juvénile et acceptait enfin le rôle qui lui était imparti. Il ne se rendait plus que rarement au Harem, afin d'y saluer les vieilles épouses de son père qui avaient eu des bontés pour lui autrefois. Mais il détournait les yeux des jeunes beautés qui hantaient les corridors. Envers sa mère, il manifestait une attention courtoise, et elle se demanda si cette imperceptible froideur qu'il posait entre eux datait de leur dernier entretien, s'il n'avait pas tenté de lui dire quelque chose d'important, qu'elle n'avait su entendre. Et souvent, dans les heures noires d'avant l'aube, lorsqu'elle s'éveillait en sursaut et ne pouvait se rendormir, elle sentait les lèvres molles de son fils dévorant ses mains d'un baiser dont elle ne parvenait pas à déchiffrer, malgré ses efforts, l'insolite ardeur.

Au long des mois de récolte et des jours brûlants et mornes de la saison de Shemou, les affaires de l'État suivirent leur cours. Tii passait la plupart de son temps au bureau de la Correspondance Étrangère, où elle réglait avec Ay des points de diplomatie délicats.

Le roi d'Assyrie était mort, et les Hittites ainsi que le Mitanni convoitaient ses territoires. Tii dictait de longues lettres à ses fougueux alliés, dans lesquelles, afin de calmer leurs appétits, elle mêlait à la promesse de cadeaux et d'or un discret rappel de la suprématie militaire de l'Égypte. Pharaon s'étiolait dans l'univers crépusculaire des grands malades. Il n'apparaissait plus aux banquets, ni même dans son jardin, et apposait en bougonnant le sceau de sa bague sur les rares documents que son épouse ne pouvait ratifier. Après quoi il s'en retournait, languissant et noué de fièvres, à son jeune amant, ses magiciens, ses danseuses nues. L'annonce de la grossesse de Nefertiti vint à point égayer un palais somnolent et morose. Le Prince recueillit avec grâce les compliments de la Cour, tandis que Nefertiti minaudait sans fin devant les minuscules présents que faisaient pleuvoir à ses pieds les femmes du Harem. Pharaon lui offrit les services de son magicien particulier, et Tii l'amulette qu'elle avait portée lors de la naissance d'Amenophis.

Mais la Reine s'éloigna bientôt de ces manifestations joyeuses. Elle envoyait chercher son fils Smenkhara, le regardait rire sous les tièdes roucoulades de ses nourrices. Elle songeait à l'avenir de l'Égypte. Et pendant qu'elle présidait les audiences ou les festins chatoyants de musique et de langues barbares, elle avait le sentiment que l'Empire n'était plus désormais qu'un cœur fragile sur la balance d'Anubis, un cœur qui serait bientôt pesé et jugé dans l'austère pénombre où officiait le Dieu des morts. Cette hallucination ne la quittait plus.

Un matin que Piha la drapait d'un fourreau de lin grenat et qu'elle songeait à la fête d'Opet toute proche qu'elle devait organiser sans Pharaon, le Deuxième Prophète d'Amon demanda à être reçu de toute urgence. Surprise, elle le fit entrer, et le vit s'avancer, plié jusqu'à terre, les rubans de sa fonction collés en bataille sur son crâne nu, scintillant de sueur.

– Relève-toi et parle. (Elle s'assit à sa table de toilette.) Ignores-tu que je ne reçois jamais dans ma chambre ?

– Mille pardons, Déesse. Mais je crois que tu ne t'es pas rendue depuis longtemps à Karnak.

Tii ferma les yeux. Le cosméticien enduisit ses paupières de poudre verte.

– Si j'avais eu envie de prier à Karnak, je n'aurais pas délégué un prêtre pour le faire à ma place. Que se passe-t-il donc ?

– Le Prince a tendu hier les cordes blanches qui délimitent le futur sanctuaire d'Aton à l'intérieur du Temple.

– Je le sais. Il en discute avec ses architectes depuis des mois. Je ne vois rien à redire à cela.

Elle ouvrit les yeux, saisit son miroir. Un pinceau voleta dans le bol de henné. Au-delà de son reflet de bronze, elle entrevit la mine anxieuse du prêtre.

– Ce matin, Majesté, la princesse Nefertiti ordonne une cérémonie semblable.

– Je suppose que c'est en l'honneur du nouveau palais que mon fils veut construire sur la rive orientale?

Simout prit une longue inspiration.

– Non, Majesté.

Les lèvres de Tii frémirent sous le pinceau. Elle abandonna le miroir, se retourna brusquement.

– Tu veux dire que Nefertiti pose aussi les fondations d'un nouveau sanctuaire dédié à l'Aton?

– Oui, Déesse.

– Je m'y rends immédiatement. Rejoins-moi là-bas.

Le coiffeur ajusta la lourde perruque, dont il oignit quelques mèches d'huile parfumée. Tii se tourna vers sa camériste.

– Mes boucles d'oreilles en onyx, aujourd'hui, et la couronne royale. Je veux aussi un Œil d'Horus et un ankh au sphinx de mon pectoral. Et mes colliers d'argile, Piha, vite! Fais apprêter la Barque d'État. Je traverse le fleuve.

L'air était semblable à un creuset en fusion où se consumaient les tentures du palanquin. Lorsque la cange la déposa sur les marches de Karnak, Tii songea que la Thèbes orientale lui avait décidément toujours semblé plus torride en été, plus fétide à l'époque des crues, plus bruyante les jours de fête, et qu'elle préférait le calme de Malkatta, malgré le voisinage des tombeaux. Ptahotep et Simout baisèrent devant ses pas le pavage incandescent. Au-delà des chants de bienvenue des prêtres et du cliquetis des sistres que balançaient leurs mains blanches, elle entendit brailler les colporteurs, braire les ânes, gronder les chariots. Les musiciens des rues mêlaient leur aigre cacophonie aux querelles des commères et aux cris d'enfants. Les remugles de la cité imprégnaient les jardins du Temple, mélange de tripaille avariée, de cuissons et d'épices. Du fleuve à marée basse où oscillait *Splendeur d'Aton* monta un relent de vase et de plantes mouillées. Le nez enfoui dans une mèche de sa perruque où embaumait le lotus, la Reine disparut dans la litière, sans un regard pour les servants d'Amon attroupés en son honneur.

– Conduisez-moi auprès de Nefertiti, ordonna-t-elle avant de baisser les tentures.

Un silence ébahi l'accueillit dans la cour du Temple. Les éventails jaillirent autour d'elle, l'assemblée s'aplatit dans la terre fraîchement retournée. Elle avisa le plat d'argent où vibrait, dans les mains d'un prêtre du Soleil, une flaque de peinture blanche, vit le rouleau de fines cordes, le taureau paré pour le sacrifice. Plus loin, le temple de Mout, les colonnades, les pylônes et les statues vacillaient dans l'air torride. Elle revint aux dévots étendus dans l'humus des tranchées. Qu'ils y restent, pensa-t-elle, mauvaise. Elle envoya son héraut chercher Nefertiti qui s'affairait, accroupie, à l'autre bout du chantier. La jeune femme glissa vers elle avec une grâce que n'alourdissait en rien son ventre distendu.

Tii l'invita à prendre place sous le dais.

– Nous sommes à Karnak, Nefertiti. En quel honneur fais-tu bâtir un temple d'Aton alors que ton époux a entrepris d'agrandir le sanctuaire déjà existant ?

La Princesse la dévisagea posément.

– Je tiens à posséder un ben-ben où je puisse adorer le Dieu en privé.

– La tradition interdit que l'on construise un temple pour une simple mortelle !

– Je serai bientôt Déesse, Noble Tante. Du reste, n'as-tu pas toi-même ton temple à Soleb ?

– Pharaon a ordonné, c'est exact, que je sois vénérée au sanctuaire de Soleb. Mais tu n'es encore que princesse. Méfie-toi. En manifestant une prédilection trop nette pour l'Aton, tu risques d'inquiéter les prêtres d'Amon, et de les blesser.

Le plus calmement du monde, la jeune femme répondit :

– Ne me donne pas de conseil en matière de religion, ma chère Tante. On te voit rarement à Karnak en dehors des cérémonies officielles, me semble-t-il. Quant à mon époux, j'estime qu'il vénère les Dieux avec plus de ferveur que son père le Pharaon, qui a préféré vivre sur l'autre rive. Notre nouveau palais sera tout près du Temple. Le chantier est déjà bien avancé.

Tii entrevit l'éclair d'un sarcasme dans les yeux limpides qui l'observaient sans ciller. Elle sentit monter son courroux.

– J'estime que la construction de ce sanctuaire est une entreprise stupide, voire dangereuse, conclut-elle sèchement. Mais si mon fils y consent, libre à toi. Ne reste pas trop longtemps au soleil, mon enfant. Tu as besoin de fraîcheur et de calme.

Puis forçant la dignité de sa démarche, elle rejoignit sa litière, ferma élégamment les rideaux.

– A ma barque! cria-t-elle aux porteurs.

Elle s'en fut trouver sa fille, qui se faisait masser sur la table de marbre de ses bains privés. La pièce était sombre, le sol humide et frais, un filet d'eau tintait sur la mosaïque. Sitamon reposait à plat ventre, le menton sur les mains, tandis qu'une esclave malaxait ses chairs fermes.

– Je suis honorée, Majesté, dit-elle d'une voix somnolente.

Tii hocha la tête, ne répondit pas. Elle observa la peau qui luisait telle une pièce de satin sous la lune, la crinière noire cascadant au bord du marbre, le dos élégant, les fesses joliment arrondies. Sitamon gémit doucement, tourna la tête et sourit. Elle avait le geste lent de sa mère, sa bouche généreuse.

– Je sais pourquoi tu es ici, Mère. Mais garde pour toi tes reproches. C'est avec grand bonheur que je prête mes architectes à mon frère et à Nefertiti pour la construction de leur nouveau palais. Je pense d'ailleurs que je m'y installerai, moi aussi.

– Peu m'importe, coupa Tii. Savais-tu que Nefertiti faisait bâtir un temple?

Sitamon souleva la tête.

– Évidemment. Mes hommes ont ordre de me tenir informée de l'évolution de tous ces chantiers.

– Pourquoi ne m'en as-tu rien dit?

La jeune fille prit une mine lasse.

– Je pensais que tout le monde le savait. La présomption de Nefertiti nourrit assez les commérages! En outre, pourquoi aurais-je fait semblant de m'indigner auprès de toi d'un projet que j'approuve? Je tiens à conserver la faveur d'Amenophis.

– A-t-elle plus de valeur à tes yeux que mon propre déplaisir?

– Oui, Mère. Je veux qu'il ne puisse plus se passer de moi. (Elle se tourna sur le dos. Sa chevelure balaya les sandales de Tii.) Depuis neuf ans que je suis Épouse Royale, vois-tu, j'ai appris à satisfaire les exigences d'un homme capricieux, insatiable. Oh, je n'ignore pas que Pharaon m'a glissée dans son lit parce que je te ressemblais, mais c'est grâce à mon seul talent que j'y suis restée. Mets-toi à ma place, Majesté. Lorsque Pharaon mourra, je serai reléguée au fond du

Harem pour le reste de mes jours. Pas plus que moi tu ne te résignerais à un tel destin. Quel mal est-ce que je fais ? J'aime beaucoup mon frère. (Elle offrit sa jambe pliée aux doigts de la masseuse.) Il me nommera Reine. Impératrice, qui sait ?

– Comment peux-tu sous-estimer Nefertiti à ce point ? Son ambition est aussi redoutable que la tienne.

– Sans doute. Mais elle est plus jeune, et moins expérimentée. Tu aimerais bien nous voir nous étriper, n'est-il pas vrai, Déesse ? Tu veux dominer Amenophis, toi aussi, mais tu es bien trop fière pour rivaliser avec nous, car tu sais que tu perdrais, n'est-ce pas ? Tu n'as que ta finesse politique à opposer à notre beauté, notre jeunesse, et Amenophis sait apprécier ce qui est beau.

– Ne me crains-tu pas, Sitamon ? (Sa voix n'était plus qu'un souffle.)

– Si, répondit la jeune fille d'un air endormi. Mais tant que mon père vit, tu ne me toucheras pas, et à sa mort, j'aurai l'appui du nouveau Pharaon. De toute façon, si tu avais voulu me tuer, je pense que tu l'aurais fait il y a longtemps, lorsque nous étions rivales.

Tii ricana.

– Nous n'avons jamais été rivales que dans ta prétentieuse petite tête, Sitamon ! Utilise au moins ton influence sur le Prince pour éloigner de lui ces prêtres du Soleil. Je n'apprécie pas son choix religieux. Et je suis sûre que tu ne crois pas non plus à toutes ces sottises.

Sitamon ferma lentement les paupières et sourit.

– Non, mais Amenophis y croit. Oh, Mère, tu gouvernes depuis trop longtemps. Tu vois de sombres machinations où il n'y en a pas. Il se distrait, rien de plus. Nous prenons du bon temps.

Elle s'assit, réclama une serviette, et Tii sut que toute discussion était vaine. Elle hocha froidement la tête et se retira.

Au cours des semaines qui suivirent, la Reine surveilla l'activité frénétique des chantiers de Karnak. Et tandis que s'élevait lentement, rose et frais parmi les portiques séculaires, le sanctuaire dédié au Soleil, le Prince continuait à présider les rites d'Amon, qu'il surchargeait à plaisir, semblait-il, et observait de l'œil narquois et glacé d'un homme initié à de plus graves mystères.

Tii s'efforça de passer plus de temps auprès de son fils. Elle l'accompagnait dans ses promenades avec Nefertiti et leur cohorte de fidèles. Elle les regardait nourrir les canards, tresser des guirlandes de fleurs ou dîner sur l'herbe, dans une exquise simplicité, au coucher du soleil. Amenophis parlait rarement de religion devant elle. Mais il décrivait longuement, d'un air timide et gracieux, les charmes de la nature. Les animaux l'aimaient. Singes, chats et lévriers le suivaient dans ses déambulations, et lorsqu'il passait les chars en revue, les chevaux enfouissaient leurs naseaux dans son cou. Tii trouvait à la fois suspecte et fascinante cette candeur qui semblait trop étudiée pour être vraiment authentique, et qui ravalait au rang de dérisoire vertu la simple honnêteté. Seuls Pharaon et le souvenir du Fils d'Apou échappaient à l'enthousiasme puéril du Prince. A l'égard de sa mère, il manifestait une profonde déférence. Il composait à sa gloire des chansons qu'il fredonnait lui-même en égrenant son luth. Il lui prenait le bras lorsqu'ils flânaient ensemble dans les jardins, ou lui tenait la main comme un petit garçon.

La Cour se prit bientôt d'une passion mignarde pour les choses de la nature. Des fleurs d'améthyste, de jaspe et de turquoises serties d'or s'épanouirent sur les colliers et les ceintures, dans les lobes d'oreilles et les longues perruques qui balayaient les dos jusqu'à la taille. Pas un courtisan mû d'une quelconque ambition sociale ne se pavanait dans les jardins désormais sans un singe perché sur l'épaule, un chien ou une oie sur les talons, un esclave promenant dans une corbeille une touffe de chatons. Les épouses se réunissaient dans l'herbe afin de siroter d'âcres bières paysannes ou de discuter des mérites respectifs de leurs jardiniers. Les parcs du Harem, désertés d'ordinaire jusqu'en milieu de matinée, s'emplirent soudain de concubines aux yeux bouffis de sommeil, qui tombaient de leur couche à l'aurore pour inspirer des goulées d'air pur avec de petites exclamations ravies. Le commerce des onguents non parfumés connut un essor spectaculaire.

Tii regardait la Cour se métamorphoser au fil des jours en une luxueuse réplique des résidences rustiques où se prélassaient, au temps des grandes chaleurs, les bourgeois de Thèbes. Son fils flânait distraitement au cœur du frais tumulte. Il se roulait sur les pelouses avec les singes, léchait le museau des chats, poursuivait en riant ses canards familiers. Elle tentait d'imaginer la Double Couronne sur ce crâne insolite et difforme, n'y parvenait pas, et s'en inquiétait. Puis elle se rassurait, attribuant aux mélancolies d'une enfance captive l'insouciance du Prince. Il se lasserait bientôt de ces futilités, pensait-elle. Isis pleurait, le fleuve gonflait, et il serait bientôt père. La grossesse de Nefertiti touchait à son terme.

Un jour enfin, on allongea la Princesse sur le lit préparé à son intention dans les appartements de Tii, où elle accoucha d'une fille avec une aisance que la finesse de ses hanches ne laissait nullement prévoir. Lorsque les vivats de l'assistance se furent apaisés et que les invités furent partis noyer leur liesse dans des flots de vin, Amenophis prit l'enfant dans ses bras.

– Je te nomme Meritaton, déclara-t-il. Bien-Aimée de l'Aton.

– Ne devrais-tu pas d'abord consulter l'Oracle ? suggéra la Reine.

– Je sais ce que souhaite mon Dieu. Meritaton sera son nom, le seul digne de la chair de ma chair.

– Enverras-tu un message officiel à ton père ?

Il ne répondit pas, tendit la fillette à sa nourrice. Puis, s'asseyant auprès de son épouse, il effleura d'un doigt sa joue humide.

– Je savais que tout se passerait bien, murmura-t-il.

Nefertiti s'écarta poliment.

– Je voudrais dormir, à présent. Je me sens très lasse.

Il se leva aussitôt.

– Repose-toi, ô la plus heureuse des mères. (Il se tourna vers Tii.) Majesté, daigne partager avec moi une coupe de vin en l'honneur de ma fille.

Dans le petit salon attenant à la chambre, les esclaves s'empressèrent d'allumer les lampes, et Kherouef remplit les coupes. Ils s'assirent.

– Tu devrais envoyer un héraut annoncer la nouvelle à Pharaon, insista la Reine avec douceur. Ne peux-tu oublier ta haine un instant ?

Il cueillit un gobelet, en caressa le bord d'un doigt rêveur. L'argent de ses bagues lançait des feux glacés.

– Ma mère la Sphinge, prononça-t-il lentement. Ma mère toute-mystérieuse et toute-puissante. Je ne peux haïr ce qui n'existe pas.

– Cesse de dire des sottises. Ton père est un vieil homme malade, et cette naissance est une grande joie.

Il avança une lippe boudeuse, vida sa coupe et la tendit à Kherouef. Il y eut soudain une sombre malice dans ses yeux.

– Ton époux est bien malade, en vérité. Car il est un homme, et rien de plus. Et il va mourir. Annonce-lui toi-même la nouvelle.

– Tu es cruel et sans pitié! N'y a-t-il donc en toi aucun pardon? s'écria Tii, choquée.

Il contempla son vin, ne dit mot. Elle ajouta plus calmement :

– Je me réjouis que tu aies une fille. Nous la donnerons à Smenkhara, et elle sera Reine d'Égypte.

– A moins que j'aie un jour un garçon. (Il couva sa mère d'un œil tendre.) Est-il plus douloureux d'accoucher d'un garçon, Majesté?

Tii se mit à rire.

– Cela ne fait aucune différence pour une femme.

– Pour Smenkhara, tu as souffert.

– C'est que je ne suis plus si jeune, mon fils.

Il l'observa longuement, et ses yeux glissaient du sphinx qui ornait son cou à son visage. Puis il dit :

– C'est faux. Tu es immortelle.

Elle le vit qui vidait son verre, le posait sur la table. Cette idée lui était-elle agréable? Elle n'aurait su le dire.

– Immortelle, peut-être, répliqua-t-elle d'un ton léger. Mais mon corps n'est que trop humain, hélas!

Il ne sourit pas, parut soudain sombrer dans une obscure et fébrile méditation, les yeux rivés au visage de sa mère.

– Je me souviens de Touthmôsis, déclara-t-il brusquement.

Elle eut un frisson.

– Ton frère?

– Tu l'avais amené un jour au Harem. Une seule fois. Il n'est venu me voir qu'une seule fois, et sans plaisir. Je le revois debout dans ma chambre, le bras sur tes épaules, il souriait et je n'ai pu croiser un seul instant son regard. Il était très brun, il sentait les chevaux et le soleil, et la poussière du terrain de manœuvres couvrait ses sandales. Il a dit...

– Je sais ce qu'il a dit.

Elle déglutit douloureusement. Le souvenir était si présent soudain, si vivace, et sans qu'elle y fût préparée. Son fils aîné, le grand, le vigoureux. Sa main musclée enserrant son épaule, son haleine brûlante, l'éclair de ses canines... Il riait toujours, comme son père. Arpentait la terre à longues foulées, bandait son arc, faisait voler son char dans un fracas de sable et de pierres. Touthmôsis possédait la magie d'un vrai Prince, il en avait l'autorité et la fougue. Il était l'Horus-dans-l'Œuf, et Sitamon sa Princesse. La vie était plus simple alors, et si belle. Trop belle, sans doute. Elle aurait dû savoir. Elle parla.

– Il a dit : « Petit frère, quand tu seras plus grand, je t'emmènerai chasser le lion dans le désert. »

– J'en ai rêvé pendant des jours et des jours. Je m'éveillais le matin, fou de joie avant même d'ouvrir les paupières, et je pensais : aujourd'hui il viendra. Aujourd'hui il m'emportera sur son char et je verrai le désert, je verrai un vrai lion. Mais il n'est jamais venu.

– Il parlait parfois sans réfléchir, murmura-t-elle tendrement. Il savait que tu étais prisonnier, il en avait honte et t'a dit la première chose qui lui est passée par la tête. Pour te consoler.

– Et puis il est mort. (Amenophis se mit debout, chancela, comme si le vin déjà embrumait sa tête fragile.) Et moi je suis bien vivant, et je deviendrai Pharaon. Je suis aussi indestructible que toi, Mère.

Tii resta un instant interdite, puis elle parvint à articuler :

– Tu as une belle petite fille, une épouse qui t'aime et un royaume t'attend. Le passé est embaumé, mon fils.

– Oui.

Soudain sa tête plongea. Il s'appuya d'une main sur la table, et après une courte révérence sortit d'un pas lourd, maladroit, roulant des hanches comme une femme. Les esclaves écartèrent les portes. Dans la pénombre du corridor, le héraut leva la bannière et son garde du corps lui emboîta le pas. Un soldat du Soleil.

Figée au fond de son fauteuil, Tii se sentit pleine de mépris soudain pour ce fils pitoyable, qu'elle avait sauvé de la mort et toujours protégé. Nulle gratitude en lui pour ce qu'elle avait fait, et nulle grandeur. Non, il était jaloux, stupidement jaloux d'un frère plus glorieux, rongé de haine et de dépit. Et voilà qu'il prétendait jaillir tel Râ en majesté des limbes livides du Harem! C'en était trop. Elle commanda son escorte, partit d'un pas rageur. Mais au fil des couloirs qu'égayaient les flambeaux, les pas feutrés des esclaves et le rire indolent des courtisans affairés à leurs ripailles, son courroux s'apaisa. Et seuls l'amour et la stupeur restèrent en elle, aigres comme ces résidus que déposent parfois sur la langue les mauvais vins.

La chambre de Pharaon baignait dans la lueur cuivrée de lampes innombrables. Nu et tout luisant d'huiles tièdes, l'adolescent jouait une partie de chiens et de chacals avec une petite danseuse syrienne aux cheveux piquetés de fleurs de lotus fraîches. Des grappes de danseuses bavardaient sur les coussins, tête contre tête, en égrenant de petits rires. Debout près d'un brasero éteint, les musiciens du Roi tressaient dans la rumeur des bavardages une douce mélodie de cymbalettes et de luths. Trois médecins discutaient tranquillement de l'état du malade.

Il va mieux, songea Tii, gagnée soudain par l'euphorie ambiante. Elle traversa la pièce d'un pas allègre, mais dès qu'elle fut près de son époux et le vit, son cœur se glaça. Sa peau était grise et transparente, et comme tendue à craquer sur les os de la face. Les lèvres béaient sur une fente noire, hideuse, qui exhalait une odeur douceâtre. Elle l'avait rarement sentie, la reconnut pourtant aussitôt. Le fade relent de la mort qui s'approche.

– Amenophis ? murmura-t-elle.

Il leva une paupière, tenta de sourire.

– Je sais, siffla-t-il péniblement. Notre jeune Dieu est devenu père. Ou du moins, quelqu'un est devenu père.

Il avait la pupille dilatée, noyée de narcotiques, sans doute.

– C'est une fille. Nefertiti se porte bien.

– Elle a rempli noblement son devoir. L'eunuque est-il satisfait ?

Elle eut un petit rire.

– Tu es incorrigible, Puissant Taureau. (Elle effleura de ses lèvres la tempe de son époux.) Oui, je crois que ton fils est heureux. Il est parti s'enivrer dans ses appartements.

– Comme je l'envie... Demande que l'on me tourne sur le côté, ma Tii. Je veux te voir.

Elle leva la main. Des esclaves accoururent disposer la lourde masse sur le flanc, tapotèrent l'oreiller. Il ouvrit les yeux alors, et Tii fut saisie comme toujours par l'inaltérable autorité de ce regard qui s'emparait d'elle et où scintillait encore, sous la buée des drogues, l'éclat fixe de la vie.

– Comment supportes-tu ce vacarme ? dit-elle. Tu as besoin de sommeil. Renvoie ces gens.

– Non. Ils sont tout ce que j'ai aimé. J'avale d'infâmes breuvages qui apaisent un peu ma douleur. Alors je regarde tournoyer ces corps, et la musique caresse ma peau. Je pars à la dérive, je rêve de fleuves de vin rouge et de coupes précieuses, de regards bleus qui évoquent des voluptés sans fin, et je...

Les mots devinrent incohérents puis cessèrent. Tii contempla longtemps ces yeux qui semblaient creuser dans le gai tumulte qui les environnait deux gouffres fuligineux. Lorsqu'ils ne la virent plus, elle se leva.

– Comment est-il ? demanda-t-elle aux médecins.

Le plus âgé plissa le front, haussa les épaules.

– Ces fièvres l'épuisent. Les gencives sont criblées de pustules. Hier, il a encore perdu deux dents. Depuis cinq ans, Majesté, je prononce devant toi les mêmes paroles. Sa volonté de vivre n'est pas humaine.

– Amon habite son corps. Donnez-lui tout ce qu'il désire, et rendez-moi compte régulièrement de son état.

Elle s'enfonça dans le silence des corridors, à bout de forces. Le parfum de la mort était sur elle, semblable au pollen de quelque ignoble fleur collé à jamais aux plis de son fourreau.

Tout le palais sut bientôt que Pharaon se mourait, et le silence descendit sur Malkatta. Les émissaires étrangers restèrent à l'écart. Les ministres s'immobilisaient au seuil de leurs bureaux, les bras chargés de missives. les courtisans erraient dans les jardins d'un air d'irrémédiable ennui, que seul venait parfois distraire l'écho de l'orgie macabre qui fusait par intermittence des appartements du Roi à l'agonie. Et Tii, les yeux bouffis par les veilles et l'esprit vide, passant de sa chambre au jardin et du jardin à la couche où elle ne trouvait plus le sommeil, écoutait aussi, comme écoutait tout le palais, les clameurs et les rires que l'épaisseur des murs déformait, les rendant plus sinistres encore.

On vint la chercher enfin, et elle sut que ce serait la dernière fois. Elle fit appeler son fils. Au seuil de la chambre du Roi, le vacarme était insupportable.

– Chassez-les tous! hurla-t-elle aux gardes de son escorte.

Lèvres serrées, elle attendit que les soldats eussent dispersé l'assistance ébahie. La musique s'étiola puis mourut. Les musiciens se répandirent en toute hâte, suivis des danseurs et des domestiques. Et ce fut une cavalcade de corps humides, trébuchants, hébétés, qui s'affalaient devant elle ou fuyaient à reculons, bousculés par les soldats.

Tii promena son regard dans la pièce où tout s'était tu. Cruchons de vin vides, guirlandes déchirées, bijoux de pacotille jonchaient le sol, avec une cape de lin jaune, un filet de khôl noir et visqueux dégoulinant sur les dalles bleues d'un pot brisé. L'éphèbe jaillit du coin où il se terrait, s'approcha. Un objet luisait dans son poing.

– Montre! gronda-t-elle.

Il leva des yeux glacés, insolents.

– Il me l'a donné.

La petite main se déplia, et au creux de la paume parut un anneau d'or et de turquoise sculpté du cartouche impérial. Sur un signe de la Reine, un soldat s'en saisit.

– Il me l'a donné!

Il y eut un bruit de pas. Ay entra vivement, suivi d'Horemheb. Tii salua leur révérence.

– Horemheb, emmène cet enfant dans le Delta, immédiatement. Fais-le enrôler dans une patrouille de frontière. Et qu'il ne s'enfuie pas, surtout!

– S'il s'enfuit, Majesté, il connaîtra les cinq supplices et sera promptement décapité, assura le capitaine d'un air farouche.

Le gamin bondit sur lui dans un flot d'obscénités et entreprit de lui labourer le visage à longues griffes. Mais le garde s'interposa. Après l'avoir posément assommé d'un coup de poing sur la tempe, il le cueillit sur le carrelage et l'emporta.

– Laisse-nous aussi, Horemheb.

Le jeune homme s'inclina aussitôt et disparut. La Reine tremblait.

Elle eut enfin le courage de couler son regard au fond de la longue pièce où flottaient des pans d'ombre calme et lugubre. Une veilleuse éclairait faiblement la couche massive près de laquelle les médecins demeuraient immobiles, et comme résignés. Elle franchit au côté d'Ay la vaste pénombre, sans un regard pour son fils et Sitamon qui s'étaient glissés dans la chambre et se figeaient au pied du lit.

– Eh bien? demanda-t-elle aux médecins.

– Nous avons fait tout ce qui est en notre pouvoir, fut leur réponse. Mais le Roi a refusé les incantations.

– Fort bien. Vous pouvez sortir.

Ils s'éclipsèrent aussi vite que l'autorisait le protocole, négligeant le fouillis de plantes, d'amulettes et d'onguents qui encombrait les tables. Comment leur en vouloir, songea la Reine. Ces dernières semaines au chevet de l'agonisant avaient dû être un cauchemar pour ces hommes.

Elle effleura le front mouillé de son époux en murmurant son nom. Mais ce seul contact lui fut une douleur. Il avait le visage entièrement boursouflé, la bouche ourlée d'écume sèche. Des pleurs jaunâtres gouttaient dessous les paupières et s'agglutinaient dans les cils. Elle retira sa main.

Longtemps ils restèrent sans bouger. Le mourant s'agitait et marmonnait sur sa couche, et le silence autour d'eux était celui du tombeau. Tii comprit alors que Pharaon s'apprêtait à mourir ainsi qu'il avait toujours vécu, farouche et solitaire, niant avec arrogance ce qu'il ne pouvait maîtriser, dédaignant pour lui-même toute forme de sollicitude ou de pitié. Il ne reprit pas conscience.

La pièce s'emplit de prêtres en robes blanches qui brandirent de hauts encensoirs rougeoyants et fumants. Le Grand Prêtre se mit à genoux et baisa la main du Roi, tandis que montait une lente et grave psalmodie. Tii se demanda si son époux entendait les incantations. Pardonne-moi, l'implora-t-elle en silence, d'avoir chassé le joyeux vacarme que tu leur avais préféré. *Mais* Dieu tu es, et Dieu tu restes à jamais, Amenophis. Elle regarda son fils, ne lut rien sur son visage. Dans la lueur qui vacillait, sa mâchoire semblait plus longue, son nez plus pointu, plus molles ses lèvres. Les prunelles de Sitamon couraient de son père au groupe des prêtres qui psalmodiaient, et Tii crut sentir de l'impatience dans les longs doigts que sa fille tenait noués devant elle.

Lentement, l'encens noya la pièce d'une vapeur âcre et sucrée, engloutissant les relents du vin, de parfum rance et de sueur. Une aube pâle se coula dans les fentes des persiennes. Au-delà des pelouses, il y eut un cliquetis de tambourin, une mélodie. Une servante allait prendre son service aux cuisines ou au Harem, sans doute.

Ce fut alors qu'elle eut conscience de regarder un corps vide. Pharaon s'en était allé, mais si puissant était le charme où il la tenait qu'elle resta un long moment sans rien dire ni faire, à attendre que ses yeux s'ouvrent brusquement, cherchant les siens.

– Que la plante de tes pieds te mène avec vigueur, Osiris, murmura-t-elle enfin. Que vive ton Nom pour les siècles des siècles. Levez les rideaux, ouvrez les persiennes! lança-t-elle ensuite aux domestiques. L'aube se lève.

Ils se mirent en mouvement, et Sitamon tomba à genoux. Mais au lieu de rendre hommage au défunt, ce fut devant son frère qu'elle se prosterna, baisant ses pieds d'une bouche fervente.

L'éclat de l'aurore s'intensifia, comme si Râ était impatient de naître. Sans transition, les prêtres qui n'avaient pas cessé de marmonner leurs incantations entonnèrent soudain l'Hymne de Louanges que Pharaon dédaignait d'entendre depuis longtemps, et levèrent leurs regards vers le jeune homme qui contemplait à présent la fenêtre. Sitamon se redressa et sortit. L'un après l'autre, les officiants vinrent lécher la poussière aux pieds du nouveau souverain. Lorsque l'Hymne s'acheva, ils se retirèrent à leur tour. Ay se prosterna brièvement et Tii l'imita, sans vraiment savoir ce qu'elle faisait. Ignorant ces hommages, Amenophis contemplait fixement les jardins où déjà se mourait l'aube rose dans l'éclat immaculé du jour.

– Voyez dans quelle perfection Râ accomplit son ultime métamorphose! s'exclama-t-il.

Ay se tourna vers la Reine.

– Je m'occupe d'envoyer les hérauts et de faire préparer les dépêches pour l'étranger. Ta présence n'est pas nécessaire.

Tii hocha la tête.

– Ordonne aussi aux embaumeurs de lever le corps du Roi, et aux domestiques de rassembler ses objets. (Ay lui prit le bras, mais elle le repoussa doucement.) Je vais chez Tia-Ha. Je n'ai pas de chagrin, Ay. Pas encore. Je ne peux croire que le Dieu dont le ka domine depuis si longtemps notre Empire nous a quittés. J'avertirai moi-même Kherouef.

Ils entendirent le cliquetis de la porte qui se fermait discrètement, tournèrent la tête. Amenophis venait de sortir.

Lorsque Tii arriva dans les appartements de son amie, les cris de deuil envahissaient déjà le Harem. Les femmes se hâtaient vers les jardins, déchirant leurs robes et arrosant à pleines poignées de terre leurs cheveux. Tia-Ha se leva de sa table à cosmétiques, encore drapée d'une ample robe de nuit, et le désordre intime de la chambre accueillit la Reine comme un bain chaud. Elle fondit soudain, et se mit à trembler de tout son corps. Elle se jeta sur les mains de la Princesse qui amorçait une révérence, l'attira contre elle. Tia-Ha la prit dans ses bras.

– Qu'on apporte du vin chaud, et vite! cria-t-elle à la camériste. Assieds-toi sur mon lit, Majesté. Tu es glacée!

Elle l'emmitoufla d'une cape de laine, lui poussa un bol de vin brûlant dans les mains. Tii le vida aussitôt.

– C'est le choc, Tia-Ha. Je m'y attendais pourtant depuis si longtemps. J'aurais dû être prête.

– Comment ne pas souffrir à la disparition d'un Horus aussi glorieux ? Pleure si tu le souhaites, Majesté. Ici, personne ne te verra. Écoute-les! Les femmes du Harem n'ont pas eu si beau divertissement depuis la bagarre entre Henout et la Babylonienne. Amenophis III s'éloigne dans la Barque Sacrée sur des flots de chagrin délicieux.

Tii eut un pâle sourire.

– Il aurait savouré ta remarque. Mais non, Tia-Ha, je ne pleurerai pas. Je crois bien, d'ailleurs, que je ne sais plus. Pharaon méprisait les larmes comme il méprisait la faiblesse.

– Et tu n'auras guère le loisir d'être faible, n'est-il pas vrai, ma Reine ? Une nouvelle administration à mettre en place pour ton fils, l'accueil des délégations qui viendront assister aux funérailles...

Elle se tut et baissa la tête, couvant des deux mains sa coupe. Tii regarda la belle crinière ébouriffée.

– Tu as rempli avec dévotion ton rôle d'Épouse Royale, dit-elle au bout d'un moment. Veux-tu que je demande à mon fils qu'il te libère du Harem ? Tu pourrais te retirer dans ton palais du Delta. Vois-tu, je ne me soucie guère des autres concubines, mais tu es mon amie, et je t'obtiendrai cette faveur si tu le désires.

– Me retirer? (Les yeux de Tia-Ha s'embrasèrent.) Oh, les voluptés du Delta! Les vergers, les vignes au parfum suave, mes jeunes esclaves foulant le raisin de leurs cuisses vibrantes, vigoureuses... Quelle belle retraite, en vérité... Mais non, Tii. J'aurais parfois envie, je l'avoue, d'aller et venir à ma guise, et de voyager plus loin que les marchés de Thèbes. Mais j'ai passé ma vie entre ces murs, et je crois bien que je dépérirais sans les cancans, les bagarres, les bouffées de pouvoir qui se faufilent parfois dans l'entrebâillement de ces portes. Je te remercie, Déesse, mais non.

Tii hocha la tête et, bercée par les inflexions mélodieuses de la voix de son amie, céda brusquement à son infinie lassitude.

– Je vais aller dormir, dit-elle. C'était bon de venir te voir.

Elle regagna à pas lents ses appartements, sourde aux bruyantes démonstrations de chagrin qui se déployaient autour d'elle. Nous avons bien agi, toi et moi, songea-t-elle tandis que le sommeil la clouait déjà sur son divan. Et comme la vie nous fut douce.

Deuxième partie

7.

Pendant les soixante-dix jours que dura le deuil officiel, et tandis que les prêtres embaumaient le corps de Pharaon et préparaient son tombeau, Malkatta s'emplit d'émissaires venus apporter de tous les coins de l'Empire des messages de condoléances à la Reine, des serments d'éternelle loyauté à son fils. Grave et digne, quoique non encore paré des insignes royaux qui reposaient près de lui, dans les bras de leur gardien, Amenophis se perchait sur le trône afin d'y recevoir, de l'air le plus gracieux, les paroles qui montaient vers lui. Mais sa pensée semblait ailleurs, à des milles de là. Lorsqu'il ne siégeait pas dans la salle d'audience, on le trouvait à la pouponnière, penché sur le berceau de Meritaton, ou assis au bord du lac en compagnie de son épouse, parlant peu, absorbé dans les écrits anciens que lui lisait à haute voix son scribe.

Tii s'attendait de jour en jour à ce qu'il renvoie à Memphis les prêtres du Soleil, apaise les servants d'Amon et visite les bureaux de ses ministres, mais il n'en faisait rien et continuait à se comporter en jeune prince – comme s'il ne croyait pas encore qu'il eût vraiment droit au nom de Souverain Suprême.

Nefertiti, pour sa part, ignorait ce genre de scrupules. Elle envoya chercher la couronne à face de cobra et passa tout un après-midi à la contempler, sous l'œil anxieux du gardien des Insignes qui redoutait qu'elle ne la profanât par quelque geste précipité. Mais elle n'osa pas la poser sur sa tête. Elle consacrait de longues heures à l'inspection des chantiers du nouveau palais royal, non loin de Karnak, où architectes et maîtres d'œuvre appréhendaient ses visites, car elle n'était jamais satisfaite.

Quelque temps avant les funérailles, se promenant dans les jardins, Amenophis vit approcher Sitamon drapée de sa robe de deuil, frêle envol de gazes bleues que la brise soulevait autour d'elle. Elle s'était parée avec soin. Colliers d'argile multicolores, amande de jaspe au front, bleuets de turquoise et de lapis-lazuli tressés dans les mèches de sa perruque. Les rubans qui nouaient le fourreau sous ses seins nus cascadaient jusqu'à terre. Elle salua son frère bras tendus et tête baissée, dans un cliquetis d'anneaux précieux, un éblouissement de toutes ses bagues. Derrière elle, ses suivantes semblaient une poignée de pétales rutilants dispersés sur la pelouse.

Amenophis eut un sourire.

– Le deuil te sied à merveille, Sitamon. Il exalte le bleu de ton regard.

– Pharaon, mon cher frère, je sais que je devrais attendre le Couronnement pour t'offrir mon cadeau, mais je désire le faire en secret, loin de la foule des cérémonies officielles, afin de mieux savourer ta joie. Veux-tu m'accompagner jusqu'au canal?

Et sans attendre sa réponse, elle prit son bras, l'entraîna vers l'embarcadère. Il se laissa mener, surpris et joyeux, et ils devisèrent agréablement jusque sous l'allée de palmiers et de sycomores qui longeait le canal. Au bout du quai, une barque fine oscillait sur le fleuve, voile de soie bleue et blanche gainant le mât, flancs de cèdre odorant dont les incrustations d'or miroitaient sous les feuillages. Un soleil géant flamboyait à la proue, un Œil d'Horus à la poupe contemplait fixement l'horizon. Brocarts de Babylone, cuirs de Nubie et soies d'Asie aux teintes impériales composaient la cabine, que flanquait un baldaquin doré. Des petits sièges incrustés d'ivoire étaient disposés sur le pont. Les esclaves s'agenouillèrent à l'approche du Roi. Sitamon tendit la main.

– Voici mon présent, Horus. Je l'ai fait graver aux emblèmes d'Aton. Accepte-le, je te prie, comme l'humble hommage de l'affection que je te porte.

Un murmure admiratif parcourut l'escorte. Amenophis dévisagea brusquement sa sœur.

– Je l'accepte avec surprise et bonheur. C'est un cadeau superbe. Ton comptable a dû en avoir des sueurs froides!

On s'empressa de rire à ce bon mot timide, et Sitamon soutint gaiement son regard.

– Je suis plus riche qu'aucune femme des Deux Royaumes à

l'exception de notre mère, répondit-elle négligemment. Je t'offre aussi l'équipage et les esclaves.

Il la serra contre lui.

– Allons nous promener sur le fleuve, dit-il. C'est une journée idéale.

Sur un signe de sa tête, les esclaves jetèrent la passerelle, dénouèrent la voile. Il gagna d'un pas ondoyant la cabine, suivi de Sitamon, tandis que s'égaillaient sur le pont suivants et domestiques.

– Jusqu'au grand méandre! cria-t-il. (La cange s'éloigna de la rive. Le jeune homme s'allongea dans les coussins.) Quoi de plus agréable que de voguer sur le fleuve? reprit-il d'une voix rêveuse. Regarde, Sitamon, les nids dissimulés dans les branches des palmiers. Et ces troupes de hérons et d'ibis... Vois cette blancheur, ces pattes si fines, si délicates! Vraiment, la vie est une chose étonnante!

Elle s'étendit près de lui. Le vent chaud souleva les pans de lin bleu, dénudant ses jambes. Elle ne fit pas un geste. Sur la berge, un crocodile se laissait couler dans le courant. Elle dit :

– Il y en a beaucoup près de Thèbes, n'est-ce pas? Avec tous ces cadavres que l'on jette dans le fleuve. Quelle horreur ce doit être, que de mourir sans être embaumé!

– Ce que devient le corps est sans importance, répondit-il d'un air doux. Car nous naissons du pouvoir de l'Aton, et c'est par son pouvoir que survit notre ka.

Oh non, se dit Sitamon. S'il m'inflige encore un de ses discours sur la puissance du Soleil, je m'endors. Mais il se tut, et lorsqu'elle risqua un œil vers lui, elle le vit qui l'observait fixement.

– Que vas-tu faire, à présent que ton époux est mort? demanda-t-il tout à coup.

Il jaugeait ses formes du regard calme et candide des bovins. Elle fit glisser dans son dos quelques boucles qui voilaient ses seins, tripota ses colliers.

– Que puis-je faire, Horus? J'appartiens au Harem royal et je suis veuve. Mais même si je pouvais partir, je ne le voudrais pas. Car je désire te servir avec autant de loyauté que je me suis dévouée à Osiris Amenophis ton père. Depuis longtemps, je suis Princesse et Épouse Royale. Si mon expérience de la vie de Cour peut t'être utile, je t'offre de disposer de ma personne comme tu l'entends.

Il approuva d'un air docte et grave.

– Tu es si bonne avec moi, Sitamon. Il est certain que j'aurai grand besoin de tes conseils. Ordonne que l'on baisse les rideaux, afin que nous discutions de tout cela.

Dans l'ombre chaude des tentures que nouaient les esclaves, une lueur fiévreuse mouilla soudain son regard. Ses mains s'énervèrent, s'en furent glisser sur le dôme mou de son ventre, puis lentement soulevèrent le long pagne qui masquait ses jambes.

– Dans cette pénombre, ta jeunesse me semble intemporelle, murmura-t-il d'une voix rauque. Ainsi, afin que ne se perde pas une miette de ton infinie beauté, je te nomme Grande Épouse Royale.

Elle sentit les doigts qui se posaient sur elle, dénouaient les rubans du fourreau, effleuraient ses seins. Il lui ôta sa perruque, et le spectacle de la chevelure qui filait en pluie d'ébène le long de son dos sembla l'exciter soudainement. L'épaisse bouche fondit sur les lèvres de Sitamon, les engloutit. Elle eut un instant de répulsion, tant il était laid. Puis, fermant les yeux et rassemblant le courage et le talent dont elle avait eu si souvent besoin dans les bras de son père, elle s'abandonna enfin, et jugea finalement l'épreuve moins déplaisante qu'elle ne l'avait imaginé.

Quand ce fut terminé, il la recoiffa tendrement de sa perruque, ordonna que l'on ouvre les rideaux. Sur le pont, de toutes parts, leurs gens bavardaient et gloussaient. L'eau clapotait sur les flancs de la cange. Amenophis regarda sa sœur dans les yeux.

– C'était agréable, dit-il. Tu fais mieux l'amour que Nefertiti. Il serait bon que tu lui enseignes quelques secrets de ton art.

Elle se demanda s'il plaisantait ou nourrissait à l'égard de son épouse un grief sincère, mais comprit bientôt qu'il énonçait simplement une idée qui lui était venue. Et en ce sens, conclut-elle tandis qu'elle renouait sa robe et frappait dans ses mains pour qu'on apporte à boire, en ce sens, oui, sans doute, il était dangereux.

La nouvelle du présent que Sitamon avait offert à Pharaon, de la croisière qui s'ensuivit et du temps qu'ils passèrent tous deux à l'ombre des tentures vola bientôt de bouche en bouche. Pendant trois jours, Nefertiti rumina le suc amer de ces rumeurs, et le troisième soir, elle s'en fut trouver son époux dans sa chambre. La nuit était fraîche. Deux braseros fumaient à chaque bout de la pièce. L'encens finissait de brûler devant l'autel de l'Aton dont les portes étaient encore ouvertes. Amenophis était plié parmi les coussins de sa couche, genoux au menton et bras mollement noués tout autour, noyé dans la transe qui s'emparait presque toujours de lui après sa conversation quotidienne avec le Dieu. Nefertiti baisa doucement sa main. Il leva la tête, cligna des paupières, pivota vers elle.

– Tu sembles bien las, Horus.

– Je n'aime pas le soir qui tombe. Je ne me sens à l'abri que dans la chaleur de Râ, dans sa lumière qui révèle tout ce qui est caché. La nuit est remplie de murmures.

La jeune Reine crispa les poings dans les plis de sa robe.

– Et te sentais-tu bien à l'abri, au moins, derrière les rideaux de la cange que t'a offerte Sitamon ?

– Assurément. Sitamon n'appartient pas à la nuit. Aucun mal ne peut me venir d'elle.

– Ton père est mort, Pharaon. Personne ne te menace, à présent. Mais ne vois-tu pas que Sitamon cherche à se servir de toi pour devenir Impératrice ?

Il se leva brusquement et se mit à flâner dans la pièce, en prenant soin de ne jamais franchir le bord des flaques de lumière que formaient un grand nombre de flambeaux et de lampes. D'une mine presque boudeuse, il rétorqua :

– Sitamon a le droit de régner au même titre que toi. Je t'aime, Nefertiti, et je n'oublie pas les bontés que tu as eues pour moi lorsque j'étais au Harem. Mais Sitamon est mon sang, ma sœur, et mon épouse de droit.

– Ce temps est révolu, et tu le sais fort bien! s'écria-t-elle.

– Ce n'est pas là l'essentiel. (Il saisit un vase de verre vert, dont il effleura pensivement l'oursin gravé dans la pâte.) En tant que chef d'une famille élue et sacrée, je me dois de préserver l'unité de ma Maison. L'obscurité nous cerne de toutes parts et nous guette, sache-le. Nous devons unir nos mains. Oui, nous devons nous aimer très fort!

Elle l'avait déjà entendu tenir ce genre de discours, et la crainte monta en elle. Elle demanda vivement :

– Est-ce la raison pour laquelle tu fais l'amour avec Sitamon derrière les rideaux de sa barque ?

– De ma barque, Nefertiti. (Il fronça les sourcils, posa le verre et s'en revint vers la couche, mains nouées dans le dos. Son court pagne de nuit pendouillait sous l'avancée du ventre.) C'est une des raisons. Mais elle est belle, aussi.

– Comment se peut-il, Pharaon, que la beauté de Sitamon t'excite tant, quand la mienne te fait si peu d'effet?

Elle était au bord des larmes. L'impuissance de son époux lui était une blessure à vif, et qu'elle tenait secrète – plus par amour-propre, du reste, que par loyauté envers lui. Elle s'interrogeait longuement, et en vain, sur ses causes, car lorsqu'il venait à elle empli de désir, il se révélait aussi ardent et amoureux que pouvait le souhaiter une femme.

Il s'assit près d'elle, glissa son bras sur son épaule.

– Chère Nefertiti! Qu'est-ce donc que la chair, sinon le simple véhicule du ka? Pourquoi te préoccuper du corps de Sitamon, alors que la communion de nos ka à tous deux est si profonde?

Elle le tint par le cou, baisa sa bouche, mais les lèvres du jeune homme furent impassibles. Elle s'écarta.

– N'épouse pas Sitamon, je t'en supplie, murmura-t-elle. Si tu la veux, prends-la dans ton harem.

– J'ai déjà décidé. (Il dit ces mots avec une grande douceur.) Elle sera Reine, avec toi. Car elle est ma sœur.

Et à l'emphase dont il para les dernières paroles, elle comprit que tout était perdu.

– Ta sœur, oui, et l'épouse de ton père, articula-t-elle lentement, le cœur cognant à se rompre. C'est pour cela qu'elle t'excite tant, avoue-le! C'est pour cela que tu tardes tant à constituer ton propre harem! Tu veux toutes les femmes de ton père, n'est-ce pas?

Et pour la première fois depuis qu'elle le connaissait, elle le vit en fureur. Un rictus trembla sur ses lèvres, ses yeux s'emplirent de larmes. Il s'écria :

– Je t'interdis, tu entends! Je te ferai regretter ton impertinence! Va-t'en!

Il lui asséna un violent coup de coude. Sans un mot, Nefertiti se leva, s'inclina. Mais comme elle s'apprêtait à sortir, il la rappela d'une voix suraiguë et sourde à la fois, qui lui donna la chair de poule.

– Plus bas, Nefertiti! Prosterne-toi jusqu'à terre! Tu sais fort bien qui est mon vrai père. Vous le savez tous. Lèche la poussière à mes pieds!

Elle fit ce qu'il lui ordonnait et s'enfuit dans ses appartements, où la chambrière commençait à allumer les lampes.

– Comment! rugit-elle à la face de la jeune fille ébahie. Tu n'as pas encore ouvert les draps, ni préparé ma robe de nuit?

Elle la gifla à toute volée puis, se jetant sur la couche, cramponnée des deux poings à ses draps, elle se laissa sombrer dans un flot de rage noire.

L'aube des funérailles d'Amenophis III avait la fraîcheur translucide d'une perle. Tii frissonna sous le lin bleu que drapaient autour d'elle ses esclaves. Le gardien des Insignes Royaux attendait dans l'antichambre, portant les couronnes. Déjà la procession se formait sur la route. Elle songea au site que Pharaon avait choisi pour son tombeau, solitaire comme lui, tapi derrière les falaises, à l'écart de la vallée où reposaient ses ancêtres. Elle imagina les femmes du Harem qui circulaient et babillaient sur l'avenue en ajustant leurs robes, les ambassadeurs emmaillotés de tissus barbares, lorgnant d'un œil inquiet le chef du Protocole et ses scribes, les ministres et les courtisans qui sans doute, pour tuer le temps, jouaient à des jeux d'argent ou picoraient des friandises sur les plateaux que faisaient circuler leurs esclaves.

Kherouef apparut dans un long pagne de lin bleu.

– Il est temps, Majesté. Tout est en ordre.

– Je préfère attendre ici que les femmes aient pris leur place dans le cortège.

– Elles sont prêtes, et la reine Sitamon a déjà gagné sa litière.

Le silence tomba sur la foule lorsqu'elle franchit le pylône qui séparait Malkatta de la Vallée des Morts. Elle salua sa fille et s'allongea dans son palanquin. A son signal, la procession s'ébranla. Derrière les membres de la famille royale et les chefs des armées, les femmes du Harem commencèrent à hurler en cueillant dans les corbeilles qu'elles portaient au bras des poignées de terre dont elles aspergèrent leurs scintillantes perruques. Les esclaves des cuisines et les intendants chargés d'organiser le festin funéraire fermaient la marche.

Dans le balancement torride du palanquin, Tii revit les temples, l'ample avenue bordée de sphinx, les autels, les tombeaux, et les deux colosses de quartz rouge figurant son époux défunt, qui lançaient à l'aube une note pure et vibrante dont seul le Fils d'Apou, qui les avait conçus, détenait le secret. Le cortège déboucha de l'ombre des falaises. Elle aperçut enfin le cercueil dressé contre la roche, avec ses quatre vases canopes d'albâtre blanc et ses sentinelles, et les mille prêtres de Karnak qui l'avaient conduit là bien avant l'aurore sur un attelage de bœufs roux. Les danseuses du Temple siégeaient en silence sous leur dais. Des serpentins d'encens grimpaient dans l'air limpide. La Reine descendit du palanquin, s'approcha avec Sitamon de la tombe. Les cérémonies commencèrent.

Durant plusieurs jours, courtisans et convives campèrent sur le site dans des conditions de confort plus ou moins précaires selon leur rang et la qualité de l'ombrage qu'ils avaient pu trouver. Afin de rompre l'ennui, ils dictaient des lettres, goûtaient des vins exotiques ou faisaient l'amour, tandis que psalmodiaient jour et nuit les prêtres d'Amon. Il y eut un léger frisson lorsque vint l'heure de l'Ouverture de la Bouche, car nul n'ignorait l'antipathie que vouait à son père le jeune Pharaon, et les plus superstitieux redoutaient quelque manifestation du Dieu défunt. Mais l'Héritier se saisit du poignard, procéda au rituel d'un air d'indifférence polie, et rien ne se passa. Tii ouvrit le cercueil, baisa les pieds bandés de lin, suivie des autres épouses, qui arrosèrent abondamment de leurs larmes l'ouvrage délicat des embaumeurs. Debout sous son dais, bras croisés, Amenophis promenait sur les falaises un regard sans expression.

Le cercueil fut enfin introduit dans l'ombre humide du tombeau. Tii et Sitamon le suivirent, les mains chargées de fleurs et le regardèrent s'enfouir dans les cinq sarcophages que scellèrent des clous d'or. Elles posèrent leurs bouquets sur le dernier couvercle, tandis que chatoyaient dans l'incarnat des flambeaux les richesses du défunt, l'argent et l'or, les bijoux, les bois précieux, son chasse-mouches et sa coupe favorite.

Le soir descendit, mauve et bleu nuit, sur le dernier festin du Puissant Taureau, qui fut disposé sur de vastes étoffes bleues jetées à même le sable. On éparpilla les coussins, on alluma les torches et tandis que les gardes scellaient le tombeau, les convives s'abattirent gaiement sur les nourritures, les coupes écumantes de vin.

Le banquet funéraire s'étira toute la nuit, et la vallée résonna bientôt des vociférations des plus ivres. L'aube dévoila un fouillis d'ossements, de miettes, de fruits entamés, de bris de cruches et de corps vautrés, inconscients. Tii, qui avait peu bu et peu mangé, et s'était retirée de bonne heure sous sa tente, se fit reconduire à Malkatta peu avant le lever du soleil.

Un mois plus tard, elle se rendit à Karnak afin d'y honorer en privé la mémoire de son époux. Debout, pieds nus, elle procéda à l'offrande de viande et de vin. Tandis que Ptahotep purifiait à grande eau la table de pierre, elle regarda se consumer dans la flamme les chairs du sacrifice, et ses yeux se brouillèrent, une griffe soudain enserra sa gorge.

– Pour ton ka, Osiris Nebmaetrâ, murmura-t-elle, laissant les larmes noyer enfin ses joues peintes. Pardonne ma faiblesse, mais les pleurs ne sont pas plus lâches, sans doute, que l'amour, et je t'aimais.

Elle tourna son regard vers la stèle de bois qui les représentait, elle et lui, enlacés pour les siècles, jeunes et beaux et la vie s'étirait alors à leurs pieds, comme la terre d'Égypte, pour leur plus grand bonheur. Le feu crachait des étincelles, le Grand Prêtre psalmodiait. Et Tii s'abandonna au chagrin qui l'engouffrait à présent de sa gueule vorace, où vibrait la promesse de solitudes à venir. Corps et âme elle se laissa dévorer. Et ce furent les dernières larmes qu'elle versa sur son époux défunt.

8.

Le Couronnement intervint à la fin du mois de Phamenat. Selon la coutume, Amenophis s'en fut recueillir l'hommage des Dieux du Nord dans le temple de Ptah, à Memphis. Puis il siégea, comme avaient fait avant lui ses ancêtres, sur le vaste trône du temple de Karnak, que soutenaient le lotus et le papyrus. Après les ablutions, il reçut la Double Couronne rouge et blanche, la cape impériale, la crosse, le glaive et le fléau. Il subit le cérémonial d'un air de vague soumission et se laissa mener d'un bout à l'autre du sanctuaire un peu à la manière d'un animal offert en sacrifice. Il n'exprima un semblant d'émotion qu'à l'instant où son héraut proclama, outre ses titres traditionnels – « Puissant Taureau du Maât » et « Très-Haut à la Double Plume » – ceux qu'il s'était lui-même attribués : « Grand Prêtre de Râ-Herakhti le Très-Haut Régnant à l'Horizon sous le Nom de Shou qui est dans Son Disque », et « Grand dans Sa Durée ». A la fin des cérémonies, le gardien des Insignes posa sur le front de Nefertiti la couronne à tête de cobra. Mais le Disque et les Plumes dédiés à l'Impératrice ne quittèrent pas le satin de leur coffre.

Amenophis ne manifesta guère plus d'intérêt pour l'offrande des cadeaux et les festivités qui se déroulèrent à Malkatta le lendemain. Il salua d'une face impavide les prosternations et les bibelots précieux qui s'amoncelèrent à ses pieds jusqu'au soir, sous les exclamations de Sitamon et Nefertiti. Mais lorsque vint le moment de désigner les ministres, heure solennelle où la tradition exigeait que le choix du jeune Pharaon, tel un vent nouveau, balayât la poussière déposée par l'ancien, aucun changement ne fut proclamé.

A la stupéfaction de tous, pas un haut fonctionnaire ne fut débouté de son office, et les jeunes gens qui se dévouaient au service du Prince depuis son retour de Memphis ne reçurent pas leur récompense.

Plus tard, assise près de son fils sous le dais royal du festin, Tii lui demanda la raison de cette attitude.

– Mon palais de Thèbes n'est pas encore achevé, et j'ignore où est vraiment mon devoir, répondit-il dans le tumulte des conversations et des fines cymbales qui crépitaient aux doigts des danseuses. L'Égypte se porte à merveille de la façon dont tu la conduis.

Posant son gobelet, Tii se tourna lentement vers lui.

– Dois-je comprendre, mon fils, que tu m'offres la régence ?

Il éclata d'un rire joyeux, sorte de couinement étranglé qui s'extirpait aussi rarement de sa gorge que le ricanement rocailleux qui secouait autrefois son père.

– Oui, ma Royale Mère, et jusqu'à ce que le désir me prenne de gouverner seul. C'est bien ce que tu espérais, n'est-ce pas ?

Ils se sourirent. Jamais elle ne l'avait vu si heureux. Elle posa un baiser sur la pommette rosie de son fils.

– Pharaon Amenophis IV ! s'extasia-t-elle. Ce trône n'attendait que toi. Nous ferons ensemble de grandes choses.

Et lorsqu'elle gagna sa couche au petit matin, dans le palais redevenu silencieux, elle mesura l'ampleur de son triomphe. Car elle avait souhaité maintenir son influence, mais indirectement, par le biais de pressions subtiles, d'habiles manipulations. Et voilà qu'on lui offrait le pouvoir, le somptueux pouvoir, dans sa plénitude. Alors, à la jubilation qu'elle en ressentit, et tandis que l'aube délavait les rideaux de sa chambre, elle comprit combien il lui eût été cruel d'abandonner à son fils l'exquis bonheur de régner.

Quelques jours plus tard, Amenophis entreprit le voyage sur le Nil par lequel le nouveau Pharaon devait solliciter la bénédiction des divinités locales dont il visitait les sanctuaires. Il emmenait avec lui Sitamon, Nefertiti, la petite Tadoukhipa et d'autres jeunes épouses de son père. Dès que les barques se furent égrenées à l'horizon du canal telles des gouttes d'or tombant d'un fil d'argent, la Cour retrouva ses nonchalances familières, ses frivoles conversations. On ne s'efforça plus de parler par énigmes et fines sentences à double sens, ainsi qu'il plaisait au Roi. Chacun suivit son humeur, et Tii elle-même céda volontiers à cette langueur qui évoquait les rythmes d'autrefois. Elle s'installa dans les appartements du Pharaon défunt, qu'Amenophis avait refusé d'occuper, leur préférant la résidence princière jusqu'à ce que son palais fût prêt à le recevoir. Étendue sur la couche, entre les murs luxuriants qui veillaient jadis sur son époux, elle contemplait les fresques de Bès, dieu des plaisirs charnels, et souhaitait à l'homme qu'elle avait aimé une éternité de jouissances.

Profitant d'une accalmie dans les affaires du palais, elle entreprit de régler la situation de Moutnodjme. L'adolescente qui, à dix-sept ans, aurait dû être depuis longtemps fiancée, était aussi réputée à la Cour pour sa familiarité avec les jeunes conducteurs de chars qu'elle l'était dans les rues de Thèbes pour d'autres frasques. Durant plusieurs jours, elle fut introuvable. Lorsqu'elle parut enfin sur le seuil de la chambre royale, Tii la vit s'avancer à longs pas souples sur l'eau bleue du carrelage, giflant négligemment les colonnes qui défilaient près de sa main. Elle fit sa révérence dans le style sobre et distant qui lui était coutumier. Après l'avoir invitée à s'asseoir près d'elle, la Reine l'observa un moment encore. Elle arborait toujours sur la peau brune et glabre de son crâne son insolente tresse d'enfant ornée de rubans rouges, qui lui descendait à présent jusqu'aux reins. Ses jambes étaient d'un moule parfait, sa taille fine, étranglée d'une ceinture où tintinnabulaient d'infimes clochettes d'or. Elle portait de grands anneaux d'oreilles sertis de jaspe, des serpents précieux autour des bras, une tunique à larges plis qui effleurait à peine ses genoux, une cape en travers des seins.

– Tu me sembles nue, sans ton fouet.

La jeune fille eut un sourire.

– Ce crétin de garde me l'a confisqué à la porte, fit-elle, nonchalante. Majesté, je te prie de pardonner mon retard. J'ai accompagné Bek jusqu'aux carrières d'Assouan, où il devait choisir des pierres pour le nouveau temple de Pharaon.

Tii désigna un fouillis de rouleaux disséminés sur la table.

– Je viens de parcourir les rapports de ces deux dernières années concernant tes faits et gestes, Moutnodjme. Mes espions m'indiquent que tu te vends dans les bordels de Thèbes?

– Ils t'ont mal renseignée, ma Tante. Je ne me vends pas. J'offre mes services à titre gracieux. Que ferais-je de cet argent? Je suis bien assez riche. Et j'estime en outre qu'une telle pratique rejaillirait fâcheusement sur la renommée de notre famille.

Sur quoi elle se mit à balancer son pied que moulait une fine sandale. Tii se retint de rire, et feignit une grande sévérité.

– L'affaire est grave, Moutnodjme, car ton comportement risque fort de ternir l'image de Pharaon. Tu es la sœur de la Reine, l'aurais-tu oublié ? Aussi, afin de mettre fin à ces rumeurs fâcheuses, ai-je décidé de te donner en mariage à Horemheb.

L'adolescente haussa les épaules.

– Le choix n'est pas mauvais. Horemheb est un excellent soldat, un capitaine très respecté de ses hommes, et qui fait tout ce qu'il peut pour me tenir éloignée d'eux ! Tant qu'il n'exigera pas de ma part une obéissance aveugle, je suppose que nous pourrons nous apprécier, lui et moi. J'emploierai tout mon talent, je te le promets, à diriger ses domestiques et à m'offrir les dernières toilettes à la mode.

Tii éclata de rire, tant elle s'attendait à une réponse de ce genre.

– Je vais donc faire rédiger le contrat, et convoquer Horemheb. (Puis, changeant soudainement de sujet :) Dis-moi, ma nièce, en quels termes parle-t-on du nouveau Pharaon, à Thèbes ?

Moutnodjme dénoua les jambes, se carra souplement dans son fauteuil.

– Les gens sont plutôt soulagés, à mon avis. Tous ces bruits qui couraient sur ce garçon que mon oncle avait mis dans son lit les choquaient et les mettaient en fureur. Les paysans, surtout. Ils adorent encore les dieux d'autrefois, Osiris, Isis, Horus, et prétendent qu'un souverain qui profane la loi du Maât attire la malédiction sur ses sujets.

– Ils pensent donc que la mort de mon époux a éloigné le mauvais sort ?

– Sans doute. Ce qui est certain, c'est qu'ils espèrent de mon cousin un retour à une plus grande piété. Mais depuis quand un Pharaon devrait-il se soucier de l'avis d'une populace inculte ?

Elle étouffa un bâillement, comme si le tour que prenait l'entretien ne l'intéressait plus guère, et Tii lui permit de se retirer. Mais tout en la regardant sortir de sa démarche aérienne et altière, elle sut qu'elle venait de perdre, en la donnant à Horemheb, la meilleure espionne qu'elle aurait jamais dans les mauvais lieux de Thèbes.

Toute la Cour s'en fut accueillir Amenophis à son retour de

voyage, quelques semaines plus tard. Il y eut les discours d'usage, et l'encens disparut dans l'azur du débarcadère. Mais l'attention de Tii se porta sur les deux jeunes femmes qui encadraient le Roi. Nefertiti était blême et silencieuse. Sitamon, plus pétulante que jamais, minaudait joliment de la voix et du geste, tandis qu'Amenophis la couvait de sourires et lui caressait le bras. Soudain il baisa sa bouche, mais il n'y eut pas un murmure parmi les courtisans, qui déjà s'étaient accoutumés aux impudeurs fantasques de leur souverain.

L'assistance partit en direction de l'avant-cour, où un festin chatoyait autour des fontaines. Tii, qui marchait derrière Amenophis, entendit les voix de sa fille et de sa nièce déchirer soudainement le brouhaha. Les domestiques, confus, détournaient le visage. Les courtisans s'étaient immobilisés.

– Majesté, tu vocifères et baragouines à la façon des singes du palais, mais c'est en vain. Ta belle jeunesse se flétrit de jour en jour, et tu seras bientôt aussi sèche et aride qu'un désert!

Sitamon ricana, méprisante.

– Et toi, Majesté, tu n'es qu'une petite parvenue remplie d'arrogance. Les plumes et le disque impériaux me reviennent, sache-le. Reste à ta place et continue à pondre quelques autres filles pour passer le temps! A moins que tu ne préfères apprendre à tisser? Les heures seront longues, au Harem!

L'insulte était de taille, car le tissage était réservé aux hommes, de même que la cuisson du pain, et l'auditoire eut un hoquet de stupeur. Sitamon contourna majestueusement les fontaines et s'assit au côté du Roi, perdu dans ses pensées. Nefertiti se mordit la lèvre. Les iris d'argent crépitaient de fureur. Puis, sentant que Tii l'observait, elle parvint à étirer un sourire de pure courtoisie, tourna les talons et alla se poser avec autant de dignité qu'elle put parmi les coussins, à la gauche du Pharaon. Les curieux s'égaillèrent, non sans lorgner la réaction de la Reine. Mais Tii, quoique profondément choquée, resta de marbre. Son fils l'invita à venir s'asseoir près de lui. La musique se déploya.

Au fil des jours, les deux jeunes Reines cessèrent d'abord de paraître côte à côte en public, puis de dîner ensemble. Bientôt, elles ne s'adressaient plus la parole, et leur animosité contamina peu à peu les serviteurs et les gens de leur suite.

Pharaon, qui ne semblait pas sentir que l'air s'électrisait autour de lui, voguait distraitement des bureaux de ses architectes à son lac privé et de festins en audiences, s'interrompant de temps à autre pour jeter à ses canards et autres volatiles familiers des quignons de pain sec dont il exigeait d'avoir toujours à portée de main, en tous coins du palais, des corbeilles pleines. Il rejoignait parfois Tii au bureau de la Correspondance Étrangère, où ils avaient ensemble de longues discussions. Et un matin, après qu'une altercation particulièrement vive eut opposé les chambellans des deux jeunes femmes, Tii jugea qu'il était temps de le mettre en garde.

– Mon fils, dit-elle, quand te décideras-tu à étouffer ce vent de folie qui s'est emparé du palais, et à élever officiellement Sitamon au rang d'Impératrice ? Ne vois-tu pas que les courtisans commencent à prendre parti, et que Malkatta devient une véritable foire d'empoigne ?

Il glissa vers elle un œil vaguement surpris.

– Je lui ai promis qu'elle serait Impératrice, et lui ai fait porter la Couronne, bougonna-t-il.

– Tu sais fort bien que cela ne vaut rien sans une proclamation écrite ! (Puis elle enchaîna, très vite :) Si je convoque un scribe, accepteras-tu d'apposer ton sceau et de dépêcher des hérauts dans tout le Royaume ? Ce serait un moyen d'apaiser les esprits... A propos de documents officiels, Kherouef me dit que tu viens de sceller un contrat de mariage avec Tadoukhipa ?

Il sourit.

– Chère petite Kia. C'est ainsi que je la surnomme. Oui, c'est exact. Mais je ne fais venir aucune de mes femmes dans mon lit, depuis quelque temps.

– Pourquoi ?

Il détourna le regard, se mit à gratouiller les oreilles d'un singe qui folâtrait sur la table, parmi les papyrus.

– Je l'ignore, murmura-t-il. Mais si tu le désires, Mère, je nommerai Sitamon Impératrice.

Tii lança un ordre. Un scribe apparut aussitôt, qui s'accroupit à leurs pieds.

– Et toi, le désires-tu, Amenophis ?

Il s'absorba de nouveau dans la toison de l'animal.

– Sans doute, souffla-t-il.

Puis, après avoir scellé de sa bague le document dicté à la hâte par la Reine, il se leva et sortit avant qu'elle eût seulement le temps d'esquisser un salut.

Contre toute attente, le décret proclamant que le choix de Pharaon s'était finalement porté sur sa sœur provoqua chez Nefertiti une volte-face spectaculaire. Elle fit savoir partout, et avec la grâce exquise dont elle était capable lorsque la fantaisie l'en prenait, qu'elle était désormais satisfaite. La petite Meritaton perchée sur un bras, elle alla rendre visite à l'Impératrice et lui offrit des raisins de la propriété de son père, ainsi que plusieurs cruchons de vin rare. Le crépuscule les trouva riant ensemble, penchées sur un jeu de sennet, tandis que la fillette gazouillait dans l'herbe.

Plus tard, lorsque vinrent les grandes chaleurs de la saison de Shemou, Nefertiti offrit dans les jardins du Harem une réception nocturne, réservée aux femmes de la Cour. Les trompes sonnèrent minuit. L'obscurité n'avait pas apporté un brin de fraîcheur, et pendant que des esclaves répandaient les tapis sous le flot vermillon des torches géantes fichées sur la berge du lac, les femmes se jetèrent à l'eau dans un pétillement de rires et de cris. Cheveux noués sur le haut du crâne, Tadoukhipa se faisait peureusement asperger par des servantes. Tia-Ha était assise dans l'eau. Une esclave lavait sa chevelure et lui glissait parfois entre les lèvres de fines gorgées de vin. Arrivée après les autres convives, Tii s'installa un peu à l'écart, avec sa suite.

Aux premières notes de musique, les femmes sortirent de l'eau, se laissèrent tomber sur les tapis où on vint leur offrir des guirlandes de fleurs et de perles bleues, des nourritures. Du fond du lac parut la lueur d'un énorme radeau qui s'approcha et grandit, révélant sous la langue de ses flambeaux un équipage d'esclaves nus maniant les rames en cadence. Lorsqu'il fut assez près, les hommes se levèrent et se mirent à danser, crécelles d'or claquant au bout des doigts et nénuphars au front. Après avoir achevé leurs rondes, ils disparurent dans l'eau noire. Il y eut une déflagration de trompettes. Des jeunes femmes moulées de filets de pêche argentés se hissèrent à leur tour sur le radeau, où des pluies de poussière d'or dégoulinèrent de leurs doigts, déposant dans la nuit une fine brume jaune. Les esclaves du Harem circulaient parmi les convives avec des cruchons de vin. Des esquifs dorés encerclèrent le radeau, charriant des groupes de pêcheurs qui capturèrent dans la toile scintillante de leurs lignes, une à une, les naïades effarouchées. Elles firent mine de se débattre, puis se laissèrent couler dans l'eau et réapparurent quelques instants plus tard sur les canots. Il y eut des cris et des applaudissements ravis sur la berge.

– Quelle idée charmante! s'extasia Sitamon. Oh, regarde, on fait chauffer les pierres pour le spectacle des Nubiens!

Nefertiti fit un signe à son esclave, qui vint remplir sans un mot la coupe de Sitamon.

– Aimes-tu ce vin, Majesté? s'enquit-elle tout bas.

Sitamon hocha la tête, but une autre gorgée.

– Il est délicieux. Où as-tu déniché cette merveille?

– Il vient du Delta. Un cru excellent. Je l'ai commandé spécialement pour cette soirée.

– Tu as bien fait les choses.

Une rougeur flamboyait aux joues de Sitamon, dont vacillaient peu à peu les paroles. Nefertiti sourit.

– Rien n'est trop beau pour mes amies, dit-elle. (Puis, se tournant vers son chambellan :) Sers-nous à manger.

Sitamon vida joyeusement son assiette et but encore. Nefertiti grignotait du bout des dents. Sur le lac, les pêcheurs exhibèrent des poignards d'argent puis, tout en mimant l'éventration des poissons femelles qui ondoyaient sous leurs mains, dansèrent au timbre étincelant des flûtes et des tambours.

– Les pierres ne sont pas encore assez brûlantes, dit Nefertiti. Allons nager un peu en attendant, Majesté.

Sitamon observa le lac, où plusieurs femmes s'étaient replongées, ivres et jubilantes, pendant que les autres poursuivaient leur festin. Une brise froissa soudain la surface de l'eau. Les joues en feu et la peau moite, la jeune femme acquiesça. Elles dégrafèrent leur robe, gagnèrent main dans la main la rive encombrée de nénuphars.

– Au radeau! cria Nefertiti, en écartant de ses yeux une mèche humide. Mais reviens dès que tu perds pied, Majesté. Tu as beaucoup bu.

Un sourire de défi troussa les lèvres de Sitamon.

– Tu crains que je ne te batte à la course, n'est-ce pas? lança-t-elle en riant. N'aie pas peur, viens donc!

Elle tournoya dans l'eau, fendit d'une brasse vigoureuse le reflet liquide des flambeaux. Nefertiti partit plus lentement dans son sillage. Les scintillements s'affaiblirent comme elles s'éloignaient de la berge.

Lorsqu'elles eurent atteint la zone d'ombre qui séparait les lueurs de l'orgie de celles du radeau où se poursuivait le ballet, au milieu du lac, Nefertiti ralentit son allure et s'immobilisa, battant des pieds sous elle. Elle regarda Sitamon s'évanouir dans la frange d'eau noire, puis se remit à nager, tranquillement, en direction de la rive.

Elle était dans un cerceau de pénombre que bordaient, infiniment lointains, les feux follets du festin. Un clapotis noirâtre et glacé mordait ses membres las. Elle cherchait en vain le fond de l'eau. Nefertiti avait disparu. La lune se balança soudain dans la nuit. Elle ferma les yeux. Une nausée lui tenailla le ventre. Elle entendit de nouveau les clameurs des femmes sur la berge, puis un remous vint cogner contre sa bouche, poignardant ses veines d'un long frisson. Elle vomit aussitôt un filet de vin âcre et de nourriture, se mit à trembler.

Comme elle rassemblait quelques forces pour nager vers les lumières, il y eut un mouvement de l'eau tout près d'elle. Elle n'eut pas le temps d'amorcer une brasse. Elle sentit qu'on enserrait ses cuisses, qu'on appuyait violemment sur ses reins.

Saisie de panique, désenivrée soudain, Sitamon se mit à hurler. Mais ses cris se perdirent dans les acclamations qui explosaient sur la berge, où les Nubiens commençaient à fouler de leurs pieds nus les pierres incandescentes. Elle empoigna une touffe de cheveux, tira de toutes ses maigres forces. L'étau se desserra. Elle lança son genou au menton de l'agresseur. Mais elle était faible, et son coup ne fit qu'effleurer une joue froide. On agrippa ses poignets. La tête se libéra brusquement, brisant l'étoffe de l'eau tout près de son visage. Elle entrevit une bouche béante, haletante, deux yeux d'ombre creuse, un nénuphar déchiqueté dans la broussaille dégoulinante des cheveux. Elle poussa des deux pieds dans le ventre de l'homme, qui lâcha ses poignets. Elle se crut libre alors. Mais avant qu'elle pût s'éloigner, les doigts agrippèrent son cou d'une étreinte inexorable, et sa tête fut tirée sous l'eau. Elle lutta sauvagement des ongles et des pieds, les poumons au bord de se rompre, le cœur affolé. Elle put encore respirer une fois, boire une goulée de brise qui fut comme un bruissement de soie contre ses lèvres. Puis l'homme s'agenouilla sur ses épaules et, les yeux rivés aux lueurs de la fête, pressa des deux poings sur son crâne. Les doigts de Sitamon coulèrent le long de ses cuisses et vinrent s'immobiliser de part et d'autre de ses genoux, fugitifs et doux comme ceux d'une amante. Il finit d'enfoncer le corps d'une brusque pression des deux pieds, puis s'éloigna en toute hâte.

Tia-Ha étouffa un bâillement.

– Délicieuse façon de passer une nuit d'été, dit-elle. Mais avec ta permission, Majesté, je crois que je vais gagner ma couche.

Tii hocha la tête et sourit. Son amie se leva, étirant voluptueusement ses membres. Les esclaves commencèrent à rouler sa natte et à rassembler ses objets. La lune n'était plus qu'un grain lumineux dans le ciel sec. Sous la fumée des flambeaux qui finissaient leur course, les femmes rejoignaient leurs appartements d'un pas tranquille, par deux enlacées ou seules, extatiques et chancelantes. Tii promena son regard sur le lac. Nefertiti et Tadoukhipa étaient encore assises sur la berge, en grande conversation. Plus loin, sur le radeau, se consumait la dernière torche. Un objet ondoyait dans la houle calme du lac, absorbant par intermittence les reflets de la rive. Tia-Ha l'avait vu aussi. Elle se tourna vers Tii, qui se levait.

– Je ne parviens pas à voir ce que c'est, dit-elle. Sans doute quelque accessoire que l'un des danseurs aura perdu dans l'eau.

– Kherouef, ordonna la Reine par-dessus son épaule, envoie une barque.

Elles rejoignirent Nefertiti et Tadoukhipa qui titillaient du bout d'un bâton les grenouilles tapies dans les nénuphars. Les deux jeunes femmes se levèrent, firent leur révérence.

– Majesté, que fait donc cette barque? s'enquit Nefertiti. Mes danseurs sont partis, et j'enverrai demain chercher le radeau.

Soudain anxieuse, Tii regarda l'esquif qui fendait le lac. Elle ne put répondre. L'un des deux hommes poussa un cri, recula soudain, puis attira son compagnon au bord du canot. Ils soulevèrent une masse informe, se remirent à ramer frénétiquement vers la berge.

– Un cadavre! souffla Tadoukhipa, prunelles écarquillées.

Nefertiti haussa les épaules et se détourna. Mais Tii, sentant ses genoux faiblir, lui empoigna le bras. Kherouef et deux domestiques entrèrent dans l'eau afin de hisser l'embarcation sur la berge.

Tia-Ha entraîna la petite princesse sur une natte où elles s'accroupirent.

– Reste avec moi, lui dit-elle.

Kherouef approcha. Son visage était de cendre. Il se prosterna très bas, mains jointes au-dessus de la tête en signe de terreur et de soumission. La jeune femme nue gisait sur le ventre, semblable à un animal disgracieux, un genou ployé, un bras encerclant le crâne où gouttaient de longues mèches sombres, tordues comme du chanvre.

– Qu'on apporte une torche! ordonna Tii, très calme. Kherouef, Kherouef, relève-toi, vieil imbécile! Tourne-la.

De ses mains qui tremblaient, malhabiles, il agrippa une épaule, la douce colline d'une hanche. Le corps roula mollement, et Sitamon contempla d'un œil fixe le ciel. Un filet d'eau coulait au coin de la bouche entrouverte, et les cheveux drapaient sa gorge telle une écharpe en lambeaux. Tii se retrouva brusquement dans l'herbe, frôlant de ses doigts fous les joues glacées de sa fille. Des cris et des mots emplis d'effroi crépitaient autour d'elle.

– Allez chercher le commandant Ay, rugit Kherouef, ainsi qu'un médecin. Qu'on avertisse immédiatement Pharaon!

Tii berçait dans ses bras le crâne inerte. Nefertiti commençait à gémir très fort, bras tendus. Pourquoi fait-elle tant de tapage? songea la Reine, contrariée. Ma fille s'est endormie. Elle a flotté sur l'eau et s'est endormie, rien de plus.

Des mains chaudes la soulevèrent, et elle fut dans l'étreinte des bras d'Ay. Les soldats avaient apporté des flambeaux. Elle sentit une cape enrober ses épaules, revint à elle soudainement. Ay s'était accroupi près du corps et l'examinait, échangeant avec le médecin des mots qu'elle n'entendait pas. Tia-Ha vint tout contre elle. Du vin ruissela dans sa gorge. Nefertiti ne criait plus. Elle la regarda, la vit déglutir plusieurs fois, fébrilement. Ay se redressa.

– Trop tard, dit-il. Elle est morte.

Il y eut un froissement de la foule au-delà des flambeaux. Quelqu'un murmura :

– Voici Horus qui approche!

Et Tii sut aussitôt qu'elle ne pourrait supporter la douleur de son fils. Déjà tous les corps se prosternaient dans l'herbe. Elle contempla une dernière fois le visage de pâte blanche, les prunelles vitreuses où vacillait, semblable à la vie, le reflet des torches. Elle s'éloigna vivement.

Toute la nuit, elle arpenta sa chambre, espérant une visite d'Ay. Mais le matin se coula dans l'après-midi, et l'après-midi dans la touffeur rance d'un autre soir d'été, et il ne vint pas. Elle avala un peu de nourriture, se laissa baigner, vêtir et peindre par Piha, mais refusa de recevoir Tia-Ha qui vint à sa porte à midi, ainsi que Nefertiti, qui se présenta dans la soirée. Elle ne cessa de marcher dans ses appartements et les corridors, appliquant son esprit douloureux à résoudre l'énigme qui la taraudait. Sitamon était une nageuse intrépide et, ivre ou non, ne redoutait ni le lac ni le fleuve, où elle se plaisait depuis l'enfance à plonger son beau corps. Mais elle était Impératrice, et Nefertiti avait accepté – un peu trop facilement, sans doute, son triomphe. Il y avait eu cette fête et... Tii enfouit dans ses paumes ses yeux brûlants, gémit tout haut. Sa fille gisait sous le poignard des embaumeurs. Son fils était verrouillé dans sa chambre, et la clameur de ses sanglots passait le bois des doubles portes.

Piha alluma les lampes en silence. Ay se fit enfin annoncer. Congédiant les domestiques, il ferma lui-même la porte. Ils se dévisagèrent dans le doux rougeoiement des flammes, mais il attendit qu'elle parle.

– Je crois que je n'ai pas envie de savoir, fit-elle enfin d'une voix rauque.

– Tu sais déjà. Comme moi. J'ai fait interroger tous les esclaves et les serviteurs du palais, toutes les femmes du Harem. Seule Tadoukhipa avait quelque chose à dire.

– Eh bien?

– Elle a vu Nefertiti et Sitamon entrer ensemble dans l'eau avant que le spectacle des Nubiens ne commence. (Il avança la main.) Oh non, rassure-toi. Ma fille n'a pas sali ses doigts fragiles. La Princesse l'a revue peu de temps après, qui se faisait sécher par sa camériste.

– As-tu demandé à Tadoukhipa de se taire?

– Oui. Elle n'a pas compris tout de suite. Mais elle ne parlera pas.

La Reine dénoua lentement ses mains.

– Il reste toujours un doute.

– L'ombre de l'ombre d'un doute. Les sentinelles du désert ont découvert ce matin un homme qui errait derrière les collines. On lui avait arraché la langue, et c'est miracle qu'il ne se soit pas vidé de tout son sang. Bien entendu, il ne sait ni lire ni écrire. Mais on pense qu'il s'agit d'un esclave du palais, car sa peau et ses mains sont douces. Il porte des griffures aux bras et au ventre. Je l'ai vu de mes propres yeux.

Ils se regardèrent longuement.

– Elle restera impunie, murmura Tii.

– Assurément. Car elle est Reine désormais, et invulnérable.

– Oh, je voudrais la voir flageller jusqu'au sang, et que sa chair se détache de son squelette! cracha Tii, au désespoir. Qu'allons-nous dire à Pharaon?

– Rien, Majesté. Il ne pourrait qu'en être accablé. Et de plus...

– De plus, nous avons tous été coupables un jour ou l'autre d'un crime de ce genre, n'est-ce pas? termina-t-elle à sa place, la voix cassée. Ta fille apprendra donc à se taire, ainsi que nous l'avons fait. Laisse-moi pleurer dans tes bras, Ay, comme lorsque nous étions enfants. Je me sens si lasse.

Plus tard, allongée sous le drap, paupières closes, elle l'entendit qui sortait, appelant Piha et les porteurs d'éventail. Oh! mon époux, implora-t-elle dans le demi-sommeil qui l'emportait enfin. Se peut-il que tous nos fruits se flétrissent et meurent ainsi au fil des années? Nous nous aimions tant. Et dans le silence de sa douleur, elle désira tout contre elle le corps de son amour.

9.

Pharaon ne parut pas en public au cours des soixante-dix jours de deuil qui suivirent la mort de Sitamon, aussi reclus dans son chagrin que lorsqu'il vivait, adolescent, au Harem. Seuls son majordome et son chambellan Panhesy se faufilaient en silence dans les couloirs afin de vaquer à leurs fonctions. Lorsque Tii les interrogeait, ils assuraient que le Roi avait presque épuisé sa douleur, et qu'il se purifiait devant l'autel de l'Aton, vêtu de lin grossier et le visage couvert de cendres.

– Mais pour quelle raison ? leur demanda un jour Tii, que tant de mortification intriguait. Mon fils ignore-t-il que seul le Grand Prêtre est autorisé à pratiquer ce rituel ?

Panhesy baissa les paupières, s'inclina très bas. Le front enfoui entre ses bras tendus qu'enserraient des anneaux d'argent, il répliqua simplement :

– C'est l'homme Pharaon qui se purifie, non le Dieu d'Égypte.

Et Tii dut se contenter de cette réponse.

A l'instar de son royal époux, Nefertiti se tenait éloignée de la vie de la Cour. On l'apercevait parfois qui déambulait dans ses jardins, sobrement drapée de lin blanc, les bras dépouillés de bijoux, ses noirs cheveux lustrés sur les épaules. Et sa beauté n'en était que plus émouvante.

Rumeurs et commérages couraient dans tout le palais, s'exaltaient au Harem. Ainsi que Tia-Ha le raconta à Tii, les femmes estimaient pour la plupart que l'Impératrice et la Reine étaient pareillement amoureuses d'Amenophis et que, rongée de jalousie et de passion,

Nefertiti en était venue à se défaire de sa rivale. De telles affaires de cœur étaient chose commune à Malkatta. On les comprenait, et on les pardonnait. On en bavardait avec indulgence. Le seul point qui choquât réellement ces femmes avait été la découverte de l'esclave mutilé. Car s'il était fréquent de se servir de domestiques pour mener à bien des intrigues sentimentales, le fait que l'on torturât l'instrument de sa liberté au lieu de lui offrir une récompense apparaissait comme une pratique méprisable, qui violait la loi non écrite du Harem. Elles avaient donc approuvé la décision de Tii de faire soigner l'esclave et de le prendre à son service, et considéraient cette initiative comme la seule preuve concrète de la culpabilité de la Reine.

Les funérailles de Sitamon furent discrètes et dignes. Seuls les ministres et courtisans tenus d'assister aux inhumations royales composèrent, avec les pleureuses, le gros du cortège. Pharaon émergea de sa longue méditation, lointain et gauche, pour venir prendre place en silence au côté de Tii.

Au retour du tombeau, il fit arrêter leurs palanquins au pied des colosses d'Amenophis III, où vibrait une ombre courte de midi. Entraînant sa mère vers la statue la plus proche, il mesura d'un bref regard la géante effigie paternelle, puis dévisagea Tii calmement, les paupières encore bouffies de larmes. Il bredouilla :

– Il reste deux mois avant la fin de la saison de Shemou et les fêtes de l'An Nouveau. Je veux aller à Memphis avec toi, Mère. Seulement nous deux, et quelques domestiques. Peux-tu abandonner la Cour un moment ?

Elle sentit un malaise l'envahir, dont elle ne sut déchiffrer sur l'instant la nature. Adossée à la roche brûlante, elle observa les champs bruns craquelés de soif, les palmiers poussiéreux qui longeaient l'horizon du fleuve. Le souffle d'Amenophis était chaud dans son cou. Sa main agrippait son épaule, moite et implorante.

– Je suppose que Nefertiti sera capable de me remplacer pour quelque temps, articula-t-elle sans se retourner. Les affaires de la Cour sont calmes à cette époque de l'année, et il est vrai que j'aurais grand plaisir à revoir Memphis. Il y a si longtemps que ton père et moi... (Elle se tut puis, raffermissant sa voix :) Fort bien, mon fils. Ce sera un grand bonheur.

Et tandis qu'elle disait ces mots, elle eut hâte soudain de fuir l'atmosphère viciée du palais, les miasmes de mort qui rampaient, depuis des mois dans les corridors et les jardins, de fuir les murmures et les insinuations, les regards impénétrables des hommes.

– Parfait, Tii. Dans trois jours, donc.

Lorsqu'elle se tourna vers lui pour le saluer, elle ne vit que ses maigres épaules voûtées sous la boucle du pectoral, et le lin du pagne balayant les mollets blafards qui s'éloignaient. Elle posa la joue contre la jambe immobile de son époux et ferma les paupières.

Ils quittèrent Malkatta trois jours plus tard, dans la cange que Sitamon avait offerte à Amenophis, et que celui-ci avait baptisée *Kha-em-Maât,* autre forme de son titre « Qui Vit dans la Vérité ». Une foule de courtisans maussades s'était assemblée sur les quais. Nefertiti siégeait sous des éventails écarlates, et se demandait pourquoi son époux feignait de ne pas l'entendre lorsqu'elle lui suggérait, timidement, que la couronne impériale devait lui revenir, maintenant qu'étaient closes les funérailles. Smenkhara et Meritaton pataugeaient dans les remous qui léchaient les marches. On entonna les prières, on se prosterna sans conviction, et s'éloignèrent sur le canal les embarcations royales, chargées d'esclaves, de prêtres et de soldats.

Ils voguèrent longtemps à la rame, car le vent d'été, lorsqu'il parvenait à percer l'épaisse canicule, soufflait du nord, contrariant leur progression. Penchée sur le flanc de la barque, Tii écoutait les cris du capitaine, les pieds nus des marins clapotant sur le pont, le gargouillis des avirons dans l'eau boueuse. Derrière elle, sous le dais offert à la brise, on avait disposé des fruits, de l'eau parfumée, du vin. Son fils, assoupi sur des coussins près de la table basse, fredonnait un air en agitant son chasse-mouches. Rives et villages de boue défilaient, semblables à la frange d'un aride cauchemar, d'où toute vie avait disparu. Les champs étaient noirâtres et vides, flétries les frondaisons des palmiers. Même le ciel était désert. Seuls quelques éperviers planaient encore sur des rubans de brise, en quête d'une improbable proie. Tii se pencha plus avant, fascinée par les tourbillons de l'eau grasse et brune. Dans quelques jours elle sera bleue, songea-t-elle, et nous aurons laissé derrière nous les terres infécondes de Haute-Égypte. Ah! Memphis...

Au soir du quatrième jour de voyage, comme la cange accostait, Pasi, le capitaine, vint s'incliner devant Amenophis.

– J'espérais, Puissant Horus, que nous pourrions faire halte un peu plus en aval du fleuve, où nous aurions trouvé un village et quelque végétation. Mais j'avais sous-estimé la lenteur du courant et la force du vent qui nous est contraire. Pardonne-moi si je te prie de bien vouloir passer la nuit sur cette rive.

Amenophis sourit et le congédia. Il regarda avec Tii accoster les autres barques, d'où dégringola aussitôt une nuée de serviteurs, qui s'en furent dresser le campement, napper de longs tapis le sable, allumer torches et foyers pour le repas du soir.

– L'endroit est solitaire, certes, mais non sans beauté, dit-il, évaluant le paysage. Je ne me souviens pas de l'avoir remarqué au cours de mon voyage à Memphis.

– Il est probable que le capitaine a préféré ne pas encourir ta fureur en s'arrêtant ici! rétorqua la Reine. Dieux! J'ai l'impression d'entendre mes pensées résonner contre ces falaises lugubres. Même les paysans n'ont pas été assez bêtes pour venir s'installer ici.

– Quelle paix, murmura-t-il.

On les fit descendre sur une vaste langue de sable vierge, où paressait un méandre du fleuve. Un cercle de falaises fermait le désert, vaste muraille déchiquetée à l'ouest, creusée au levant de longues niches mystérieuses, où rampait déjà l'ombre de la nuit. Le soleil avait presque disparu. Un fil de lumière incarnate enluminait le bord des roches, les derniers rayons pleuvaient sur le sable. Au-delà du tumulte joyeux des humains qui s'affairaient pesait un silence mort, épais, presque tangible, qui semblait repousser les intrus vers le fleuve d'où ils venaient.

– La chaleur doit être terrible pendant le jour, dit la Reine. Quelle distance peut-il bien y avoir d'un bout à l'autre de la vallée, Majesté?

– Tant de pureté, chuchota-t-il, s'éveillant de sa contemplation. Rien d'autre qu'une lame de roches, un sable aveuglant, on dirait une coupe géante sculptée pour accueillir l'or de Râ.

Sur la berge, des serviteurs se mirent à rire soudain, et la falaise aussitôt renvoya l'écho de leurs voix, cent fois multiplié, et ce fut comme si une armée se raillait d'eux, tapie dans les falaises. Tii en eut la chair de poule. Elle aperçut au pied de la passerelle l'esclave à la langue arrachée, qui soutenait à deux bras une jarre d'huile de lampe, tandis qu'un intendant lui hurlait un ordre. Elle s'enfuit dans sa tente, baissa les rideaux.

Bientôt, le silence obsédant de la vallée ne fut qu'un souvenir, et ils débarquèrent à Memphis dans un vacarme d'acclamations. Badauds et dignitaires, accourus par milliers, se pressaient sur les rives, les toits des entrepôts, et jusque dans l'eau du fleuve, afin d'entrevoir les visiteurs royaux. Tii se rendit sur la terrasse du palais, suivie de son fils.

– J'avais oublié combien c'était beau! s'extasia-t-elle dans un souffle. Vois tous ces arbres, Amenophis, et cette profusion de fleurs sauvages...

Ils contemplèrent longuement le lac, les temples. Puis elle dit :

– Il doit rester quelques femmes au Harem. Iras-tu les voir?

Il sourit prudemment.

– Je ne pense pas. Mais je me rendrai aux temples souvent, comme à l'époque où je préparais mon initiation. Que dirais-tu d'une balade en barque dans les papyrus du Delta, demain?

Pendant un mois, chacun d'eux vaqua à ses occupations dans le frais palais de Memphis et aux quatre coins de la cité flamboyante. Pharaon se fit conduire dans tous les sanctuaires où les résidents barbares venaient adorer leurs dieux, et bien qu'il reçût une délégation des prêtres de Ptah, il négligea de rendre une visite officielle à leur temple. Tii rencontra, pour sa part, le maire de Memphis et les capitaines des armées frontalières, ainsi qu'un grand nombre de riches négociants et de diplomates en poste à Memphis, qu'elle se plut à honorer dans le décor exquis de la salle d'audience tant aimée de son époux. Elle se rendit au Harem, où elle découvrit un lieu bien tenu, mais calme et déserté, empreint de mélancolie.

Dans leurs moments de loisirs, ils flânaient ensemble sur le marbre du palais vide ou dans les jardins verdoyants. Ils voguaient dans les marécages où bruissaient une multitude de papyrus duveteux, gigantesques, et des envols d'oiseaux sauvages, qu'Amenophis refusa de chasser. Le ciel était d'un bleu profond, uni et comme purifié de la fureur mordorée des canicules de Thèbes. A l'heure brûlante de la sieste, ils se laissaient bercer par le froufrou des éventails, le murmure des harpes.

Le temps coulait, suave comme le vin dont ils emplissaient leurs coupes, et Tii ne savait plus si c'était la brise douce-amère de ses souvenirs s'exhalant de tous les recoins du palais ou la voluptueuse paresse des jours qui lissait peu à peu les plis anxieux de son visage.

Par un doux crépuscule, comme ils contemplaient de la terrasse le jardin d'où montaient mille senteurs, Amenophis lança un ordre au serviteur qui se tenait dans son dos. Peu après parut le gardien des Insignes, portant son coffre.

– Bienvenue, Channa! s'exclama Tii, surprise. J'ignorais que tu nous avais accompagnés.

L'homme s'inclina, murmurant une formule respectueuse. Amenophis lui demanda de poser le coffret sur la table et le congédia, ainsi que son majordome. Ils furent seuls sur la terrasse.

Puis il remplit la coupe de Tii, qui la vida aussitôt, le cœur cognant, un goût d'argile sèche au fond de la gorge. Son fils alors commença à parler, et sa voix tout d'abord vacillante prit de l'ampleur au fur et à mesure que descendait sur son visage le clair-obscur de la nuit.

– Longtemps j'ai pleuré la mort de Sitamon, dit-il. Longtemps j'ai prié seul, frappant ma poitrine et couvrant mon front de cendres. Ce soir, je veux t'expliquer pourquoi. Vois-tu, Mère, je savais au fond de mon âme que jamais je n'aurais dû choisir Sitamon pour impératrice. Car tel n'était pas le désir de mon Dieu. Oh bien sûr, il était de mon droit et de mon devoir d'épouser ma sœur, mais une autre union m'appelait, plus sacrée, plus puissante. Et le Dieu m'a puni en faisant mourir Sitamon. Non, s'empressa-t-il d'ajouter avec douceur comme Tii entrouvrait la bouche, ce n'est pas à Nefertiti que je pense. (Il se pencha, tira du coffre la Couronne impériale. Le disque poli et les cornes d'argent miroitèrent d'un éclat sourd dans la vibration des étoiles, et palpitèrent les deux plumes lorsqu'il posa le diadème sur ses genoux.) C'est à toi que je devais l'offrir, et je le savais. Ainsi, par la volonté de Dieu qui a châtié ma faiblesse, cette Couronne te revient, Mère.

Raidie soudain dans son fauteuil, elle empoigna les accoudoirs.

– Mon fils, prononça-t-elle dès qu'elle sentit que sa voix ne frémirait plus, il s'agissait d'une simple rivalité de pouvoir entre ta sœur et Nefertiti. Tu as fait ton choix, ainsi que doit agir un Pharaon, mais c'est là toute ta responsabilité.

– J'ai entendu les rumeurs. Des mains humaines ont assassiné Sitamon, mais le Dieu en avait décidé ainsi. Et c'est toi que je veux à présent, Tii.

Elle se mit à trembler, s'agrippa plus fort à son siège.

– Si je comprends bien, tu souhaites qu'un contrat de mariage soit scellé entre nous, qui me ferait Première Épouse et Impératrice d'Égypte ?

– En effet. Le document peut être rédigé ici même, avant que nous retournions à Malkatta.

Il déposa la Couronne sur la table qui séparait leurs fauteuils. Tii plongea son regard dans la nuit du jardin. Elle ne pouvait plus respirer, tant sa gorge était gonflée, et le son qui s'en extirpa lorsqu'elle voulut répondre fit une sorte de croassement douloureux.

– Bien entendu, le mariage que tu me proposes est de pure forme ?

– Non. (Il pivota brusquement vers elle, des deux bras enserrant la Couronne. La lampe illumina une moitié de son visage, laissant l'autre immergée dans la nuit, semblable à une idole de pierre inachevée.) Tant de choses m'intriguent depuis que j'ai l'âge de maîtriser mes pensées... reprit-il d'une voix très paisible. Je me suis longtemps demandé pourquoi j'étais né, pourquoi le Fils d'Apou s'acharnait contre moi, pourquoi j'étais reclus parmi les femmes du Harem. Lorsque j'étais enfant, j'ai pleuré bien souvent. Je faisais des rêves étranges. Plus tard, assis dans les jardins du Harem, je regardais les fleurs s'ouvrir comme des ailes de papillons, et les papillons frissonner dans l'herbe comme des fleurs enfin délivrées. (Il effleura ses joues de ses doigts pâles qui tremblaient, démentant la calme décision de ses paroles.) Je longeais les couloirs du Quartier des Femmes et j'écoutais prier les étrangères, je les regardais prier ces dieux barbares qu'elles avaient amenés avec elles de tous les pays de l'Empire. Et bientôt j'ai compris. Sous chacun de ces noms, Savriti, Reshep, Baal, c'était un seul et même Dieu qu'adoraient toutes ces femmes, Mère. J'ai lu alors les papyrus anciens qui étaient conservés au palais et au Temple... (Sa voix se brisa soudain et il déglutit, cherchant ses mots.) Il y a plusieurs millénaires, vois-tu, les rois d'Égypte régnaient au nom de Râ sur terre. Mais les princes de Thèbes ont imposé Amon en même temps que s'affirmait leur puissance, et les Pharaons qui gouvernent depuis lors ont oublié qu'Amon n'était qu'une humble divinité locale, enchaînée aux limites de Thèbes, tandis que le Soleil crée tout ce qui vit et meurt. Ton époux le savait. Il avait entrevu la vérité, mais son intuition ne fut qu'une brève lueur dans une chambre obscure, sa volonté de glorifier l'Aton un désir superficiel, pour la parade. (Il approcha son visage et but le regard de Tii.) Mère, je suis l'Incarnation de Râ-Herakhti, mon père véritable. En choisissant ton corps pour m'engendrer, le Dieu de l'Horizon honore l'Égypte d'une ère nouvelle, infiniment glorieuse. Et je sais enfin pourquoi je suis né.

– Ton père était Osiris Amenophis, l'Incarnation d'Amon sur la terre! s'écria-t-elle, glacée de stupeur.

Il eut un sourire empreint d'aimable patience, presque condescendant.

– Il n'était qu'un homme, tout comme mon frère Touthmôsis n'était qu'un homme. Et je suis né pour devenir Pharaon, envers et contre tout, afin que l'Aton soit de nouveau glorifié dans notre Empire.

Tii s'affola. Son cœur lui fit mal soudain.

– Mais je ne comprends pas pour quelle raison tu devrais me prendre pour femme! émit-elle d'une voix étranglée.

Il scruta de nouveau la Couronne, et l'ombre de ses yeux blondit sous le feu de la lampe. Il chuchota :

– Amon est riche et puissant désormais. Je dois le vaincre par une magie plus forte encore. Car ils me cernent tous, les mauvais, les démons, ils me harcèlent et me torturent la nuit, le jour. Oui, j'ai beaucoup appris de ces femmes qui ouvraient leurs autels aux dieux d'ailleurs. Des incantations, des charmes qui me préservent du mal. Mais de toutes ces magies, la plus efficace est l'union charnelle du fils à sa mère. Nombreux sont les peuples du Soleil qui considèrent comme sacrée une telle union. Et pour moi qui suis l'Incarnation de Râ, elle n'est pas seulement sacrée, elle est impérative. De ton corps je suis né, Mère. C'est ton corps que je dois posséder.

Une phalène se jeta sur la lampe. Elle déchiqueta ses ailes à la flamme, offerte au feu qui la consumait, ses doux yeux noirs aveuglés de lumière. Une lune d'argent froid se levait, irradiant la terrasse, et Tii eut l'impression qu'un linceul sans couleur et sans poids drapait lentement ses chevilles.

Elle chercha longuement sa voix, un ton juste, apaisant. Puis elle dit :

– Amenophis, il est juste et convenable qu'un prince de sang épouse sa sœur ou qu'un Pharaon épouse ses filles, afin que la semence divine ne se corrompe point dans des unions vulgaires. Mais sous la loi du Maât, deux formes d'union sont tabou. Celle qui lie entre eux deux hommes, et celle qui accouple un fils à sa mère. Ce que tu me proposes ébranlerait les fondations du Maât en Égypte, et susciterait la fureur de tous nos sujets, qu'ils soient nobles, prêtres ou simples paysans.

– La toute-puissance de Râ éclipse celle d'Amon, et le Maât est depuis longtemps perverti, Mère. Ton époux couchait avec un garçon. Tes courtisans enfreignent chaque jour les lois sacrées. Mais ceux qui me suivent ne pourront s'égarer, car je restaurerai le Maât sur la terre. (Il poussa fébrilement la Couronne vers elle.) Tu es déjà élue. J'ai besoin de toi.

– Et si je refuse?

– Tu ne refuseras pas. Le cercle de pouvoir qui me protège n'est pas encore clos, et les ténèbres s'insinuent jusqu'à moi. Toi seule peux fermer cette brèche, Tii. Ensemble nous engendrerons des enfants du Soleil.

Elle se leva, engourdie, et comme vidée de toute force. Elle empoigna le dossier du fauteuil afin de ne pas défaillir.

– Je dois réfléchir à tes paroles, murmura-t-elle. Je vais me coucher.

– Dors bien, mon Impératrice. Râ dissipera tes derniers doutes dans la splendeur de son aurore.

Il se leva à son tour, lui baisa le cou et s'éloigna, exultant, le long de la terrasse qu'éclaboussaient les rayons de lune. Tii regagna sa chambre. Les servantes la dévêtirent, lavèrent son visage, ses mains et ses pieds, éteignirent les lampes et déplièrent le drap sans qu'elle prononçât un mot. Piha se recroquevilla dans un coin sur sa natte et s'endormit bientôt d'un souffle pesant. Derrière la porte, le garde du corps toussa calmement, une fois.

Elle s'enroula dans son drap puis, glissant de sa couche, gagna la fenêtre. L'air frais de la nuit lui doucha le front. Le ciel était noir, noir le jardin dont seuls le flambeau d'un soldat ou le pas d'un esclave affairé à quelque course troublaient par instants la calme solitude. Elle médita longuement. L'Égypte semblait n'avoir rien à redouter de son fils. S'il était fou, sa démence ne menaçait nullement la suprématie militaire et diplomatique de l'Empire. Régente, elle contrôlait l'administration. Impératrice, elle continuerait à veiller à la sécurité du pays, tandis que lui poursuivrait ses innocentes divagations religieuses. Oh bien sûr, il y aurait un scandale effroyable. Pas un prêtre qui ne la maudît, pas un citoyen qui ne s'indignât à haute voix sur les places publiques. Mais pour combien de temps? Thèbes et la Cour oubliaient déjà le jeune amant du Pharaon défunt. Et si son fils était véritablement inspiré? Son existence avait été si insolite jusqu'alors. S'il disait la vérité, si Râ dictait ses paroles, il ne s'agissait plus d'une simple question de pouvoir, mais d'une magie plus vaste, plus terrible. Et au fur et à mesure que progressait sa réflexion, elle sentit vaciller dans un tréfonds obscur de son âme la ferveur, pure et blanche comme un feu, de son étrange fils. Elle était une femme blasée, elle le savait, émoussée par toute une vie d'intrigues et la lente corruption inhérente à la pratique du pouvoir absolu. Mais jamais elle n'avait vibré ainsi, mystérieusement, à un discours religieux. Jamais elle n'avait entendu des paroles d'une telle ardeur, d'une telle transparence. Et sous la carapace inaltérée de son cynisme et de son ambition, sous les exigences du pouvoir qu'elle posait comme un principe à tous ses actes, la fiévreuse certitude d'Amenophis l'ébranlait malgré qu'elle en eût.

Elle s'endormit, agenouillée contre la fenêtre. Piha l'éveilla au petit matin et, chancelant jusqu'à sa couche, elle s'enfouit aussitôt dans un lourd sommeil sans rêves.

Pendant trois jours, elle débattit avec sa conscience. Son fils ne l'approcha pas. Il se fit conduire en barque aux temples d'On afin d'y adorer son Dieu, et passa de longues heures prosterné devant son autel de voyage ou tapi dans l'herbe, parmi ses singes et ses chats. Il la rejoignait au dîner, paré de tous ses emblèmes. Il parlait peu, et Tii n'avait guère le cœur à bavarder. Elle l'observait du coin de l'œil tandis qu'il portait lentement, délicatement, à sa grande bouche des morceaux de fruits et de légumes, le regard mouillé de pensées intimes et lointaines.

Lorsqu'elle s'éveilla au quatrième jour, elle avait pris sa décision. Dès qu'elle fut peinte et habillée, elle convoqua son héraut et son garde du corps et s'en fut trouver Amenophis au pied de la terrasse où il jetait du pain aux oiseaux qui tournoyaient et piaillaient au-dessus de sa tête. Assis sur une marche près de lui, le scribe lui faisait lecture d'une lettre, dont elle comprit qu'elle venait de Nefertiti. Elle descendit seule l'escalier. Au murmure de ses sandales sur le marbre il pivota vers elle et sourit.

– J'accepte la Couronne, dit-elle aussitôt. A la condition que le contrat soit rédigé ici même et scellé du cartouche impérial. Tout de suite, Amenophis.

Sans quoi je pourrais bien changer d'avis, eut-elle envie d'ajouter.

Il fit le geste de l'étreindre, mais observant son visage figé, glacé, il hésita. Ses bras retombèrent.

– Prends un papyrus, ordonna-t-il, solennel, à son scribe. Écris.

Et tandis qu'il dictait les mots irrévocables, Tii ne put supporter soudain de rester là, immobile, à écouter sa voix grêle d'enfant fébrile. Le soleil était déjà trop brûlant sur son crâne, trop fraîche la pierre sous le cuir de ses sandales. Après une courte révérence elle le quitta, appelant d'un cri sa camériste et ses porteurs de parasol. Elle courait presque lorsqu'elle atteignit la berge du lac de plaisance. Elle arracha bracelets, colliers et perruque, les lança dans l'herbe. Avec un gémissement elle plongea jusqu'au fond de l'eau, et l'eau emplit sa bouche, ses oreilles et ses yeux ouverts. Quand elle eut épuisé tout son souffle, elle réapparut à la surface et nagea. Qu'ai-je fait, songeait-elle sans trêve, qu'ai-je fait? Elle n'émergea de l'onde que les membres rompus de fatigue et resta longtemps étendue sous le dais, massant sa peau où scintillaient des perles minuscules.

Amenophis vint la rejoindre ce soir-là dans sa chambre, précédé de son héraut, qui congédia les serviteurs avant de se retirer à son tour. Tii coula jusqu'à terre afin de baiser les pieds qui s'étaient immobilisés près de sa couche. Il la releva, et ils se dévisagèrent. Il la dépassait d'une tête – comme son père, pensa-t-elle. Il avait bu du vin parfumé. Une bouffée de lotus voguait dans son haleine. Sa bouche était rougie au henné, ses yeux lourdement cernés de khôl. Les plis mous de sa perruque à bourse blanche pendaient dans son cou.

– As-tu peur? s'enquit-il aimablement.

Il prit sa main, et comme elle observait les longs doigts qui jouaient dans les siens, elle sut que nulle crainte n'était plus en elle. Elle secoua la tête. Il retira la perruque, passa une main sur son crâne rasé. La mâchoire oblique et les prunelles en amande prirent un relief insolite soudain, qui lui donna un air de bête fauve, mais son regard était doux. Sous la cape diaphane qu'il laissa choir à ses pieds, il était nu, hanches rondes et pâles. La chair de ses cuisses frissonnait à la lueur des lampes. Tii ne pensait plus. L'étrangeté de ce corps lui répugnait, tandis que s'insinuait peu à peu dans ses membres un attrait curieux, irrépressible, pour cette part de lui qui était elle-même. Le Dieu que j'ai aimé est dans cet homme, songea-t-elle, mêlé à mon propre sang.

Elle s'assit sur la couche, et il fut auprès d'elle. Il cueillit à deux mains son visage, le tourna vers lui. Son regard était ardent, cramoisies ses hautes pommettes.

– Sitamon aurait eu dans quelques années ces rides émouvantes, murmura-t-il, le souffle court, mais jamais ses yeux n'auraient acquis l'intensité, la profondeur de ton regard. Je t'aime, ma mère. Prends-moi dans tes bras.

Un sentiment d'irréalité l'enveloppa lentement tandis qu'elle étreignait son fils. Elle eut alors l'impression de dormir en un autre lieu, un autre temps, et de rêver cette vision d'une autre elle-même qui vivait à sa place et qu'elle observait de loin, le cœur tranquille. Il ne faisait pas l'amour à la manière fougueuse et maîtrisée de son père, mais avec une sorte d'opiniâtreté, plutôt, où elle reconnut son propre style. Il ne semblait pas se soucier de ce qu'elle fût inerte dans ses bras, rongée d'un sinistre présage, se demandant encore, alors même qu'il la pénétrait, quelle folie elle venait de commettre. Sa chair refusa le plaisir avant qu'il eût cessé de bouger en elle et, le sentant aussitôt, il se retira et s'étendit à ses côtés, souffle profond et lent.

– Il ne t'adviendra aucun mal, Tii, murmura-t-il comme s'il lisait dans sa pensée. Les Dieux n'oseront pas te juger. Tu es sous ma protection.

Au cours de la semaine qui suivit, la dernière qu'ils vécurent à Memphis, il vint la retrouver toutes les nuits et lui fit l'amour avec la même tendresse, la même étrange absence de passion auxquelles Tii, s'accoutumant peu à peu, finit par répondre. Son corps désirait ardemment les caresses fines et savantes de son époux défunt, dont le visage souvent se dressait au-dessus d'elle lorsqu'elle s'abandonnait au rythme de son fils, mais elle n'avait jamais connu auprès de lui cette douceur, cet empressement suave. Elle se murait dans le silence, comme si le moindre mot prononcé risquait de confirmer son crime, de fixer dans une insoutenable réalité une situation que baignaient encore les limbes abstraites du rêve. Et il lui sembla que Pharaon comprenait ou préférait, à toute autre attitude, ce mutisme.

Pendant le jour, ils flânaient tranquillement dans les jardins en se donnant le bras, ou s'absorbaient devant un échiquier, sous les arbres. Amenophis rendit une dernière visite aux temples d'On et s'abstint de l'inviter, ce qu'elle apprécia. Il fallut enfin préparer le retour à Malkatta. Les domestiques empaquetèrent sans un mot les effets de leur Reine.

Ils voguèrent toutes voiles dehors, et furent rendus au palais trois jours avant que la fête d'Opet ne commence. Un messager avait annoncé leur venue et Tii, défaillant sous la canicule qu'elle avait fuie deux mois plus tôt, observa du pont de la Cange Royale l'avant-cour et les deux berges du canal bondées de courtisans, Nefertiti, son père et les deux enfants qui attendaient, plus loin, sous un baldaquin, Ptahotep et Simout en compagnie de quelques prêtres d'Amon sous leur dais. Horemheb se tenait avec ses soldats au point du quai où glisserait la passerelle. Moutnodjme piaffait, et son fouet déplumait les branches des arbres tandis que ses nains pataugeaient, nus et gras, dans le bassin.

Pas un seul cri de bienvenue n'accueillit la barque lorsqu'elle fendit les eaux du canal, cogna du flanc contre les marches. Les ordres de Pisa résonnèrent haut et clair, solitaires, sur les colonnes de la salle d'audience. Pharaon descendit la passerelle, Tii sur ses pas, très droite, couronnée du disque étincelant et des plumes. La foule ondula et s'aplatit sur les dalles, dans un silence sinistre. Ay et Nefertiti s'inclinèrent. Tii croisa le regard de sa nièce, connut la haine de ses prunelles grises. Elle s'avança d'un pas ferme, sans la quitter des yeux, consciente que cet instant déterminerait le ton de leurs relations futures. Le regard de Nefertiti vacilla. Elle baissa les paupières. Pharaon contemplait l'assistance avec un long sourire débonnaire et vague.

– Relevez-vous! cria-t-il de sa voix aiguë. Nefertiti, donne-moi Meritaton. Ma petite fille a bien grandi depuis que je l'ai quittée.

Il serra l'enfant dans ses bras et poursuivit son chemin pendant que se formait autour de lui l'escorte royale. Ses singes familiers piaillaient et faisaient des bonds dans les arbres. Ses chats, libérés de leurs cages, couraient se réfugier à l'ombre. Il fit signe à Nefertiti de l'accompagner et Tii, réprimant un pincement de jalousie, s'adressa au Grand Prêtre.

– Je te recevrai dans une heure. (Elle se tourna vers Ay.) Viens avec moi.

Suivie du gardien des Insignes Royaux, de ses porteurs d'éventail et de ses femmes, elle gagna les appartements royaux. Elle retira la Couronne, la tendit au gardien, ordonna à tous les domestiques de sortir et se dirigea vivement vers le trône. Ay lui opposa un silence hostile jusqu'à ce que le dernier serviteur se fût retiré. Puis, dès que la Reine lui indiqua qu'il pouvait parler, il bondit au pied du trône.

– Tu as donc perdu l'esprit ? gronda-t-il, dents serrées, les coudes collés au corps. Es-tu devenue folle ? Est-ce vrai ?

Elle le considéra froidement.

– C'est vrai.

– La palais est entré en ébullition à la lecture du décret. Les courtisans se ruaient les uns sur les autres dans les couloirs, criaient partout la nouvelle... Pourquoi, Tii, pourquoi ? Ptahotep traverse le fleuve tous les jours, complètement affolé.

– Je réglerai sous peu cette affaire avec lui. Cesse de crier, Ay. Il y a longtemps que je ne suis plus ta petite sœur. J'ignore comment aurait agi Pharaon si je n'avais pas accepté la Couronne.

– Tu aurais pu mettre dans ton lit un jeune prince quelconque, discret, ricana-t-il. La Cour n'y aurait rien trouvé à redire. Mais ton propre fils!

– Si tu ne cesses pas de crier, je te fais fouetter! Je suis Impératrice et Déesse, souviens-t'en! Je n'accepterai pas que tu me parles sur ce ton!

Il lui jeta un regard furieux, puis s'inclina sobrement.

– Je te demande pardon.

Il n'en pensait pas un mot. Tii remarqua ses joues cramoisies, ses grandes mains crispées par l'effort qu'il faisait pour se maîtriser.

– Nous ne gagnons rien à nous invectiver de la sorte, intervint-elle sèchement. J'ai besoin de tes conseils, Ay, non de cette réprobation ridicule. Dans quelques jours, la Cour aura oublié sa fureur pour ne voir que le côté piquant de l'histoire, ainsi qu'elle l'a fait pour l'amant de mon époux.

– J'espère que tu as raison. Car tu risques d'y perdre la face, et d'affaiblir ainsi ton pouvoir.

– J'ai cru bon de devoir prendre ce risque.

Elle lui raconta alors ce qui s'était passé à Memphis et Ay, sa colère apaisée, l'écouta attentivement.

– Tout de même, conclut-il lorsqu'elle eut terminé, il s'agissait d'une décision irréversible, et tu l'as prise à la hâte. Tu aurais pu attendre ton retour, en discuter avec moi.

– C'est possible. Mais j'ai longuement réfléchi. Si Amenophis a tort, je n'aurai fait que scandaliser le palais, inquiéter les prêtres et enfreindre la loi du Maât. Le scandale s'efface vite des mémoires. Si j'avais refusé, en revanche, et si ses prétentions sont justifiées...

– Il devient évident qu'Amenophis ne gouvernera pas sans satisfaire ses aspirations religieuses, et s'il gouverne mal, l'Empire en souffrira, ainsi que nous.

Tii se sentit blessée.

– Tu penses donc que je suis une de ses aspirations religieuses ?

Il sourit tristement.

– Je le crois, Tii. D'autres éléments sont en jeu, bien sûr, mais c'est la principale raison de ce mariage. Pour le bonheur de l'Égypte et le tien, j'aimerais que tu t'en souviennes.

– J'essaierai, fit-elle d'un ton cynique, avant de le congédier.

Elle s'entretint ensuite avec le Grand Prêtre, qu'elle s'efforça de rassurer en lui affirmant que cette transgression de la loi du Maât ne menaçait en rien la stabilité du pays, ni la suprématie d'Amon. Elle lui rappela qu'elle avait longtemps gouverné au côté d'un souverain qui lui avait confié le sort de l'Égypte afin de pouvoir s'adonner à ses plaisirs, suggérant qu'il en serait de même sous le règne de son fils. Elle se garda bien de chercher à l'amadouer par quelque basse flatterie, et lorsqu'il se retira, il semblait radouci. Je ferais bien de croire à mes propres paroles, songea-t-elle tandis qu'elle gagnait sa chambre pour se reposer aux heures torrides d'après midi. Quoi qu'il en soit, j'ai échangé un Pharaon contre un autre, et je règne toujours.

Mais couchée sous les éventails qui susurraient dans la pénombre, elle revit la bouche de son fils se fermant sur la sienne, baisant son corps avec douceur et application, elle revit ses yeux lorsqu'il s'allongeait sur elle, et ne put dormir. Et comme Piha relevait les tentures sur un flot brûlant de soleil, elle convoqua Kherouef.

– Traverse le fleuve, ordonna-t-elle. Va m'acheter à Thèbes une Déclaration d'Innocence. N'envoie pas un domestique. Je tiens à ce que tu t'y rendes en personne.

– Majesté, objecta le chambellan, puis-je me permettre de te rappeler que tu sièges au rang des Dieux, et que les Dieux n'ont nullement besoin de cette Déclaration ?

– Kherouef, je n'ai jamais rien laissé au hasard dans ma vie. Fais ce que je te demande.

Il s'inclina et sortit. Elle voulut s'absorber à diverses occupations en attendant son retour, mais son esprit s'y refusait. Debout au milieu de sa chambre, bras croisés et tête basse, elle s'abandonnait à ce remords étrange qui la tourmentait et ne ressemblait à aucun autre.

Kherouef ne revint qu'au coucher du soleil, et bien qu'il eût pris le temps de passer dans ses appartements pour se laver à la hâte et se vêtir de lin propre, une traînée de poussière souillait sa joue. La Reine lui sourit nerveusement.

– Tu es encore sale, Kherouef.

– Je me suis déguisé en paysan et me suis rendu sur les places publiques à pied, Majesté. J'ai pensé qu'ainsi je paierais moins cher.

– C'est pour cela que tu es mon chambellan, répondit-elle. Lis-moi la Déclaration.

Il déroula le papyrus et, se posant au sol dans l'attitude des scribes, prononça :

– « Je te salue, Usekh-nemtet aux Géantes Enjambées, car je n'ai point commis l'injustice. Je te salue, Hept-seshet Ceint de Flammes, car je n'ai point volé en utilisant la violence. Je te salue, Neha-hra au Hideux Visage, car je n'ai tué ni homme ni femme. Je te salue, Ta-ret au Pied Ardent, car je n'ai point mangé mon cœur. Je te salue, Hetch-abehou à l'Étincelante Denture, car je n'ai pris la terre de personne. Je te salue, Am-senef Mangeur de Sang, car je n'ai point tué les animaux qui sont la possession du Dieu. » (Il poursuivit du ton serein et monocorde d'un officiant, et Tii l'écouta sans trahir son émotion.) « Je te salue, Seshet-kherou Maître de la Parole, car je n'ai point fermé mes oreilles au discours du bien et de la vérité. » (Non, pensa-t-elle, je n'ai pas fait cela. Je m'y efforce. Mais Amenophis parle-t-il le langage de la vérité et du bien ?) « Je te salue, Maa-ant-f l'Extrêmement Lucide, car je n'ai point couché avec la femme d'un homme. Je te salue, Toutoutef, car je ne me suis point rendu coupable de fornication ni de sodomie, je n'ai pas inversé la marche des générations. » (Et comme la voix de Kherouef vacillait soudain, elle sentit les mots s'insinuer sous sa peau, piquer un frisson dans son cou. *Je n'ai pas inversé la marche des générations.*)

Elle l'écouta jusqu'au bout, sans le regarder. Le papyrus s'enroula dans un doux froissement.

– Donne-moi de l'encre et une plume. Je vais signer.

Il posa le manuscrit sur une palette, lui tendit la plume humide. Deux fois elle inscrivit ses noms et l'ensemble de ses titres. Puis elle replia le papyrus et le glissa sous son appui-tête.

– C'est tout, tu peux te retirer.

Kherouef hésita, s'effondra à genoux devant elle et, agrippant des deux mains les pieds de la Reine, les baisa fébrilement.

Tii recula, stupéfaite.

– Qu'y a-t-il, Kherouef? Debout, enfin!

Il redressa le torse, resta à genoux.

– Ma Déesse, je te supplie humblement de me relever de mes fonctions auprès de toi ainsi qu'au Harem. Je désire m'en aller.

– Absurde! Et pour quelle raison?

– J'ai longtemps travaillé à ton service et je me fais vieux. Mes enfant sont des étrangers pour moi, mes femmes se sentent seules.

Il refusait de la regarder.

– Tu mens, Kherouef! Tu es mes yeux et mes oreilles, tu es ma bouche au Harem, mon fouet parmi les domestiques. Je te connais mieux que je ne me connais moi-même. Ne m'insulte pas, ou tu éprouveras ma colère.

– Fort bien. (Il inspira longuement.) Majesté, cet acte que tu as commis avec Pharaon est un crime, une souillure. C'est la raison pour laquelle je ne peux plus te servir.

– Comment sais-tu qu'il ne s'agit pas d'un simple stratagème politique?

Il parvint à étirer un sourire.

– Ne suis-je pas tes yeux, tes oreilles? Mon devoir n'est-il pas de te rapporter toutes les rumeurs? Les domestiques de Memphis ne sont pas muets.

– Je ne comprends pas, je l'avoue, cette soudaine rigueur morale qui t'anime. Tu me sers depuis que je suis entrée, enfant, au Harem. Tu as toujours obéi à mes ordres sans murmurer.

Elle croisa son regard et sut qu'il n'avait pas oublié l'empoisonnement de Nebet-nouhe.

– Ceci est différent, dit-il calmement.

– En quoi, s'il te plaît?

– Je ne saurais le dire, Divine Reine.

– Stupide comme le bavardage d'une femme! railla-t-elle, citant un proverbe ancien. (Puis elle capitula aussitôt, de crainte de devoir l'implorer.) J'accepte ta démission. Tu mérites toute ma gratitude. Donne à Houya l'insigne et le sceptre de ta fonction et rentre chez toi, Kherouef.

Il se mit debout sans joie.

– Je t'aime, ma Reine, ma Déesse.

– Je t'aime aussi. Mon père m'a fait un grand bonheur le jour où il t'a attaché à mon service. Que ton Nom vive éternellement.

– Congédie-moi. (Il pleurait.)

– Va.

Enfin, ma Tii, aurais-tu oublié que les Dieux ne souffrent pas? lui souffla la voix moqueuse de son époux tandis qu'elle écoutait les pas de Kherouef s'évanouir au long du corridor. Je ne souffrirai pas longtemps, décida-t-elle. J'ai l'habitude des trahisons. Elle cria à Piha qu'elle désirait du vin, de la musique. Assise près de son lit, elle laissa les mélodies radieuses envahir la chambre et son corps, flotter jusqu'aux jardins où descendait le crépuscule.

Amenophis vint la retrouver cette nuit-là, peint et vêtu de lin bleu translucide, et elle répondit à son désir avec une ardeur qu'elle n'avait pas ressentie depuis la mort du Puissant Taureau. Voilà ce que je veux, se jura-t-elle tandis qu'ils se mêlaient et gémissaient ensemble. J'exhiberai à la face du monde l'éclat de mes pouvoirs.

10.

Ainsi que Tii l'avait prédit, le scandale de son mariage ne devint bientôt qu'un sujet de conversation comme un autre, sur lequel babillaient les courtisans lorsqu'ils n'avaient rien de plus précieux à se mettre sous la dent. La résistance des prêtres céda peu à peu lorsqu'ils virent Pharaon accomplir, fût-ce négligemment, les devoirs qu'Amon exigeait de lui. Tii oublia l'angoisse qu'avait suscitée en elle sa décision de Memphis, et se félicita d'avoir agi selon son instinct. Le gouvernement du pays, la vie de la Cour et les relations à l'intérieur de la famille royale s'adaptaient simplement à une situation nouvelle, ainsi qu'il était d'usage lorsqu'un Pharaon succédait à un autre.

Comme pour célébrer ce retour à l'équilibre, les eaux du fleuve commencèrent à gonfler le jour même que les prêtres d'Isis avaient fixé, et les cœurs des humains s'en réjouirent. Un sang neuf ranimait Malkatta et Pharaon lui-même, que son union avec Tii semblait avoir délivré de sa prison spirituelle. L'impuissance dont il souffrait n'était plus qu'un mauvais souvenir. Car s'il était évident qu'il n'aurait jamais l'insolite vigueur sexuelle de son père, il ne passait plus ses nuits tapi tel un animal débile dans une chambre saturée de lumière. Il partageait désormais avec son Impératrice ou sa Reine les heures obscures, et la petite Tadoukhipa perdit enfin sa virginité.

Ce fut à cette époque aussi qu'Amenophis inaugura son Enseignement. Ce qui avait débuté quelques années plus tôt sous forme de débats religieux avec les prêtres d'On sur la pelouse des jardins devint une sorte de rituel quasi quotidien dans la salle d'audience du

Pharaon. Il siégeait sur le trône, coiffé d'un casque blanc ou d'une perruque à bourse, maintenant sur son vaste giron la crosse et le fléau, et le filet clair de sa voix dominait l'assistance enfiévrée. Assis autour de lui sous le baldaquin d'or, prêtres et sentinelles du temple d'On observaient l'auditoire. Nefertiti était toujours présente, hautaine sous le cristal de son cobra, et Kia venait souvent prendre place sur un petit siège aux pieds du Roi.

La rumeur courut bientôt, colportée par les proches d'Amenophis, qu'il convenait d'assister à ces audiences si l'on désirait gagner la faveur royale, et les courtisans furent de plus en plus nombreux à se presser dans la grande salle afin d'entendre la parole de leur souverain. Pharaon discourait d'un air radieux et quelque peu condescendant sur la suprématie universelle de Râ manifesté dans le disque de l'Aton. Il ne mentionnait jamais le nom d'Amon, et Tii, qui venait parfois l'écouter lorsqu'elle n'était pas occupée à quelque affaire plus urgente, se demandait si cette omission était volontaire, ou si son fils tenait Amon pour une divinité tellement mineure qu'il oubliait jusqu'à son existence. Le contenu des sermons l'ennuyait considérablement, mais elle restait, fascinée par la conviction qui vibrait dans la voix de son fils, qu'en nulle autre occasion elle n'entendait s'exprimer ainsi. Ses yeux étincelaient, ses longs doigts voletaient dans les airs, magiques et gracieux. Elle observa bientôt avec stupeur que certains courtisans semblaient émus par ces discours et, les prenant à part, farouchement attentive au moindre signe d'hypocrisie, elle ne lisait dans leur regard qu'une curiosité, un intérêt sincères. Elle débattit avec Ay des effets éventuels d'un tel charisme sur la vie de la Cour, conclut qu'ils seraient insignifiants. Les temps étaient révolus où la foi religieuse enflammait l'existence des nobles de Malkatta, et seules subsistaient de l'antique piété les marques extérieures – autels domestiques, encens, rituels.

Sa confiance fut ébranlée cependant, un jour qu'elle vit paraître à l'une de ses audiences solennelles Ptahotep, flanqué d'un jeune prêtre. Ils attendirent longtemps, et lorsque les ministres eurent terminé leurs rapports, ils s'approchèrent du trône et firent leur révérence.

– Parle, Grand Prêtre.

Il avança jusqu'au pied du baldaquin.

– Majesté et Déesse, je ne sais comment présenter cette affaire. Depuis que le Grand Horus prodigue son Enseignement, l'agitation croît de jour en jour à Karnak. Aucun prêtre ne néglige ses devoirs quotidiens, mais les plus jeunes commencent à discuter, à se quereller, même, et la paix qui régnait dans les cellules est menacée. Mes sentinelles me rapportent que certains prêtres ne dorment plus la nuit. Ils se regroupent dans les chambres, prennent des papyrus à la bibliothèque du Temple et débattent âprement de Râ-Herakhti. Partout, ce ne sont que murmures, on parle à voix basse du nouveau Dieu. On remet parfois en question la toute-puissance d'Amon. Je pense, avec Simout et les plus anciens, qu'il ne s'agit là que d'un mouvement sans envergure, qui s'apaisera bientôt de lui-même, mais d'autres dignitaires s'inquiètent.

– Nous avons déjà discuté de tout cela. Pharaon n'a nullement l'intention de menacer Amon. Ne vous a-t-il pas ordonné de poursuivre chaque jour les sacrifices sanglants en son nom ? Maîtrise seul tes prêtres, Ptahotep, et ne viens plus m'importuner à ce sujet.

– Majesté, ce n'est pas là le problème, répondit-il, offensé. Je désire t'entretenir de ce prêtre. (Il désigna le jeune homme qui se tenait, penaud, près de lui.) Il demande la permission de quitter le service d'Amon pour se joindre aux prêtres d'Aton qui vont bientôt se consacrer au Temple de Pharaon. Si je le laisse partir, d'autres le suivront-ils ? Dois-je lui infliger un châtiment, le répudier et le renvoyer dans sa famille, lui ordonner de rester ?

– En réalité, Ptahotep, je...

Elle se tut. La décision était délicate. Plusieurs courtisans avaient récemment fermé les autels où ils priaient Amon pour en commander de nouveaux, dédiés à l'Aton, à leur orfèvre, mais ce n'était là qu'un jeu comme un autre. Ce qu'elle venait d'apprendre, en revanche, annonçait un bouleversement plus profond. Un prêtre voulait agir, animé d'une foi réelle. Si elle ordonnait à Ptahotep de le punir ou de le congédier, cela revenait à reconnaître que les autres servaient sous la contrainte. Si elle le laissait partir au Temple de l'Aton, elle risquait de déclencher une désertion en masse.

– Toi, dit-elle au jeune prêtre, quel est ton nom, ton rang ?

Il s'inclina.

– Je suis Meryra, Maître des Mystères au Temple du Ben-Ben d'Amon.

– Que désires-tu ?

– Je souhaite quitter le service d'Amon. Amon est un grand Dieu, qui a sauvé l'Égypte au temps de la domination des princes d'Hyksos, mais je ne crois plus à sa toute-puissance. C'est l'Aton qui illumine l'univers.

– Pourquoi ne peux-tu servir l'un et l'autre ?

– Je peux vénérer Amon, mais ne puis servir que l'Aton. Je ne veux du mal à aucun homme. Je suis pur de parole et n'ai jamais provoqué le scandale par mon corps ou mon discours. Majesté, je désire simplement quitter en paix Karnak et rejoindre le temple d'Aton.

– Pharaon le sait-il ?

– Oui. Mais il ne m'y autorisera qu'avec le consentement de mon supérieur.

– Il est vain de retenir les hommes contre leur volonté, dit-elle au Grand Prêtre après avoir réfléchi un instant. Laisse partir ce prêtre. Il ne servirait Amon qu'à contrecœur et sèmerait le trouble, peut-être, parmi ses compagnons. Mais cela suppose, Meryra, que tu abandonnes tous tes biens au Dieu que tu quittes. Comprends-tu ?

Les yeux clairs la dévisagèrent sans ciller.

– Oui, Majesté.

– Ptahotep, je te conseille de faire savoir à Karnak que tout prêtre qui désire déserter le Temple au profit de l'Aton perdra aussitôt tout ce qu'il possède. Ainsi, seuls les plus fervents s'en iront, et les indécis ne bougeront pas. Autre chose ?

– Nous te rendons grâce, Majesté.

– Sortez, maintenant. J'ai faim.

Puis elle se dirigea vers la salle de banquet, entourée de sa suite, en espérant que son fils aurait le bon sens de ne pas récompenser ouvertement les parjures d'Amon, ce qui susciterait aussitôt un afflux de prêtres cupides au nouveau Temple. Qu'ils aillent tous au diable, conclut-elle. Aujourd'hui, j'ai envie de bière avec mon pain.

Au cours des semaines qui suivirent, le jugement de Tii se révéla moins efficace qu'elle ne l'avait espéré. Car s'il n'y eut pas de désertions massives des temples d'Amon, les prêtres mécontents furent assez nombreux qui profitèrent de l'offre de Ptahotep pour se joindre aux rangs des servants de l'Aton. Elle sentit qu'il devenait essentiel de surveiller de près l'activité religieuse et reçut régulièrement les espions qui travaillaient pour elle dans les dortoirs des prêtres.

Elle régla promptement les problèmes mineurs et pensait avoir repris la situation en main lorsqu'elle reçut la visite de son frère, qui semblait bouleversé. C'était la saison de Shemou. La Crue était loin déjà, et la fureur de Râ déchaînait fièvre et violence dans tout le pays.

Tii émergeait de sa sieste, faible encore et épuisée, lorsque Ay entra. Mollement assise au bord de sa couche, elle lui fit signe de parler.

– Tii, j'aimerais que tu traverses le fleuve avec moi. Le Temple de Pharaon est presque terminé. On bavarde beaucoup au sujet des statues qui bordent l'avant-cour, et nous devrions aller les voir avant que le Temple ne soit consacré et fermé aux profanes.

Elle se leva sans hâte, et Piha la drapa d'une robe blanche, para de joyaux son cou, sa taille et ses chevilles.

– J'ai entendu la rumeur, en effet. Amenophis m'a demandé plusieurs fois d'inspecter l'ouvrage de ses artisans, mais à la vérité, Ay, je n'en vois pas l'intérêt.

Elle prit place devant sa table de toilette et saisit le miroir. Elle entrevit un visage lourd, boursouflé, une peau jaunâtre. Son cosméticien commença à ouvrir les pots.

– Il faut que tu viennes. *Splendeur d'Aton* nous attend. Il y aura peut-être un peu de brise sur le fleuve.

– Je n'en crois rien... Mes yeux coulent, Nebmehy, n'abuse pas du khôl. Il y a bien longtemps que je n'ai vu Moutnodjme, Ay. Où est-elle ?

– Elle est partie pour Memphis avec Horemheb. Ils iront ensuite rendre visite au père du capitaine. C'est un bon mariage, à ce qu'il semble. Mais les fêtes de Depet et Werel ne sont plus les mêmes sans ma fille.

– Ton autre fille est moins discrète. Son hostilité, lorsqu'elle dîne le soir avec moi, me coupe l'appétit. Houya me dit qu'elle est encore enceinte ?

Le gardien des Perruques disposa sur sa tête la perruque désignée par elle d'un doigt distrait, et sous laquelle il enfouit les mèches auburn de la Reine. Le gardien des Bijoux caparaçonna la coiffure d'un filet d'or rebrodé de cornalines, et le gardien des Insignes ajouta le diadème à tête de cobra. Tii parvint enfin à sourire dans son miroir.

– C'est ce que m'a dit son majordome. (Ay se mit à rire.) Elle offre des fortunes à tous les voyants et autres oracles qui lui promettent un garçon. Elle a même acheté des charmes aux prêtres d'Anubis!

– Je sais. Commande ma litière, Ay. Il fait trop chaud pour marcher.

Ils devisèrent agréablement sur le pont de la Cange Royale, où un léger souffle venu du nord revigora la Reine. Sur les quais de Karnak les attendaient deux palanquins et une escorte de soldats. Ils longèrent le temple de Nefertiti dédié à l'Aton. Tii, qui laissait errer son regard sur le premier pylône du temple, ordonna soudain que l'on s'arrête.

– Ay, s'écria-t-elle, approche. Je dois avoir du sable dans les yeux!

Ils descendirent des litières, aussitôt environnés de porteurs d'éventail. Folle de rage et de stupeur, Tii leva la tête.

Sur chacun des supports du pylône gigantesque, ciselée profondément dans la pierre et peinte de bleu et d'or, l'effigie grandiose de Nefertiti foulait aux pieds un monceau de victimes, Nubiens massacrés, Asiatiques aux faces abjectes. La scène rappelait vaguement la fresque qui entourait le trône de Tii, où la Reine figurait sous la forme d'une sphinge agriffant les ennemis entassés sous elle. Mais Nefertiti portait le pagne court des hommes et son attitude, glacée dans la roche, était celle que l'art réservait traditionnellement aux Pharaons régnants. Elle brandissait d'une main vengeresse le glaive impérial, dans l'autre tenait le fléau. Son torse était plat, et la tête arborait une haute couronne conique, ornée d'un cobra. Seul le visage, féminin et gracile, permettait d'identifier Nefertiti.

Tii et Ay se regardèrent.

– L'époque où je connaissais les événements de mon Royaume avant même qu'ils ne surviennent est bien révolue, siffla la Reine. Comment ose-t-elle! C'est un sacrilège! Que veut-elle prouver?

– Elle inscrit dans la pierre ce qu'elle ne peut dire avec la bouche. J'espère, Majesté, que tu as de bons goûteurs et des gardes incorruptibles.

– Elle ne se permettrait pas!

Ay retourna vers les palanquins.

– Elle a déjà frappé une fois sans avertir. Cette fois, elle avertit.

Puis il lança un ordre, et le cortège repartit vers le Temple d'Amenophis. Ils abandonnèrent les litières sous le premier pylône qui menait à l'immense cour pavée. A l'ombre d'un parasol, ils gagnèrent à pied l'avant-cour, où des prêtres d'Aton voilés de lin blanc délaissèrent leurs conversations pour s'incliner profondément sur leur passage. Les tailleurs de pierre dont les muscles scintillaient de sueur posèrent leurs outils, s'aplatirent sur les dalles brûlantes.

Ils franchirent le second pylône, plus haut et plus massif, devant lequel flottaient sur des hampes les pennons bleus et blancs de l'Empire. Dès que le Temple serait consacré, des prêtres-sentinelles se tiendraient de part et d'autre de l'entrée afin d'interdire au peuple l'accès de l'avant-cour, mais ce jour-là le pylône était désert et palpitait d'une chaleur intense qui les dévora aussitôt. Aucun toit ne protégeait l'espace qui s'ouvrait devant eux. Le soleil s'y déversait à longues vagues torrides, implacables.

Tii s'arrêta. Des centaines de tables d'offrandes disposées sur de petites estrades à deux marches déroulaient sous ses yeux d'infinis alignements de pierre qui emplissaient la cour, ménageant d'étroites allées pour le passage des processions. Le mur d'enceinte était ponctué de colonnes dont les trois quarts seulement émergeaient de la pierre. Chaque pilier portait une image de Pharaon – des centaines d'images identiques d'Amenophis observant le site sacré. Ay effleura le bras de Tii.

– Allons voir.

Ils contournèrent les autels et leur regard vola au sommet des statues. Immenses mais bien taillées, elles exprimaient à la perfection la ferme sérénité qui sied à la nature divine d'un Pharaon. Le cobra et le vautour jaillissaient en un même envol du casque ailé. Les yeux d'Amenophis, paupières légèrement baissées, conféraient à la paix du visage une nuance austère, presque menaçante. Le nez était délicat, les lèvres pleines, étirées sur un vague sourire, et la barbe pharaonique rejoignait en un angle harmonieux la croix que formaient, sur le torse lisse, la crosse et le fléau – nul n'ignorait à présent qu'Amenophis dédaignait le glaive. Les mains de roche agrippaient fermement les insignes, et sur les bracelets qui ceignaient les poignets et les bras figuraient les cartouches royaux. Les statues n'étaient pas peintes. Tii recula pour contempler l'ensemble, l'image impassible, éternellement recommencée, de son fils veillant sur les autels d'où surgirait la flamme des offrandes faites à son Dieu.

Puis, comme son regard glissait au bas des colonnes, elle observa que le ventre arrondi du Pharaon se fondait en une belle courbe dans les hanches et le haut des cuisses, qui à leur tour disparaissaient dans la pierre pour former la moité inférieure des piliers. En dehors du casque, les effigies étaient nues, et dépourvues d'organes sexuels. Les cuisses se pressaient l'une contre l'autre, semblables à celles d'une femme. Stupéfaite, Tii longea les murs, regard figé sur les statues qui défilaient lentement au-dessus d'elle. Et au fur et à mesure qu'elle avançait, un malaise insolite l'absorba tout entière, comme si les colosses épanchaient sur elle des vibrations subtiles, pénétrantes. Elle eut bientôt l'illusion que toutes ces bouches criaient quelque angoissante vérité dont elles seules détenaient le mystère, qu'elles emplissaient le temple des remous de leur tourment. Elle arriva au bout de l'enceinte et s'en revint, bouleversée.

– Où est le ben-ben ? murmura-t-elle.

– Il n'y a pas de ben-ben, répondit Ay sobrement. Ni dieu, ni pyramide, ni pierre sacrée. L'Aton n'est pas présent dans ce temple.

– Ay, j'ai peur. Le mal règne en ce lieu, et je me sens pareille à une enfant égarée dans une vallée déserte et terrifiante. Mon fils n'ignore pas qu'il est le Puissant Taureau, le symbole vivant de la fertilité pour les humains et les moissons de notre pays. De telles effigies, privées des organes de la reproduction, semblent annoncer une ère de stérilité pour toute l'Égypte. (Elle alla s'appuyer contre l'autel le plus proche.) Mais ce n'est pas le plus grave. L'essence de Pharaon anime chaque représentation qui est faite de lui, chaque peinture, chaque lieu où son nom est écrit dans le cartouche, et longtemps après sa mort, il protège et nourrit ainsi son peuple. Mais quelle protection attendre pour l'Égypte de ces statues difformes ?

– Je connais toutes ces vérités, Tii. Mais peut-être Pharaon tente-t-il d'exprimer des connaissances d'un autre ordre. Il se dit l'incarnation de Râ, d'Aton dans son Disque Visible, et à la différence d'Amon, Aton n'a pas de sexe. Il pense sans doute que l'Égypte n'a rien à redouter de ces images, puisque leur magie est plus puissante que celle d'Amon. En outre, il incite chacun à vivre dans la vérité. Ces statues en sont un exemple.

– Mais c'est Nefertiti qui attirera l'attention et la bienveillance des Dieux par ces portraits sacrilèges qu'elle a fait sculpter d'elle-même ! Mon fils paraît, en comparaison, un homme vulgaire et vulnérable !

Elle avait blêmi. Ay vint auprès d'elle.

– Partons, dit-il. Tout sera différent ici lorsque les offrandes de nourriture et de fleurs couvriront les tables, et lorsque l'encens brûlera dans les mains des prêtres. Les sites inachevés ont souvent ce caractère sinistre.

– A ce point, jamais. (Elle chercha son regard.) Ay, je suis enceinte. J'ai fait de mon mieux pour que cela ne se produise pas, mais quand je l'ai appris, je me suis réjouie pour Amenophis et j'ai jubilé aussi, je l'avoue, en pensant à la réaction de Nefertiti lorsqu'elle saurait. Aujourd'hui, je suis atterrée. Je voudrais n'avoir jamais accepté, à Memphis.

Il y avait dans sa voix une profonde amertume. Ay l'enlaça, la reconduisit vers les palanquins, à l'ombre du pylône où attendaient les porteurs. Sa peau était très froide.

Lorsque Amenophis vint la rejoindre ce soir-là, elle n'avait pas changé d'humeur. Il lui sourit, bavarda de choses et d'autres, et lui fit l'amour à contrecœur, semblait-il, malgré une bonne volonté évidente. Elle ne répondit pas à son plaisir. Sa visite au Temple d'Aton avait modifié la perception qu'elle avait de lui, et ce fut comme si elle le voyait véritablement pour la première fois. Les mots inoffensifs qu'il prononçait lui semblèrent lugubres et les mouvements de sa chair difforme dans la lueur des lampes une menace informulée. Elle n'osa pas lui poser les questions qui lui brûlaient les lèvres.

Le lendemain, elle rendit visite à Tia-Ha, dans l'espoir que le joyeux bon sens de son amie dissiperait son angoisse. La Princesse triait des robes en compagnie de sa chambrière, et la pièce était plus en désordre encore qu'à l'ordinaire. Tii la salua, reçut ses hommages et se fraya un chemin, parmi un fatras d'étoffes rutilantes, jusqu'aux coussins que l'on avait négligemment poussés contre un mur.

– Tu vis toujours dans un fouillis invraisemblable, Tia-Ha! (Elle s'adossa au milieu des coussins.) Tu possèdes plus de domestiques qu'aucune autre femme du Harem, et tes visiteurs peuvent à peine franchir la porte!

– Je ne suis pas très bien organisée, reconnut la Princesse, qui d'un signe de la main congédia la jeune esclave. Je me jure sans cesse de mettre de l'ordre dans mes affaires, et je dicte des listes interminables de bonnes résolutions, mais à peine mes servantes se sont-elles mises à l'ouvrage que quelqu'un m'apporte un nouveau jeu, ou que je suis invitée à une fête et il faut bien que je me fasse une beauté, n'est-ce pas? Alors je finis toujours par me retrouver avec mes femmes devant un échiquier ou ma table de toilette, à tripoter les cosmétiques. (Elle se posa sur une chaise en face de Tii, écarta du pied quelques robes qui jonchaient le dallage.) Aujourd'hui, regarde. Je décide de me débarrasser de mes vieilles robes pour les donner à mes suivantes, et que se passe-t-il? L'Impératrice vient me voir! Mais j'ai toujours grand plaisir, tu le sais, chère Tii, à bavarder avec toi. Tu me sembles en bonne forme. Pharaon aussi, à ce qu'il paraît.

– Oui, je suppose. Dis-moi, Princesse, aurais-tu par hasard traversé le fleuve pour visiter le nouveau sanctuaire d'Amenophis? Il sera bientôt terminé.

Tia-Ha se mit à rire. Elle étendit les jambes sur la couche, se carra profondément dans son fauteuil et tira de ses doigts potelés une multitude de bagues qu'elle laissa tomber, une à une, dans un bol de verre posé sur le sol.

– Par hasard, Majesté? Alors que les courtisans s'agglutinaient par centaines sur les barques afin de contempler leur Pharaon figé pour l'éternité dans le plus simple appareil? Non, je n'y suis pas allée par hasard. J'était fort curieuse de voir ce dont tout le monde faisait des gorges chaudes.

La dernière bague cliqueta dans le bol.

– Et qu'en as-tu pensé?

– Je m'attendais à quelque scandaleuse violation du Maât. De fait, je n'ai trouvé là qu'une offense au bon goût. Mais tu me sembles très contrariée, Majesté.

Tii contemplait ses deux mains cadenassées dans son giron.

– L'art est un devoir sacré, murmura-t-elle. Un souverain n'a pas le droit d'immortaliser sa véritable apparence, avec tous ses défauts!

– Ton époux l'a fait avant lui, ma Reine. Rappelle-toi avec quel plaisir il avait dévoilé devant nous cette petite stèle qui le représente vautré sur un siège, dans une robe de femme transparente!

Le cœur de Tii s'allégea aussitôt. Elle sourit à son amie.

– Je me souviens, en effet. Mais la stèle est une œuvre profane, destinée au palais. L'art des temples doit être autre chose.

– Pas vraiment. En outre, il n'y aura dans le Temple de Pharaon aucun Dieu pour contempler son corps. Alors quelle importance?

Régalons-nous de quelques friandises. (Elle frappa dans ses mains, lança un ordre.) Ce qui m'amuse le plus, c'est de voir tous les courtisans qui s'empressent à présent de faire sculpter leur image à la manière de ton époux! Dans son Enseignement, il leur dit que Râ lui a donné un corps unique et singulier comme marque de sa faveur, et les voilà qui courent chez leurs artisans, les voilà soudain qui recouvrent les murs de leurs maisons et de leurs tombeaux d'effigies difformes censées les représenter! Mais je me demande bien comment les Dieux reconnaîtront dans ces images grotesques les surintendants, les majordomes et les généraux! Chacun suit la mode pour plaire à Pharaon. Cela a toujours été ainsi.

– Tu penses donc qu'il ne s'agit là que d'un divertissement éphémère, et sans gravité?

La servante revint avec un plat de gâteaux. Affamée soudain, Tii en prit deux.

– Évidemment. (Tia-Ha, tête penchée, choisissait entre deux friandises.) Maintenant, avec ta permission, Majesté, j'aimerais changer de sujet.

Elle décocha à Tii un regard espiègle et entreprit de lui narrer par le menu la fête aquatique à laquelle elle avait assisté la veille. Et la Reine bientôt riait de bon cœur en dévorant des sucreries, ses inquiétudes pour un instant oubliées.

Vers le milieu de la saison d'Akhet, tandis que le fleuve gonflait et que l'air commençait à vibrer d'un semblant de fraîcheur, Tii accoucha, péniblement, d'une fille. Elle était parvenue à dissimuler à tous l'appréhension qui la rongeait au fur et à mesure que s'arrondissait son ventre, car elle craignait pour sa vie. Mais elle avait deviné sous le regard voilé des courtisans l'attente avide du châtiment qui frapperait, sans nul doute, la souveraine qui avait impudemment affiché ses amours illicites. Passant outre la réprobation d'Amenophis, elle avait parsemé ses appartements de statues de Ta-Ourt, déesse des femmes en couches, et convoqué auprès d'elle, dès que les douleurs avaient commencé, un grand nombre de magiciens. Mais seuls le murmure de leurs incantations et les gémissements de la Reine emplirent la chambre où se pressait une assistance muette. Les courtisans attendirent en silence, et Tii, désemparée, submergée de souffrance, sentit leur hostilité. Il n'y eut pas un chuchotement non plus lorsque fut annoncée la naissance. Tous sortirent sans un mot de la pièce.

Pharaon pressa fièrement le nourrisson sur sa maigre poitrine.

– Ma petite fille-sœur, proclama-t-il au minuscule visage qui somnolait sous son souffle. Tu es le fruit pur de ma piété. Je te nomme Baketaton, Servante de l'Aton. Quant à toi, ma Grande Épouse Divine, vois combien tes craintes étaient peu fondées.

Tii souleva les paupières, les sentit lourdes du poids de chaque année de sa vie. Elle entrevit dans une brume la silhouette voûtée de son époux, sa perruque à bourse qui mollement pendait sur ses épaules osseuses. Elle émit un murmure, n'eut pas la force d'articuler une réponse cohérente. Elle l'entendit confier l'enfant à la nourrice, échanger quelques mots avec elle, puis s'éloigner doucement vers la porte. La main du médecin lui palpa le front. Les portes s'ouvrirent, la voix d'Ay posa une question, les portes claquèrent. Un malaise diffus s'imprimait dans sa conscience. Une image. La fillette blottie sur la poitrine d'Amenophis. Non, ce n'était pas l'enfant, la poitrine, plutôt. Le pectoral. De l'électrum, aucun bijou, simplement une chaîne fine qui portait... Une angoisse perla dans ses pensées assoupies. Qui portait le symbole de l'Aton, mais ce n'était pas vraiment cela. Le Dieu à tête de faucon avait disparu. Seul subsistait le disque, cerclé de l'uræus royal et de rayons solaires. Des ankhs au cou de l'Aton. Il faudra que j'en parle à Ay, eut-elle à peine le temps de songer avant de s'endormir.

11.

L'année qui suivit fut un temps d'optimisme. Au sein du Harem, les enfants royaux grandissaient. Quelques semaines après Tii, Nefertiti donna naissance à une fille, qu'Amenophis baptisa Meketaton, Protégée de l'Aton. Il ne semblait pas se soucier de n'avoir encore engendré aucun fils. Nefertiti se rétablit rapidement, soulagée par le fait que Tii n'avait su donner à son époux un héritier mâle, et que rien n'était joué encore pour la succession. Mais Tii ne recouvrait que lentement sa vigueur, et tout au long des semaines de l'Inondation dirigea de sa couche, sereine et somnolente, les affaires du pays. Ce fut peut-être la raison pour laquelle elle ressentit pour la fillette qui reposait contre son corps plus de tendresse qu'elle n'en avait éprouvé pour aucun autre de ses enfants, à l'exception de son premier fils Touthmôsis. Elle câlinait l'enfant dans ses bras, et cela suffisait à son bonheur.

Smenkhara avait presque quatre ans. C'était un petit garçon calme, qui se lançait parfois dans de longs discours volubiles et gracieux, à la manière du grand frère mort qu'il n'avait pas connu. Il commença son éducation officielle au Harem, sous l'œil attentif de Houya. Cette décision le chagrina considérablement, car elle le privait tout le jour de son inséparable compagne Meritaton, minuscule poupée de deux ans qui avait hérité des yeux gris de Nefertiti et du nez aquilin de Pharaon, et poussait parmi les étoffes soyeuses, les bijoux, les rubans et les parfums. Elle l'attendait devant la classe où il ânonnait, avec les enfants des dignitaires du palais, ses leçons, et dès que s'élevaient la prière d'Amon et la brève louange à l'Aton qui signalaient la fin des cours, son petit corps frêle se crispait d'impatience joyeuse. Il courait alors vers elle pour recevoir de ses mains une fleur, un scarabée mort, un tesson de poterie. Ils ne parlaient pas beacoup, traversaient les après-midi torrides selon leur fantaisie du moment, absorbés dans des jeux calmes et tendres.

Tii régnait au pinacle de sa puissance, confortée par l'inaltérable affection que lui portait Amenophis. La jalousie de Nefertiti semblait s'apaiser et couvait tranquillement sous les moues boudeuses de la jeune Reine, que rassuraient à la fois la naissance des deux fillettes et l'impuissance qui affectait de nouveau Pharaon. Car s'il ne pouvait pas lui faire l'amour, elle savait également par ses espions qu'il n'allait plus retrouver l'Impératrice, la nuit, sur sa couche. Seule une ferveur purement religieuse consumait désormais le corps du Roi.

Amenophis rôdait pendant des heures sur le chantier du Temple encore inachevé, où il surveillait la gravure du nom sacré de l'Aton dans les cartouches royaux. Tard dans la nuit, il priait au cœur de sa chambre inondée de lumière. Il se tenait debout devant l'autel de l'Aton, vêtu des robes de femme à longs plis qu'il affectionnait depuis peu, un brûle-encens doré fumant dans chaque main. Devant les foules qui venaient entendre son Enseignement, il hurlait souvent, et sa voix grimpait soudain tandis qu'il se penchait du haut de son trône vers l'auditoire et que des auréoles de sueur maculaient la robe qui cascadait jusque sur ses pieds peints. Après l'Enseignement, il se retirait sur sa couche et s'effondrait, à bout de forces, dans un sommeil pesant. Les courtisans se dispersaient alors vers des activités plus futiles, mais nombre d'entre eux s'en allaient flâner par groupes dans l'avant-cour ou les jardins pour y discuter furieusement de ce qu'ils venaient d'entendre. Sous l'apparat des rites qui animaient la vie quotidienne du gouvernement et du palais, l'atmosphère se chargeait de sourdes inimitiés, de querelles insignifiantes, au travers desquelles Pharaon déambulait avec sa horde de singes, vivant reflet des images grotesques de lui-même qui commençaient à envahir les fresques de Malkatta. Tii se réfugiait dans la correspondance étrangère, lisant et rédigeant des missives dont le nombre semblait ne jamais décroître, ou devisait longuement avec les courtisans de sa génération qui avaient bien connu son premier époux.

Elle se rendait parfois au temple funéraire d'Amenophis III, où elle déposait de la nourriture et des fleurs et murmurait des prières pour que son ka voyage en paix. Et lorsque claquaient dans son dos les portes du sanctuaire, elle s'ensevelissait dans les années enfuies. L'ironie chaleureuse du défunt semblait baigner la vaste salle à colonnes, où subsistait comme un écho de leurs amours turbulentes et simples pourtant, qui la rassérénait.

Un jour qu'elle s'en revenait avec son escorte vers Malkatta et croisait la route parsemée de fidèles qui menait au temple du Fils d'Apou, elle entendit des hurlements et des insultes. Elle leva les tentures de sa litière, ordonna aux porteurs de faire halte. Elle s'apprêtait à envoyer un soldat lorsqu'il y eut un silence, que cisailla soudain un cri déchirant, et un homme déboucha devant le cortège. Surpris, terrorisé, il hésita puis tourna les talons et s'enfuit. Sur un signe de Tii, le capitaine de la garde et plusieurs sentinelles filèrent à sa poursuite. Ils disparurent à l'angle du temple. Le soleil cognait dans la poussière du chemin. Tii entendait les porteurs se passer la cruche d'eau, les soldats qui s'agitaient, mal à l'aise. Les gardes s'en revinrent enfin, empoignant le fugitif. Deux d'entre eux traînaient un autre homme, dont pendaient les membres et ballottait la tête. La Reine descendit du palanquin. Les soldats l'entourèrent aussitôt, les esclaves déplièrent le dais. Elle observa le cadavre que l'on étendait sur la route.

– Il n'est pas mort depuis longtemps, Majesté. Le sang coule encore.

Elle regarda rapidement le visage meurtri, le sang noir qui maculait la peau nue du crâne, les lèvres fracassées, le cou grêlé d'hématomes. Elle détourna les yeux. L'autre homme, suant et pantelant, était blessé aussi. Sa tunique de lin pendait en lambeaux sur son torse, mais le sang qui éclaboussait ses bras et sa joue n'était pas le sien. Il émit un cri indistinct et s'arracha aux poignes des sentinelles pour se prosterner devant Tii. Ce fut alors qu'elle remarqua ses brassards, gravés au glyphe de l'Aton. Saisie, elle regarda de nouveau le cadavre. Sur ses bras figuraient les doubles plumes, symbole d'Amon.

– Ce n'est pas possible! s'écria-t-elle. Redresse-toi, prêtre. Que signifie tout ceci?

Il voulut parler, mais son regard ne pouvait se détacher de la flaque de sang qu'épongeait la poussière. Les mouches bourdonnaient âprement autour du visage déchiqueté. Un soldat tira un émouchoir de sa ceinture et les délogea d'un coup vif.

– Pitié, Majesté, croassa le prêtre, déglutissant avec douleur. Je ne voulais pas le tuer. Nous nous sommes rencontrés sur la route. Il faisait chaud, j'avais soif. Il m'a proposé de l'eau et du pain. Nous avons bavardé, et au moment de nous séparer... (Il ferma les yeux. Tii attendit sans broncher.) La discussion a mal tourné. Nous nous sommes violemment querellés. Il m'a lancé sa gourde à la tête. Je l'ai frappé. Nous avons roulé à terre. Il se débattait sous moi et m'insultait. Alors j'ai ramassé une pierre et...

Elle lui fit signe de se taire, se tourna vers le capitaine des gardes.

– Enferme-le dans la prison du palais. Pharaon jugera. Fais porter le corps de la victime à Ptahotep. Des prêtres qui se bagarrent... J'ai peine à y croire!

Elle s'enfouit dans son palanquin, mais avant de baisser les rideaux, elle perçut un effluve de sang tiède. De nulle part était apparu un vautour, dont les rondes maladroites et tenaces lui glacèrent le cœur.

Dès qu'elle fut au palais, elle se rendit chez son fils. Il émergeait du bassin de marbre où il avait pris son bain, bras tendus à l'esclave qui apprêtait la serviette, et l'accueillit de son beau sourire.

– Le banquet de ce soir sera superbe, Tii. Poupri et Pouzzi vont se réjouir de pouvoir enfin retourner en Mitanni!

Tii lui conta brièvement ce qui s'était passé sur la route et scruta son visage, épiant sa réaction. Mais il se contenta d'écouter avec, dans ses larges prunelles fauves, une bienveillante candeur. Quand elle se tut, il la conduisit dans sa chambre, où il se fit draper d'une robe de lin rouge dont il palpa le voile d'un doigt ravi. Puis il s'assit, ordonna que l'on peigne en rouge la plante de ses pieds, et soupira enfin.

– Je parlerai au prêtre de l'Aton. Ils ont tant à apprendre encore. L'Aton ne souhaite pas la violence. Il dispense la vie. Que penses-tu de ces bracelets, ma chère mère? Kenofer m'en a fait cadeau.

Dédaignant les paumes rougies que son fils lui présentait, ruisselantes d'or, Tii s'accroupit devant son fauteuil et le dévisagea.

– Amenophis, un homme vient de mourir, et pas n'importe quel homme. Un prêtre d'Amon vient d'entrer à la Maison des Morts, assassiné par les hommes du Soleil! Si tu ne fais pas exécuter le coupable, on estimera que tu pardonnes par avance toutes les violences qui seront commises au nom de ces chamailleries stupides. On dira aussi que tu favorises les partisans de l'Aton.

Il souleva deux sourcils finement épilés et sourit.

– Ton talent est inégalable en matière de politique, ma Tii, et je discute rarement tes décisions. Mais pour ce qui concerne les affaires de la religion, qui peut savoir mieux que moi la meilleure façon d'agir ? Le Dieu ne me dicte-t-il pas ses volontés ? (L'esclave enfila prestement les bracelets par-dessus les longs doigts de son maître.) Ce prêtre s'est égaré dans son zèle, rien de plus. Je lui adresserai une remontrance et le ferai libérer.

– Si tu agis ainsi, les prêtres d'Amon vont craindre pour leur vie !

– Leur Dieu les protégera.

– As-tu au moins l'intention de présider aux rites funéraires qui se tiendront à Karnak ?

– Je ne pense pas. (Poliment, il se détourna vers le miroir, tandis qu'elle se relevait. Le cosméticien plongea son pinceau dans le pot de fard à paupières bleu.) Je n'ai pas de ressentiment envers Amon, et les prêtres de l'Aton comprendront avec le temps que son insignifiance ne menace en rien leur foi. Les deux factions cesseront alors de combattre, et la paix reviendra.

Renonçant à discuter davantage, elle le baisa sur le front comme un bambin que l'on abandonne à son gazouillis, sortit et se fit conduire en palanquin chez son frère, dans le tiède crépuscule.

Ay buvait du vin sur la pelouse, en compagnie de quelques officiers. Les premières lampes scintillaient derrière eux sur la terrasse, les mouvements et les rires des esclaves et des concubines se fondaient aux riches senteurs de nourriture chaude. Les babouins, pelotonnés par grappes dans l'herbe noire, grognaient doucement. Des pans de nuit alourdissaient déjà les frondaisons des arbres qui abritaient le jardin du fleuve, mais entre les troncs vibrait la dentelure claire du quai. Les conversations cessèrent au cri du héraut de la Reine, et les hommes se prosternèrent. Ay vint à sa rencontre. Ils s'éloignèrent sur le sentier qui menait au fleuve.

– Pharaon va libérer un prêtre détenu dans la prison du palais, dit-elle. Je veux qu'il soit tué. Veille à ce que cela soit fait discrètement, mais de sorte que le corps soit découvert au plus vite, et paré de tous les insignes de sa fonction.

Ay hocha la tête.

– Fort bien. Mais puis-je en savoir la raison ?

Lorsqu'elle eut fini de parler, il l'attira sous les sycomores qui frissonnaient au bord de l'eau piquetée d'étoiles. Les pas des sentinelles de ronde grossirent, puis s'éloignèrent. Thèbes n'était plus qu'un murmure capricieux perdu sur l'autre rive.

– Si ce fanatisme religieux envahit le palais, dit-il, nous devrons affronter une situation fort délicate. Pharaon est-il aveugle à ce point ? Ou peut-être l'espère-t-il ?

– Je l'ignore. je me dis parfois qu'il s'agit là d'un problème mineur, une sorte de jeu que nous lui accordons pour distraire son esprit, mais lorsque je pense à ce qu'était la vie de la Cour autrefois, je mesure combien les choses ont changé. Toute cette agitation, cette nervosité... Je crains que mon influence ne suffise plus à le fléchir dans ce domaine.

– Que se passerait-il si tu demandais simplement aux officiers de passer outre à l'ordre de Pharaon ?

Elle entrevit le visage de son frère, pâle et flou au-dessus d'elle. Son haleine était chaude et sentait le vin parfumé.

– Non. La parole d'Amenophis est sacrée, même si elle lui est souvent dictée par ses conseillers ou par moi-même. Imagine qu'il annule ensuite mon ordre. Mon pouvoir en serait gravement compromis.

Ay ricana.

– Il est Pharaon, mais c'est toi qui gouvernes l'Égypte, tu le sais bien, et Nefertiti porte haut les couleurs de notre famille. Si le règne d'Amenophis continue à n'être qu'une suite de crises religieuses, l'Oracle d'Amon sera trop heureux de désigner au trône d'Égypte le successeur que nous lui suggérerons. Notre puissance est encore grande, Tii.

– Tu as sans doute raison, mais je sens trembler le sable sous la roche. Pour l'instant, les partisans d'Amon et d'Aton sont en nombre égal à la Cour, mais qu'adviendra-t-il si les fidèles d'Amon désertent peu à peu ?

– Quels fidèles ? Seuls les prêtres sont sincères. Je ferai ce que tu me demandes, Majesté. Cesse de te tourmenter.

Elle s'abandonna un instant à la vigueur rassurante de la main qui caressait son épaule. Puis elle dit :

– Tes officiers t'attendent pour dîner, et je vais être en retard au banquet de Pharaon. J'attends ton message. As-tu reçu des nouvelles de Tey, récemment ?

Ils s'en revinrent vers les flambeaux qui inondaient à présent le jardin, et Tii rendit à ses invités le Maître des Chevaux. Et tandis qu'elle s'éloignait, le rire jovial et grave des soldats la suivit, réchauffant le chemin baigné de lune où crépitait le pas de ses porteurs.

On découvrit le corps du prêtre dans le désert qui borde les falaises du couchant, non loin d'un sentier de caravanes. L'homme avait été proprement poignardé, mais on avait retiré l'arme du cadavre. Le sable et l'air assoiffé avaient déjà bu l'humeur de ses chairs, et les brassards gravés au symbole de l'Aton pendaient sur ses bras desséchés. La fureur qui bouillonnait à Karnak, où les prêtres réclamaient vengeance, s'apaisa aussitôt. On reconnut dans cet acte de justice sommaire la volonté de l'Impératrice. La gratitude des serviteurs d'Amon envers leur souveraine fut immense et Ptahotep, que la libération du prisonnier avait mis en rage et fort inquiété, sut gré à la Reine de sa décision.

Les courtisans, pour leur part, admirèrent la facilité avec laquelle Tii avait résolu, sans que Pharaon y perde la face, un problème qui devenait de jour en jour plus complexe et menaçait le douillet confort de leur vie au palais. Ils épièrent la réaction d'Amenophis, et comme Pharaon ne broncha pas, ils eurent tôt fait d'oublier l'incident.

Mais dans l'intimité de la chambre royale, Nefertiti écumait.

– Qui de vous deux est Pharaon? sifflait-elle en arpentant le dallage, tandis que le Roi l'observait, étendu sur sa couche. Je t'ai toujours dit, Horus, que son intérêt pour l'Aton n'était que pure hypocrisie. Elle vient de le prouver. Elle a fait tuer un prêtre! Ne sens-tu pas qu'elle se sert de toi?

– C'est possible, mais elle est mon Impératrice. Je pardonne son égarement.

– Ton indulgence passe pour de la faiblesse aux yeux des courtisans! Mets-la au pas, Puissant Taureau. Désavoue son acte en public.

– Je n'ai aucune preuve de sa culpabilité. Il pourrait tout aussi bien s'agir d'un prêtre d'Amon.

Nefertiti fit la moue, se précipita vers la couche.

– Même si elle n'est pas coupable, elle se comporte dans le palais comme si la Double Couronne ornait sa tête! Il est grand temps de lui retirer le pouvoir des mains. Cela fait quatre ans déjà qu'elle assure la régence. Tu n'as pas besoin d'elle, et je peux t'aider, à présent.

– Et que me conseilles-tu de faire de Tii ?

« Tue-la ! » eut-elle envie de cracher, mais elle se retint.

– Renvoie-la à Akhmim, ou dans sa propriété de Djaroukha. Elle est trop âgée pour s'adapter aux idées nouvelles, et Amon régnera toujours dans son cœur. Tant qu'elle vivra au palais, la vieille génération ne baissera pas la garde, et nous aurons des conflits.

Elle s'était posée près de lui et parsemait ses paroles de baisers de plume sur ses yeux, ses joues, ses lèvres pulpeuses, mais il s'écarta, impassible.

– Je l'aime, répondit-il sobrement.

Elle ravala les mots de rage qui l'étouffaient.

– Je suis ton humble servante, articula-t-elle d'une voix rauque. Mais le temps viendra, Amenophis, où tu souhaiteras régner vraiment, et il sera trop tard.

Il ne dit rien. Peu après, ils jouèrent au sennet et Nefertiti, oubliant sa colère, chanta avec lui tandis qu'il égrenait son luth. Elle le taquina et le câlina tendrement, mais comme il arrivait souvent lorsqu'ils venaient de se quereller au sujet de Tii, il ne répondit pas à ses caresses. Elle ne s'en formalisa guère, devinant dans cette impuissance le signe que ses sarcasmes à l'égard de l'Impératrice avaient atteint leur but. Elle était satisfaite.

Tii avait espéré que l'exécution officieuse du prêtre d'Aton apaiserait pour un temps la tension des esprits, mais la présence de Ptahotep, quelques jours plus tard, au fond de la salle d'audience, ranima ses inquiétudes. Amenophis, qui d'ordinaire négligeait d'apparaître à ces séances, siégeait ce jour-là sur son trône de divin arbitre, entouré du gardien des Insignes et de Nefertiti, posée sur un coussin à ses pieds. Il était arrivé en retard à l'audience et avait longuement flâné dans la salle au bras de sa jeune épouse avant de gravir le baldaquin royal, mais il n'avait fait aucun commentaire aux décisions de Tii, se contentant d'écouter avec attention et de hocher parfois la tête. Le Grand Prêtre était reçu en dernier. Les scribes levèrent leur plume.

– Déesse, pardonne mon effronterie, dit-il, mais ce sujet concerne Pharaon, et lui seul. (Il se tourna vers Amenophis.) Puissant Horus, c'est à toi qu'il appartient de nommer ou de congédier le premier Prophète d'Amon. Depuis plus de vingt ans j'exerce cette fonction au Temple de Karnak, où je sers le Dieu, l'Oracle du Dieu et mon

Roi. Par quatre fois déjà, nous avons fêté l'Anniversaire des Apparitions, et cependant tu ne m'as encore ni confirmé dans mon poste ni démis de mon office. Je te prie humblement aujourd'hui de faire l'un ou l'autre.

Tii observa du coin de l'œil le visage indécis de son fils. Elle se pencha vers lui.

– Que vas-tu décider? murmura-t-elle. Veux-tu mon conseil?

Il hocha vivement la tête.

– Tu dois comprendre, reprit-elle à voix basse, que si tu confirmes Ptahotep dans sa fonction, tu ratifies par là même une situation qui reste encore floue à Karnak. Tu affirmes à la Cour et au Temple qu'en dépit de tous les troubles que tes initiatives ont causés à Malkatta, tu soutiens Amon dans la tradition de ton père. Les prêtres de Karnak reprendront confiance. Je pense pourtant que Ptahotep souhaite quitter son poste, se retirer avec dignité avant que la situation n'échappe à son contrôle, car l'Aton le menace et il ne sait plus trop comment agir. Tu comprends?

Il fronçait furieusement les sourcils et elle le vit qui tentait d'humecter du bout de la langue ses lèvres rouges. Nefertiti buvait chaque mot qu'elle prononçait, et ses yeux volaient sans cesse de l'un à l'autre.

– Je crois, chuchota-t-il à son tour.

– Parfait. Je te conseille donc de le laisser partir, et de nommer à sa place Simout, le Deuxième Prophète d'Amon. Tu exprimeras ainsi que tu reconnais la pérennité d'Amon, mais que tu es fort mécontent de l'agitation qui règne à Karnak et souhaites un retour à l'harmonie et une coopération entre les deux cultes, sous la houlette d'un homme plus jeune, plus souple.

Ptahotep se tenait immobile, tête baissée. Les scribes, qui attendaient la sentence, ne quittaient pas Pharaon des yeux. Tii se redressa, encouragea son fils d'un sourire. Il souleva la crosse et le fléau afin d'annoncer sa décision. Mais avant qu'il pût se dresser, Nefertiti lui effleura le genou et gravit les marches du trône. Elle approcha les lèvres de son oreille, se mit à chuchoter. Tii l'interrompit sèchement.

– Ceci est une salle d'audience publique, Majesté, et non la chambre nuptiale. L'Impératrice a le droit d'entendre tout commentaire que tu souhaiterais exprimer sur le sujet.

– C'est exact, ma chère épouse, approuva Amenophis. Je serais ravi d'avoir ton opinion, et Tii aussi, j'en suis certain. Parle.

Après un instant de trouble, Nefertiti posa la main sur le bras de Pharaon et commença, très vite :

– Simout est souple, mon époux, mais c'est à l'Impératrice qu'il obéit. Si tu le nommes à cette fonction, l'Aton ne sera jamais glorifié dans sa toute-puissance. Voici pour toi l'occasion d'avoir sous tes ordres un Grand Prêtre qui te vénère tout en reconnaissant le pouvoir universel de l'Aton. Avec un tel homme à la tête de la Maison d'Amon, tu pourras réformer Karnak à ta guise et empêcher les prêtres de harceler les serviteurs du Soleil.

– Vraiment, Majesté! coupa Tii. Ton idée est absurde! Les servants d'Amon refuseraient de se soumettre, fût-ce un seul jour, à un tel homme! Si tu en as terminé, peut-être Pharaon pourrait-il rendre sa sentence et nous congédier enfin.

– Je ne suis pas aussi stupide que tu as l'air de le penser, Majesté, rétorqua bien haut Nefertiti, piquée au vif. Il faut, bien entendu, que le choix de Pharaon convienne aux deux partis. (Elle s'adressa à son époux.) Pourquoi ne pas choisir Maya, le Quatrième Prophète d'Amon? Il vient souvent écouter ton Enseignement. Il est jeune et t'adore. Il ne s'acharnera pas bêtement à défendre Amon à tout prix et ne s'opposera pas aux réformes que tu souhaites pour Karnak.

– Je n'ai pas eu le loisir d'y penser. (Amenophis implora Tii d'un œil piteux.) Comment décider?

– Fais-moi confiance, mon fils, répondit-elle uniment, certaine comme toujours qu'il céderait à ses raisons. Je ne t'ai jamais conseillé à la légère. Nefertiti complique la situation plus qu'il n'est utile.

Il retira son bras des doigts de Nefertiti.

– J'aurais mieux fait de ne pas venir à cette audience, grommela-t-il. Laissez-moi réfléchir un instant.

Il plongea le menton dans la paume de sa main. Tii, contrariée de l'intervention de Nefertiti, n'en laissait rien paraître. Les courtisans piétinaient, promenant autour d'eux des regards vagues, impatients. Amenophis enfin leva les yeux.

– J'approuve ton idée, Nefertiti. (Il se dressa puis, brandissant au-dessus de Ptahotep le fléau et la crosse, proclama :) Nous rendons hommage aux bons et loyaux services du Grand Prêtre d'Amon. Qu'il se retire avec honneur de son office. La peau de léopard vêtira désormais Maya, serviteur béni de son Dieu.

Le visage de Ptahotep s'épanouit, et Tii sut qu'elle avait deviné juste. Le bourdonnement des conversations emplit la salle. Amenophis se rassit lourdement, épongea un fil de sueur qui ourlait sa lèvre supérieure et congédia du bout des doigts le vieux dignitaire. Tii se leva. Sans un regard pour Nefertiti, elle dit à son fils :

– Cette décision t'appartient, et je la respecterai. Mais je pense que tu commets là une grave erreur de jugement.

Raide et majestueuse, elle descendit les marches, rendit sa couronne au gardien des Insignes et s'éloigna.

Nefertiti accompagna son époux tout au long de la journée, radieuse de son triomphe. Cette première victoire publique sur l'Impératrice lui était d'autant plus douce qu'elle ne l'avait pas préméditée. En l'absence de Tii au repas du soir, elle présida le dîner sous le dais royal au côté d'Amenophis, pétulante et gracieuse, faisant rire par ses traits d'esprit les convives assis à la ronde. Mais Pharaon restait insensible à son charme. Paupières obstinément baissées sur son plat vide, il lui refusait le sourire ou les quelques mots qu'elle tentait de lui soutirer avec des mines de chatte. Parfois il marmonnait, et elle se penchait alors vers lui. Mais il ne s'adressait à personne en particulier, et vidait l'une après l'autre des coupes de vin qu'il faisait remplir aussitôt, bras levé, sans quitter la table des yeux. Agacée, elle choisit de l'ignorer et se tourna vers ses invités tandis que grommelant à part lui et suant, il continuait à boire, le corps traversé de longs frissons. Elle comprit qu'il était ivre. Les spectacles commencèrent, et nul ne prêta plus attention à Pharaon jusqu'à ce qu'il fût l'heure de se retirer. Tous alors attendirent en vain l'autorisation royale. Les convives s'agitèrent, intrigués. Nefertiti dut approcher son oreille du visage d'Amenophis et feindre d'écouter ce qu'il ne disait pas. Se levant, elle dit aux courtisans qu'ils pouvaient faire leur révérence et sortir. Le brouhaha qui s'ensuivit sembla tirer Pharaon de sa torpeur. Il repoussa mollement son siège, vida une dernière gorgée de vin et disparut en titubant, sans un regard pour elle.

Cette étrange attitude pourtant ne parvint pas à gâcher la belle humeur de la jeune Reine. Elle n'avait pas sommeil. Elle convoqua ses musiciens, écouta des chansons paysannes dont elle fredonna la mélodie, et lorsqu'elle en eut assez, elle pria son scribe de lui déclamer des poèmes d'amour. Puis elle rêva, assise bras croisés à la fenêtre, indifférente aux murmures de la nuit qui s'exhalaient du jardin. Elle s'étendit enfin sur sa couche dans un long soupir de bonheur, tandis que la chambrière lasse tirait le drap sur elle avant de se rencogner sur sa natte.

Il lui sembla qu'elle venait de s'assoupir lorsque des bruits de pas et de voix derrière sa porte troublèrent son sommeil. Dans la lueur de l'aube naissante, la servante se déplia. A peine avait-elle fait trois pas que les portes s'ouvrirent avec violence. Pharaon entra, vacillant sur ses jambes. Il se jeta sur la jeune fille, et d'un soufflet la jeta dans le corridor. Il claqua la porte. Il était nu.

– Amenophis, que se passe-t-il ? s'écria Nefertiti, qui tentait de se redresser.

Mais avant même qu'elle eût le temps de repousser le drap, il s'abattait sur la couche et arrachait la pièce de lin. Trop atterrée pour amorcer la moindre résistance, elle s'effondra dans les coussins, le sentit qui écartait ses cuisses, la pénétrait brutalement, le souffle rauque. Inerte et clouée, elle s'efforçait de rassembler ses esprits.

Il y eut des coups discrets à la porte. Amenophis beugla :

– Allez-vous-en!

Puis il se mit à grogner des phrases incohérentes en s'agitant sur elle un moment. Dans un spasme étranglé, il roula enfin sur le flanc, genoux collés au menton. Il tremblait.

– Donne-moi de l'eau.

Nerfertiti glissa de la couche, emplit une coupe. Dressé sur un coude, il but goulûment, exigea de l'eau encore, s'abattit dans les coussins.

– J'ai fait un rêve, Nefertiti, oh, un rêve... murmura-t-il. Ne sois pas inquiète.

Terrifiée, en réalité, par les soubresauts qui secouaient les membres de son époux, elle saisit un coin du drap et lui essuya le visage. Puis, comme elle se tournait à demi pour appeler de l'aide, il lui prit le poignet.

– Dans un instant. Tu pourras leur dire bientôt, les appeler tous, leur dire... (Il se mit à rire.) Assieds-toi près de moi.

Il l'attira vers lui, lâcha sa main. Elle drapa vivement autour d'elle le lin froissé, ne voulant plus soudain qu'il la vît nue.

– Un cauchemar? s'enquit-elle d'un ton qu'elle voulait apaisant.

Les spasmes se calmaient peu à peu. Sa tête roula sur l'oreiller.

– Non, pas un cauchemar – une vision. Je suis entré dans la Douat. J'ai vogué dans la barque de la nuit, la barque de Mesektet, en compagnie des Dieux et des rois d'Osiris! (Sa voix dérapait dans les aigus. Il déglutit pour tenter de la maîtriser.) J'ai entendu les morts pleurer en réclamant la lumière tandis que je traversais les Douze Maisons de l'Obscurité, les douze métamorphoses de Râ, et j'ai pu leur donner ce qu'ils désiraient!

– Tu as rêvé que tu étais avec Râ au Royaume des Morts?

Il s'assit et, croisant les bras sur son torse luisant de sueur, commença à se balancer d'avant en arrière.

– Ce n'était pas un rêve, je le sais. J'ai pénétré la bouche de la Douat au crépuscule. J'étais la Chair, le Râ-que-dévore-la-Nuit, et debout dans la barque j'ai résisté aux attaques du serpent Apophis, mais ce n'est rien encore. (Il ferma les paupières.) Râ devait m'entraîner dans les épreuves de la Douat pour que je comprenne enfin. Je ne suis pas l'incarnation de Râ, Nefertiti. Je suis l'Aton lui-même! C'est à la douzième métamorphose de Râ que je me suis senti renaître.

Elle observait, incrédule, l'extase qui noyait ses traits, et se demanda s'il avait perdu l'esprit.

– Ce n'était qu'un rêve, mon époux, insista-t-elle.

Ses yeux s'ouvrirent à ces mots, la figeant d'un éclat intense.

– C'est la plus grande vision de ma vie! Ma vraie nature m'est enfin révélée. Lorsque Nout m'a expulsé de ses entrailles à l'aube, je me suis retourné dans l'espoir d'apercevoir son visage penché vers moi, mais c'est moi que j'ai vu, Nefertiti, c'est moi que j'ai vu! (Il se leva, reprit devant elle son balancement fiévreux, poings serrés, ivre d'exaltation.) Je suis si heureux! Enfin, enfin, je t'ai faite Déesse. La puissance qui coule de mon corps dans le tien quand je m'unis à toi est vivifiée désormais, car je suis la source de toute lumière et de toute vie!

Nefertiti avait recouvré son sang-froid. Elle pensa soudain que c'était vers elle qu'il avait couru, instinctivement. C'était à elle qu'il venait de confier sa révélation, non à l'Impératrice.

– Est-ce la raison pour laquelle tu es ici, Pharaon, et non dans le chambre de Tii?

Il s'approcha.

– Oui, oui. Le Dieu a guidé mes pas. Je n'ai plus besoin de ma mère pour raviver mon pouvoir. Je l'aime toujours, mais les démons ont enfin mordu la poussière. L'accouplement de son corps et du mien n'a plus de raison d'être. Je suis immortel!

Elle lui sourit.

– Repose-toi, à présent, dit-elle.

Puis elle s'en fut ouvrir les portes, derrière lesquelles se pressait un petit groupe de familiers anxieux. Elle appela le majordome du Roi.

– Parennefer, apporte une coiffure et du lin frais pour ton maître, ainsi qu'un peu de nourriture. (S'adressant ensuite à tous :) Cette nuit, Râ vient d'honorer Pharaon d'une vision sublime. Amenophis est épuisé, mais il n'y a pas lieu de s'inquiéter.

Elle referma la porte sur leurs visages. Lorsqu'elle revint près de la couche, son époux dormait, immobile et parfaitement silencieux. Elle s'installa sur un siège à son chevet et le regarda.

12.

En moins de quelques jours, le récit plus ou moins déformé de la vision d'Amenophis courait de bouche en bouche à Malkatta. On le prit au sérieux, néanmoins, et les courtisans lui accordèrent la plus vive attention, car il apparut bientôt que l'événement ferait date dans la vie de la Cour. Il y eut l'époque d'avant la Vision, et ce qui vint ensuite. Pharaon avait changé. En une nuit, il sembla perdre ce charme flou qui l'avait rendu si cher aux uns, aux autres méprisable. Ses ordres résonnèrent avec plus de clarté. Les sujets de conversation futiles et profanes perdirent tout intérêt pour lui. Il enfouit sa légendaire douceur sous une attitude plus raide, des gestes plus précis, dont certains ministres se réjouirent, croyant y lire le signe d'une vigueur nouvelle, d'une volonté de régner enfin. Mais la plupart coulaient sur son passage des regards méfiants et murmuraient entre eux. Car Amenophis avait décrété qu'on ne devait désormais l'approcher qu'à genoux – forme de déférence inédite à la Cour d'Égypte de mémoire de courtisan – et qu'il ne recevrait plus dans ses audiences aucun prêtre d'Amon.

Tii, pour sa part, n'eut pas immédiatement conscience de l'ampleur de cette métamorphose. Elle savait que son fils avait repris goût aux plaisirs de la chair, et qu'il partageait ses nuits entre Kia et Nefertiti. Elle s'efforçait de n'être pas jalouse, persuadée qu'au moment le plus incongru, l'humeur fantasque d'Amenophis le conduirait de nouveau, amoureux et soumis, jusqu'à sa couche. Elle avait depuis longtemps accepté le prix qu'il lui fallait payer pour conserver le disque et les plumes, et qui s'alourdissait au fil des ans, l'éloignant de tous ceux qui pensaient à la Cour que son incestueuse liaison finirait un jour par attirer sur eux la malédiction divine. La rumeur s'amplifiait aussi dans les campagnes et dans les villes, mais elle n'en avait cure. L'amour de son fils et la liberté qui était sienne de régner à sa guise lui étaient une consolation suffisante, une certitude dont elle n'avait jamais eu le loisir de douter, jusqu'au jour où elle demanda audience auprès d'Amenophis et vit venir à elle un chef du Protocole pétri de confusion.

– Grande Déesse et Majesté, dit-il, paupières baissées, il est de mon devoir de te rappeler que selon le vœu de Pharaon, tous doivent s'avancer vers lui à genoux.

– Oublies-tu que je suis Impératrice d'Égypte? répliqua-t-elle sèchement. Héraut, annonce-moi!

Le dignitaire se retira, cramoisi, tandis qu'elle avançait dignement dans la salle avant même que le héraut eût fini d'égrener ses titres. Son fils était sur le trône, empesé de fards et de bijoux, insignes royaux croisés sur la poitrine, sur son crâne la Double Couronne. En dépit de la solennité de l'heure, il portait pour tout habit un voile rouge et diaphane noué sous ses mamelons peints en jaune. Tii s'inclina ainsi qu'elle l'avait toujours fait.

Il se tourna aussitôt vers elle, rayonnant de bonheur.

– Je t'écoute, Mère.

Elle ne lui rendit pas son sourire.

– Amenophis, il est grand temps de mettre fin à ce jeu de prosternations ridicules auquel tu t'amuses depuis quelque temps! Cela ralentit les mouvements de la Cour et devient un vrai supplice pour ceux qui vivent continuellement en ta présence.

Il s'agita sur son siège, et un doute ramollit un bref instant ses traits.

– Ce n'est pas un jeu, Majesté, et tu me contraries vivement de le dénommer ainsi. De quelle autre manière de vulgaires mortels pourraient-ils donc approcher leur Créateur?

Elle allait éclater de rire, lorsqu'elle remarqua son expression.

– Enfin, mon fils, tu ne crois quand même pas... (Elle leva les mains.) Au moins ne peux-tu dispenser de cette contrainte les proches de Nefertiti? La Reine devient insupportable!

– Je t'autorise à en faire autant, si tu le désires, avec ceux qui te servent, suggéra-t-il d'un air fébrile, vaguement confus.

Tii eut un reniflement de mépris.

– Quand donc apprendras-tu que le pouvoir n'est pas uniquement une question d'apparences! s'écria-t-elle, perdant toute dignité. Si mes ministres se prenaient à ramper autour de moi comme des bêtes, j'aurais plus envie de leur donner des coups de pied que de solliciter leurs conseils!

– Ne parle pas à Pharaon sur ce ton! cria-t-il à son tour, et elle eut peur soudain car il s'était mis à trembler. Tu es ma mère, mais...

Ses derniers mots se bousculèrent dans sa gorge, finirent dans un couinement.

– Mais quoi? reprit-elle d'une voix plus douce. Le Dieu a-t-il ordonné de faire marcher à quatre pattes tous les habitants du palais? (Il ne daigna, ou n'osa répondre.) Maya tente en vain depuis des jours d'obtenir une audience. Il désire te soumettre un rapport sur les activités de Karnak. Ne vas-tu pas le recevoir?

Amenophis respira longuement. Il croisa son regard, baissa les yeux, débattit un instant avec lui-même puis, dressant la tête, explosa.

– Maya appartient à Amon! Je ne recevrai plus les prêtres d'Amon. Je l'ai juré!

– Tu l'as juré! le singea-t-elle, folle de rage. Tu divises l'Égypte en deux clans, t'en rends-tu compte? Je t'ai offert le trône, et je peux te le reprendre. C'est moi qui t'ai fait!

– Tu es furieuse parce que je ne te convoque plus dans ma chambre! (Ses phalanges blanchirent, tant il étreignait vivement la crosse et le fléau.) Réjouis-toi d'être ma mère et de bénéficier de l'indulgence de l'Aton. Car ce n'est pas toi qui m'as fait. Je *suis* l'Aton!

Elle tourna les talons à ces mots, consciente soudain du silence qui baignait la salle, où les hommes agenouillés buvaient encore chacune de leurs paroles. Les stylets des scribes froufroutaient sur les papyrus. Elle se dirigea calmement vers les portes que les sentinelles s'empressaient d'ouvrir devant elle, mais jamais elle ne s'était sentie à ce point humiliée. J'ai conduit cette affaire comme un ministre débutant, se gourmanda-t-elle. On ne m'y reprendra plus.

Elle s'efforça d'apaiser l'angoisse des prêtres de Karnak, et soutint vaillamment le regard affolé de Maya lorsqu'elle lui annonça que le Dieu qui l'avait élevé au sacerdoce suprême refusait de le recevoir. Mais l'agitation qui régnait au palais échappait désormais à son contrôle. Les milliers de courtisans qui vivaient à Malkatta, pressentant qu'elle commençait à tomber en disgrâce, renonçaient peu à peu à leur chère indifférence pour choisir ouvertement leur camp. Nombre d'entre eux cependant croyaient encore en elle et en sa longue expérience du pouvoir qui, pensaient-ils, aurait bientôt raison des caprices de son fils. Mais ceux-là appartenaient à la vieille génération des courtisans qui conservaient le souvenir de son époux et d'un règne plus brillant, plus rigoureux. Les jeunes aristocrates, en revanche, avides de changement et de conflits, excités à la perspective d'une franche rupture entre le fils et la mère, prirent parti pour Amenophis. Et la Vision royale apparut bientôt à Tii comme un fleuve maudit dont grossissaient irrémédiablement les eaux, dont s'éloignaient à jamais les deux berges où se tenait, écartelé et impuissant, son peuple.

Un mois plus tard, elle se rendit compte de l'ampleur de sa maladresse. Car Nefertiti, jouissant de la faveur de Pharaon, parvint à convaincre son époux d'annuler le décret. Il l'avait rédigé à la hâte, dans le feu de l'exaltation, et ne fut que trop heureux de l'abroger lorsque la jeune Reine lui en souffla une excuse valable. Ainsi que Tii l'apprit de la bouche de Houya, son majordome, Nefertiti avait suggéré l'idée que les courtisans, grâce à l'exercice des génuflexions, avaient suffisamment pris conscience de leur humilité véritable pour se mouvoir désormais sur leurs deux jambes sans que la dignité royale en fût menacée. Tii regretta d'avoir perdu son sang-froid et de n'avoir pas su faire sienne cette victoire. La nouvelle pourtant la soulagea. Le spectacle de tous ces honorables dignitaires aux rotules mâchées, douloureuses, suscitait à la Cour un vif mécontentement, et elle redoutait le mépris que de telles contraintes auraient fini par inspirer à l'égard d'un souverain dont ne vacillait déjà que trop le prestige.

L'abrogation du décret pourtant ne restaura pas, ainsi qu'elle l'avait espéré, les rythmes de l'ancien protocole. Genoux, échines et crânes restèrent pliés dès que se profilait l'ombre de Pharaon. L'obéissance se changea peu à peu en obséquiosité. Amenophis éleva Meryra à la dignité de Premier Prophète de Neferkheperoura Wa-en-Râ, son nom de souverain, et lui confia pour seule tâche de le vénérer en permanence, de l'escorter en tout lieu et de porter ses sandales, son coffret à sandales et sa bannière blanche. Tii se mordit les lèvres et ne dit mot. Elle et son époux défunt avaient eux aussi, en leur temps, ordonné à des prêtres d'adorer leur image à Soleb, mais elle imaginait en souriant le commentaire caustique du Puissant Taureau si elle lui avait suggéré qu'un prêtre les accompagnât partout en psalmodiant des louanges à leur gloire.

Elle regardait parfois son fils et Nefertiti marcher jusqu'au fleuve, lorsqu'ils se rendaient à Karnak, escortés de porteurs d'encens, de quatre cosméticiens qui veillaient à ce que ne coulât point le khôl du Dieu et de la Déesse, d'un cercle de soldats chargés d'écarter du couple royal la souillure d'un contact fortuit avec des mortels d'engeance inférieure, et bien sûr des porteurs d'éventail et chasse-mouches indispensables, ainsi que des serviteurs attachés à leur personne et autres animaux, dompteurs et nourrisseurs. Elle avait envie de rire alors du Roi difforme, trop peint et demi-nu qui s'exhibait dans ces défilés grotesques. Mais dans le même temps, et malgré l'absurde étalage qu'il faisait de sa laideur, son fils exprimait dans son maintien une dignité intérieure qui interdisait à Tii de nier totalement l'authenticité de sa Vision. De tels phénomènes dépassaient son entendement, et elle le savait. Le sentiment que l'Empire, Pharaon et son propre destin ne se maintenaient plus que dans un précaire équilibre, revint la hanter au cours des longues nuits humides, et elle rêva souvent de la Plume de Maât descendant avec lenteur sur la balance à l'heure du Jugement.

Par une matinée d'épaisse canicule animée d'un vent léger venu du fleuve, Amenophis, Nefertiti et Tadoukhipa se tenaient dans l'ombrage du premier pylône qui menait au Temple de l'Aton. Les voiles chatoyants battaient contre leurs jambes au même rythme que les hauts pennons bleus et blancs qui voletaient dans la brise. Les porteurs d'éventail balançaient les plumes d'autruche en détournant le visage. Courbé très bas sur le livre de louanges que tenait sous ses yeux un officiant, le Premier Prophète psalmodiait, et ses syllabes filaient dans le vent. Amenophis tendit la main vers l'avant-cour pavée.

– Le Temple est enfin terminé, mais les artisans ont été bien lents, geignit-il. Mon palais n'est pas prêt, non plus que les petits autels qui doivent entourer ce Temple. Je ne suis pas content. (Il tourna son regard vers le temple de Mout qui dessinait une ombre courte de midi. Plus loin, des prêtres d'Amon et des danseuses sacrées faisaient leurs dévotions, genoux pliés, tête baissée entre leurs bras tendus.) Comment puis-je adorer mon Dieu si je dois côtoyer chaque jour ces charlatans? murmura-t-il. Je leur ordonnerai de disparaître de ma vue lorsque je viendrai.

Une déflagration de trompes stridentes, jaillie au même instant de tous les temples, noya ses derniers mots. Tadoukhipa se couvrit les oreilles, Nefertiti fit la grimace.

– Midi, prononça la Reine. Dans mon propre temple, et jusque devant mes autels, je suis importunée par les chants et les sistres des prêtres d'Amon, sans parler des danses qui jamais ne cessent au temple de Khonsou. Comment le Dieu peut-il entendre mes prières?

Amenophis sourit, lui baisa les lèvres.

– Il les entend, je peux te l'assurer, Majesté.

– N'es-tu pas satisfait de ce superbe ouvrage, Grand Dieu?

Tadoukhipa leva vers lui un œil timide. Il tendit les bras, enlaça les deux jeunes femmes et les pressa sur sa poitrine creuse.

– Je le suis, petite Kia, mais je me demande à présent si j'ai eu raison. J'ai commandé ce Temple aux jours de mon imperfection, et mon jugement, bien que nourri des meilleures intentions, a failli. J'aurais dû choisir un site éloigné de Karnak, où l'Aton serait vénéré dans le calme et la paix. Mais dans mon zèle, j'ai souhaité pour le Dieu un temple au sein de l'enceinte sacrée. En réalité, la proximité d'Amon est un affront à sa grandeur.

– Vas-tu abandonner ce chantier? demanda Nefertiti, surprise.

Il l'observa un instant d'un air pensif.

– Peut-être... Ce ne serait pas désagréable de vivre et d'adorer l'Aton à l'écart des regards hostiles, dit-il enfin. Et maintenant, prions. Prophète!

Ses gens délaissèrent leur paisible conversation et se raidirent. On abaissa les palanquins du trio royal. Meryra tomba à genoux, retira respectueusement les sandales dorées des pieds de son maître, les déposa dans leur coffret. Les officiants chargèrent les porte-encens, et tandis que se déployaient les soldats, les litières traversèrent l'avant-cour afin de gagner le sanctuaire où Amenophis, debout au sommet des marches, reçut l'hommage de ses deux épouses.

Au long des jours qui suivirent, l'idée d'un nouveau site dédié à l'Aton mûrit dans l'esprit de Pharaon. Il en débattit souvent, en privé, avec Nefertiti.

– Il faudrait sans doute consulter l'Oracle de Râ pour choisir l'emplacement, lui dit-il un après-midi qu'ils marchaient main dans la main au bord du lac. Mais nous devons agir en secret. Je ne souhaite pas blesser l'Impératrice.

Nefertiti observa sa mine inquiète.

– Pourquoi Tii serait-elle blessée par l'érection d'un nouveau temple ? Rien n'est plus courant. Mais il est certain que si tu choisis de vivre loin de Thèbes, elle en sera furieuse. (Elle le força à s'arrêter et lui fit face.) Cela n'a aucune importance, cher Amenophis. Elle ne peut rien contre toi. En outre, je soutiendrai ton projet, avec tes ministres et tous ceux qui te vénèrent.

Il cueillit son visage dans ses deux mains.

– Loyale Nefertiti. L'Aton est ému d'une telle dévotion. De nombreux courtisans hésitent encore, mais il n'y a en toi aucun doute, n'est-ce pas ? Imagine ce que serait notre vie loin des ragots de Thèbes, loin de l'hostilité de Karnak et des regards de nos inférieurs.

– Je le désire par-dessus tout, répondit-elle en s'enfouissant dans ses bras.

Ils se baignèrent, jetèrent du pain aux oiseaux et rirent ensemble aux pitreries de leurs singes. Mais sous sa bonne humeur, elle le sentait préoccupé, et ils revinrent bientôt à leur conversation. Ils jouaient avec Meketaton et Baketaton dans la pouponnière du Harem. Smenkhara, assis dans un coin de la chambre, aidait Meritaton à enfiler des perles.

– Supposons que je décide ce changement, reprit-il tout en offrant des friandises aux deux fillettes. Cela risque de compliquer la tâche des ambassadeurs en poste à Malkatta, ainsi que celle des ministres, qui devront faire le voyage pour venir me voir. A moins que...

Il hésita, prit les deux enfants sur ses genoux.

– A moins que tu ne déplaces dans son entier la capitale de l'Égypte, ajouta Nefertiti. (Elle observa Smenkhara et Meritaton absorbés dans leur tâche.) Je suis d'accord.

– C'est impossible, souffla-t-il. Ma mère refuserait de me parler si je décidais cela !

La Reine appela les nourrices qui se tenaient hors de portée de leurs voix et vinrent aussitôt enlever aux genoux de leur père les petites princesses qui protestaient à grands cris.

– Depuis trop longtemps tu redoutes l'Impératrice, Amenophis, insista Nefertiti à voix basse. Elle veut conserver l'Égypte sous sa coupe. Mais tu es l'Aton, le Dieu Sublime. Elle ne peut se dresser contre toi.

Il eut un pâle sourire.

– Je me sens si fort quand tu es là, Nefertiti. Veux-tu venir avec moi consulter l'Oracle ?

Elle se leva.

– J'en serais fort honorée, mon époux. Mais auparavant, j'aimerais que tu parles un peu à Meritaton. Regarde, elle t'attend.

L'annonce intervint dans le cours du mois de Phamenat. L'air était frais, pétillant de couleurs vives. Les abeilles murmuraient dans les pétales humides. Des armées de lourdes moissons ployaient sous la brise, et les petits des animaux s'essayaient à des gambades qui invitaient à l'optimisme les courtisans les plus blasés. Tii et Amenophis trônaient sous le grand baldaquin de la salle d'audience. Sur un fauteuil d'argent au pied gauche de Pharaon siégeait Nefertiti, enrobée d'une longue perruque sertie de lotus de quartz rose. Un pampre de minuscules feuilles d'argent se mêlait au cobra qui ornait son front mince. Après un nombre inhabituel de discours et d'hommages de délégations étrangères, l'audience s'acheva enfin. Tii leva une main pour clore la séance, lorsque son fils se redressa soudainement. Il y eut un profond silence.

– J'ai pris deux décisions qui vous concernent tous, proclama-t-il très vite, des deux mains agrippant la crosse et le fléau sur son ventre gonflé. Je parle au nom de l'Aton Glorieux que j'incarne.

« L'esprit de Râ m'ordonne de choisir un nouveau nom. Celui que je portais rendait hommage à un faux dieu, et je le répudie. Je me nommerai désormais Neferkheperoura Wa-en-Râ Akhenaton, l'Esprit de l'Aton. A ma Reine je confère l'appellation de Neferneferou-Aton, Grande Est la Beauté de l'Aton, comme marque de mon amour pour elle et de sa dévotion à notre Dieu. Hérauts, scribes et ambassadeurs, prenez-en bonne note. (Nul ne fit un mouvement. L'assemblée des princes et des nobles s'était figée, muette, et tous les yeux dévoraient Pharaon.) Ma seconde décision est tout aussi irrévocable. Je transfère la capitale de l'Égypte et le siège du gouvernement dans un site que le Dieu m'a désigné, à quatre jours de voile de Malkatta, en aval du fleuve. Thèbes, Karnak et ce palais empestent l'hypocrisie et la fausse religion. L'Aton désire un lieu qui n'appartiendra qu'à lui seul. Je m'y rendrai demain afin de tendre les cordes sacrées qui marqueront ses limites.

Un long murmure incrédule sillonna la salle, suivi d'un silence fiévreux. Un prêtre du Soleil se mit à applaudir, imité bientôt par ses compagnons. Il y eut ensuite des rires et des chants de louange au souverain, et les courtisans comprirent l'urgence de manifester à leur tour leur allégresse. Amenophis souriait. Il brandit les insignes.

– Ceux qui vivent dans la vérité sont les bienvenus dans ma nouvelle capitale, annonça-t-il. Voici venue l'aube d'un âge glorieux pour l'Égypte. La nuit des mensonges est révolue.

Il descendit vivement les marches du trône et, prenant le bras de Nefertiti, s'avança parmi les corps mollement prosternés et sortit.

Tii resta de marbre jusqu'au départ de Pharaon, puis elle se faufila dans le corridor par la porte arrière. Elle saisit le bras de son héraut, le secoua d'une main rageuse.

– Va trouver Ay, immédiatement! Qu'il se rende chez moi dans l'heure qui vient. Rappelle Horemheb de Memphis. Je veux qu'il délaisse ses pouvoirs à son second et vienne sans plus tarder. Annonce aux ministres de Pharaon que sous peine de mort – de mort, tu entends bien? – ils devront m'attendre dans leurs bureaux demain matin. Je dois leur parler. Que fais-tu encore ici?

L'homme s'inclina et disparut au pas de course, les ongles de la Reine gravés en blanc sur sa chair. Elle se tourna vers le gardien des Insignes, arracha sa couronne et la lui lança avec tant de fureur qu'il vacilla sous le poids. Murmurant des prières pour apaiser la magie de l'objet, il l'enfouit amoureusement dans le coffre.

– Je n'ai aucune honte! cria-t-elle au prêtre déconfit. Range cet objet inutile, mais souviens-toi de ceci. Sous aucun prétexte tu ne confieras la Couronne à la reine Nefertiti sans m'avoir consultée auparavant. Emporte-la, avant que je ne la jette dans le lac!

Il eut un regard horrifié et s'enfuit.

Ay vint à la rencontre de Tii comme elle entrait dans ses appartements. Elle fut incapable de parler. Elle lui tourna le dos, cherchant à maîtriser son souffle. De ses deux poings serrés elle martelait doucement ses hanches gainées de lin blanc. Il vint vers elle, lui retira sa perruque puis caressa ses longs cheveux, lui massa la nuque. Elle s'écarta, se tourna vers lui.

– Tu as entendu?

– Oui. J'étais au fond de la salle avec l'ambassadeur des Hittites.

– L'ingrat! L'aspic! Je lui ai tout donné! Tout, Ay, même mon corps! Thèbes n'était qu'un misérable village de boue lorsque les princes de notre dynastie sont arrivés. Le peuple le sait. Il va voir sa cité sombrer de nouveau dans l'obscurité. Il y aura des émeutes! Ne voit-il pas qu'il commet une folie...

Ay interrompit la tirade.

– Calme-toi. Ta mémoire est injuste, Majesté, si tu penses que tu lui as offert ton corps pour une autre raison que celle d'État. Puis-je te rappeler également que notre dynastie, ainsi que tu la nommes, date seulement du père notre père, qui n'était qu'un simple soldat? De toute façon, tu détestes Thèbes.

– Mais il ne m'a rien dit!

– Ah! (Il sourit.) Il ne t'a rien dit, évidemment. Comment l'aurait-il pu? Il a dû connaître des angoisses sans nom à l'idée de t'annoncer la nouvelle. Oublie ton orgueil blessé et regarde-toi, Tii, regarde-moi. Ne crois-tu pas qu'il est temps d'abandonner une part, une toute petite part de l'Égypte à la jeune génération?

Tii avait les joues en feu. Une veine palpitait sous la peau de son front.

– S'il jouit de la protection particulière des Dieux, dit-elle selon la formule qui désignait pudiquement les malades mentaux, à qui nul ne devait faire de mal, nous pourrions nommer Smenkhara pour régner à sa place.

– Je ne pense pas qu'il soit fou, bien qu'il soit parfois sujet à des crises de démence, je te l'accorde. En outre, comment pourrions-nous justifier aux yeux du peuple une telle décision? Il n'est pas cruel. Il n'a mené aucune guerre, offensé aucun roi étranger, il est fécond et vénère ce qu'il nomme la vérité. Son Enseignement n'est guère conforme à la loi du Maât, mais il n'est pas non plus totalement sacrilège. Laisse-le partir, Tii. Thèbes est bien trop forte à présent pour dépérir. Et la paix reviendra à Karnak et à Malkatta lorsqu'il sera loin, as-tu pensé à cela?

– Mais je ne veux pas qu'il déplace le gouvernement! Ici, je peux tout contrôler.

– Aucune importance. L'Empire conservera la vigueur qu'il a acquise sous le règne du Puissant Taureau.

– Il est grotesque, insultant! (Elle emplit deux coupes de vin, vida la sienne et se resservit aussitôt.) J'ai deux possibilités. Soit j'approuve sans réserve cette initiative absurde, en espérant qu'elle s'étiolera d'elle-même. Soit je la combats de toutes mes forces.

– Tu perdrais. Il a le pouvoir d'annuler chacun de tes ordres, et tu le sais fort bien. Veux-tu empoisonner un Pharaon, Tii?

Elle haussa les épaules, leva sa coupe et salua son frère d'un air moqueur.

– Pourquoi pas ? Je vaux mieux que lui pour l'Égypte, non ?

– Oh ? J'admire l'aisance avec laquelle tu parviens toujours à te justifier ! Autant que tu le saches, Tii. Si la Cour est transférée dans un autre site, j'ai décidé de la suivre.

Elle toussa, cracha sa gorgée de vin.

– Quoi ?

– Il ne s'agit nullement pour moi de prendre parti. Tu sais que je t'aime, et nous n'avons aucun secret l'un pour l'autre. Mais je n'ai pas l'intention de passer le reste de mon existence à radoter vainement sur nos gloires d'autrefois dans un palais qui tombe en ruine. J'ai de multiples talents, Tii, et je compte bien les utiliser jusqu'à la fin.

– Quel charmant tableau tu me brosses des dernières années de ma vie ! le railla-t-elle amèrement. Je suppose que tu me conseilles de faire aussi mes bagages et de suivre mon fils fou dans ce coin perdu de notre belle campagne ?

– Oui. Tu sous-estimes l'influence que tu as encore sur Amenophis. Tu es son équilibre.

– Passionnant, en vérité ! (Elle se jeta sur le trône.) Qui aurait dit, lorsque mon père m'a conduite au Harem, que j'en serais un jour réduite à n'être plus qu'un *équilibre* ? Laisse-moi seule, Ay. Ne vois-tu pas combien je souffre ?

Il s'inclina aussitôt, posa sa coupe de vin et sortit.

– Houya ! cria-t-elle. (Entra le surintendant du Harem.) Je veux que tu retires Smenkhara et Baketaton de la pouponnière. Peu m'importe où tu les mets. J'en déciderai plus tard, ainsi que des nouveaux précepteurs que je désire pour eux. Ils n'ont rien à faire avec les filles de Nefertiti.

– Je comprends, Déesse. Ce sera un choc pour la princesse Meritaton.

– Je sais. Je n'ai pas le choix. Va.

Elle se mit péniblement sur pied, songea qu'elle allait s'enivrer dans sa chambre. Pour cela je ne suis pas encore trop vieille, Ay. Une capitale transférée au diable, à quatre jours de Thèbes ! Elle eut soudain le souffle coupé. Elle savait où, et l'avait oublié ! Cette rive désolée où elle et Amenophis avaient fait halte en se rendant à Memphis, cette inhumaine et vibrante fournaise ! Oh, Amon, ce n'est pas possible... Ce désert va les rendre fous, mes pauvres doux ministres sans volonté. S'il veut adorer son Dieu dans le silence, qu'il laisse le trône à Smenkhara et aille se creuser un trou dans le sable brûlant, à la manière des vieux prêtres éparpillés dans le désert d'On!

Terrifiée et rageuse, elle gagna sa chambre où flottaient une fine haleine de parfum musqué, de lotus et de terre humide, et l'obsédante image de son fils lui faisant l'amour.

– Piha, apporte-moi du vin, souffla-t-elle, gorge serrée. Et envoie une esclave pour me déshabiller. Je passerai le reste de la journée sur ma couche.

Et elle s'allongea, une coupe à la main, tandis que se dénouait son ventre et s'embrumaient ses rêveries. Plus tard, dans la longue soirée brunissante, elle s'éveilla et revit, à la porte de sa chambre, le visage solennel de Piha lui annonçant que la Reine Nefertiti demandait à être reçue. Elle se souvint aussi, dans la brouillard de son ivresse, du plaisir qu'elle avait eu à lui lancer pour toute réponse :

– Dis à Nefertiti de plonger dans la Douat pour n'en plus revenir. Je ne la verrai pas.

13.

Les yeux bouffis et le crâne palpitant d'une atroce migraine, Tii se leva juste avant l'aurore et se soumit sans mot dire aux mains de ses habilleuses et cosméticiens dont le seul toucher lui était un supplice. Assise devant le miroir de cuivre où elle tâchait péniblement de déchiffrer son image, elle eut conscience de l'animation qui régnait déjà à la Cour, murmures et jurons étouffés, claquements de portes. Les senteurs de pain chaud et de compote de fruits qui imprégnaient les corridors où elle s'enfonça plus tard, suivie de son escorte, lui donnèrent la nausée. L'Hymne de Louanges s'éleva dans les jardins aux premiers rayons du soleil. Elle eut une pensée mélancolique pour ces fidèles servants d'Amon, contraints de chanter la gloire d'un Pharaon qui fermerait à jamais ses oreilles au cantique immémorial.

Le bâtiment des bureaux ministériels bruissait également d'une activité insolite à cette heure du jour. Les ministres, qui d'ordinaire déléguaient leurs travaux à des assistants plus capables afin de pouvoir se consacrer aux exigences de la mode et de l'intrigue, étaient tous présents ce matin-là, larmoyants de sommeil et grognons, lorsque parut l'Impératrice.

Elle se rendit d'abord dans la fraîche cellule où travaillait Bek Fils de Men, ingénieur et architecte royal. Men avait conçu de superbes édifices sous le règne du Puissant Taureau, et son fils faisait montre d'un talent comparable. Il n'avait pas usurpé son office, Tii le savait. Elle lui ordonna de s'asseoir, et il s'installa derrière le bureau massif jonché de rouleaux, d'encriers vides et de plumes. Le porteur d'éventail déplia le siège de sa maîtresse.

– Je croyais que tu accompagnais Pharaon dans son voyage, dit-elle après l'avoir observé un moment. Tes serviteurs préparent-ils tes bagages, Bek?

Le jeune homme sourit poliment.

– Mes arpenteurs ont déjà examiné le site, Majesté, et je m'y rendrai moi-même plus tard, avec mes scribes. Horus n'a pas besoin de moi pour délimiter les frontières de la ville. Mon rôle est d'en dessiner le plan.

– Tes ouvriers ont-ils eu des problèmes, là-bas?

Il baissa ses yeux sombres.

– Non, Déesse. Le sol est plat. Ils ont fait leur travail en très peu de temps.

– Et qu'en ont-ils pensé?

Il ne leva pas les paupières, promena son regard sur le fouillis des papyrus.

– En dépit du fait que le sable est profond, les maçons et les ingénieurs n'auront guère de difficultés.

– Ce n'est pas ce que je te demande.

Bek se raidit à l'âpreté soudaine de sa voix.

– Ils prétendent que même à cette époque de l'année, la chaleur est intolérable.

Tii réprima un soupir.

– Tu es un loyal serviteur de ton Roi, et je t'en félicite. Mais si tu souhaites sincèrement le bonheur de Pharaon, Bek, tu dois tenter de le dissuader. L'examen des lieux, me dis-tu, a été effectué à la hâte. Peut-être certains problèmes ont-ils échappé à tes arpenteurs?

Il leva enfin le visage.

– Mon père s'est toujours fait gloire d'honorer et d'embellir l'Égypte par ses travaux, dit-il. J'agirai de même. Je ne minimise pas l'importance des difficultés qui pourraient surgir, mais ne puis dépeindre non plus des obstacles où il n'y en a pas. Je m'efforce de vivre dans la vérité, ainsi que l'enseigne mon maître.

– Bek, insista-t-elle doucement, émue malgré elle par tant d'innocente confiance en cette interprétation discutable du Maât, la vérité n'est pas toujours bienveillante. Elle peut aussi blesser, détruire. Penses-y lorsque tu travailleras sur les plans de la nouvelle cité. Car cette vérité-là risque d'entraîner Pharaon à sa perte, et tu y auras contribué.

– C'est possible.

Il avait dit ces mots d'un ton courtois, neutre. Elle se leva.

– Ton travail est harmonieux et très beau, ajouta-t-elle.

Et il comprit qu'elle ne le flattait pas. Il s'inclina.

– Je le dois à mon père. Longue vie à toi, Majesté.

Elle hocha la tête et sortit.

Puis elle passa de bureau en bureau afin de s'entretenir avec chacun des ministres d'Akhenaton, qu'elle pressa de convaincre Pharaon de renoncer à sa folle entreprise. Elle se rendit même auprès de Ranefer, le second d'Ay, et lui parla, debout sur une petite natte devant les écuries où s'agitaient les chevaux, dans l'âcre senteur du purin. Deux conclusions s'imposèrent à elle tandis qu'elle s'en revenait en palanquin dans ses quartiers. L'ascendant de son fils sur ces hommes était bien réel. Tous avaient, d'une manière ou d'une autre, fait allusion à son Enseignement avant que de détourner poliment son offre. Le second point concernait la vigueur des liens que Pharaon et Nefertiti semblaient avoir tissés entre leur couple et ces jeunes gens qui les entouraient depuis qu'Amenophis était sorti du Harem. Il les avait entraînés avec lui dans son ascension royale, et ils étaient encore assez jeunes pour lui en être reconnaissants.

Son fils vint lui faire ses adieux juste avant que ne résonnent les trompettes de midi. Elle se mit à genoux et lui baisa les pieds, trop consciente de ses paupières bouffies, de son teint brouillé par le vin de la veille. Il l'aida à se relever, baisa son front cerclé d'or. Elle le sentit si candidement coupable, si avide de quêter son approbation, qu'elle ravala les reproches qui se pressaient dans sa gorge. Peut-être lorsqu'il reverrait le site, pensa-t-elle, changerait-il d'avis. Peut-être son attrait pour ce lieu s'était-il atténué au fil du temps, et il s'en rendrait compte.

– Je reviens dans quatorze jours, dit-il. J'espère, chère mère, que tu auras décidé alors de venir vivre, toi aussi, dans ma ville sacrée.

– Le chantier durera plusieurs années, se contenta-t-elle de répondre. Ay voyage-t-il avec toi ?

– Il le faut. J'ai besoin de chevaux et de chars.

Il hésita, comme s'il ne savait plus s'il devait rester ou partir. Émue de sa détresse, elle le prit dans ses bras.

– Que la plante de tes pieds te mène fermement, Akhenaton.

Il la pressa contre lui, bouleversé qu'elle eût prononcé son nouveau nom, pathétique.

– Je t'aime, ma mère.

Et ce fut comme si elle replongeait soudain dans les jours enfuis, que de le tenir ainsi, de sentir sous sa joue son épaule maigre et le souffle de son fils dans ses cheveux. Des larmes de regret, de lassitude, brouillèrent ses yeux. Elle déposa un baiser dans son cou.

– Va, balbutia-t-elle. Mon oisillon précieux, mon Prince. Va!

Il sourit de tout son cœur et s'en fut.

La vie ralentit au palais dès que filèrent à l'horizon les barques du cortège royal, et Malkatta retrouva pour un temps l'insouciance des jours anciens. Les fêtes furent plus bruyantes et plus gaies, plus indolentes les heures de canicule. Comme pour éprouver leur liberté nouvelle, les courtisans se rendirent en nombre à Karnak et y prièrent Amon avec une ferveur qui laissa pantois les prêtres et les prit eux-mêmes au dépourvu.

Tii avait le sentiment de se rétablir d'une longue maladie. Elle convoqua son joaillier et passa toute une journée à se choisir des pendants d'oreilles, des pectoraux et des anneaux de cheville. En compagnie de Smenkhara, elle alla déposer au temple mortuaire de son époux défunt des offrandes de nourriture, de fleurs et d'encens. Elle fit préparer de nouveaux appartements pour Smenkhara et Baketaton et nomma de nouveaux précepteurs formés à la Maison des Scribes de Karnak. Pour la première fois depuis de nombreux mois, elle observa son fils, reconnut les lèvres pleines et les yeux d'amande du Puissant Taureau, dont il avait hérité également la démarche sûre et altière. Mais l'enfant avait le teint plus pâle, et son caractère n'était pas assez formé encore pour que l'on pût y retrouver les traits du défunt. Il ponctuait souvent ses propos de longues ruminations silencieuses, dont Tii ne savait si elles étaient le fruit d'une pensée active ou d'un simple désintérêt. Il se montrait parfois désagréable, aussi, quand la fantaisie l'en prenait.

– Je veux que Meritaton revienne, exigea-t-il un jour qu'ils se prélassaient dans la cange de Tii, ancrée non loin de la rive. (Il balançait négligemment une canne à pêche, accroupi sur un petit siège d'ivoire.) Elle doit s'ennuyer de moi. Je n'aime pas apprendre mes leçons tout seul, et Baketaton m'agace. Elle pleurniche sans arrêt.

– C'est de son âge. Elle n'a que deux ans, Smenkhara, et

souviens-toi que Meritaton pleurnichait aussi lorsqu'elle était petite.

– Ce n'est pas vrai. Elle boudait, seulement. Et puis, comment sais-tu ce qu'elle faisait ? Tu ne t'occupais que de Baketaton quand tu venais au Harem. (Il agita la canne d'un air maussade.) J'aurais bien aimé partir avec Pharaon. Ils doivent s'amuser, là-bas.

Il fit la moue, jeta sa tresse par-dessus son épaule. Tii rentra ses pieds nus à l'ombre du baldaquin.

– Je n'y suis pas allée, moi non plus, fit-elle remarquer.

– Pharaon n'a pas voulu de toi, c'est pour cela !

– Répètes-tu bêtement ce que disent les domestiques, où es-tu arrivé toi-même à cette brillante conclusion ? fit-elle, furieuse. Je te trouve bien insolent, mon fils ! Depuis quand n'as-tu pas été fouetté ?

– Mes précepteurs ne me fouettent jamais, et gare à eux s'ils essaient seulement ! De toute façon, je n'ai eu besoin de personne pour voir que Pharaon était bien heureux de te laisser ici.

– Je constate que la discipline s'est relâchée à la pouponnière ! Tu seras peut-être un jour Pharaon, Smenkhara. Il serait bon que tu saches ce qu'il en coûte d'être un simple mortel avant de goûter aux joies divines !

Le garçonnet jura à voix basse.

– Je parie ma nouvelle canne à pêche que tu n'as jamais été fouettée, ô ma mère.

– Si. Ton oncle Ay m'a fouettée une fois et giflée souvent lorsque je refusais d'apprendre mes leçons.

Suivit un long silence. Tii pensa qu'il ne s'intéressait plus à elle et, fermant à demi les paupières, savoura paresseusement la brise qui effleurait son visage. Mais il dit :

– C'est différent. Tu es une femme. Serai-je vraiment Pharaon un jour ?

– Je suis Impératrice et Déesse, et personne n'a le droit de m'insulter ! gronda-t-elle. Retourne à ta pêche et tais-toi, à présent. Je veux dormir.

Il cogna du pied dans le flanc de la barque et tira la langue à l'esclave qui se tenait, muet, près de lui.

– Je n'ai plus envie de pêcher. Je veux nager.

– Pas sans ton instructeur. Ta brasse n'est pas encore assez sûre.

– Quand je serai Pharaon, je ferai ce que je veux.

– Sans doute, souffla-t-elle, presque endormie.

Et, juste avant de s'assoupir, elle l'aperçut qui remontait sa ligne vide et rampait sous le dais pour jouer au sennet.

A l'occasion des cérémonies qui devaient célébrer la fondation de sa nouvelle cité, Akhenaton avait délaissé les longs fourreaux de femme à petits plis qu'il se plaisait à porter, pour revêtir le court pagne blanc des hommes. Des anneaux d'or alourdissaient son cou grêle, et pendait sur sa poitrine un pectoral d'améthyste figurant le disque solaire cerné d'abeilles d'argent. Une haute couronne bleue ceinte du vautour et du cobra surmontait sa face plâtrée de fards. Les mains qui agrippaient les rênes du char impérial disparaissaient sous une multitude de bagues serties de scarabées et de cartouches, sous des rangs d'amulettes qui flottaient librement autour des poignets. Accoudée à la paroi du char, Nefertiti exhibait entre ses seins fardés de bleu un sphinx de lapis-lazuli grimaçant. Une étrange couronne conique enserrait sa chevelure, qui accentuait la ligne longue et parfaite de son profil et conférait à son expression une rigueur singulière. Meritaton, nue sous une cape de lin, tenait les doigts incrustés d'anneaux précieux de sa mère, tandis que Meketaton, assise au fond du char et cramponnée d'une main à la sandale dorée d'Akhenaton, agitait une clochette dont Tii lui avait fait cadeau. D'autres attelages attendaient, chargés de dignitaires emperruqués qui suaient sang et eau sous les dais à franges arrimés à leurs véhicules. Les falaises, au loin, retenaient la moindre brise qui eût pu apporter un brin de fraîcheur, et le soleil du matin cognait de plein fouet sur le sable et les peaux endolories.

Akhenaton contempla le désert, vaste cirque d'or blanc immaculé, de roches et d'obscures ravines qui se noyaient, à l'horizon, dans la guirlande bleutée du Nil. Le tranchant des falaises brunes découpait l'azur sillonné de vibrations torrides. Le silence, un silence antique et indéchiffrable, semblait engloutir dans ses pans gigantesques la rumeur des humains. Les courtisans riaient et devisaient à voix basse, intimidés par la solennité des lieux ou se délectant par avance des cérémonies et du festin, surtout, qui s'ensuivrait sous les tentes somptueuses que Pharaon avait fait dresser pour eux sur la rive. Ay ordonna enfin le départ du cortège. Akhenaton sourit à Nefertiti, qui planta sur ses lèvres peintes un baiser.

– Un nouveau départ, dit-elle, prunelles étincelantes. Ainsi en a-t-il été ordonné.

– Oui. (Ses chevaux s'acharnèrent un instant sur le sable qui freinait les roues du char. Puis il y eut une secousse, et l'attelage démarra.) De ce lieu béni, sanctifié par ma présence, se répandra sur le monde le culte de l'Aton.

Derrière eux, la cavalcade s'ébroua et se mit en marche. Meketaton hurla de délice en enlaçant de ses bras poupins le mollet de son père. Meritaton fixa sur le dos royal un regard empreint de gravité.

Tout au long du jour, nobles et princes d'Égypte, ventre creux et consumés d'une soif cruelle, suivirent ainsi la lente progression du char de leur Dieu au pied des falaises. Des autels de voyage émaillaient le circuit. Devant chacun d'eux, à l'arrivée de la famille royale, un prêtre alluma l'encens puis se tint longuement prosterné dans les braises du sable pendant que Pharaon, lentement descendu de son char, recevait des mains du Prophète l'offrande à l'Aton qui embrasait d'une même fureur le ciel et son corps. Lorsque la huitième et dernière offrande se fut consumée dans les flammes, l'astre aveuglant s'était drapé d'une belle lueur sanguine et sombrait au-delà du fleuve. Des brasiers commencèrent à clignoter entre le campement et la flottille d'embarcations amarrées à la berge. Sous les vivats des courtisans échevelés, Akhenaton fouetta ses chevaux pour gagner au galop le sable plus ferme de la rive. Déjà les musiciens tissaient dans le pâle crépuscule des harmonies allègres, et sur les tapis jonchés de coussins, les domestiques apprêtaient les jarres de vin qu'ils avaient rafraîchies dans le fleuve. Akhenaton quitta son attelage et tendit les rênes au Maître des Chevaux. Il regarda l'autel où finissait de brûler, dans le lointain, l'étincelle de la dernière offrande.

– A l'emplacement de chacun de ces autels, je ferai dresser une stèle, dit-il à Nefertiti. J'ai vu dans les falaises des grottes solitaires où nous pourrons creuser les tombes de notre famille. Les as-tu remarquées? Je veux aussi que l'on ramène d'On les corps des taureaux sacrés afin de les inhumer dans ce site.

– Chaque chose en son temps, mon époux, le taquina Nefertiti, toute moulée de lin humide et de grains de sable qui scintillaient sur sa peau. Je vais prendre un bain avant de manger, et boire avant de prendre un bain. Nourrice!

Elle congédia prestement ses fillettes et disparut dans sa tente. Avant de rejoindre ses esclaves qui l'attendaient, Akhenaton respira un long moment l'air sec de la nuit.

Lorsque furent achevées les cérémonies officielles, Ay fut un peu libéré de ses tâches. Il veilla à ce que les chevaux fussent convenablement désaltérés et protégés du soleil, puis donna quelques instructions aux artisans qui réparaient les chars. Il voulut ordonner à ses conducteurs des exercices de manœuvres, mais la canicule l'en dissuada. Un après-midi, il accompagna Pharaon dans la rude ascension qu'il entreprit au sommet des falaises. Et tandis que pantelaient les porteurs de litières et que les gardes s'efforçaient de maintenir sur la pente leur impeccable formation, Akhenaton lui exposa les rêves qu'il formait pour la morne perspective qui s'étalait à leurs pieds. Ivre de chaleur et de soif, Ay ne prêta guère attention aux mots qui s'écoulaient dans son oreille, mais au cours des trois jours qui suivirent, tandis qu'il bavardait et jouait avec ses amis, ou se détendait sous son parasol au bord de l'eau, il se souvint des mots fiévreux de Pharaon et réfléchit à son avenir. Akhenaton lui avait clairement exprimé son désir de le voir s'installer dans sa nouvelle capitale. Le choix qui s'imposait à lui désormais était cruel, irréversible. Mais il avait annoncé à Tii qu'il ne croupirait pas avec elle dans la mare stagnante que deviendrait inévitablement Malkatta, qu'il suivrait Pharaon. Il était riche, après tout, et puissant. Il jouissait de la faveur de son souverain. Avait-elle le droit de le blâmer de vouloir tenter sa chance, au risque de se fourvoyer? Et si la brèche se creusait encore entre la mère et le fils, sa place à lui n'était-elle pas auprès de sa fille Nefertiti et de ses enfants? Il se rassura en songeant que Tii agirait de même à sa place. Pardonne-moi, l'implora-t-il tout bas, mais le pouvoir vient de changer de mains, et à moins de te compromettre, jamais plus tu ne pourras gouverner comme avant.

Au soir du quatrième jour, comme il déambulait sur la rive en compagnie de deux conducteurs de char, il entrevit une petite cange impériale qui cinglait vers eux, venant du Nord. La sentinelle de garde lança une sommation, à quoi répondit aussitôt le maître d'équipage. La passerelle glissa, et un grand homme casqué de bleu sauta sur la berge, suivi d'une femme et d'un flot de domestiques. Ay accourut à leur rencontre.

– Horemheb! Que fais-tu ici? Et Moutnodjme!

– Je pourrais te poser la même question, répondit le capitaine, surpris. L'Impératrice me convoque d'urgence à Malkatta, et je m'apprête à la rejoindre. Pour mon malheur, je suis chaque fois contraint de faire halte dans ce maudit désert! Que signifie tout ceci?

Il balaya du bras le joyeux fouillis de tentes et de chevaux, où flottaient des bouffées de musique et le parfum des oies rôties annonçant le repas du soir.

– Je te déconseille de traiter cette rive de désert maudit en présence de Pharaon! sourit Ay.

Puis il lui conta brièvement les événements qui étaient survenus depuis qu'il avait reçu la dernière dépêche royale.

– Je suppose que tu n'as pas croisé de messager sur le fleuve, conclut-il. Sinon, tu saurais déjà. Moutnodjme, ma chère fille, comment vas-tu?

La jeune femme appliqua sur sa joue un baiser studieux.

– Je survis, bâilla-t-elle. Mais ne dirait-on pas une fête gigantesque? Dans ce cas, je ferai un peu plus que survivre avant d'arriver à Thèbes. Depet est-elle ici? Donne-moi de l'or, Horemheb. Car elle voudra sans doute jouer aux dés.

Son époux lui tendit en riant une bourse.

– Qu'as-tu fait de tes nains? reprit Ay.

Elle haussa les épaules.

– L'un d'eux est tombé dans le fleuve, il y a quelques mois, au cours d'une fête nautique. Il y avait tant de bruit et de rires que je n'ai rien entendu. Il s'est noyé. L'autre s'est enfui. J'en ai commandé deux nouveaux en Nubie, mais ils se font rares. Plantez les tentes ici, et préparez le repas! ordonna-t-elle aux domestiques. Je reviens dans trois heures.

Puis elle s'éloigna, nonchalante.

– Serai-je bientôt grand-père? lui cria Ay.

Elle tourna la tête, rétorqua bien fort:

– Sûrement pas!

Horemheb grimaça un sourire.

– Je crois qu'elle est heureuse, commandant, et je l'aime à ma façon. Penses-tu que Pharaon acceptera de me recevoir?

– J'en suis certain. (Ils se mirent à flâner le long du fleuve.) On me dit que tu as des ennuis avec les troupes de frontière?

Le capitaine hocha la tête.

– Faute d'instructions précises de Pharaon sur les questions militaires, j'ai bien du mal à maintenir la discipline. Mes capitaines ont surpris des soldats qui saccageaient des embarcations, dispersaient le bétail et terrorisaient les habitants des villages. Les hommes étaient désœuvrés, mais ce n'est pas une excuse. J'ai fait arracher le nez des meneurs et exiler les autres à la forteresse de Tjel. L'amant d'Osiris Amenophis était l'un d'entre eux.

– Je suis surpris qu'il ait survécu jusque-là!

Horemheb se mit à rire.

– Il nous a tous surpris. C'est un petit paysan hargneux et obstiné, et plus robuste qu'il n'y paraissait! Mais Tjel fera de lui un vrai soldat. C'est le fort le plus sinistre de tout l'Empire!

– Pharaon sait-il que tu as dû mettre tes hommes au pas?

– J'ai envoyé un papyrus au scribe du Recrutement, et s'il lit les dépêches, il doit le savoir. (Il coula vers Ay un regard malicieux.) Mais sans doute aurait-il préféré que je flagelle les coupables avec une fleur de lotus et que je les exile au fond de la classe!

Ay ne rit pas. Lentement ils se frayèrent un chemin parmi les dîneurs et rejoignirent, sur le tapis où ils se prélassaient, Akhenaton et la Reine.

Fou de joie de revoir son ami, le Roi glissa les bras autour de son cou et pétrit ses lèvres d'un fougueux baiser.

– Quand j'aurai transporté mon auguste personne en ce lieu béni, je veux que tu viennes t'y installer avec moi, exulta-t-il. Le poste que tu occupes à la frontière est insignifiant. Je t'offrirai un titre plus glorieux, afin de t'avoir tous les jours près de moi.

– Tu es trop bon, Majesté. (Horemheb s'inclina plusieurs fois pour masquer l'embarras où l'avait mis l'accueil trop chaleureux du Roi, dont il conservait sur les lèvres l'empreinte rougeâtre.) Mais je suis un soldat, et l'oisiveté ne me convient guère.

– Tu as toujours exprimé sans crainte les mots de la vérité! Cependant, le besoin que j'ai de toi est plus urgent que ta propre conception du bonheur. Le Delta n'est pas loin, si tu désires conserver ton poste, et je suis certain que Moutnodjme serait ravie de vivre de nouveau à la Cour.

– Le temps n'est pas encore venu de prendre de telles décisions, mon époux bien-aimé, intervint Nefertiti. (Elle enlaça la taille d'Akhenaton.) Ta mère peut vouloir disposer du capitaine d'une manière ou d'une autre.

Elle sourit à Horemheb, mais son regard était sans bienveillance, et il ne s'y trompa point.

– Tu as raison, approuva le Roi. Je suis trop impatient de récompenser ceux qui m'aiment.

– Le désaccord est donc si grave entre le Dieu et sa mère? demanda Horemheb au Maître des Chevaux un peu plus tard, tandis que grinçaient et gémissaient dans la nuit les flûtes et les voix des chanteurs. J'ai du mal à imaginer que nous devrons un jour choisir entre les deux. C'est absurde!

Ay observa la turbulente assemblée qui s'enivrait autour d'eux. Les esclaves glissaient parmi les flambeaux plantés dans le sable afin de débarrasser les reliefs du festin. Les danseuses tanguaient, et leurs corps nus se pliaient dans un chatoiement paresseux d'huile précieuse et de lumières. Des plongeons et des cris explosaient du côté du fleuve que noyait la nuit. Plantée au milieu du tapage, une esclave tremblante tenait devant son visage un plateau chargé de colliers et d'anneaux, que le fouet de Moutnodjme s'en venait arracher un à un, en un sifflement effroyable, pour les lancer sur les genoux des convives après un vol gracieux dans l'air du soir. La jeune femme avait enroulé contre son oreille sa tresse d'enfant nouée de feuilles de papyrus, et poudré sa peau de poussière d'or. Des clameurs saluaient les éclairs paisibles de son poignet où cliquetaient des joyaux.

– Son adresse est diabolique, dit Ay. (Il soupira, se tourna vers Horemheb.) J'espère qu'il ne s'agit pour l'instant que d'un simple malentendu. Les liens qui unissent ma sœur à Pharaon ont toujours été très forts. Mais si, les Dieux nous en gardent, la rupture se confirmait, ce ne serait même plus une question de choix, Horemheb. Pharaon est l'Égypte.

– Je sais. Ce serait une question de survie. (Ils se dévisagèrent, et surent qu'ils se comprenaient.) Mon père était assez riche pour m'envoyer à l'École des Scribes de Karnak, mais il n'a pu faire davantage pour moi lorsque j'ai achevé mes études. Si l'Impératrice ne m'avait pas remarqué, je serais encore assis sur les quais de Thèbes, à comptabiliser les cargaisons de grains. (Il sourit faiblement, comme absorbé dans les rumeurs de la fête.) Mais que puis-je faire à présent, Ay? Si je veux maintenir la puissance de l'armée et poursuivre ma carrière, je dois rester auprès de Pharaon. Je n'ai pas d'autre alternative. En outre, je sais qu'il récompensera ceux qui lui sont fidèles, et il faut bien vivre, n'est-il pas vrai?

Horemheb tripota d'un air distrait la cicatrice de son menton.

– C'est ainsi, murmura-t-il. Je regrette seulement que Pharaon n'ait pas choisi un autre site pour sa nouvelle capitale. Je n'aime pas cet endroit. Je comprends qu'il soit resté vierge si longtemps. On dirait qu'il tient à préserver farouchement sa solitude!

– Ce sont là paroles de magicien, non de soldat, bougonna le Maître des Chevaux, et le jeune homme éclata de rire.

– Nous partirons demain à l'aube pour Malkatta, et je redeviendrai soldat, je te le promets. Moutnodjme désire déposer des offrandes à son autel d'Akhmim. Nous transmettrons tes salutations à ton épouse.

– Comme j'aimerais être allongé près d'elle ce soir, entendre les chouettes chasser dans le jardin...

Mais Horemheb s'était levé pour attraper le collier bleu que lui lançait son épouse, et le murmure d'Ay se perdit dans les clameurs.

Le lendemain, il s'éveilla bien avant le soleil, regarda la cange s'éloigner en silence et se sentit soudain très seul. Dans le camp où tous dormaient encore, il pria Amon devant son autel de voyage. Plus tard, Pharaon présida à la dernière cérémonie. Il prit place avec Nefertiti sur les trônes royaux, chacun berçant une fillette sur ses genoux, et le Prophète consuma des offrandes, les courtisans baisèrent leurs pieds, couchés sur le sable. Et tandis que tous psalmodiaient : « Vie éternelle! Longue vie à Toi, O l'Unique, élu de Râ, Seigneur des Couronnes! » Akhenaton renouvela ses vœux sacrés.

– Voyez, s'écria-t-il. Du désir de l'Aton naîtra cette cité, en hommage à son nom pour les siècles des siècles. Car l'Aton mon père m'a conduit sur ce site. Ici je bâtirai le Temple de mon père. Je bâtirai un auvent de pierre pour la Grande Épouse Royale, Neferneferou-Aton Nefertiti, en l'honneur de l'Aton mon père. Je bâtirai un palais pour Pharaon, un autre pour la Reine. Dans les montagnes du levant sera creusé mon tombeau. Si je meurs en un autre endroit de la terre, que l'on m'inhume ici. Si la Grande Épouse et la princesse Meritaton meurent en un autre endroit de la terre, qu'on les inhume ici. Car tant que vit mon Dieu, je ne quitterai pas cette rive bénie...

L'incantation se poursuivit, ardente et joyeuse. Meketaton s'était endormie contre son père. Meritaton écoutait avec attention.

– Mère, souffla-t-elle à l'oreille de Nefertiti. Il ne dit rien de Smenkhara. Sera-t-il enterré ici, lui aussi?

Mais Nefertiti la fit taire, car le prêtre avait entonné un hymne de louanges à l'Aton et au Roi d'Égypte.

Ay vit sa fille promener longuement son beau regard sur les échines prosternées dans le sable à ses pieds. Il se demanda avec inquiétude à quoi elle pouvait bien songer.

Ce fut une Cour ivre de fatigue et repue qui s'en revint à Malkatta quelques jours plus tard et s'éparpilla aussitôt vers les bains parfumés, les draps frais, les couches moelleuses. Tii était venue accueillir le cortège sur le quai, toute d'or drapée et le cœur à l'agonie. Sa belle humeur paisible avait volé en éclats lors de l'entretien qu'elle venait d'accorder le matin même à Horemheb. Après l'avoir écoutée dans un silence respectueux, le capitaine avait résisté à tous ses arguments. Il refusait de fléchir la décision du Roi.

– Mille pardons, Majesté, mais c'est impossible, avait-il carrément répondu.

– Cela signifie-t-il que tu refuses d'essayer, ou que nul ne peut plus dissuader Pharaon ?

– Pharaon est résolu, ma Reine. Et je pense en outre que s'il vit plus près du Delta, il pourra mieux apprécier les problèmes de son armée.

– Oh! c'est donc dans l'intérêt des soldats d'Égypte que tu tiens à conserver sa faveur ? Je ne suis pas encore sénile, Horemheb!

Il avait eu un sourire de tendre commisération.

– Je te vénère, Déesse, mais ton souci est semblable à celui d'une mère qui s'interroge sur le sexe de l'enfant à naître.

Voyant qu'elle ne pourrait le faire changer d'avis, elle l'avait congédié. La mort dans l'âme, elle regarda débarquer Pharaon et sa famille. Smenkhara et Baketaton se tenaient auprès d'elle, somptueusement peints et parés pour l'occasion. Akhenaton les prit dans ses bras.

– Comme tu es beau, petit frère! s'exclama-t-il, tout à sa joie de les retrouver. Et toi, ma douce petite fleur. Viens donner un baiser à ton père. Ma fille m'a bien manqué. Voyez comme elle est toute rose et dorée!

Meritaton avait déjà rejoint Smenkhara et glissait sa main dans la sienne. Ils s'éloignèrent vers les fontaines. Amenophis se tourna vers Tii, qui lui refusa la profonde révérence qu'il attendait. Elle inclina sobrement la tête.

– Tu m'as bien manqué aussi, lui dit-il, et ces mots la surprirent. J'aurais tant aimé que tu voies avec nous l'encens grimper le long des falaises. Il l'embrassa délicatement, avec une dignité et une assurance qu'elle ne lui avait jamais connues. Et Tii, décontenancée, sentit fondre sa méfiance. Peut-être n'ai-je rien à craindre, pensa-t-elle en observant, par-delà l'épaule de son fils, Nefertiti qui attendait plus loin, seule, dans un flot de corps prosternés.

Heureuse, elle s'en fut le retrouver un peu plus tard dans ses appartements, afin de lui montrer un message que son scribe venait de traduire pour elle. Akhenaton était encore allongé sur sa couche, bien que l'heure de la sieste fût passée. Il avait le teint brouillé, les yeux injectés de sang. Un domestique posait un linge humide sur son front.

– Es-tu souffrant, Horus?

Il hocha la tête, fit la grimace.

– Une migraine horrible, murmura-t-il. Le moindre mouvement m'est insupportable. Quand je cligne des yeux, j'ai l'impression que des glaives me percent le crâne. (Elle hésita. Il lui fit signe d'avancer.) Qu'est-ce donc que ce papyrus?

– Le scribe de la Correspondance Étrangère l'a reçu hier, et je me fais du souci, Akhenaton. Azirou est maintenant Prince d'Amourrou.

– Qu'y a-t-il d'inquiétant à cela? Toutes les tribus de la Syrie du Nord sont nos vassales. Peu importe qui gouverne ce pays, tant qu'il fait ce que nous lui disons, non?

– Azirou est en relation étroite avec Souppilouliouma. Il a même été reçu dans la capitale des Hittites, à plusieurs occasions. Je redoute une alliance secrète entre les deux pays, qui compromettrait notre emprise sur la Syrie.

– Mais que suis-je donc censé faire?

Recroquevillé sous une douleur soudaine, il plaça les paumes contre ses tempes, ferma les yeux.

– Exige d'Azirou, immédiatement, un gage de sa loyauté.

– Que dit-il dans son message?

Elle eut un sourire méprisant.

– Qu'il te vénère et t'adore, que je suis l'âme de ta Maison et qu'il est tout dévoué à l'Égypte.

– Quels mots superbes! Seul un fils du Maât peut écrire ainsi.

– Un menteur et un vaurien! s'écria la Reine.

Il se mit avec précaution sur son séant. Un gémissement sortit de sa bouche.

– S'il ne dit pas la vérité, l'Aton le châtiera, émit-il péniblement. Confie ce papyrus à Toutou, et qu'il prépare une réponse aimable.

– Enfin, Akhenaton!

– Aide-moi, Mère. Je me sens mal.

Un esclave se précipita, tenant un bol d'argent. Un autre saisit la tête du jeune homme. Il roula sur le flanc et vomit. La fureur de Tii s'évanouit aussitôt. Empoignant le linge humide qui avait glissé sur le drap, elle baigna le visage de son fils, puis l'aida à s'allonger dans les coussins. Il tira sur lui la couverture. Ses mains tremblaient.

– Je n'aurais pas dû te déranger, dit-elle, baisant doucement son front. Je reviendrai plus tard prendre de tes nouvelles.

Et avant même qu'elle eût franchi la porte, il était endormi.

Dans le couloir elle trouva Parennefer, qui s'était levé de son siège.

– Va chercher le médecin du Roi. Les magiciens aussi, peut-être.

– Pharaon est furieux contre son médecin, Déesse, bégaya le chambellan. Ses malaises ont commencé au cours de son voyage, et l'homme a prétendu qu'il était resté trop longtemps au soleil sans protection. Pharaon a répondu que son père ne pouvait lui vouloir du mal, et l'a brutalement renvoyé.

Contrariée, elle ne sut que répondre.

– Si Pharaon désire souffrir, dit-elle enfin, je suppose que nous devons le laisser faire.

Elle s'en fut porter le papyrus à Toutou, en le priant d'y répondre avec fermeté, mais sachant que le scribe agirait en fin de compte selon le vœu de son Roi. Elle avait donné son avis sur la situation, et ne pouvait guère faire plus : en matière de politique étrangère, et quels que fussent les avis de ses conseillers, la décision finale appartenait à son fils.

Elle revint le voir le soir même dans ses appartements, afin de l'inciter à prendre quelque nourriture, et fut surprise de le trouver baigné et habillé, assis entre les colonnes de son salon en compagnie de Nefertiti. Il contemplait le crépuscule qui descendait dans le jardin. Son luth gisait à ses pieds. Un scribe, accroupi derrière lui, griffonnait prestement les paroles d'une chanson qu'il composait.

Les mots s'écoulaient haut et clair, au rythme de la mesure qu'il battait de ses longs doigts sur les accoudoirs de son siège. Soudain, il se balançait d'avant en arrière, saisissait le luth, égrenait quelques notes et fredonnait à voix basse avant de déclamer à nouveau les mots qui lui étaient venus.

– Je vais mieux, Mère, je ne peux te parler maintenant, je vais perdre mon inspiration, n'approche pas! s'écria-t-il dans un seul souffle, avec une grimace angoissée.

Et d'un envol de la main il la congédia. Nefertiti feignit d'ignorer sa présence. Dans un coin plus obscur de la salle, domestiques et courtisans de la suite royale se blottissaient tête basse, sans oser faire un geste ni un bruit. Seul le scribe semblait indifférent à la tension ambiante. Il respirait lourdement et se mordait la langue tandis que bruissait sa main sur le papyrus, doublant l'effusion monocorde du poème qui s'ébauchait, chaotique. Glacée soudain et lassée de tout, la Reine s'en fut.

14.

Toute la Cour se vit bientôt enrôlée de gré ou de force dans la gigantesque entreprise qui devait transformer en un joyau digne de l'Aton le site inhospitalier choisi par le Roi. Bek, Kenofer, Auta et les autres architectes et artisans du palais besognaient nuit et jour sur les plans de plus en plus complexes de cette cité qui jaillirait comme par magie du néant, pure création issue du chaos des origines. Les bourgeois de Thèbes lorgnaient d'un œil cynique le fleuve, qu'engorgeait au fil des semaines un trafic imposant – barques massives charriant les rochers des carrières d'Assouan, radeaux surchargés de la paille blonde qui serait pétrie dans la boue du Nil, cargaisons de poutres de cèdre précieux. Des milliers d'ouvriers s'installèrent avec leurs contremaîtres dans les baraquements dressés à la hâte au nord de la vallée. Sur l'ordre de Pharaon, tout un village de paysans réputés pour leur talent de maçons fut déporté sur les lieux. Et les Thébains, dont les rangs s'amenuisaient au fur et à mesure que la réquisition les arrachait à leur ville, saluaient de cris moqueurs le passage des bateaux. Mais bientôt, lassés du spectacle, ils retournaient à leurs activités quotidiennes ou restaient paisiblement assis sur les berges, pourvus de bière et de pain, attendant que quelque barque dorée et chamarrée, emplie de dignitaires, vînt rompre la monotonie du flot.

Akhenaton ordonna l'arrêt des chantiers de Karnak. Les artisans qui travaillaient depuis des années à l'édification de son Temple et de celui de Nefertiti furent dépêchés sur le site de la nouvelle cité afin d'y recommencer leur besogne. Les prêtres d'Amon redoutèrent qu'on ne leur enlevât aussi leurs ouvriers, mais le Roi, comme à son habitude, se contenta de les ignorer, et Karnak adopta une politique de prudente discrétion.

Malkatta se mit à bourdonner telle une ruche géante et, grâce à l'effort des ministres qui se liquéfiaient dans leurs bureaux et des dignitaires attelés sans trêve à leurs tâches, entreprit de secouer sa précieuse indolence pour éprouver la rigueur d'une véritable organisation. Pharaon comptait les jours et s'impatientait. Il courait de bureaux en bureaux, exigeant des rapports, développant sans fin les nuances de sa Vision, rêvant tout haut de la plus belle cité jamais construite. Ardent et pétri de bonne volonté, il gênait souvent le travail des fonctionnaires qu'il cherchait, dans sa hâte, à encourager, car dès qu'il paraissait en un lieu, chacun devait interrompre son activité pour se prosterner longuement, longuement lécher la poussière. Il était heureux, en dépit des atroces migraines qui le terrassaient par périodes et qu'il en était venu à redouter. Car la douleur le tordait alors en de longs vomissements disgracieux, incompatibles avec la dignité de son rang. Ces crises s'achevaient invariablement sur des accès de ferveur mystique, de création fébrile et désordonnée. Toujours soucieux de plaire dans un registre qui leur était familier, les courtisans se firent accompagner partout désormais d'un esclave portant un broc d'argent dans lequel ils crachaient poliment ou régurgitaient, s'ils s'étaient enivrés tant soit peu, le surplus du vin qu'ils venaient de boire. Ils espéraient attirer ainsi l'attention du Dieu qui avait octroyé à son Incarnation ce comportement singulier.

Avec l'avènement de priorités nouvelles, le pouvoir se réorganisa, et plus d'un ministre d'Amenophis III fut mis à l'écart des affaires de l'État. Pharaon ne les congédia pas ouvertement, mais fit transmettre ses ordres, peu à peu, à leurs subordonnés. Ils se retiraient alors en maugréant, tandis que les favoris d'Akhenaton s'installaient à leur place.

Ay craignit pour sa position. Ranefer, son second, était un officier compétent, qui connaissait bien les chevaux et savait se faire respecter de ses conducteurs de chars. Akhenaton l'avait nommé à ce poste à son retour de Memphis, et si Ay appréciait la valeur du jeune homme, il n'en était pas moins conscient du risque qu'il encourait. Il le surveillait anxieusement, guettant sur son visage un signe de sa destitution future, mais il ne semblait pas que Ranefer dût devenir

Maître des Chevaux du Roi, du moins dans un futur proche. Pourtant, Ay ne se faisait pas d'illusions. Pharaon contrôlait à présent l'ensemble du Royaume. Il gouvernait véritablement, non, comme son père, au travers des institutions séculaires de l'Empire, mais avec la toute-puissance des souverains mystiques de l'ancien temps. Nefertiti rayonnait aussi au faîte de sa gloire. Dans l'année qui avait suivi la délimitation officielle de la cité, elle avait accouché, à son grand désarroi, d'une autre fille que son époux, nullement chagriné, avait dénommée Ankhesenpaaton, Celle qui Vit par l'Aton. Richesse et beauté conféraient à la jeune Reine une aura quasi magique, dont son pouvoir se trouvait affermi. Tii inspirait, inspirerait toujours, le profond respect dû à une Impératrice et à une Déesse, mais elle n'était plus qu'une divinité des temps révolus, une souveraine sans pouvoir réel. Et Ay, qui ne désirait pas l'humilier davantage, choisit pourtant de gagner la confiance d'Akhenaton. La tâche n'était pas difficile. Depuis toujours Pharaon l'appréciait, il le savait, et cherchait dans sa présence, dans ses conseils, une chaleur qu'il ne trouvait pas auprès de sa mère, dont les commentaires par trop acides blessaient son amour-propre déjà vacillant.

La seule activité physique à laquelle Akhenaton prît plaisir était le maniement de son char, qu'il conduisait, du reste, à la perfection. Le Maître des Chevaux l'accompagnait souvent dans ses promenades, debout derrière lui, ému par le dos frêle et voûté de son neveu, ses fins poignets qui se ployaient sur les rênes, ses hurlements joyeux encourageant les chevaux. Il y avait quelque chose de touchant et de pitoyable dans la façon dont il s'abandonnait soudain, oubliait pour un temps sa timidité. Et le vieil officier se prit à désirer ces folles balades, le grincement des harnais, le fouet du vent à ses oreilles.

– Bien que tu fasses élever un nouveau sanctuaire en l'honneur de Min dans ta résidence d'Akhmim, je pense que tu es mon ami, mon Oncle, lui déclara un jour Akhenaton comme ils descendaient du char, enfarinés de poussière, et se dirigeaient d'un pas gourd vers les palanquins. Et c'est plus fort que les liens du sang, n'est-il pas vrai ?

Ay sourit à cette question naïve, inquiète, qui était presque un défi.

– Je suis ton ami, Majesté.

– Aimes-tu ma compagnie ? Nefertiti prétend que tu ne restes auprès de moi qu'afin de pouvoir faire des rapports à ma mère.

Il saisit le bras d'Ay, le força à s'arrêter. Ay plongea son regard dans les yeux noirs, anxieux, que cerclait une frange de sable.

– Tu dois savoir, Akhenaton, que l'Impératrice est ma plus vieille amie en même temps que ma sœur bien-aimée, avança-t-il prudemment. Avec elle je partage des souvenirs qui n'appartiennent qu'à nous deux. Mais la Reine Nefertiti me semble bien peu soucieuse de te préserver de ce qui pourrait te faire du mal!

A sa stupeur, les yeux du jeune homme s'emplirent soudain de larmes.

– Quelquefois, lorsqu'une personne me dit une chose et une autre le contraire, et si l'Aton ne m'indique pas qui dit la vérité, vois-tu, je souffre atrocement. (Ses lèvres tremblaient.) Parfois je pense que personne ne m'aime vraiment.

Ay sentit le corps du Roi se crisper contre lui et sut que s'il ouvrait les bras, Akhenaton s'y réfugierait aussitôt. Il croisa les mains derrière son dos. Les courtisans les observaient en silence.

– Mon Dieu, mon Seigneur, dit-il calmement, tu jouis de l'adoration de tout un Empire, de l'amour de Râ et de l'affection des indignes mortels que nous sommes, ta mère et moi.

Akhenaton effleura les pleurs qui ruisselaient sur ses joues.

– Moi aussi je t'aime, et j'aime l'Impératrice, mais sa langue est de plus en plus acérée. Mon Oncle, accepterais-tu de devenir mon Porteur d'Éventail de la Main Droite?

Ay ouvrit de grands yeux, assimilant très vite les mots qu'il venait d'entendre. La fonction la plus prestigieuse du Royaume. Offerte, non imposée. Un rire de soulagement coula malgré lui de ses lèvres, et il déglutit. Se jetant à genoux dans la poussière dense du terrain de manœuvre, il baisa les pieds de Pharaon.

– Je ne mérite pas cet honneur, articula-t-il, sachant qu'il disait vrai. Mais je te servirai loyalement, ô Esprit de l'Aton.

– Parfait. Je nommerai donc Ranefer Maître des Chevaux du Roi. Me suivras-tu dans ma ville sainte?

– En as-tu douté?

– Oui. Nefertiti disait que tu resterais ici avec Tii afin de conspirer contre moi.

– Je m'efforcerai de te prouver par mes actes que la Reine a tort.

Akhenaton le poussa doucement du pied. Ay se leva.

– Je crois que je ne l'ai jamais vraiment cru, mon Oncle. (Il renifla, se redressa.) Porte mon éventail et montre à tous ceux qui murmurent qu'ils ont eu tort de douter de toi.

Ay observa les lourdes cuisses qui se dirigeaient devant lui vers les palanquins. Et s'ils avaient raison ? se dit-il, incertain de ses propres pensées. Mais tu as besoin de moi, Akhenaton.

Il était encore troublé lorsqu'il demanda audience auprès de Tii le lendemain. Couché sur les dalles, il vit passer près de lui les pieds nus du scribe du Recrutement que l'Impératrice venait de congédier. Puis les sandales de Tii furent contre son visage. Il se dressa sur les coudes, baisa ses pieds et se leva. Tii semblait contrariée.

– Le scribe du Recrutement me dit qu'il y a maintenant quatre mille soldats sur le chantier ? Mon fils a-t-il perdu la tête ? Un millier suffirait amplement à maintenir l'ordre parmi les ouvriers. Sebek-Hotep doit avoir des cauchemars, la nuit, de voir notre or s'écouler ainsi du Trésor Royal ! Et toi, Porteur d'Éventail de la Main Droite, il va bien falloir te payer dignement, n'est-ce pas ?

Il regarda les mains ridées, surchargées de bagues, rouler vivement le papyrus, le jeter parmi les autres sur la table. Tii portait une robe bleu pâle et diaphane, nouée dessous ses seins flétris, dont les mamelons peints en bleu scintillaient de poudre d'or. La cape qu'elle avait jetée sur un tabouret derrière elle était entièrement festonnée de petits grelots d'or. Un diadème d'adolescente cerclait sa chevelure auburn, naïve guirlande de myosotis d'émail où se balançaient de longues feuilles vertes qui léchaient la peau flasque de ses joues. L'azur de ses yeux se noyait dans un nid de fines rides, de cernes creusés par l'âge et la fatigue. Pour la première fois, Ay songea qu'elle s'était vêtue sans goût. La juvénile fraîcheur de sa tenue, loin de la dissimuler, accentuait l'empreinte des ans. La voix aussi avait acquis un ton geignard, semblable à celui d'une vieille nourrice acariâtre. Choqué soudain, il crut revoir leur mère Touyou dans cette femme qui fulminait devant lui, et chez qui il n'avait toujours reconnu jusqu'alors que la vigueur et l'arrogance de leur père.

– Tant que les tributs de nos vassaux afflueront dans le Trésor, il reste intarissable, objecta-t-il avec douceur. Pharaon semble penser que les lances et les glaives des humains éloignent les démons de sa cité. C'est sans importance, Majesté.

– Sans importance, vraiment ! siffla-t-elle. L'agitation grandit en Syrie du Nord. Certains peuples s'apprêtent à s'allier à un prince qui nous est hostile. Le premier imbécile venu saurait en conclure que l'Égypte a besoin de tous ses soldats. Mais Pharaon, lui, ne voit rien!

– Pharaon sait tout cela.

– Oh oui! Il lit les dépêches. Pour lui, chaque mot scintille de vérité. Azirou et Souppiloulíouma, ces brigands, il les appelle ses frères!

– Pourquoi prendre au tragique ces nouvelles? Les deux princes passent autant de temps à se quereller qu'à se faire des grâces. S'ils s'étripent un jour entre eux, c'est tant mieux pour nous. S'ils s'allient contre l'Égypte, nous les vaincrons. Une bonne petite guerre donnerait peut-être à Akhenaton le sens des réalités.

Elle eut un sourire glacé.

– Tu es si calme, Ay. Si sensé. Quand je t'écoute, j'ai l'impression que ma cervelle fonctionne de travers. Mais crois-moi, ces chacals reniflent la faiblesse de mon fils, et leur appétit n'en est que plus vorace.

– Qu'ils viennent. Nous saurons leur faire ravaler leurs ambitions. Tu savais rire autrefois, Majesté, tu oubliais les affaires de l'État dès que tu quittais les bureaux de tes ministres. Quel souci te chagrine donc?

Les douces épaules se voûtèrent.

– Je ne sais pas. Toi, peut-être. Porteur d'Éventail – quel honneur, vraiment. Je suis lasse de te soupçonner, Ay, lasse de penser que le moindre de tes gestes ne vise qu'à ma déchéance, à ma mort lente. Je pourrais joindre ma voix à celle de Nefertiti, et murmurer à l'oreille de Pharaon que tu ne recherches sa faveur que par ambition personnelle, mais je ne veux pas le blesser, même si c'est la vérité.

– Qu'y aurait-il de condamnable à cela? N'agirais-tu pas de même si tu étais à ma place? (Il y eut un silence. Tii baissait la tête, les yeux vissés aux papyrus qui jonchaient la table. Ay ajouta paisiblement :) Il te manque, la nuit, dans ton lit, n'est-ce pas?

Elle dressa fièrement le menton, mais son sourire était sinistre, désabusé.

– C'est exact. Mais c'est Osiris Amenophis que je regrette surtout.

– Trouve donc quelqu'un d'autre, Tii. Tes nuits on besoin de chaleur.

– Ce n'est pas cela... Vois-tu... (Elle chercha les mots, puis haussa les épaules.) C'est sans importance. Mais j'ai décidé finalement de rester ici lorsque mon fils emmènera la Cour avec lui.

Il hocha la tête.

– Tu devras garder Smenkhara et Baketaton auprès de toi, le sais-tu ?

Ils se regardèrent dans les yeux.

– Bien sûr, fit-elle sèchement.

Puis elle observa de nouveau les papyrus, qu'elle tripota d'un air pensif. Au bout d'un moment, Ay ajouta :

– Se peut-il que l'Impératrice d'Égypte ait choisi de s'attendrir sur ses propres chagrins ?

Il s'attendait à une réplique cinglante, mais elle leva la tête, lui sourit sans colère.

– Cela se pourrait, en effet. Le fleuve qui nous sépare a déjà grossi, Porteur d'Éventail. Je reconnais que si nos rôles étaient inversés, je n'agirais pas différemment de toi, mais je pleure déjà ton absence. Accorde-moi le luxe d'une faiblesse purement humaine.

Elle se dressa vers lui, bras tendus. Sans un mot ils s'enlacèrent. Et Ay sut alors que dans la générosité de son âme, sa sœur lui avait pardonné.

Trois mois plus tard, à l'époque des moissons, le bruit courut à Malkatta que Souppilouliouma avait lancé une campagne militaire de grande envergure, et livré une bataille contre Azirou en Syrie du Nord. Tii siégeait au Bureau de la Correspondance Étrangère, environnée de scribes. Toutou déambulait d'un air piteux au fond de la pièce, et son fils se tenait devant elle, maussade et pâle parmi les singes qui batifolaient.

– Mais nous avons signé un traité de paix avec Souppilouliouma, protestait Akhenaton, glissant un œil incertain vers Toutou qui s'agitait, mal à l'aise. Toutou me l'a montré. Comment pourrions-nous prendre les armes contre lui ?

– Majesté, je ne suggère pas que nous fassions la guerre aux Hittites, avança prudemment l'Impératrice. Mais je pense que nous devrions manifester notre présence dans les régions frontalières. Nos vice-rois commencent à s'interroger sur les raisons de notre passivité, et se demandent à quoi leur sert une alliance avec nous. Ribbadi de Gebel, en particulier, attend avec angoisse un geste de toi. Les villes frontières sont sans cesse pillées et persécutées par les tribus Apirou.

En pareil cas, le Puissant Taureau aurait déjà agi depuis longtemps!

– Eh bien, que veux-tu que je fasse? geignit Akhenaton. Je suis las de toutes ces suppliques dont me submerge Ribaddi. J'ai ordonné à Toutou de lui envoyer un message le priant de ne plus m'importuner. Quant aux vice-rois, je leur ai rappelé tous les bienfaits qu'ils ont reçus de nous par le passé. Ils savent qu'il n'ont rien à craindre, tant qu'ils sont sous notre protection.

– Cela ne suffit plus, insista Tii, doucement. Rassemble les troupes d'assaut nubiennes, les archers et les conducteurs de chars. Envoie-les dans le Nord. Écrase ces tribus qui harcèlent la frontière. Ce serait une initiative judicieuse sur le plan diplomatique, qui ne favoriserait personne tout en réaffirmant la suprématie de l'Égypte. Il serait bon également que tu rendes visite à tes vassaux. Remplace les vice-rois qui ne sont plus très sûrs, fais exécuter quelques traîtres, couvre les autres d'or, Horus. Aucune lettre n'aura autant d'impact que la vue de Pharaon en personne.

– Mais... tous ces traités? (Il était désemparé. Son front se crispait sous le diadème, sa langue humectait nerveusement le henné qui teignait ses lèvres. Un singe grimpa sur son épaule. Il le caressa, ravi de la diversion.) Tu ne parles que de tuer, Mère. Comment puis-je tuer des hommes dont les lettres sont si aimables, qui m'assurent de leur confiance, qui me nomment le plus grand Roi de l'univers? Je pensais ordonner à May de mater les tribus rebelles... D'ailleurs, ces Apirou ne m'écrivent jamais.

– C'est un début. Toutou est ici. Vas-tu lui dicter ta lettre aujourd'hui même?

– Non, pas maintenant. J'ai promis aux enfants d'aller jouer avec eux à la pouponnière.

Tii faillit le supplier, mais elle eut une meilleure idée.

– Veux-tu que j'écrive la dépêche à ta place?

– Entendu.

Son visage s'illumina. Après un bref baiser sur l'oreille du singe, il posa l'animal à terre et se leva. Tous léchèrent aussitôt la poussière.

– Mais je veux simplement donner une leçon aux Apirou. Je réfléchirai plus tard à la question des vice-rois.

Il sortit, et la salle se vida sur ses pas. Tii se tourna vers sa nièce.

– Majesté, dit-elle à voix basse, je sais que tu ne m'aimes pas, mais sans doute aimes-tu l'Égypte. Veille, je te prie, à ce qu'il ne néglige pas trop longtemps ce problème.

– Je pense qu'il a raison, répondit Nefertiti. Plus nous attendrons, plus il est probable que nos ennemis se dresseront les uns contre les autres, et que leur pouvoir en sera affaibli.

– Tu t'égares, Majesté! (Les ongles de Tii mordirent la chair de la jeune femme.) Souppiloulioumа ne croit sans doute pas encore vraiment que le pays le plus puissant du monde choisisse de rester neutre. Mais il est subtil, il agira en finesse et saura trouver des alliés lorsqu'il sentira les conditions propices.

Nefertiti sourit sèchement.

– Voilà donc le seul pouvoir qui te reste, chère Impératrice! Un talent plus ou moins contestable en matière de politique étrangère, grâce auquel tu espères sans doute regagner quelque influence sur le Roi. C'est inutile. Ton étoile est en déclin! (Elle plissa les lèvres et siffla tendrement les deux singes qui étaient pendus à sa robe.) Je dois partir. Retire tes mains de mon bras, Majesté. Tu m'as déjà fait des marques, et j'aurai besoin d'un bon massage pour les retirer.

– Tu aurais surtout besoin d'une bonne correction! Ton père a toujours été trop faible avec toi. (Tii recula d'un air dégoûté, et Nefertiti s'en fut. Toutou attendait, paupières baissées.) Et toi, vil flagorneur! cracha-t-elle à son adresse. S'il ne tenait qu'à moi, je t'aurais déjà fait remplacer. Le rôle d'un scribe de la Correspondance Étrangère est d'analyser la situation, de proposer un avis personnel, téméraire. Mais tel un perroquet, tu ne fais que répéter les propos de ma nièce!

Elle avait envie de pleurer. Toutou vacillait sous l'injure, mais il avança une lippe insolente, comme s'il était certain désormais qu'il n'avait rien à redouter de sa fureur. Tii se retint d'envoyer à terre tous les papyrus qui étaient à portée de sa main et d'abandonner à jamais ce bureau, ce ministre sournois, cette responsabilité qui n'était plus qu'un désespérant fardeau. Près de sa couche, à Djaroukha, il y aurait des raisins mûrs, poudrés encore de la poussière de ses vignes, et de la bière brassée avec l'orge de l'année, noire et fraîche.

– Je veux une copie de ce message pour mes propres scribes, dit-elle, et une traduction en acadien que tu enverras à Jérusalem et Gebel. Ces villes seront soulagées de savoir que l'Égypte accepte au moins de chasser les tribus qui les harcèlent. « A May, commandant des troupes de frontière de Sa Majesté, salutations. Il a été signalé à ma royale attention que... »

Toutou écrivait rapidement, dans un murmure de plume qu'il faisait aussi discret que possible. Dès qu'elle eut terminé, Tii tourna les talons et s'en fut, sans un regard pour lui.

Houya l'attendait dans le corridor.

– Fais préparer ma litière et mon dais, dit-elle. Je désire me rendre au terrain de manœuvres et voir évoluer la Division de la Splendeur d'Aton.

Il la dévisagea sans un mot. Plus tard, on déposa l'Impératrice dans le sable aveuglant où les capitaines hurlaient leurs ordres, où évoluaient en file les soldats, dans l'éclair des glaives et les nuées blanches de poussière qui soulevaient leurs pieds nus. Mais le spectacle ne réjouit pas le cœur de Tii. L'armée d'Égypte était semblable à un char de parade sans essieu, splendide mais inutile. Elle se prit à désirer passionnément ce jour où Pharaon et ses favoris s'éloigneraient sur le fleuve pour ne plus revenir, où Malkatta, avec ses jardins calmes et ses corridors vibrants d'échos, n'appartiendrait plus qu'à elle seule, et à ses souvenirs.

15.

Au cours de l'année qui suivit, Tii persuada Pharaon d'envoyer dans le Nord une autre expédition punitive, consciente que l'Égypte ne faisait là qu'opposer une main ouverte au souffle violent et furieux d'un khamsin. Les missives de Ribaddi, amicales, inquiètes, complètement affolées enfin, lui fendaient le cœur, mais elle ne pouvait rien faire. Abimilki de Tyr réclamait des troupes. Rois et vice-rois de petits pays vassaux suppliaient qu'on voulût bien les entendre, mais il eût fallu la patience et la finesse d'un Amenophis III pour déchiffrer le désespoir discret qui filtrait dans leurs lettres. L'âme naïve d'Akhenaton fondait comme cire sous les protestations d'innocence des souverains qui s'alliaient en secret à la plus forte puissance jamais mobilisée contre l'Empire égyptien, mais dont les messages, emplis de l'expression de leur loyauté blessée, faisaient monter aux longues pommettes du Roi une rougeur de plaisir. Azirou, profitant de la confusion générale et se gardant soigneusement d'affronter Souppiloulioumа, fit assassiner des dignitaires égyptiens en poste en Syrie, et accusa de ces crimes ses plus anciens ennemis. Il déclina l'injonction qui lui était faite de se présenter à Malkatta, sous le prétexte qu'il avait à défendre les cités syriennes de l'agression des Hittites. Il demandait un délai d'un an. Folle de rage, Tii exigea qu'une division fît route jusqu'en Amourrou afin d'exécuter le prince félon. Mais après avoir longuement balancé entre la réalité bien concrète du message imprimé dans l'argile qu'il pouvait tenir dans ses mains et l'abstraite et inconfortable interprétation que lui en donnait sa mère, Akhenaton décida de croire Azirou. Il lui accorda un an de grâce. Ribaddi s'enfuit de sa cité de Byblos, et les Hittites se lancèrent discrètement à sa poursuite. Megiddo, Lachish, Askalon et Gezer faisaient pleuvoir sur Malkatta des lettres pleines d'inquiétude. Ils réclamaient à grands cris de l'argent, des troupes et des vivres. Et tandis que Pharaon tentait désespérément de démêler le vrai du faux, les cités vassales commencèrent à saccager la région d'Apirou, désormais à la solde de Souppilouliouma. Nombre vassaux de Chanaan se virent contraints par les Hittites de renoncer, en échange de leur propre vie, à leur fidélité au Roi d'Égypte.

Un an plus tard, huitième année du règne d'Akhenaton et quatrième depuis qu'il avait décidé la construction de sa ville, Azirou marcha contre Sumer et s'empara du pays dans des flots de sang. Les messages qu'il envoyait à Malkatta continuaient à proclamer bien haut sa loyauté et son innocence, et le mérite qu'il avait à fuir les avances de Souppilouliouma. Joueur habile et surnois, il dépêchait des lettres similaires au prince des Hittites, en prévision du jour où celui-ci, ainsi qu'il était probable, déclarerait la guerre à l'Égypte. Il fit savoir à Ribaddi, homme harcelé et déchu désormais, qu'il lui offrait asile, et Ribaddi, perdant la tête, accourut en Amourrou avec sa famille et les quelques biens qui lui restaient. Akhenaton n'entendit plus jamais parler de lui. Et Azirou reprit une fois de plus ses retorses négociations avec le souverain des Hittites.

A Malkatta, d'interminables processions d'esclaves chargés de paquets et de coffres commencèrent à s'égrener jour et nuit entre le palais et le fleuve. Au bout de quatre ans de grandioses travaux, la cité de Pharaon était enfin achevée. Il l'avait baptisée Akhetaton, Horizon de l'Aton. Des bateaux descendirent le fleuve, illuminés de flambeaux la nuit, emportant les dernières possessions des nobles qui erraient dans les pièces vides de leurs appartements avant d'ordonner aux esclaves de sceller les portes. Un désordre extrême régnait au bureau de la Correspondance Étrangère où les scribes, pressés flanc contre flanc sur le carrelage, transcrivaient à la hâte sur des rouleaux de papyrus les tablettes d'argile les plus importantes, qui seraient ensuite entreposées dans un coin du vieux palais. Les messages qui continuaient à affluer à Malkatta se perdirent parfois dans le fouillis de missives plus anciennes. Accablé d'impatience et d'émoi, Pharaon se réfugiait dans son Temple inachevé de Karnak, où l'apaisaient un peu l'encens, les prières et les louanges de Meryra, tandis que

Nefertiti aboyait sans fin aux oreilles des serviteurs qui empaquetaient dans la fièvre ses mille robes, ses bijoux, ses sandales et ses lourdes perruques.

Tii se fit conduire en palanquin chez son frère. Abandonnant sa suite au portail de la résidence, elle marcha seule vers la maison. Le jardin où elle avait tant aimé s'asseoir, boire du vin avec Ay et rire au fil des ans était vide, somnolant sous l'oppressante chaleur d'après midi. Enfuis les babouins qui grattaient leurs puces ou se traînaient gauchement d'ombrage en ombrage, enfuis le murmure des voix, le babil des musiques. Le quai où se balançait la cange était désert aussi, vibrant de trop de blancheur sur des eaux lentes et grasses. Tii grimpa vers le portique. Un serviteur esseulé, assis entre les portes ouvertes, baisa la pierre brûlante à ses pieds.

– Veuille annoncer à ma nièce que je suis ici, et apporte des sièges.

Puis, se retournant vers le jardin tandis qu'il courait porter son message, elle s'autorisa un instant de pure nostalgie. Elle revit son père, nez camus et longs cheveux blancs et son calme sourire lorsque son épouse rapportait de sa voix grave quelque succulent commérage glané au Harem. Elle revit les bracelets de sa mère ruisselant sur ses bras bruns, ses doigts qui picoraient l'air au gré de ses paroles. Anon, assis dans l'herbe sous les plis impeccables de sa robe de prêtre, qui écoutait, tête basse, un peu distrait pourtant... Quand elle se retourna, Moutnodjme était pliée en une gracieuse révérence derrière elle. Sa tresse d'enfant, dénattée, traçait jusqu'au pli de ses genoux un noir cordage un peu froissé. Son visage était pâle et sans fards, ses yeux semblaient plus petits sous les lourdes paupières. Elle avait jeté sur son corps nu une cape de gaze blanche. L'esclave déplia les sièges, versa de l'eau d'une jarre qu'on avait mise à rafraîchir contre le mur puis, sur un mot de Tii, disparut dans l'ombre de la maison. Les deux femmes s'installèrent. Moutnodjme souriait discrètement.

– Tu as supervisé le déménagement de ton père, dit Tii.

Sa nièce hocha la tête.

– Tout est parti, oui, et je suis épuisée, Majesté. J'ai dormi plus tard qu'à l'ordinaire aujourd'hui. Pardonne-moi de ne pas t'avoir accueillie à ton arrivée. Dès que je saurai que Père s'est installé là-bas, je me rendrai à mon tour dans le Nord pour rejoindre mon époux.

– Es-tu heureuse avec Horemheb?

La question sembla prendre la jeune femme au dépourvu. Levant ses sourcils qui semblaient deux fines ailes noires, elle étira, lentement, un franc et joyeux sourire.

– Oui. Il exige peu de chose de moi en dehors de ce que j'ai envie de lui donner, et m'enseigne les limites à ne pas franchir. Il devient un courtisan très prisé du Roi, le savais-tu?

– Je le sais. As-tu pu remplacer tes nains?

– Horemheb me dit dans sa dernière lettre que deux nains m'attendent à l'Horizon d'Aton. Ils lui ont coûté une fortune.

– Il se renflouera rapidement. (Tii observa la pose langoureuse des frêles épaules sous le lin transparent, les seins bruns qui jaillissaient à l'échancrure où la cape s'ouvrait pour couler jusqu'à terre.) Penses-tu que tu te plairas dans la cité de Pharaon?

Elle haussa les épaules.

– On dit qu'il s'agit d'un vrai joyau, une sorte d'immense temple. Moi, vois-tu, je suis toujours heureuse là où sont mes amis. Mon époux a reçu une résidence dont je ne peux imaginer, me dit-il, le luxe et la splendeur. Il semble que Pharaon n'ait reculé devant aucune dépense pour satisfaire ses courtisans! Je pense donc que je serai heureuse en Akhetaton.

– J'ai su que Tey s'était enfin décidée à quitter Akhmim?

Moutnodjme se mit à rire. Levant le menton, elle retourna son gobelet. Un filet d'eau glissa le long de son cou, frôla son nombril, fit une petite mare au creux de ses cuisses.

– Ma mère s'efforce une fois de plus d'agir en bonne épouse. Mais cela ne lui convient guère. Et bien que Père ait fait bâtir pour elle une résidence à l'écart de la ville, de l'autre côté du fleuve, il est probable qu'elle finira par y dépérir et courra se réfugier dans sa vieille maison tôt ou tard.

– Ay est très amoureux d'elle.

– Et elle de lui. Là n'est pas la question, Majesté. Mais il n'y a que chez nous qu'elle se sent vraiment à l'abri.

Comme je la comprends, songea Tii, qui eut soudain une bouffée de tendresse pour la ravissante épouse échevelée de son frère.

– Moutnodjme, je ne suis pas uniquement venue te voir pour bavarder, dit-elle tout à coup. J'ai une mission à te confier. Ce n'est pas un ordre. Tu peux refuser.

La jeune femme eut un sourire.

– Tu désires que je sois ton espionne dans la cité de l'Aton, n'est-ce pas, Déesse ?

Tii grimaça malgré elle un sourire. Jamais elle n'avait soupçonné, sous la paresseuse indifférence de sa nièce, un tel degré de sagacité.

– En effet, dit-elle. Je te paierai bien. Tu vis à l'écart des luttes de pouvoir. Tu ne t'occupes de rien, et c'est pourquoi tu sauras me rapporter exactement ce que tu vois, ce que tu ressens.

– Horemheb n'aimerait pas cela, répliqua un peu vivement Moutnodjme. Et il n'est pas vrai que je ne m'intéresse à rien. (Ses yeux, plus clairs soudain, fixaient sur Tii un éclat intense.) Je m'intéresse à mon époux. Je ne veux pas courir le risque de le compromettre, de ternir son image aux yeux de Pharaon.

Tii ne montra pas sa surprise.

– Accepte mon marché, et Horemheb n'aura pas à en souffrir, bien au contraire. Le temps viendra où ceux qui entourent mon fils comprendront l'urgence de lui montrer où est réellement la vérité. Horemheb ne croit pas, j'en suis certaine, à la suprématie de l'Aton ni à cette sinistre politique d'apaisement que poursuit Akhenaton vis-à-vis des ennemis de l'Empire. Pharaon a besoin d'amis véritables, Moutnodjme, de conseillers qui ne craindront pas, pour son bien, de lui résister.

– Horemheb n'a accepté de s'installer en Akhetaton qu'après la promesse que lui a faite le Roi de lui confier le monopole de l'or nubien que détiennent actuellement les prêtres d'Amon, répondit la jeune femme. Et peut-être aussi parce qu'il jouit déjà d'une certaine influence. Il aime ton époux, Déesse, qu'il lui donne tort ou raison. Il ne le comprend pas toujours, mais il a l'intention de lui rester fidèle.

– Horemheb m'était fidèle, autrefois !

– Il l'est toujours, mais il n'aurait rien à gagner, je crois, à végéter dans les murs vides de Malkatta ou à la tête des armées frontalières, où mon père voulait d'ailleurs le renvoyer. (Elle se leva, glissa jusqu'à la jarre et remplit sa coupe.) Me jures-tu, Majesté, que tu ne fomentes aucun complot où serait impliqué mon époux ?

– Je le jure, évidemment ! Horemheb est le commandant le plus brillant que nous ayons eu depuis longtemps, et je sais que sa loyauté va avant tout à l'Égypte.

– Que me donneras-tu ?

Tii jubila en silence.

– Un cent d'esclaves chaque année, originaires du pays de ton choix. Un quart des profits que je reçois du commerce avec Alashia. Et l'autorisation d'élever des digues sur cent acres supplémentaires de mes terrains de Djaroukha afin de les inonder et les cultiver pour ton propre usage.

Moutnodjme hocha la tête.

– C'est d'accord. Mais je ne te rapporterai que ce qui me plaira, et non forcément ce que tu souhaiterais. Et je ne dicterai rien qui puisse être retenu plus tard contre moi.

– J'y ai pensé. Je te donne mon esclave muet. Tu lui feras des rapports oraux, qu'il viendra transcrire sous mes yeux. Je les lirai et les brûlerai aussitôt.

– Majesté, tu n'ignores pas que je suis paresseuse et que je n'aime guère courir à perdre haleine d'une audience à l'autre, ni traîner derrière les portes closes dans l'espoir de cueillir des bribes d'information. En outre, je ne suis pas certaine de pouvoir te faire confiance.

– Fais-moi donc espionner! (Elles rirent de bon cœur. Moutnodjme se laissa glisser le long du pilier où elle s'appuyait, puis elle s'accroupit sur les dalles.) Je n'attends pas de toi des rapports sur la politique du Roi, reprit Tii au bout d'un moment. Non, je veux que tu me racontes l'atmosphère, le ton des voix, ce qui traîne dans l'air... Ne te sens pas obligée non plus de m'informer régulièrement. Ay s'en chargera de son côté, j'en suis certaine.

– Majesté, Pharaon a fait bâtir là-bas une superbe résidence pour toi, dit tranquillement la jeune femme. Pourquoi rester ici, dans l'ombre? Est-ce à cause de mon insupportable demi-sœur?

Tii se leva, répliqua d'un ton glacé :

– Je suis Déesse, ne l'oublie jamais. (Puis, comme sa nièce esquissait un salut de pure forme, elle ajouta :) Que vive éternellement ton nom.

Elle plongea dans l'aveuglante lumière et s'en fut vers le portail où somnolaient ses domestiques. Le jardin n'exhalait plus les suaves parfums du souvenir, mais comme elle penchait la tête pour épargner à son visage la brûlure du soleil, elle comprit que la douleur qui taraudait son sein n'était pas la nostalgie des images à jamais disparues. C'était une envie, une envie lancinante et soudaine à l'égard de Moutnodjme. Elle jeta un regard en arrière. Le portique était vide, les sièges y reposaient encore côte à côte. Une flaque d'eau s'évaporait lentement sur la pierre, et la coupe de Moutnodjme gisait, oubliée, dans l'herbe où l'avait lancée la jeune femme.

La veille du jour où Pharaon devait quitter Malkatta, Tii ne put trouver le sommeil. Elle avait erré tout le jour dans ses appartements, fébrile et désœuvrée, espérant une convocation d'Akhenaton qui n'était pas venue. Elle envoya chercher ses danseurs et Tia-Ha pour se divertir, tandis que Piha la massait, mais elle ne put distraire sa pensée de cet homme qui était son fils et son époux, son enfant, son amant. Elle refusait de croire qu'il partirait sans un mot pour elle, même s'il ne l'avait pas rencontrée en privé depuis des mois. Il n'avait donné aucun ordre concernant ce qu'il adviendrait du vieux palais, laissé derrière lui aucun officier ou serviteur susceptible de maintenir un lien entre sa mère et lui. Il semblait ainsi qu'après son départ, l'immense et luxueux édifice où vibrait depuis des années le cœur de l'Égypte fût voué à disparaître, abandonné aux lézards et aux gerboises qui sommeillaient dans ses fondations. Elle ne voulut pas demander audience au Roi. S'il désirait s'éloigner en faisant comme si elle était déjà morte, songea-t-elle dans sa fierté blessée, qu'il en soit ainsi. Elle se retirerait dignement et dans la paix, à la façon de la Reine Moutemwiya, sa tante, qui avait choisi la réclusion dans un somptueux appartement du Harem. Elle en aurait fini de livrer des batailles.

Son médecin lui prépara un narcotique, mais Râ traversa la Douat heure après heure, et le repos ne vint pas apaiser son corps qui s'agitait, nu et collant de sueur, sous le drap de lin, tandis que flottait jusqu'à ses oreilles le son affaibli des trompes de Karnak, venu de l'autre rive du fleuve. Par deux fois elle réveilla Piha pour avoir un verre d'eau, dont la tiédeur lui donna la nausée. Elle dut s'assoupir pourtant, car une forme noire penchée sur elle la fit sursauter soudain. Une main effleura sa joue. Elle poussa un cri et se redressa. Akhenaton s'éloigna un peu de la couche.

– J'ai renvoyé Piha, murmura-t-il sans raison. Je désire te parler en privé, Tii.

Le fait qu'il eût prononcé son prénom était de bon augure, mais elle chuchota à son tour :

– Nefertiti sait-elle que tu es ici, Majesté ? (Elle ne sut, dans la lueur de la veilleuse, si c'était une rougeur de confusion ou un simple jeu d'ombre qui troubla un instant le cou frêle qui s'étirait vers elle.) Ou bien avais-tu honte de me dire adieu en public?

– Mais... non, dit-il plus fort, un peu déconcerté. Sans doute aurions-nous pu nous séparer demain matin sur le quai. Je ne pouvais pas dormir.

Radoucie, elle tapota le drap près de son genou. Il s'assit.

– Moi non plus. Amenophis, il n'est pas trop tard pour changer d'avis. Laisse ta cité aux chouettes et aux chacals et reste ici!

– Ne m'appelle pas ainsi! (Il fronça vivement les sourcils, fit la moue.) Il n'est pas trop tard pour toi non plus, ma mère. Je t'ai fait préparer une magnifique résidence en Akhetaton, remplie de jardins et de mille autres délices, ainsi qu'il sied à une Impératrice. Viens, je t'en prie.

Sous le lin blanc de son bonnet de nuit, son haut front était creusé de rides. Elle effleura sa cuisse nue.

– Je n'ai aucune raison de quitter ma demeure, dit-elle. Tu m'as clairement fait comprendre que tu n'avais plus besoin de moi, que ce fût à titre d'Impératrice ou d'épouse. J'ai eu tort de violer la loi avec toi, Akhenaton. Mon jugement s'est égaré. Je ne souhaite plus que l'apaisement désormais.

– Je ne comprends pas. (Il prit la main de sa mère, se mit à la pétrir doucement.) L'Aton a uni nos corps à jamais. C'était nécessaire. Je te l'ai dit.

– Ce n'est plus utile à présent. Laisse-moi.

Il la dévisagea âprement, d'un air anxieux.

– Est-ce que cela signifie que tu ne m'aimes plus? Que je t'ai offensée? (Sa voix se faisait plus aiguë.) L'Aton ne me pardonnera pas de t'avoir offensée, Tii.

Et de nouveau, elle se sentit glisser malgré elle dans ce labyrinthe d'émotions intenses et contradictoires qu'elle avait soigneusement enfouies au fond d'elle, et qui surgissaient sans crier gare, prêtes à embrouiller sa pensée et à commander à son corps dès que son fils s'en venait auprès d'elle. Mais à ce moment, elle fut la plus forte.

– Retourne à ta couche, gronda-t-elle, extrayant sa main des doigts fébriles qui l'imploraient. Hier tu étais souffrant. Ton médecin me l'a dit. Tu as besoin de dormir afin de bien voyager demain.

– Comment pourrais-je quitter Malkatta, sachant que je t'ai déçue?

Elle soupira, très lasse soudain.

– Tu ne m'as pas déçue, mon fils. N'es-tu pas l'Incarnation de Râ, l'Esprit de l'Aton dans son Disque? Un Dieu ne peut décevoir.

Elle avait dit ces mots d'une voix calme, apaisante, mais il ne se laissait pas fléchir. Il se mit brusquement debout et, oscillant d'un pied sur l'autre, s'écria :

– Cesse de me parler comme à un enfant! Tu ne penses rien de ce que tu dis, je le sais! Tu prétends calmer mon angoisse, mais en réalité, tu veux simplement que je m'en aille, que je ne t'ennuie plus!

– Tu es mon Pharaon, articula-t-elle lentement. Tu as auprès de toi Nefertiti, la beauté la plus rare sans doute que la terre ait jamais portée. Tu as le pouvoir, la richesse! Que veux-tu de plus? Que signifient ces éclats ridicules en ma présence?

Il cessa son balancement, se raidit.

– Je n'ai pas réussi à obtenir de toi l'adoration que me vouent tous les autres. Tu me connais trop bien.

Surprise et désarmée par cet éclair de lucidité auquel elle ne se fût pas attendue de sa part, elle répondit :

– La connaissance est indissociable de l'amour. Va sans inquiétude. Tu resteras Pharaon en Akhetaton, et moi je serai toujours ta mère, ici, à Malkatta.

– Est-ce que je te manquerai ? (Il crispa ses deux mains jointes au creux de ses cuisses.) Me regretteras-tu assez pour ne pas comploter contre moi et me faire mal?

– Ainsi donc, Nefertiti voudrait que je vous accompagne afin de mieux me surveiller! (Soulagée, elle se mit à rire.) J'en suis flattée. Sache pourtant, pour la paix de ton cœur, que la jalousie dicte ses paroles. Je souhaite simplement rester seule.

Il s'agita de nouveau et elle sentit, sans trop comprendre pourquoi, qu'elle venait de le blesser. Elle reprit pourtant :

– J'ai fait tout ce qui était en mon pouvoir pour t'installer fermement sur le trône d'Horus, et je n'ai plus aucune envie, à présent, de subir les humeurs acariâtres de Nefertiti. Ton manque de confiance en moi ne t'honore guère, Amenophis. Je me suis efforcée d'être pour toi une épouse autant qu'une mère, et j'ai échoué. C'est ton père qui me manque! Quitte ma chambre, je te prie.

Pour toute réponse, il revint auprès d'elle, l'allongea de force sur la couche. Il tremblait.

– Je suis mon père, et tu es ma femme! hurla-t-il soudain. Tu m'aimes, je le sais. Dis-le-moi, Tii!

– Je ne veux plus entendre ce genre de discours! répliqua-t-elle avec violence. Pour qui me prends-tu? Je ne suis pas la petite Kia, ni une de tes concubines, et tu n'as pas d'ordre à me donner. Cela fait trop longtemps que tu me négliges. Retire tes mains, ou j'appelle mes gardes!

– Si tu ne veux pas venir, que je puisse au moins emporter avec moi le souvenir de ton amour. (Sa voix murmurait à son oreille, assourdie par l'oreiller où il avait enfoncé son visage.) Encore une fois, ma Tii, afin que je voyage en paix.

– Je ne suis ni une amulette ni un charme!

Elle se débattit sous lui, sachant qu'elle pourrait aisément le jeter hors de sa couche. Mais la justesse de ses propres paroles lui ôta toute vigueur soudain. *Il y avait si longtemps, trop longtemps,* soufflait une voix dans sa tête. Elle sentit la douceur familière de sa peau sur son corps, et ses genoux cédèrent, ses cuisses s'entrouvrirent. Elle voulut se dresser sur les coudes, mais comme elle inclinait la tête en arrière, la bouche d'Amenophis engloutit ses lèvres, dans une bouffée de clous de girofle et de vin parfumé qui évoqua aussitôt l'image de son premier époux. Son visage massif, griffé de rides, fut là soudain, tout contre elle, si réel qu'un spasme tordit cruellement son ventre. Elle s'arracha à l'étreinte de son fils, qui recula aussitôt.

– Tu m'aimes donc toujours! s'exclama-t-il, tout sourire. Je le savais!

– Je t'aime car tu es mon fils, et mon Dieu, parvint-elle à prononcer. Sa voix était épaisse, et ses membres de plomb.

Il pencha la tête et baisa de nouveau ses lèvres, plus délicatement, avec cette audace hésitante et suave dont elle se souvenait si bien. Son corps, vibrant de vie encore, savait seulement qu'il s'était consumé de désir et de solitude, et tandis qu'elle passait les bras autour de son cou, rien ne compta plus que les mouvements de son fils, et le souvenir qu'elle gardait des premiers bonheurs de leur union à Memphis. Elle avait oublié la sensation sur sa peau de son étrange ventre difforme, de ses cuisses trop molles, de son sexe d'enfant. Son plaisir pourtant noya dans des vagues d'extase la répulsion discrète qu'elle en avait toujours éprouvée. Il s'en va, songea-t-elle tristement, tandis qu'elle écoutait les mots d'amour qu'elle gémissait dans son cou pour l'encourager. Il s'en va, et tout cela n'aura plus aucune importance.

– C'était bon, dit-il plus tard, étendu contre elle. Une nouvelle naissance. Comme si je me regardais jaillir à nouveau de tes entrailles. (Il se leva, ajusta son pagne.) Dans ma cité d'Aton, je vivrai dans l'espoir de voir un jour ta cange cingler vers les quais. Une fois encore, ton corps m'a béni, Tii. Les Dieux te conduiront vers ma ville.

Elle frissonna, les mains cramponnées à la couche, et ne se retourna pas pour le regarder sortir.

– L'aube se lève, je veux dormir, eut-elle seulement la force de murmurer.

Quand il fut parti, elle jeta les coussins à terre et glissa un repose-tête sous son cou. L'ivoire, lisse et frais à sa peau, apaisa un instant ses muscles douloureux. Elle tira de sous la couche la Déclaration d'Innocence qui avait tant blessé Kherouef, la posa sur son ventre, à l'abri de ses doigts. Elle avait envie de dormir. Ses yeux brûlaient, sa bouche était sèche. Une sourde angoisse envahit sa pensée. Je ne suis pas une femme à ses yeux, pensa-t-elle amèrement. Seulement un charme, un exorcisme dont il se sert pour éloigner le mal. Un colifichet magique, qu'il tire de son coffre lorsqu'il en ressent le besoin, qu'il oublie dès que son inquiétude s'apaise. Elle ferma violemment les paupières, geignit sous l'humiliation. Tu te fais vieille, Majesté. Où est donc ta colère, où ton désir de vengeance? Tu te contentes de ployer sous l'affront, et tu n'es plus que honte, honte et stupeur. En d'autres temps, tu l'aurais renvoyé sans faiblesse, et il serait parti pour Akhetaton empli de doute et de désespoir. Mais c'est mieux ainsi, peut-être. Que mon pauvre fils innocent aille en paix. Gloire à lui pour les jours qui lui sont à vivre.

Elle sombra enfin dans un sommeil sans fond, lourd et moite, d'où elle n'émergea, péniblement, qu'au son des flûtes et des luths qui s'insinuaient dans ses rêves. Lorsqu'elle ouvrit les yeux, Piha relevait les tentures. Les musiciens, leur devoir matinal accompli, se retiraient sur une révérence. Le jour suffoquait déjà de chaleur, le ciel découpait dans la fenêtre une flaque d'azur teintée de bronze. La Déclaration d'Innocence était encore enroulée dans sa main. Elle la pressa un instant sur sa joue, avant de la laisser tomber sous la couche.

Les derniers résidents de Malkatta – la suite de Tii, les rares courtisans qui avaient choisi de rester et les femmes les plus âgées du

Harem – se rassemblèrent deux heures plus tard sur le quai pour assister au départ de Pharaon. Tii s'était installée sur son trône à l'ombre légère d'un baldaquin. Le disque et les plumes pesaient sur son front moite le poids de tout un Empire. Des marches de l'embarcadère jusqu'au fleuve, le canal était encombré d'une multitude de barques scintillantes de fanions, bondées de courtisans joyeux qui riaient et se bousculaient. Ceux qui se tenaient derrière Tii ne disaient mot, et elle songea soudain qu'un espace bien plus vaste désormais que ces quelques coudées d'herbe et de pierre brûlante les séparait de la foule bruyante qui oscillait sur le bassin. Plus d'une fois, depuis la mort d'Osiris Amenophis, elle avait entrevu la crête de cette vague lointaine et pâle qui s'enflait à présent tout autour d'elle, présage de solitude et de mélancolie, semblable à la marée montante du temps. Elle se tourna sur son trône. Là, dans son dos, ce n'étaient que visages égratignés ou lourdement pétris par trop d'années, corps amollis et courbés, qui se déplaçaient avec peine, douleur parfois. Entre ces âmes et leurs désirs, où vibrait encore l'exubérance de la jeunesse, la chair vieillissait, s'alourdissait. Elle se surprit à observer Tia-Ha, petite et grasse, qui saluait et souriait à la façon puérile d'une vieille coquette. Détournant les yeux, elle croisa le regard de Nefertiti qui la dévisageait, longue et svelte sous une infinie cascade de filets d'or qui enserrait, jusqu'aux genoux, les boucles de sa perruque. Une vraie femme déjà, pensa Tii, au désespoir. Vingt-huit ans... Tout est venu si vite. Un début de grossesse enflait discrètement le ventre de la jeune Reine qui semblait incarner à cet instant tout ce que Tii avait à jamais perdu. Comme si elle le sentait aussi, Nefertiti décocha à sa tante un triomphal sourire avant de disparaître sous les rideaux de sa cabine.

Akhenaton s'avança, paré de la Double Couronne et d'une barbe pharaonique entrelacée d'or et de lapis-lazuli. Un tourbillon d'encens s'éleva près de lui et les prêtres du Soleil entonnèrent leurs hymnes de louanges. Il prit la main de Tii qui se levait.

– J'ai fait vœu, tu le sais, de ne jamais revenir à Thèbes, annonça-t-il paisiblement. Si tu désires me voir, tu devras te rendre en Akhetaton. Une ère nouvelle commence pour notre Égypte bien-aimée, ô ma mère, et dans mille milliers d'années, lorsque le culte de l'Aton aura illuminé le monde, les hommes auront oublié la ville de Thèbes et son faux dieu. Mais ils se souviendront que tu m'as engendré, et ton nom sera béni pour les siècles.

Elle effleura sa joue, doucement.

– Ta migraine te fait encore souffrir, dit-elle.

Il voulut hocher la tête, mais ce seul mouvement lui arracha une grimace.

– Oui. Une fois de plus, la main du Dieu est sur moi, mais je dormirai dès que Thèbes aura disparu de ma vue.

Il n'y avait plus rien à dire. Tii reprit sa place sur le trône tandis que son fils tranchait la gorge du taureau entravé à l'autel de voyage et que coulaient sur les marches du fleuve les libations de vin et de lait. Des bols emplis de sang chaud circulèrent entre les courtisans amassés devant le palais et ceux qui s'apprêtaient à partir sur les barques, mais l'onction se déroula, contrairement aux cérémonies d'autrefois, sans hystérie ni précipitation. La Cour d'Akhenaton avait appris la sobriété.

Pharaon enfin leva une main sanglante puis, escaladant la passerelle, monta à bord de sa cange et disparut dans la cabine. Pasi, le capitaine, hurla un ordre. Les cordages furent dénoués, les avirons percutèrent le fleuve et *Kha-em-Ma'at* s'éloigna pour toujours de Malkatta.

Tii ne voulut pas rester. Suivie de Houya et de ses femmes, elle gagna le palais, traversa la salle des fêtes dont le silence, vide et frais, multipliait l'écho de leurs pas, la salle d'audience et la salle du trône de Pharaon, le jardin. Elle gravit les marches qui flanquaient l'enceinte extérieure et se posta sur la terrasse. Au-delà des palmiers dont s'ébrouaient les feuilles raides, des centaines de bateaux manœuvraient derrière la Cange Royale qui cinglait déjà vers le Nord. Bannières et drapeaux ondoyaient dans la brise. Les îles qui émaillaient le fleuve entre Thèbes et Malkatta se précisaient au fur et à mesure que s'égrenaient les embarcations. Il n'y avait pas de brume. Les pylônes et les tours de Karnak découpaient dans l'azur l'arête vive de leurs pierres, et l'horizon de la cité qui s'étirait de part et d'autre semblait n'avoir pas de fin.

– J'aperçois des milliers de gens sur les quais et dans le fleuve, souffla Tii à Houya. Il y en a même sur les toits des maisons. Pourtant je n'entends rien.

– C'est parce qu'ils se taisent, Majesté, commenta le majordome. Aujourd'hui n'est pas un jour de liesse pour eux. Et sur les quais de Karnak, aucun prêtre n'est venu saluer le cortège.

Tii abrita ses yeux d'une main. La guirlande brune que formaient les habitants de Thèbes était aussi immobile que silencieuse, et Tii eut bientôt le sentiment qu'il s'en exhalait une hostilité sourde, comme un présage de rancunes à venir et de violences larvées, imprécises. Houya le sentit aussi. Il s'écarta du parapet, s'essuya le visage.

– Sans doute ne comprennent-ils pas encore ce qui leur arrive, dit-il tandis que Tii se détournait à son tour. C'en est fini pour eux de vendre aux étrangers des nourritures et du vin, et tous ces produits de luxe qu'ils fabriquaient. Les ambassadeurs ont suivi Pharaon dans la Cité de l'Aton. Tout se traitera là-bas désormais. Ils perdent gros. Les marchandises des pays voisins qui n'arriveront plus ici, les récoltes des nobles qui sont partis, les chantiers de Pharaon abandonnés... Beaucoup d'entre eux vont se trouver sans emploi, affamés.

– Ils travailleront à Karnak, non ? Il y a tout de même là-bas près de vingt mille prêtres qui ont toujours besoin de main-d'œuvre pour leurs champs et la gestion de leurs biens. Thèbes va souffrir, mais n'en mourra pas. Écoute ce silence qui nous entoure. Houya ! Je crois que je vais aller dormir jusqu'au soir.

Elle ne s'éveilla que le lendemain à l'aube. Après avoir pris son déjeuner au lit et écouté ses musiciens, elle se fit vêtir et farder sans hâte. Puis, accompagnée de Houya, Piha et quelques gardes du corps, elle erra longuement dans le palais. Des portes étaient restées ouvertes sur les mosaïques nues, éclaboussées de soleil. Délivrées des meubles qui les encombraient autrefois, les fresques jaillissaient dans toute la précision de leurs lignes, la pureté de leurs couleurs, et semblaient envahir l'espace. Les corridors, impeccablement lavés, résonnaient sous le clapotis des sandales, et dans les chambres muettes et solennelles, la poussière se déposait lentement. La salle des fêtes couvait dans son austère magnificence un mystère insolite et terrifiant, comme si les hauts piliers obscurs avaient concentré en son cœur les mille parfums du souvenir. Saisie de vertige, Tii fit sceller toutes les pièces vides du palais.

Dans l'après-midi, elle visita les bureaux des ministres, d'où s'exhalait le même sentiment d'abandon. Les esclaves ne les avaient pas encore nettoyés, et il semblait que les hommes qui travaillaient là dussent revenir d'un instant à l'autre, car un fatras de papyrus, de plumes, d'encriers vides et de tessons d'argile, sur lesquels les apprentis architectes griffonnaient leurs croquis, jonchait le sol et les tables. Le bureau de Toutou évoquait un champ après la bataille, évacué dans la précipitation. Tii extirpa du carnage une tablette brisée : « Au Dieu mon Roi, sept fois sept je me prosterne à tes pieds... » La gravure acadienne s'achevait dans des miettes d'argile. Avec un soupir, Tii ordonna de nouveau le scellement des portes et courut se réfugier au Harem, auprès de son amie Tia-Ha.

Lorsqu'elle arriva, la Princesse évoluait d'un pied agile et gracieux parmi un enchevêtrement de coussins, de robes flétries, de fruits à demi grignotés, de friandises.

– Le silence de ce palais m'oppresse déjà, dit-elle à Tii. A présent que Pharaon a emmené pour son nouveau harem les femmes les plus jeunes et qu'il ne reste plus que nous, les vieilles matrones, Malkatta ressemble à un tombeau, amical, certes, mais tombeau tout de même !

– Tu veux donc te retirer dans le Delta, finalement ?

Tii se posa sur la couche, et regarda le soleil jouer sur ses jambes tandis que son amie allait et venait devant elle.

– Si ma Déesse est assez bonne pour me laisser partir. (Elle exhala un long soupir, leva les mains.) Il me reste si peu de temps. J'avais cru qu'il serait amusant d'observer la vie de la Cour sous le règne de ton fils, mais tout a été si sage, si prévisible, et sans grands scandales... En dehors de votre mariage, bien sûr ! (Elle jeta à Tii un regard espiègle, chaleureux.) Je ne supporte plus la canicule de la Haute-Égypte. Me permets-tu d'envoyer mon majordome dans le Nord, afin qu'il prépare ma maison ?

– Bien sûr. (Tii parvint à étirer un sourire.) Il y a quelques années, je t'ai offert la liberté. Ton époux est mort. Tu es veuve. Peut-être te remarieras-tu.

– Non. (Tia-Ha s'immobilisa devant la fenêtre, y plongea son regard.) Pas après Osiris Amenophis. Il y aura des plaisirs, sans doute, mais pas d'amour. Je n'ai plus rien ici qui me retienne, à part toi. Et il n'y a rien pour toi non plus, Majesté. Va donc à Djaroukha. Ne reste pas ici dans ce palais. Ces appartements vides finiront par hanter tes rêves.

– Je suis toujours Impératrice. Malkatta me convient mieux qu'une résidence privée, ne crois-tu pas ?

– Bien sûr. (Tia-Ha s'inclina d'un air confus.) J'ai parlé sans réfléchir, car je m'inquiétais pour toi. Pourrai-je t'envoyer, Majesté, de longues lettres remplies des commérages que je dénicherai là-bas, dans ma province ?

– Oh, Tia-Ha! Comment pourrais-je vivre sans nouvelles de toi? Puisse Hathor conserver ta vigueur!

– Un bel homme attentionné fera mieux l'affaire, crois-moi! (Elle éclata de rire.) Allons, Tii, jouons un peu au sennet, et peut-être accepteras-tu de dîner avec moi dans le jardin après le coucher de Râ?

– Tu me manqueras, répondit Tii.

Ce fut la dernière visite qu'elle rendit à son amie. Il n'y eut pas d'adieux solennels, mais une semaine plus tard, Houya vint rapporter à sa maîtresse que les appartements de Tia-Ha étaient vides. Tii monta sur la terrasse. Assise dans le crépuscule qui bleuissait l'horizon, elle tenta de ravaler le chagrin que le départ de la Princesse faisait sourdre en elle. Ce n'était pas seulement la perte d'une vieille compagne, car au cours des mois à venir, elles échangeraient des lettres et des cadeaux. La douleur jaillissait de plus profond, d'un repli secret de son âme où dormait à jamais son passé, où elle et Tia-Ha étaient jeunes encore et Amenophis son époux vivant, tellement vivant. Nous étions si heureux alors, songea-t-elle tandis que descendait la nuit, semée d'étoiles naissantes, sur son corps.

16.

Au cours des mois qui suivirent, Tii se souvint de la mise en garde de Tia-Ha. Les salles vides de Malkatta commencèrent à hanter son esprit. Étendue sur sa couche, elle ne trouvait plus le sommeil. Elle voyait de longs corridors obscurs où défilaient sans fin des portes scellées d'un point de cire rouge, des pièces majestueuses ouvrant sur d'autres pièces, et d'autres encore, dans un silence lugubre et secret. Elle organisa de modestes festins auxquels furent conviés ses ingénieurs, architectes, majordomes et ministres particuliers, mais dans la salle à manger trop vaste où danseurs et musiciens s'évertuaient à réjouir l'assistance, les convives semblaient se blottir au cœur d'ombres gigantesques que leur gaieté ne parvenait pas à dissoudre, et les rires sonnaient faux. Tii décida bientôt de prendre ses repas dans sa chambre et de recevoir ses invités dans les anciens appartements de Nefertiti, afin de ne plus fouler ces grands espaces déserts où les colonnes répandaient dans le feu jaune des lampes des ombres intactes, infinies.

Elle reçut un long message d'Ay, un autre de Moutnodjme. Elle fit lire à Houya la papyrus que son frère avait rédigé de sa propre main : « A ma très chère sœur et Impératrice éternelle, salutations. Que Min t'accorde jeunesse et vigueur, et toute sa bénédiction. Sache d'abord que mon épouse, ta servante Tey, se porte bien et baise tes pieds. Sache ensuite que le Vizir du Sud, Ramôse, est décédé, et que son poste est aujourd'hui occupé par Nakht-pa-Aton, qui était jadis prêtre d'Amon mais a eu depuis la révélation de l'Aton. » Tii sourit amèrement, tandis que Houya s'interrompait un instant pour se racler la gorge. Nakht-pa-Aton était un jeune homme plutôt plaisant, mais qui ignorait tout des devoirs d'un vizir. « Pharaon l'a aussitôt nommé Personne d'Or. A la vérité, L'Or des Faveurs pleut sur les têtes depuis que Pharaon s'est installé ici. J'en ai moi-même été honoré, et suis désormais Scribe Personnel du Roi. Sache ensuite que le Prince Azirou négocie une fois encore un traité de paix et d'alliance avec Souppilouliouma, qui a mis fin à ses agressions contre la Syrie du Nord et nos dépendances dans cette région, car il a gagné toutes les batailles. Je baise tes pieds et prie devant ta divine image, ô Déesse de Soleb. Que vive éternellement ton Nom. »

Tii garda un instant le silence, puis revint à elle avec un petit rire.

– Brûle ce rouleau dans le brasero en sortant, Houya, et envoie-moi l'esclave muet.

Il s'inclina et disparut, après avoir jeté dans les flammes orange qui grondaient près de la porte la belle et vigoureuse écriture d'Ay. Le serviteur à la langue arrachée entra alors, plié sur une révérence. Il tomba sur le sol et rampa jusqu'aux pieds de Tii, qu'il baisa. Après lui avoir fait signe de se relever, elle se dirigea vers la table, trempa une plume dans l'encrier, la lui tendit. Un instant, leurs yeux se rencontrèrent. Elle dévisagea cet homme qui avait assassiné Sitamon autrefois, et qu'elle avait placé aux cuisines, avant de lui faire apprendre l'art de l'écriture. Elle s'en félicitait à présent. Les esclaves muets n'étaient pas légion. Il saisit la plume, attendit qu'elle se fût un peu éloignée, puis commença à rédiger son message. Il n'était pas long. « Tous les habitants d'Akhetaton sont en émoi depuis que le Grand Temple, à la différence du sanctuaire inachevé de l'Aton à Karnak, possède un ben-ben. C'est une stèle sacrée, où sont gravées les images de Pharaon, de la Reine et de la Princesse Meritaton », déchiffra Tii en silence. La pièce lui sembla glaciale soudain. Elle s'en fut jeter avec dégoût le papyrus dans le brasier. Ainsi donc, nul n'ignorait plus à présent quel Dieu il convenait d'adorer en Akhetaton, et dans le Saint des Saints. Son fils sacrifiait à son propre culte, et désirait que Nefertiti fût vénérée de même dans la cité du Soleil. La présence de Meritaton sur la stèle troublait Tii, sans qu'elle sût exactement pourquoi.

– Informe l'auteur de ces nouvelles que les digues ont été construites à Djaroukha, et qu'une cargaison d'esclaves lui parviendra au cours de ce mois, fit-elle savoir au domestique. Sors, maintenant.

Lorsqu'il fut parti, Houya se glissa de nouveau dans la chambre et attendit. Elle lui désigna la palette du scribe qui gisait sur le carrelage.

– Note un message pour Pharaon, dont tu enverras une copie à mon frère. Commence par les salutations d'usage, sans oublier d'ajouter « Mon auguste et très sage époux ». (Elle lui laissa le temps de tracer les mots puis, rassemblant son courage, dicta :) « Par la grâce de ta royale et puissante virilité, moi, ton Impératrice, je t'annonce que j'attends une autre enfant... »

La plume tomba sur la mosaïque.

– Majesté! s'exclama Houya.

Elle crispa les poings sous sa cape.

– Tu oublies où tu es, majordome! Tu as taché le papyrus, j'en suis sûre! Non? Eh bien, poursuis. « Je me réjouis avec toi à la pensée qu'un fils de ton royal sang naîtra bientôt à Malkatta, et j'attends ta réponse comme le sol brûlé désire la pluie. » Ajoute mes titres, j'apposerai ensuite le sceau impérial. Ordonne à mon héraut de ne confier ce message qu'au Roi en personne. La copie d'Ay voyagera avec les autres dépêches. Pas un mot, je te prie!

Serrant les lèvres, Houya s'inclina et recula jusqu'à la porte.

Pharaon écrivit bientôt, et de sa propre main, que son cœur jubilait de cette nouvelle naissance, mais Tii écouta sans joie son message. Elle ne ressentait rien pour l'enfant qui s'agitait dans son ventre, ni impatience ni bonheur, mais nulle crainte non plus. A un âge où elle eût été en droit de cueillir paisiblement les moissons d'une longue vie de règne, elle jugeait grotesque ce corps qui gonflait de nouveau, mais ne voyait plus en lui, ainsi qu'elle l'avait ressenti pour la naissance de Baketaton, une menace de mort. Il lui restait trop peu de temps à vivre désormais pour qu'elle s'en souciât réellement, et elle laissa couler jours et semaines dans une sorte de fatalisme serein. Elle mangeait, buvait et dormait selon son désir, et recherchait souvent la compagnie de ses enfants, qui poussaient librement et sans véritable discipline dans le palais silencieux. A six ans, Baketaton était une fillette ravissante mais obstinée, encline aux bouderies lorsqu'elle n'obtenait pas ce qu'elle voulait, ce qui était rare. Smenkhara nourrissait à l'égard de sa mère une rancune tenace. Il lui en voulait de le retenir dans ces murs où plus rien ne se passait. Il était maussade et taciturne, et la déférence malsaine des domestiques et des précepteurs qui le traitaient, à l'instar de sa mère, en héritier du trône, n'améliorait en rien son attitude. Tii s'efforçait d'apaiser sa mauvaise humeur en lui contant les jours de gloire qui l'attendaient, mais il écoutait en fronçant les sourcils ses belles promesses.

– Je sais que tu ouvres les lettres que j'échange avec Meritaton, lui reprocha-t-il un jour. Tu es tellement soupçonneuse. Tu penses peut-être que nous complotons contre nos parents ? Meritaton est bientôt en âge d'être fiancée. Elle va avoir neuf ans. Nous parlons de mariage, rien de plus.

– Je sais, répondit Tii avec douceur. Mais n'oublie pas que si elle a presque l'âge de porter des enfants, tu ne pourras pas être père avant cinq ans au moins. Pharaon ne t'accordera pas sa main. Il attendra de voir si Nefertiti peut lui donner un garçon, et même alors, je pense qu'il prévoit pour Meritaton un avenir fort différent de celui dont tu rêves.

Il observa un instant le ventre distendu de sa mère, que voilait une gaze fine.

– Je veux Meritaton. Je l'ai suppliée d'insister auprès de son père pour qu'il m'envoie chercher. J'ai aussi écrit à Pharaon.

– Je le sais. J'ai détruit ta lettre, et si tu es assez sot pour recommencer, je ferai brûler tous les messages que tu enverras désormais en Akhetaton. Disparais de ma vue, Smenkhara, et cesse de geindre. Profite de ta jeunesse tant que tu le peux encore. Nage, conduis ton chariot, apprends le tir à l'arc avec les soldats, taquine tes domestiques. Ne gâche pas ta vie par trop d'impatience.

Il partit d'un pas furieux, crispant les épaules comme faisait jadis son père. Et Tii se sentit coupable soudain. Car son époux défunt aurait su imposer au garçon une éducation stricte et complète, il l'aurait enrôlé dans son armée pour un temps, tandis qu'elle s'était désintéressée de tout cela. Pour la première fois, le bien de l'Égypte lui importait moins que son confort personnel. Et comme son fils disparaissait dans la brume de chaleur ondoyante, elle se dit que Pharaon ne donnerait Meritaton à personne. Elle partageait avec lui la stèle sacrée du Temple. Il la garderait pour lui-même. Mais pourquoi cela devrait-il me tourmenter ? songea-t-elle encore. Mon époux avait épousé Sitamon, notre fille. En quoi est-ce différent, et pourquoi ce trouble en moi ? Elle chercha en vain la réponse.

Au début de l'année qui suivit, Tii apprit que sa nièce avait donné naissance à une autre fille, Nefer-neferou-Aton-ta-sherit. Sa propre grossesse arrivait à son terme, et elle eut envie de rire en imaginant la déception de Nefertiti, qu'elle plaignait pourtant. Un rapport dicté par Ay accompagnait le communiqué officiel. Après de longues hésitations, Pharaon avait enfin suivi son avis et convoqué Azirou dans la cité de l'Aton afin qu'il rende compte de son attitude. La lettre qui lui accordait un an de délai était revenue, sans réponse, par le messager qui devait la lui remettre. Azirou n'était pas dans son palais pour la recevoir. Il avait écrit plus tard, longuement, afin d'expliquer au Roi qu'il combattait Souppilouliouma dans le Nord et n'avait pu rencontrer l'émissaire. Pharaon hésitait. Devait-il châtier Azirou pour son impertinence ou le féliciter des efforts qu'il prétendait mener contre le conquérant hittite ? Il ne parvenait pas à trancher.

Tout aussi intéressants étaient les rapports qu'envoyait, de temps à autre, Moutnodjme et qui, malgré leur sobriété, brossaient un tableau pittoresque et vivant de la vie en Akhetaton. « Nous nous vautrons dans des flots de tendresse familiale », écrivit un jour l'esclave muet. « Pharaon, la Reine et leurs filles se pavanent partout sur leur char, avec force démonstrations de baisers et d'étreintes censées illustrer, selon l'Enseignement du Roi, les vérités de l'amour. Tous les courtisans sont invités à suivre l'exemple de la famille royale. La santé de Pharaon n'est pas bonne. » Tii se demanda ce que signifiait la dernière phrase. La santé de son fils n'avait jamais été très bonne. Ses migraines avaient-elles empiré ? Souffrait-il d'une brusque fièvre ? Et tandis qu'elle regardait le papyrus se consumer dans les flammes, elle imagina Akhenaton, Nefertiti et leurs filles offrant en pâture aux yeux des foules un spectacle de si mauvais goût. Elle ressentit alors pour son fils, si maladroit, si follement désireux d'imposer sa conception de la vérité, une immense pitié. Elle eut envie de le protéger et, comme une mère accourt pour sauver son oisillon, résolut de se rendre dans la cité impériale. Quand mon enfant sera né, si je survis, se jura-t-elle, je partirai.

Trois jours plus tard, elle fut éveillée au petit matin par un tumulte sourd qu'elle ne parvint pas à identifier. Elle se dressa péniblement sur sa couche, et Piha la conduisit jusqu'à la fenêtre.

– C'est trop loin pour venir de ce côté du fleuve, dit-elle au bout d'un moment. Qu'en penses-tu, Piha ?

– Je ne sais pas, Majesté. On dirait des voix. Cela me rappelle les cris que l'on entend au cours des processions d'Amon.

Le vent tourna alors, et elles perçurent plus nettement un lourd murmure continu qui montait et descendait au gré de la brise.

– Je n'arrive pas à discerner s'il s'agit d'une foule joyeuse ou en colère, souffla Tii. Mais il se passe quelque chose à Thèbes. Appelle Houya, vite!

Le majordome ignorait d'où provenait le tumulte. Elle lui ordonna d'envoyer un héraut en reconnaissance.

– Donne-lui une escorte. Convoque mes gardes du corps et fais déployer les troupes le long du fleuve, devant le palais. Simple précaution.

Bientôt, la rumeur se tut, pour laisser place à un silence de mauvais augure. Tii se rendit dans sa salle d'audience à l'instant où revenait le héraut, haletant et suant.

– Le Premier Prophète d'Amon me suit, Majesté, parvint-il à souffler. Des dignitaires du Temple l'accompagnent. La moitié des prêtres de Karnak traversent le fleuve en ce moment même.

– Fais entrer Maya immédiatement.

Une procession de silhouettes blanches envahit aussitôt la salle et se prosterna. Maya s'avança, drapé de la peau de léopard. Ses lèvres tremblaient, mais sa voix annonça posément :

– Majesté, de nombreuses barques sont arrivées ce matin à l'aube sur les quais du Temple, escortées par les soldats de la cité de l'Aton. Le capitaine portait un message de Pharaon. Le Roi m'ordonne d'ouvrir le Trésor d'Amon et de remettre les possessions du Dieu aux mains des soldats, qui les chargeront sur les bateaux.

Tii s'efforça de rester impassible.

– Pharaon indique-t-il les raisons de cette requête?

– Non, Déesse, mais le capitaine prétend que les richesses d'Amon doivent servir désormais au culte de l'Aton. Il y a des milliers d'autels en Akhetaton, où sont déposées chaque jour des offrandes de nourriture, de vin et de fleurs.

Suivit un bref silence. Puis Tii prononça d'un ton glacé :

– J'espère que tu as obéi à ton Pharaon?

Maya écarquilla de grands yeux incrédules.

– Oui, Majesté, je n'avais pas le choix. Les soldats étaient armés, nos gardes ont été pris au dépourvu. Mais...

Tii se pencha en avant.

– Mais quoi? s'écria-t-elle. Comment oses-tu accourir ici, en espérant, sans doute, que moi, qui suis l'épouse et l'Impératrice de Pharaon, je désavouerais sa divine volonté? Comment *oses*-tu! Tes paroles semblent suggérer que si les gardes du Temple avaient été prêts, vous auriez résisté. (Elle s'adossa, le cœur battant à se rompre. L'enfant se tordait dans son ventre.) Vous l'auriez fait, n'est-ce pas?

Maya tendit les mains.

– Majesté, le Dieu m'en est témoin, je l'ignore. Tout a disparu. Le Trésor renfermait des richesses sans nombre. De l'or, de l'argent, de l'ébène, de l'ivoire et des joyaux. Des coupes sacrées. Les offrandes de milliers de fidèles. Tous les biens d'Amon destinés au commerce. Tous les profits de ses propriétés du Delta. Ses terres sont également confisquées.

Un long frisson de terreur embrasa soudain les veines de Tii, mais elle parvint à le maîtriser.

– Maya, tu sais que l'Égypte et tout ce qu'elle contient appartiennent au Dieu régnant. Aucun Pharaon n'a jamais dépouillé Karnak, mais tous avaient le pouvoir de le faire.

– Aucun Pharaon n'a agi ainsi auparavant, car ils étaient tous fils d'Amon, répondit le Grand Prêtre. Mais le Roi répudie aujourd'hui le protecteur de l'Égypte et revêt un autre Dieu de la gloire qui revenait à Amon! Nous, ses prêtres, vivons dans la terreur que notre Dieu ne maudisse sa terre. Aie pitié de nous, Majesté. Dis-nous ce que nous devons faire. Le Trésor servait aussi à payer nos serviteurs, nos cuisiniers, nos architectes et nos maçons, ainsi que les paysans qui s'occupent des troupeaux et des champs d'Amon. Tous ces gens sont sans travail aujourd'hui.

– Il est tout à ton honneur, ironisa sèchement Tii, de te préoccuper des esclaves d'Amon plutôt que de ses prêtres! Maintenant que le Trésor n'est plus, les officiants ne peuvent-ils subsister grâce aux seules offrandes?

Il y eut une houle de murmures discrets au fond de la salle. Maya secoua la tête.

– Les dévots se font chaque jour plus rares, dit-il.

Il n'osa pas ajouter, mais aucun des auditeurs présents ne l'ignorait, que les seules offrandes dignes de ce nom provenaient des citoyens les plus riches, qui déposaient maintenant leur or aux portes de l'Aton. Seuls les bouquets de fleurs et les pains offerts par les pauvres parsemaient désormais l'avant-cour de Karnak.

– Ce n'est pas tout, Majesté, murmura Maya. Pharaon interdit à ce jour toutes les processions publiques organisées en l'honneur d'Amon. Nous avons le droit de célébrer les fêtes traditionnelles du Dieu, mais dans l'enceinte du Temple uniquement.

Tii le dévisagea longuement.

– Tu veux dire qu'il n'y aura plus de Fête de la Vallée, plus de bénédiction des morts? Je... (Elle se reprit aussitôt.) Combien de prêtres peuvent encore vivre à Karnak?

– Je n'en ai pas fait précisément le décompte, Déesse, répondit Maya, plus confiant soudain. Mais je pense que sur les vingt mille prêtres qui servent notre Dieu, les offrandes des citoyens de Thèbes ne pourront guère en nourrir plus de cinq cents, et encore chichement.

– C'est peu, en effet. (Elle réfléchit un instant.) Au nom de l'amour que j'ai voué à mon premier époux, Osiris Amenophis le Glorieux, je verserai de mon trésor personnel l'or nécessaire à l'entretien de cinq cents prêtres supplémentaires. Tu les choisiras. Les autres devront quitter le Temple et chercher à s'employer ailleurs. (Elle foudroya du regard les dignitaires amassés devant la porte, et les murmures de protestation se turent aussitôt.) Qu'il soit bien entendu que si je fais cela, ce n'est pas parce que je désavoue Pharaon, dont la parole est infiniment sage et divine, mais par amour pour celui qui vogue maintenant dans la Barque de Râ. J'ai parlé.

Maya se retira sans un mot, suivi de son escorte.

Il n'y eut pas un bruit non plus dans la salle lorsque les portes se furent fermées. Tous restèrent muets, abasourdis. Tii elle-même ne bougeait plus, transie sur son trône, l'esprit en ébullition. Si j'avais parlé autrement, songea-t-elle très vite, je déclenchais une guerre civile, dont n'aurait pas tardé à profiter Souppilouliouma, ce serpent. Mais quelle folie, Pharaon! Ces prêtres vont mourir de faim, mendier dans les rues d'une cité déjà agonisante. Voulais-tu te venger d'un Dieu, d'une ville que tu détestes? As-tu obéi à une vision que t'a envoyée l'Aton? Que dois-je faire? Elle se dit qu'elle rédigerait une lettre de protestation, précise et bien argumentée, que son fils délaisserait, d'un air de profond ennui, avant même d'avoir fini de la lire. Trop de questions restaient sans réponse, et elle était impuissante.

Elle voulut se lever, mais une douleur soudaine transperça ses reins, suivie d'une autre. Elle suffoqua.

– Houya! Appelle mon médecin. Dis à Piha de venir me conduire jusqu'à ma couche. Les problèmes d'Amon attendront.

Les hommes qui l'entouraient revinrent à la vie. Pliée en deux sur les spasmes qui la tenaillaient, elle réclama à grands cris des prêtres, de l'encens et des prières, aussi des magiciens, des amulettes autour de son lit. Saisie d'effroi, elle crut un instant à la malédiction du Dieu dont elle venait de bafouer le culte immémorial.

– Je ne veux pas mourir! hurla-t-elle.

Mais ce fut le dernier sursaut de panique auquel elle s'abandonna. Recouvrant la dignité de toute une vie de gloire, elle attendit, clouée sur sa couche, la naissance de son enfant. Ses yeux glissèrent d'un visage à l'autre tandis que s'égrenaient les heures, lentement. Noyée dans le cliquetis des charmes et des amulettes et les bouffées d'encens, elle aperçut Osiris Amenophis penché sur elle, et son haleine exhalait un parfum de clous de girofle et de vin. Elle le vit passer sans hâte, immobile, sur la Barque Sacrée, tandis que gémissait autour d'elle la foule des morts qui suppliaient qu'on leur rendît la lumière. Elle sentit sur ses jambes et ses hanches l'eau glacée de la Douat. Elle lutta dans l'obscurité, pendant une éternité de nuit elle lutta, jusqu'à ce qu'elle entrevît enfin un rai de lumière qui inonda peu à peu la caverne. Les portes s'ouvrirent. Elle comprit alors qu'elle était étendue sur sa couche, les yeux tournés vers la fenêtre dont les raides tentures de papyrus bougeaient doucement dans la brise. Sa tête roula sur l'oreiller. Houya lui sourit.

– Parle, parvint-elle à chuchoter.

– Tu as un fils, Majesté. Mais tu as perdu beaucoup de sang et tu as foulé pendant cinq jours le monde des ombres.

Aucune émotion ne vibrait en elle, tant elle était faible. Ses lèvres frémirent.

– De l'eau, dit-elle. Mon époux...

Il claqua des doigts et Piha vint aussitôt. Un filet de lait tiède mêlé de sang de taureau coula dans sa gorge. Je suis purifiée, pensa-t-elle.

– Un message a été dépêché à Pharaon, reprit Houya. L'émissaire reviendra dans quelques jours, sans doute, avec le nom que le Roi aura choisi pour son fils. L'enfant est bien formé, Majesté, bien qu'il soit aussi faible que toi. J'ai désigné une nourrice. Veux-tu que je le fasse apporter?

Elle secoua la tête, une seule fois. Déjà le sommeil s'emparait d'elle. L'enfant importait moins que le pardon d'Amon. On avait épargné sa vie. Elle accueillit ce bonheur comme un délai de grâce.

Au cours de l'année qui suivit, dixième du règne d'Akhenaton, Nefertiti accoucha d'une autre fille, prénommée Nefer-neferou-Râ. Trop lasse, Tii avait renoncé à se rendre en Akhetaton. Son inimitié à l'égard de sa nièce n'était plus qu'un sentiment vague, lointain, sans importance. Elle passait de longues heures sur la terrasse de ses appartements, effleurant d'un œil indifférent la silhouette de Thèbes qui oscillait dans l'air brûlant, sur l'autre berge du fleuve, consciente qu'elle vivait dans une paix artificielle, hors du temps, un peu comme les morts dont les tombeaux peuplaient le désert non loin de Malkatta. Elle regardait la vie couler et transformer toute chose autour d'elle, tandis qu'elle restait immobile, immuable. Seuls Smenkhara et son plus jeune fils la liaient au futur, un futur qui n'avait plus d'intérêt pour elle.

Elle se rétablit lentement de la naissance de son enfant, et comprit bientôt qu'elle ne retrouverait plus sa belle vigueur d'antan. Elle se promenait dans le palais et les jardins, conférait avec ses ministres des problèmes mineurs qui composaient l'ordinaire des jours, mais malgré les toniques et les massages que lui prescrivait quotidiennement son médecin, elle sentait que la fatigue qui l'abattait sur sa couche un peu plus tôt chaque soir ne la quitterait plus désormais. Thoutankhaton, ainsi que son père avait ordonné qu'on le nommât, était un garçonnet vigoureux et sain. Akhenaton demandait souvent de ses nouvelles, et suggérait que Tii l'amenât auprès de lui dans le Nord. Mais chaque fois, sous divers prétextes, elle se dérobait.

Quelques mois plus tard, elle reçut une longue lettre de son fils. Assise au pied de l'escalier monumental qui conduisait à la grande salle d'audience, tandis que les serviteurs devisaient autour des fontaines pour passer le temps, elle écouta d'une oreille distraite les salutations d'usage que lisait son scribe. Mais bientôt, les mots solennels qu'elle connaissait par cœur s'effilochèrent dans un style plus désordonné, plus intime, où elle entendit la voix de son fils. « Il n'est pas juste que la mère du Soleil vive recluse dans un palais qui appartient à une ère d'obscurité désormais révolue, écrivait-il. La famille de l'Aton réclame d'être à nouveau réunie. Avec toi, chère Tii, a commencé le voyage de l'Égypte vers la lumière, et ta vigueur cependant se tapit dans l'ombre d'Amon. La beauté des Êtres Divins que nous sommes illumine Akhetaton de sa splendeur, mais comme autrefois, lorsque tu venais de perdre ton époux et n'avais pas encore honoré ma couche, le cercle est affaibli par ton absence. Viens, je t'en supplie, afin que se régénère ma force. J'ai ordonné la construction de trois dais magiques dans le Grand Temple de l'Aton, pour moi, pour toi et pour ma fille Baketaton, que j'aime tendrement, sous lesquels nous pourrons abreuver nos pouvoirs aux mannes sacrées du Dieu. Je ne commande pas à celle dont le corps a engendré le Soleil. Je la prie d'entendre ma requête et d'y répondre favorablement. »

Ce message n'est pas une idée d'Ay, songea Tii pendant que le scribe roulait le papyrus et le posait près de lui. Ay m'aurait écrit lui-même s'il jugeait ma présence nécessaire là-bas. Non. Akhenaton se sent menacé, mais par quoi ? Sa santé défaillante, ses visions ? Peut-être a-t-il compris que la Reine ne lui donnerait pas de fils et désire-t-il simplement avoir Toutankhaton près de lui.

– Ensuite ? demanda-t-elle.

Le scribe saisit un autre rouleau.

– Il y a une dépêche du Porteur d'Éventail de la Main Droite.

– Parfait. Lis-la-moi.

– « Autant que je puisse en juger par les informations qui me parviennent, il semble que le peuple de Noukhashshe se soit révolté contre son prince Ougarit. Celui-ci aurait appelé Souppilouliouma à sa rescousse. Je ne peux encore l'affirmer avec certitude car il règne dans le bureau de Toutou une confusion extrême, et l'homme lui-même se révèle de plus en plus incompétent et pusillanime, sous une apparence de profonde religiosité, et si jaloux de ses prérogatives que je n'ai rien pu obtenir non plus de ceux qui travaillent sous ses ordres. Mais si la nouvelle se confirme, il ne fait aucun doute que Souppilouliouma viendra au secours d'Ougarit. »

Tii serra les dents. Le pays de Noukhashshe était si près de l'Égypte que ses souverains avaient toujours choisi d'en être les alliés, et de nombreux traités de paix avaient été signés entre les deux royaumes, scellés par des mariages au fil des ans. Le fait qu'Ougarit n'en eût pas appelé à Pharaon pour mater la révolte condamnait plus éloquemment qu'aucun autre signe la faiblesse d'Akhenaton, l'impuissance croissante de son Royaume. Le Hittite enverrait ses soldats, et lorsque serait éclaircie la poussière des émeutes, il se trouverait plus proche que jamais des frontières directes de l'Égypte. Il ne s'agissait même plus de l'Empire, à présent. Le pays lui-même était menacé.

Elle dicta une lettre à Souppilouliouma. Sans illusions, car le prince savait déjà, probablement, combien son pouvoir s'était affaibli. Mais sa mise en garde lui rappellerait au moins que quelqu'un, en Égypte, surveillait ses mouvements d'un regard que n'aveuglaient pas ses sinistres manigances.

Elle écrivit également à Pharaon, des mots âpres et sans complaisance, par lesquels elle exigeait de savoir pourquoi, alors qu'elle recevait de nouvelles si précises de ses propres informateurs, il ne prenait pas des mesures immédiates contre ses ennemis. Elle accusa Toutou de lui dissimuler une partie de la vérité, sans insister cependant, car elle savait que si elle n'était pas en mesure de justifier de vive voix les reproches de trahison qu'elle eût aimé formuler à son encontre, le scribe aurait tôt fait de la dénigrer aux yeux de son fils, et elle perdrait le peu de crédibilité qu'il lui restait encore. Il lui fallut un jour entier pour composer sa lettre, et lorsqu'elle s'étendit enfin sur sa couche, épuisée, elle pleura sur son pauvre fils. Car tout en condamnant les fautes du scribe, elle savait bien que la gravité de la situation eût exigé le génie d'un homme tel que le Fils d'Apou, et que l'Égypte ne possédait plus de tels hommes. Ay, formé sous l'ancienne administration, eût sans doute fait l'affaire, mais il était enchaîné et muselé par des fonctionnaires qui ne vivaient plus dans la réalité des choses, dont le jugement était perverti par l'étrange atmosphère que les fantasmes et les rêves de Pharaon projetaient, telle une brume, autour d'eux.

Plus le temps s'écoulait, plus elle ressentait l'urgence de renoncer pour toujours à ses maigres pouvoirs, et d'abandonner Malkatta aux chacals. Elle décida de s'installer à Djaroukha juste avant les moissons. Pourtant, malgré l'intolérable chaleur qu'elle eût pu fuir alors sans attendre, elle choisit de rester encore un peu dans le vieux palais, dans l'idée vague d'une dernière souffrance au jour le jour par le feu du ciel qui la dévorait, sorte d'expiation pour les dix années qu'elle venait de vivre. Les Dieux n'exigeaient pas, elle le savait, de tels sacrifices. Mais c'était elle, elle seule, qu'elle espérait ainsi apaiser.

Comme elle pantelait un après-midi sur sa couche, cherchant le sommeil, Houya demanda à être reçu. Elle regarda s'avancer cet homme de noble prestance, qui était beau jadis. Il avait le souffle court, à présent, et ses articulations le faisaient souffrir. Il s'inclina.

– Majesté, pardonne-moi d'interrompre ainsi ton repos, dit-il, mais ta nièce arrive d'Akhetaton et désire te voir immédiatement.

– Ma nièce. Laquelle ? Parle donc !

– La princesse Moutnodjme. Je me suis permis de la faire entrer dans ta salle d'audience et de lui servir de l'eau fraîche.

– Dis-lui que j'arrive. Piha ! Une robe ample, et peigne mes cheveux, vite !

Puis elle s'en fut, joyeuse de cette diversion qui rompait sa solitude. Debout contre un mur, Moutnodjme dispersa d'un coup de fouet les deux nains qui jouaient aux dés près d'elle, et salua sa tante. Elle portait un fourreau écarlate, qui découvrait un sein enduit de poudre d'or, comme ses paupières. Tii eut envie de la prendre dans ses bras. Elle se contenta d'effleurer sa joue, que masquait une épaisse couche de fard jaune.

– Je vois que tu as un nouveau fouet, commença Tii, qui ne savait trop que dire, tant elle était émue.

Moutnodjme acquiesça.

– Cuir de taureau et poignée d'argent. C'est bon de te voir, ma Tante.

– Comment me trouves-tu ? demanda Tii, qui regretta aussitôt sa question.

La jeune femme la dévisagea un instant, tête penchée sur le côté.

– Mieux que je ne m'y attendais, après un accouchement aussi douloureux. Cela fait un certain temps déjà, mais tout le monde, en Akhetaton, s'inquiète de ta santé et attend avec impatience les dépêches de Malkatta.

– Je n'en crois rien !

– C'est pourtant la stricte vérité. Lorsqu'il a appris que tu lui avais donné un fils au péril de ta vie, Pharaon nous a ordonné de prier pendant des heures dans l'avant-cour du Temple, tandis que lui-même implorait l'Aton. Il a été malade, ensuite, et ses malaises ont duré plusieurs jours.

– Pourtant il n'est pas venu. En dépit de toute cette sollicitude, il n'est pas venu.

– Non. (Moutnodjme la regarda dans les yeux.) En effet. L'influence de la Reine imprègne la cité à la façon d'un parfum trop lourd, qui assaille nuit et jour nos narines. Quand nous ne sommes pas prosternés devant l'Aton, c'est elle que nous devons adorer.

Tii chercha sur le visage de sa nièce le sarcasme que ses mots dissimulaient avec soin, et l'y trouva.

– Tu es toujours aussi belle! dit-elle.

– Je sais. (Moutnodjme se mit à rire.) Je suis devenue l'objet de désir de tout ce qui est jeune et mâle en Akhetaton. N'est-ce pas lassant? Horemheb s'en amuse, mais pas moi. Je ne supporte plus ces murmures enflammés, ces mains qui me frôlent aux festins de Pharaon. Je me réfugie auprès de mes amis d'autrefois, les hommes avec qui j'ai couché, les femmes qui connaissent tous mes secrets. C'est que j'ai vingt-huit ans, vois-tu. Les jeunes m'ennuient, à présent.

– Une Moutnodjme sage et pudique? Impossible!

La Princesse eut un grand éclat de rire.

– Certainement pas! Mais tous ces petits jeux ne m'amusent plus guère. Regarde cette robe. Un seul sein dévoilé. Bien timide provocation, en vérité. C'est la dernière mode en Akhetaton. On minaude, on bat des paupières, on s'aguiche sottement. La Cour de mon oncle, ici, à Malkatta, a toujours été quelque peu dépravée, mais c'était une débauche sans hypocrisie, saine et vigoureuse, en quelque sorte. Là-bas, les plaisirs sont comme assourdis, maladifs.

– Est-ce l'ennui qui t'a conduite jusqu'à moi?

Moutnodjme secoua la tête. Claquant vivement des mains, elle cria « Hoï! », et un serviteur accourut, déposa un petit coffre sur les marches du trône et se retira.

– Je te prie de congédier tes gens, ma Tante. Ce que je vais te montrer, nul que toi ne doit le voir.

Lorsque tous furent sortis, Moutnodjme posa la main sur le coffre, hésita un instant encore.

– Ceci n'offre guère d'intérêt pour moi, sache-le, dit-elle d'une voix tranquille. Mais tu risques d'en être troublée. Si tu ne l'es pas, je retournerai en Akhetaton en considérant que notre contrat est rompu. Encore que je me sois fort enrichie grâce à toi, Impératrice! Dans le cas contraire, mon époux m'a priée de te faire savoir qu'il est à ta disposition.

– Je comprends.

Intriguée, Tii regarda sa nièce lever le couvercle et exhumer ce qui semblait une statuette figurant un groupe de singes. Il n'y avait rien d'étrange à cela. L'Égypte vénérait sous cette forme plusieurs divinités mineures, et les babouins étaient animaux sacrés. Moutnodjme posa la sculpture dans ses mains.

– Ce modèle est en albâtre précieux, mais on en trouve des reproductions moins coûteuses dans toute la cité, des grandes et des petites, en bois, en pierre, ou en argile pour les plus pauvres. On peut les acheter n'importe où.

Tii se pencha sur la statuette. Il y avait quatre singes, de tailles diverses. Le plus grand se tenait, genoux à demi pliés, derrière les autres, affublé de longs seins mous qui pendouillaient et de cuisses adipeuses. Un pénis exagérément gros jaillissait dessous l'enflure du ventre. Sa queue, glissée entre les jambes, se lovait dans le bas-ventre d'une guenon agenouillée devant lui, les mains enserrant sa verge. Il plissait d'épaisses lèvres en direction d'un singe blotti dans son bras gauche, et dont il tripotait, du bout des doigts, le sein minuscule. L'autre main s'enfonçait entre les cuisses d'un petit singe posé sur sa droite. Tous les sexes étaient peints en rouge vif, en gris les oreilles, les yeux, les queues et les chevelures. La scène suggérait une sexualité indéniablement obscène. Mais ce ne fut pas cet aspect-là qui arracha à Tii un grognement de fureur, lui fit jeter la figurine au bas du trône. Le gros singe arborait, fichée de travers sur son crâne, une double couronne, et la femelle un casque haut, de forme conique. Moutnodjme ramassa vivement l'objet et l'enfouit dans le coffre.

– Nul ne sait qui a commencé, dit-elle. Mais même avant que n'apparaissent ces sculptures, il y avait des rumeurs. On murmurait que Pharaon copulait avec ses singes, qu'il couchait en même temps avec la Reine et leurs deux filles aînées. Les histoires obscènes ont toujours existé à la Cour, mais ceci est d'un autre ordre. On y sent de la malveillance. Pharaon a totalement perdu l'estime des citoyens d'Akhetaton, et je crains qu'avant longtemps, ce genre d'objets ne se répande dans toute l'Égypte. Les Thébains vont s'en régaler, sans aucun doute!

Tii déglutit, saisie de vertige. Ses mains tremblaient.

– Que dit Pharaon? Sa colère, sa honte doivent...

– Il ne ressent ni l'un ni l'autre. Il sourit. Il prétend que lorsque son peuple aura enfin compris ce qu'est le véritable amour, ces figurines disparaîtront. Mais la Reine est hors d'elle. Elle a interdit qu'on en possède, mais bien entendu, le gens ne tiennent pas compte de ses menaces. Elle aurait dû feindre carrément de les ignorer.

– Oui, murmura Tii, qui pensa que Nefertiti n'avait jamais eu l'instinct d'une vraie souveraine. Ses amours et ses haines étaient trop extrêmes, trop publiques, presque indécentes. (Elle ajouta :) Est-ce à cause des gravures du ben-ben, où on les voit s'enlacer?

– En partie. Il est certain que Pharaon et la Reine ne s'y comportent guère comme des Dieux. Mais c'est aussi parce qu'ils font étalage devant leurs sujets, en toutes circonstances et en tous lieux, de l'affection qui unit leur famille. C'est un choix, mais plus d'un en est choqué. Pardonne-moi, Majesté. Parler ainsi de Pharaon est un blasphème, je le sais, mais j'ai pensé que tu voudrais savoir, et mon messager n'aurait pas su te faire sentir tout ce que cette situation a de malsain. Il ne s'agit pas seulement des figurines. Le peuple acclame ton fils dans les rues, mais la dérision qui vibre dans leurs cris, il ne l'entend pas. Horemheb te supplie...

Tii leva la main.

– Cela suffit, dit-elle posément. Dîne avec moi ce soir, après ma sieste. J'ai besoin de réfléchir. Laisse-moi.

Elle regarda s'éloigner la jeune femme, hypnotisée par le mouvement du fouet qui serpentait sur ses talons. Plus tard, elle prit un bain et tenta de dormir, mais la voix de Moutnodjme et la vision des sexes déformés, écarlates, n'en finit pas de hanter son esprit. Son cœur s'affolait. Mais je voulais me retirer à Djaroukha! protestait-elle en silence. Je l'avais décidé! Je ne peux rien faire, je suis trop vieille, il est trop tard! Elle évoqua avec angoisse le lac bruissant de nénuphars devant les piliers bleus du portique, la brise qui soufflait du nord, la fraîcheur humide de l'air. Oh, cesse donc! jura-t-elle entre ses dents. Il n'est rien d'aussi ridicule qu'une vieille femme en pleurs. Qu'ils souillent donc la couche où ils ont choisi de se vautrer. Je pars dans mes terres! Mais elle sut alors que jamais plus elle ne reverrait Djaroukha.

17.

Tii quitta le vieux palais de Malkatta à la fin du premier mois d'hiver, après avoir soigneusement vidé chaque pièce des souvenirs trop douloureux dont elle ne voulait plus encombrer sa mémoire. Elle gravit sans se retourner la passerelle de sa cange.

Après avoir vogué le jour sur les eaux vives, campé la nuit dans des golfes où la fraîcheur l'enfouissait sous ses couvertures, elle vit paraître, à l'ombre d'un bouquet d'arbres, un modeste édifice douanier dont les quais, plantés dans la boue du Nil, accueillaient les nombreux bateaux qui venaient y dégorger un flot ininterrompu de marchandises – or, esclaves, plumes d'autruche, peaux, ivoire, ébène. Les casernes des soldats qui patrouillaient le long des collines bordaient la rive. Horemheb vint à la rencontre de l'Impératrice, et offrit de la conduire dans la résidence de son frère, où elle passerait la nuit avant de rencontrer Pharaon.

Puis, tandis qu'elle cherchait à entrevoir, penchée sur le bastingage, la cité du rêve d'Akhenaton, le capitaine commenta le paysage.

– Des carrières d'albâtre ont été creusées dans ces collines, derrière le bâtiment des douanes. Mais on ne les voit pas d'où nous sommes. Il y a aussi des fabriques de verre et de faïence plus loin, vers le désert. Ah! voici la première résidence, celle de Panhesy, et à côté, la maison de Ranefer. Je vis dans la cinquième que l'on aperçoit, là-bas, près de celle de Thothmes le sculpteur. Thothmes ne devrait pas résider, normalement, dans le quartier des dignitaires, mais il a les faveurs de la Reine.

Une inflexion, dans la façon dont il dit ces derniers mots, intrigua Tii. Elle le regarda. Mais il tint les yeux tournés vers la rive, le doigt pointé vers les splendeurs qu'il lui dévoilait. Accoutumée à la crasse et à la misère d'une cité qui périclitait un peu plus chaque jour, Tii dévorait du regard les beautés qui défilaient devant elle. Elle en avait le souffle coupé. Les résidences des nobles, que nommait une à une Horemheb, disparaissaient sous une profusion de palmiers et d'arbres fruitiers. Des quais du marbre le plus pur plongeaient à intervalles réguliers dans l'eau bleue du Nil, flanqués de canges délicates, blanches ou dorées, qui arboraient l'emblème de l'Aton. Pendant deux milles environ, les maisons se succédèrent ainsi, décorées de verdure et de fleurs, de lacs artificiels. Puis apparurent les pelouses et les vergers, les parterres où serpentaient parfois de fins sentiers conduisant à une petite cour pavée, plantée d'une stèle et d'un autel. Le capitaine désigna Marou-Aton, le palais d'été où la Reine se plaisait à se réfugier de temps à autre.

– Il renferme un temple royal, deux lacs avec pavillon de repos, des mosaïques et toutes sortes de splendeurs qui ont fait la renommée de l'Égypte. Les jardins et les allées ombragées que tu vois se prolongent jusqu'au cœur de la ville.

La cange manœuvra pour cingler vers la rive du couchant, où seuls des palmiers bordaient les canaux d'irrigation. Ailleurs, à perte de vue, des champs de céréales.

– Personne d'autre que mon frère ne vit sur cette rive ? demanda Tii.

– Personne, Majesté. Seul Ay a obtenu cette faveur de Pharaon, qui souhaite que tous ses sujets résident aussi près que possible du Temple et du palais. Mais pendant la Crue, le fleuve inonde la rive occidentale, et il a fallu construire un barrage pour protéger la résidence d'Ay. Le Porteur d'Éventail en est d'autant plus heureux que Tey, son épouse, ne manifeste aucun désir de vivre de nouveau à Akhmim ! (Ils sourirent.) Voici le quai. Retourne-toi, Déesse, je t'en prie. Tu auras une vue d'ensemble du centre d'Akhetaton.

Tii s'attendait à un enchevêtrement d'édifices et de terrasses, semblable au souvenir qu'elle gardait de Thèbes, mais elle ne vit aucune maison. Par-delà l'épaisse frange de palmiers et de sycomores qui festonnait la rive, des rangs et des rangs de hautes colonnes blanches jaillies d'une muraille s'enfonçaient, à perte de vue, dans les terres.

– Le Grand Palais et le Harem, expliqua Horemheb. Plus loin, il y a les bureaux des ministres et les résidences des nobles de rang inférieur. Plus loin encore, ce sont les maisons des étrangers et, bien sûr, les masures des pauvres. Mais Pharaon te fera sans doute visiter tout cela.

Elle descendit enfin la passerelle.

– Bienvenue en Akhetaton, Déesse, ajouta Horemheb.

Tey l'accueillit sur le quai, vêtue avec plus de soin qu'à l'ordinaire. Un fourreau bleu pâle, depuis longtemps démodé, gainait son corps mince, et des bijoux de sa propre création paraient sa perruque, ses bras et ses chevilles. Elles flânèrent côte à côte parmi les esclaves prosternés, les oiseaux de toutes couleurs qui scintillaient dans les feuillages, l'ombre verte que déposaient partout une infinité de branches souples et denses qui s'enlaçaient au-dessus de leurs têtes. Près de la cour vibrait un lac sombre envahi de nénuphars blancs et roses. De hauts papyrus ondulaient mollement sur la rive, piquetés de lotus bleus.

Dans la soirée, il y eut un festin familial sur les pelouses, au cours duquel Ay, Moutnodjme et Horemheb rendirent hommage à Tii et à ses enfants. Et Tii s'endormit enfin, bercée par les feuilles qui murmuraient devant sa fenêtre et le ululement des chouettes dans le jardin.

Au matin, elle se fit vêtir d'une robe blanche finement plissée, d'où jaillissait un sein, selon les canons en vogue dans la cité. Elle camoufla ses cheveux gris sous une ample perruque dont les boucles lui tombaient à la taille, complétée du disque et des plumes de son rang. La Barque d'État de Pharaon la conduisit sur la rive orientale, où se forma, sous les ordres d'Horemheb, un somptueux cortège.

La litière se balança doucement, tandis que les chariots éclaboussaient la route de lumière et que les enfants, qui marchaient à pied derrière leur mère, devisaient joyeusement. Bientôt, non loin des premiers édifices, Tii aperçut un groupe et reconnut, le cœur en émoi, le palanquin royal. Elle ne descendit pas aussitôt. Les centaines de courtisans et de soldats qui l'escortaient s'immobilisèrent, attendant qu'elle eût maîtrisé son émotion. Elle vit que Nefertiti la regardait, merveilleusement belle et impassible sous le cône de sa coiffure. Ses trois filles aînées, parées, comme la Reine, de lin transparent et de lourds bijoux, chuchotaient entre elles sous le dais du palanquin.

Akhenaton enfin s'avança, flanqué d'Ay qui arborait sur une épaule un éventail de plumes écarlates. Tii vint à leur rencontre. Un prêtre psalmodiait en purifiant le sol d'eau lustrale devant les pieds du Roi. Celui-ci souriait. Tii tendit les mains. Il les prit et les embrassa puis, attirant Tii sur sa poitrine, il baisa de ses lèvres rougies son cou, ses joues, sa bouche enfin.

– Ma Royale Mère, aujourd'hui est un grand jour. (Il l'enlaça.) Voici réunis le Soleil et la mère du Soleil!

– C'est bon de pouvoir te toucher, Akhenaton, répondit-elle.

Mais sous la bouffée d'amour qui gonflait son cœur, elle sentit un frisson d'angoisse. Sa voix, aussi haute et perçante qu'autrefois, n'avait pas changé. Non plus que les traits de son visage, la belle courbe du nez, les prunelles en amande, si douces dans leur écrin de khôl brillant. Mais sous le voile fin de son ample robe de femme, elle entrevit une poitrine plus creuse qu'autrefois, un ventre plus rond et plus mou, des cuisses plus grasses, très pâles. Elle ne s'en étonna pas vraiment. Le temps avait posé sur ce corps des marques prévisibles. Ce qui la stupéfia, en revanche, ce fut la grosseur de ses seins, anormalement développés, semblables à ceux d'une femme, et dont les mamelons étaient peints d'un orange criard. Elle dut se forcer à en détourner le regard. Sur un signe d'elle, ses enfants vinrent se prosterner.

– Relevez-vous! s'écria Pharaon, fou de joie. Serait-ce là mon cher frère Smenkhara? Si grand, si viril! Viens, embrasse ton Roi.

Le garçon s'avança poliment dans les bras qui s'ouvraient à lui, et tandis que ses lèvres recevaient un baiser fougueux, Tii le vit rougir sous le fard jaune de ses joues. Pharaon se tourna vers Baketaton, s'extasiant longuement sur sa beauté. Il l'embrassa de la même manière. Tii croisa le regard d'Ay, ne put en déchiffrer l'expression. Dans les bras de sa nourrice, Toutankhaton dévisageait son père. Le Roi le prit dans ses bras, et les petites mains potelées se mirent à jouer avec son pendant d'oreille.

– Voici donc mon fils, le Prince de mes reins. Enfin! Tii, sa santé est-elle bonne? J'ai l'intention de le fiancer à l'une de ses sœurs. Nous tous, mains unies, un cercle pur et infranchissable! Mais poursuivons notre route. Il est temps d'aller recevoir le tribut annuel de nos vassaux, après quoi nous festoierons ensemble.

Au cours de la lente marche qui mena le cortège au palais, Tii observa longuement la ville et le couple royal. Elle vit Akhenaton et

Nefertiti s'embrasser et se manger tendrement des yeux. Elle vit le cou de Nefertiti ployer vers l'épaule de son époux, et leurs têtes pressées l'une contre l'autre. Les Princesses marchaient et sautillaient autour du palanquin, se tenant par la main ou par la taille, insoucieuses du tumulte qui grondait autour d'elles. La Voie Royale était ample, bordée de sentinelles qui retenaient la foule vrombissante. Au fur et à mesure qu'ils avançaient, les badauds se couchaient en désordre, face contre terre, au passage de Pharaon puis, se relevant, acclamaient l'Impératrice. Les rues qu'ils croisaient regorgeaient de la même multitude avide, surexcitée. Les demeures y étaient plus modestes, mais spacieuses et charmantes, piquetées de verdure. Une seule déparait l'harmonie de l'ensemble et choqua le regard de Tii. Dépourvue d'arbres et des étals joyeux qui coloraient les autres venelles, celle-ci longeait des murs austères et se perdait au bord du désert, dans un fatras de bicoques de glaise et d'ordures.

La cité était une pure merveille. Fanions et pylônes gracieux, arbres soigneusement taillés, colonnes qui dressaient dans l'air brûlant leurs flèches bleues, rouges, jaunes et blanches. La moindre surface était peinte ou ciselée d'images qui glorifiaient la nature, mais Tii ne manqua pas d'observer que les murs et les colonnes les plus vastes exposaient de gigantesques effigies de la Reine, immobile ou marchant, brandissant parfois le fléau, parfois déposant des offrandes à l'Aton au côté de Meritaton, minuscule image collée à son genou. Elle portait dans tous les cas un pagne masculin très sobre, et cette coiffure conique et austère qui dépouillait son visage de toute féminité. A chaque coin de rue, des autels de pierre invitaient à la méditation. Et tandis que la cavalcade approchait du centre de la ville, le parfum de l'encens devenait plus entêtant. Enivrée de senteurs, assourdie par le vacarme qui se déployait autour d'elle, Tii s'efforçait en vain de dégager l'impression dominante que lui inspirait cette ville. Plus tard, elle le savait, la cité dévoilerait ses secrets, mais pour l'instant, ses habitants l'encombraient, obscurcissant son cœur.

La Voie Royale s'enfonçait vers le nord en une ligne droite, impeccable. Au loin, sur la gauche, le palais était relié à un autre bâtiment, situé de l'autre côté, par une haute passerelle qui surplombait la route, et à laquelle on accédait de part et d'autre grâce à des rampes. En son milieu, une immense ouverture permettait d'observer la route dans les deux directions. Elle était couverte, sillonnée de colonnes. Dessous, on avait aménagé un grand portique et deux plus petits pour le passage des chars et des piétons.

Le cortège fit halte devant les arcades. Un cordon de soldats prit place autour de Tii et de ses enfants. Horemheb la pria de le suivre. Elle gravit la rampe sur les pas de Pharaon, de Nefertiti et des Princesses. Les badauds se répandirent sur la route, visage levé. Akhenaton enlaça l'épaule de Nefertiti, se pencha par l'ouverture. Négligemment appuyées aux linteaux, les fillettes saluaient la foule et parfois gloussaient derrière leurs paumes teintes.

– Peuple de ma Ville Sainte! hurla Akhenaton. Ce jour est béni dans l'histoire de l'Égypte. L'Impératrice nous honore enfin de sa présence. En cette heureuse occasion, et en signe de la faveur que je lui témoigne, le noble Pentou recevra de mes mains l'Or des Faveurs. Pentou!

Il désigna d'un air radieux l'homme qui était agenouillé tout en bas, les doigts déjà tendus vers l'averse de joyaux qui lui était promise.

– C'est la troisième fois, n'est-il pas vrai?

– En effet, Ta Grandeur!

– Pour ta dévotion à l'Aton, pour tes sacrifices et tes prières, je te nomme Personne d'Or!

Nefertiti recula tandis que Pharaon se dépouillait de son lourd pectoral, de ses anneaux et de ses bagues, pour les lancer joyeusement par la baie de pierre. Un tumulte explosa, encourageant Pentou qui se vautrait sur la route, à la cueillette des bijoux qui pleuvaient sur lui. Ay effleura le coude de Tii.

– C'est la Fenêtre des Apparitions, chuchota-t-il à son oreille. Chaque jour, lorsque le Roi se rend au Temple, il fait halte ici afin de parler à ses sujets et de distribuer de l'or à quiconque l'a mérité.

– Mais c'est une mascarade! souffla-t-elle, outrée. Son père n'a accordé l'Or des Faveurs que quatre fois dans toute sa vie, et pour des hauts faits de bravoure, encore! Dégrader ainsi cette cérémonie est inadmissible!

Pharaon échangeait des plaisanteries avec l'homme qui ramassait à quatre pattes les marques de sa faveur.

– Je l'ai moi-même reçu, mais une seule fois, reprit Ay dans un murmure. Le Roi ne se montre prodigue qu'avec ceux dont il souhaite acheter la loyauté. C'est pitoyable. Lorsque Horemheb l'a reçu, il est resté debout et a ordonné à ses esclaves de ramasser les bijoux. Regarde comme Pentou rampe et s'abaisse!

– Mon fils s'expose ainsi à son peuple *tous les jours*?

Elle tenta de ravaler sa rage. Le couple royal disparut dans l'ombre de la passerelle, et des acclamations saluèrent Tii comme elle longeait à son tour la fenêtre.

Puis elle traversa le palais, sublime labyrinthe de pylônes majestueux, de longues cours ouvrant sans fin sur d'autres cours, de colonnades, de lacs et de fontaines, de bosquets luxuriants, de rampes de marbre reliant les cours à des jardins, et les jardins à des salles dont l'ampleur laissa Tii sans voix, émerveillée. De toutes parts la vie jaillissait des fresques, canards pataugeant, taureaux épris de gambades, poissons dessinant des éclairs dans l'eau verte des murs. Plus de quarante colonnes séparaient les jardins de la salle de réception, et vingt encore conduisaient aux appartements du couple royal.

– Il y a même un temple privé, qui est la réplique exacte du Grand Temple situé de l'autre côté de la route, précisa Horemheb. On le nomme Hat-Aton. Il est réservé à la famille royale. Ce palais est unique, je crois, dans l'histoire du monde.

Et tandis qu'elle s'installait sur l'un des trois trônes de la salle d'audience, Tii s'efforça de rassembler ses esprits. Elle était fascinée, désorientée par les proportions de cet édifice auprès duquel les fastes de Malkatta lui parurent un pâle souvenir. La salle fourmillait de costumes barbares, multicolores. Les délégations venues de tous les pays de l'Empire se prosternèrent, et le paiement des tributs commença. Tii était heureuse. Même les Hittites avaient envoyé des représentants.

Mais sa joie fut de courte durée. Car nombre d'émissaires, malgré des discours copieux et de longs baisers sur les pieds de Pharaon, étaient arrivés les mains vides, en simples observateurs. L'Égypte n'avait plus de moyens de les forcer à lui livrer les trésors que Tii exigeait d'eux autrefois. Pharaon rayonnait, tandis que les hommes rampaient devant lui, et coulait parfois vers sa mère des regards empreints de fierté. Il s'adressait à eux d'un ton affable et condescendant. Bras verrouillés autour de sa taille épaisse, Nefertiti lui baisait de temps à autre la joue.

Tii aperçut Azirou, flamboyant de tous ses brocarts, qui se vautrait contre une colonne parmi des gardes du corps qu'on eût pris pour des brigands, tant leur mine était sinistre. Croisant son regard, il s'inclina très bas et sourit lentement. Près de lui se tenait l'ambassadeur des Hittites, cet homme impudent qu'elle avait observé jadis à Malkatta, les bras chargés de danseuses, un pied sur la table. C'était un homme d'âge mûr à présent, à la peau tannée par trop de soleil, aux yeux de vautour. A côté de ces barbares vigoureux et virils, Pharaon semblait une caricature, avec ses formes dodues et molles, sa douceur, sa féminité. Tii ferma les yeux. Ô Amenophis le Glorieux, supplia-t-elle son époux défunt. Viens à mon secours. Donne-moi la sagesse. Et pendant que vassaux et alliés de l'Égypte déposaient leurs offrandes traditionnelles d'esclaves, chevaux, animaux exotiques, joyaux, défenses d'ivoire et pierres précieuses, Tii se recroquevillait de honte et de stupeur devant la maigre liste de présents que les esclaves dressaient devant elle. Du temps de son premier époux, les tributs envahissaient la grande salle, les corridors, l'avant-cour et toutes les pièces du Trésor Royal.

Au cours du festin qui suivit, dans la même salle, Tii se vit offrir la place d'honneur, à la droite de Pharaon, tandis que Nefertiti, figée sous l'affront, était reléguée à la table des épouses secondaires, derrière le Roi. Smenkhara put enfin parler à Meritaton. Le vin coulait à flots et la rumeur des convives s'intensifia au fur et à mesure que s'avançait la nuit. Les singes et les chats d'Akhenaton folâtraient parmi les tables, quêtant des bouts de nourriture. Lorsque les enfants eurent fini de manger, ils descendirent du dais pour se mêler aux invités. Seuls Smenkhara et Meritaton restèrent sous le baldaquin, à se murmurer des mots à l'oreille en souriant d'un air d'intense bonheur. Tii observa la petite Meketaton, âgée de dix ans déjà, qui avançait d'un air timide vers le groupe des femmes du Harem, diadème de myosotis de turquoise au front. Sa longue natte d'enfant tressée de rubans bleus oscillait dans son dos. Elle s'approcha d'une femme que Tii ne reconnut pas tout de suite. Tadoukhipa. Dès qu'elle sentit la fillette contre elle, Kia la prit par la main, la nicha au creux de ses bras. Elle dit quelques mots qui tirèrent au visage pâlot de l'enfant un maigre sourire. Tii se tourna vers Akhenaton. Lui aussi regardait sa fille.

– Meketaton est bien pâle, dit Tii. Y a-t-il eu des fièvres ici, cet été ?

– L'Aton protège les siens, répondit-il un peu sèchement. Meketaton est inviolable.

18.

Tii passa une dernière nuit dans la paix de la demeure d'Ay avant de visiter la résidence qui lui était réservée en Akhetaton. Elle était située au nord du palais. De longs jardins descendaient en terrasses jusqu'au fleuve, mais un mur seulement, percé d'une porte, la séparait des appartements de Pharaon. En outre, le Grand Temple se trouvait juste en face, de l'autre côté de la Voie Royale. Tii eût préféré une demeure plus à l'écart, sorte de sanctuaire où elle se fût retirée de l'agitation de la ville et du monde, mais l'anxieuse fierté avec laquelle son fils la conduisait de salle en salle fit taire ses objections. Il avait personnellement veillé à l'ameublement et à la décoration, et fait exécuter les fresques dans le style que Tii affectionnait à Malkatta. Mais elle comprit, dès qu'elle eut franchi le seuil, qu'en dépit de toutes ces attentions, elle pourrait vivre là pendant des années sans jamais parvenir à disperser l'atmosphère de magie opulente et lugubre qui imprégnait, elle s'en rendait compte à présent, toute la ville.

Après avoir donné des ordres à Houya pour son installation dans les lieux, elle se rendit au Temple, où Pharaon devait consacrer les dais qu'il venait d'y faire construire. Un peu accoutumée déjà aux proportions grandioses, Tii ne fut pas surprise par l'architecture de l'édifice sacré. A la différence de Karnak, il n'y avait pas là une sucession de cours de plus en plus petites conduisant par étapes au cœur du secret, le sanctuaire sombre et intime où trônait le Dieu. Le Grande Temple était simplement composé d'une avant-cour immense, emplie d'autels, à laquelle on accédait par trois pylônes cernés de verdure, et d'une cour intérieure, plus vaste encore, où des centaines de tables d'offrande convergeaient en longs rangs immaculés vers le grand autel, disposé tout au fond. Seuls les trois petits kiosques magiques offraient un semblant d'ombrage, et lorsque s'acheva la première partie de la cérémonie, Tii se glissa avec bonheur sous la pierre du dais que Pharaon réservait à son seul usage. Elle regarda son fils, entouré de prêtres, gravir les marches du grand autel et entonner les prières d'après midi. Des chants de louange à l'Aton s'élevèrent des chœurs assemblés dans l'avant-cour. Cymbales et sistres crépitèrent. Presque invisibles dans les flots aveuglants de soleil, des flammes jaillirent de cent autels où les servants allumaient les piles d'aliments et de fleurs amoncelées sur les pierres. Et lorsque Tii vit le Roi dresser contre le ciel ardent ses bras cerclés d'or, tandis que les prêtres s'effondraient en un grand cri sur les dalles incandescentes, elle ne put s'empêcher d'admirer la noblesse et la dignité qui embellissaient toujours son fils dans ces moments d'intense adoration.

Ce soir-là, après qu'on l'eût conduite, baignée et vêtue avec soin, dans le salon privé de Pharaon, il lui présenta une châsse funéraire.

– Un tombeau t'attend dans les collines qui cernent Akhetaton, ô ma Mère, lui dit-il d'un air fiévreux. Tu reposeras ainsi sous la protection du Dieu. Regarde! (Il contourna lentement l'objet fastueux, sous lequel tremblaient les bras des esclaves qui le soutenaient.) Je t'y ai fait représenter, revêtue du lin le plus délicat, et mon image est là aussi, devant toi, pour te protéger des démons après ta mort. Voici nos deux noms, enlacés pour l'éternité.

– Akhenaton, répondit-elle, la gorge serrée, je te remercie pour ce présent superbe, mais j'ai choisi de reposer à Thèbes auprès de mon premier époux.

– Cet homme est mort dans la foi d'un faux dieu! (Ses joues s'empourprèrent soudain.) Je ne permettrai pas que sa présence te contamine!

– Comme tu voudras, répondit-elle, décidée à dicter à Houya, plus tard, ses propres volontés.

Il fit enlever la châsse.

– J'ai passé des heures à la concevoir, geignit-il.

Elle baisa sa joue, ajouta d'une voix apaisante :

– C'est un honneur, Majesté. Un grand bonheur pour moi. Bois ton vin. Ne suis-je pas ici, ainsi que tu le souhaitais?

Mais il restait voûté sur sa table, maussade et le souffle court.

– Cette musique est étonnante, dit-elle au bout d'un moment. Tu sembles avoir des compositeurs de talent, mon fils.

– C'est moi qui l'ai écrite, bougonna-t-il. Il y a des paroles, mais elles ne conviennent pas à un festin. (Il redressa le torse et se mit à chantonner dans un murmure grêle :) « Innombrables sont Tes œuvres! Invisibles aux yeux des humains, ô Dieu unique auprès de qui les autres dieux ne sont rien. Tu as créé la terre selon les vœux de Ton cœur. Tu as créé les hommes, le bétail et les antilopes. Tous ceux qui respirent sur terre... »

Les yeux fixés sur son assiette, il ondulait discrètement au rythme de ses mots. Lorsqu'il se tut, elle vit qu'il pleurait.

– C'est très beau, dit-elle, glissant un bras autour de son cou. Pourquoi pleures-tu?

Il secoua la tête.

– Je ne sais pas. Je suis le Sublime aux Diadèmes. Je ne sais pas.

Il quitta la salle peu après. Tii sirota son vin tandis que déambulaient tranquillement les convives, que le départ de Pharaon semblait avoir détendus. Meritaton et Smenkhara, déjà inséparables, semblaient engagés dans une grave discussion. Posée au cœur d'un essaim de jeunes femmes qui se contaient en riant des histoires de Harem, Meketaton jouait à un jeu de ficelle avec Tadoukhipa. Nefertiti n'était pas apparue. Tii se demanda si le Roi l'avait invitée. Elle vida les dernières gouttes de son vin et s'apprêtait à se retirer, lorsqu'elle vit Parennefer s'approcher de Meketaton, lui murmurer quelques mots à l'oreille. La fillette inclina la tête, puis se leva pour sortir. Il y eut un silence. Tous les yeux la suivirent et Tii, intriguée, fit un signe du doigt à son majordome.

– Appelle Piha. Je désire me retirer. Mais va glaner quelques informations au sujet de Meketaton auprès de ses nourrices. Envoie également un héraut chez Azirou. Je veux le voir demain matin.

Les conversations avaient repris lorsque Houya franchit la porte. Quelque chose tourmente ma petite-fille, songea Tii en attendant sa camériste. Et c'est assez grave pour troubler son entourage. Mais je saurai bientôt. Pour l'instant, j'ai besoin de repos.

Houya vint la trouver peu après l'aube, lorsque les musiciens qui l'avaient réveillée furent partis. Nichée dans ses coussins, elle grignotait des cubes de pastèque.

– Eh bien ? Tu travailles promptement, Houya. Je t'écoute. Mais fais vite. Je dois réfléchir à ce que je vais dire à Azirou.

Il hocha la tête.

– La princesse Meketaton ne vit plus à la pouponnière, Majesté. Elle a maintenant son appartement au Harem. Je m'y suis rendu, mais le gardien a refusé de me laisser entrer.

– Cherches-tu à me dire par là que cette enfant partage la couche de mon fils ?

Elle repoussa les vestiges de son déjeuner.

– Je ne suis pas encore assez introduit parmi les domestiques pour te confirmer ces rumeurs, mais il semble que ce soit effectivement le cas.

Et tout à coup, Tii revit l'effigie obscène que Moutnodjme avait posée dans ses mains.

– As-tu pu t'informer de la santé de la fillette ?

– Je n'en ai pas eu l'occasion, Déesse.

– Appelle mon scribe.

Dès que l'homme eut installé la palette sur ses genoux, elle dicta promptement :

– « A Meryra, Gardien des Portes du Harem, salut. Ainsi qu'il est de mon droit d'Impératrice et de Première Épouse Royale, moi, Tii, Déesse des Deux-Terres, reçois en mes augustes mains la charge et l'organisation du Harem du Puissant Taureau, et nomme mon majordome Houya Surintendant du Harem. Tu es démis de ta fonction. » Fais porter immédiatement ce message, Houya. Tu iras ensuite chez Nefertiti afin de la prier de me recevoir dans l'après-midi. Verrai-je Azirou ?

L'homme sourit.

– Il sera là dans deux heures.

– Parfait. Tu peux te retirer. Appelle Piha.

Lorsque la camériste entra, Tii avait quitté sa couche et contemplait son visage dans le miroir. Elle tripota ses cheveux.

– Piha, je pense qu'il est grand temps de camoufler tout ce gris, dit-elle. Je veux que mon cosméticien achète du henné et vienne demain teindre ces tristes mèches. Aujourd'hui, je porterai une perruque.

Parée du disque et des plumes, elle siégeait sur le trône de sa salle d'audience, environnée des membres de sa suite, lorsqu'Azirou se fit annoncer. Elle lui tendit sa main à baiser. Les gardes du corps, désarmés par ses sentinelles, se tenaient de part et d'autre de la porte, bras croisés. L'air s'emplit peu à peu d'une discrète odeur de chèvre. Azirou se redressa. Les scribes levèrent leurs plumes.

– Tu réponds enfin à la convocation de ton Roi, commença Tii, sèchement. Cela fait déjà combien d'années qu'il t'ordonne de te rendre auprès de lui ?

– Sans doute n'as-tu pas lu, Majesté, les lettres que j'ai adressées à Pharaon, et où j'expliquais combien toutes ces campagnes que j'ai menées contre ses ennemis m'ont retardé! explosa le guerrier dans un égyptien rocailleux, lourdement teinté des inflexions de sa propre langue. J'ai accouru vers lui aussitôt que j'ai pu, et me voici à ses pieds, en signe de ma fraternelle dévotion.

Son regard insolent fixait impudemment l'Impératrice.

– C'est faux! répliqua-t-elle. J'ai lu tes lettres, à Malkatta. Et pas seulement les tiennes. Ribbadi avait des choses très intéressantes à nous dire, Abimilki également.

– Ces vermines... Ces traîtres! (Sa voix tremblait d'émotion.) Je remercie les Dieux que Pharaon, dans son infinie sagesse, n'ait pas ajouté foi à leurs mensonges. Leur dépit, leur jalousie étaient sans limites.

– Cette loyauté te fait honneur, et n'a d'égale que l'habileté de tes mensonges! persifla l'Impératrice.

– Tu es injuste, Majesté. N'ai-je pas défendu l'Égypte quoi qu'il en coûtât à mon peuple ? N'ai-je pas offert asile à cette femmelette de Ribaddi lorsqu'il a perdu sa cité et a dû prendre la fuite ?

Il se rendit compte de sa maladresse dès que les mots eurent quitté sa bouche. Il se tut, baissa les yeux.

– Je suis ravie que notre cher allié Ribaddi jouisse de la protection d'Azirou, susurra-t-elle. (Elle se pencha brusquement vers lui.) Mais je m'étonne qu'il ne t'ait pas accompagné, ni même chargé d'un message pour Pharaon! Il écrivait beaucoup, jadis. Je suppose qu'il aurait pu confier ses lettres à nos espions en Amourrou, mais sans doute son cher ami Azirou a-t-il proposé de les remettre au Roi en mains propres ?

Elle l'observa et sut aussitôt ce qu'il pensait. Y avait-il réellement des espions égyptiens en Amourrou ? Qu'avaient-ils rapporté à Pharaon ? L'Impératrice voyait-elle clair dans son jeu ?

– Ribaddi vit en paix, répondit-il enfin.

– Et nous savons tous deux de quelle paix il s'agit! (Elle s'adossa, visage de marbre.) Akhetaton est mon foyer désormais. Ne l'oublie jamais, Azirou. Combien de temps as-tu l'intention de rester ?

Il s'inclina.

– L'hospitalité de Pharaon est infinie, Majesté.

– Son hospitalité est peut-être infinie, mais ma patience ne l'est pas. Ni l'indulgence de mon peuple. Tu peux te retirer.

Dans l'après-midi, elle fit apprêter son palanquin et se rendit dans les appartements grandioses de Nefertiti. La Reine reposait sur sa couche, dans la brise des éventails et la sourde mélodie que jouaient pour elle ses musiciens. Sa grossesse était bien avancée déjà, et loin de la dissimuler aux regards, la Reine s'était gainée de lins translucides qui accentuaient son ventre rond et l'exquise sensualité de ses formes. Elle salua d'un hochement de tête la raide révérence de Tii, les deux mains emprisonnées dans les doigts de ses cosméticiens qui les pétrissaient d'huiles précieuses.

– Pardonne-moi de ne pas te saluer, ma Tante. Mon dos et mes jambes me font souffrir, et j'ai du mal à m'incliner.

Tii ne releva pas le sarcasme.

– Je désire te parler en privé, dit-elle. J'ai laissé mes gens dans le jardin. Congédie les tiens, je te prie.

Puis elle s'assit près de la couche, et tandis que les domestiques sortaient, elles se dévisagèrent.

– Tu n'avais pas le droit de démettre Meryra de ses fonctions de Surintendant du Harem, dit enfin Nefertiti. Les femmes étaient satisfaites de la façon dont il les dirigeait. Pharaon lui fait confiance et l'aime.

– Pharaon aime tout le monde. Lorsque j'étais à Malkatta, tu avais la responsabilité de ce Harem, Majesté. Mais je suis ici maintenant, et je ne fais qu'user de mon droit. J'ai simplement nommé un autre gardien, rien de plus.

Tii était venue trouver sa nièce dans un esprit d'apaisement, espérant la fléchir, peut-être, l'amadouer, lui assurer que sa jalousie n'était plus fondée. Mais de toute évidence, l'attitude de Nefertiti rendait impossible une telle approche. Car elle rétorqua aussitôt, d'un air mauvais :

– Je ne parviens pas à comprendre pourquoi tu prends la peine de te préoccuper de ce point, à moins que tu n'aies encore du désir pour ton fils et ne souhaites contrôler quelles femmes il met dans son lit! Cette obsession est indécente pour une femme de ton âge, Majesté.

Tii sourit au visage qui boudait devant elle.

– Je n'ai pas la moindre intention de jouir physiquement de mes droits d'épouse, dit-elle d'une voix calme. Si tu ne comprends pas pourquoi je m'intéresse si vite aux affaires du Harem, c'est que tu es plus stupide que je ne croyais. Meketaton me donne du souci.

Les yeux de la Reine fuirent aussitôt les siens.

– Meketaton n'a rien. Un peu de fièvre, c'est tout.

Tii eut envie de la gifler.

– Je vois donc que je dois tout t'expliquer, comme à une enfant! N'es-tu pas outrée que Pharaon ait déjà placé la fillette parmi les femmes de son Harem?

– Non. Pourquoi devrais-je l'être? Tel est son droit divin.

– Meketaton est encore une enfant, maigre et dégingandée comme un petit garçon!

– Elle est femme depuis six mois maintenant. Mais Pharaon lui a ordonné de garder sa tresse. Il en raffole.

La simplicité de ces mots glaça le cœur de Tii.

– Mais enfin, il s'agit de ta fille! Ne t'est-il jamais venu à l'idée que si elle est enceinte, elle risque d'en mourir? Regarde-la, Nefertiti. Comment un si petit corps, si peu formé, pourrait-il porter un enfant?

La Reine tripota les bandelettes qui emmaillotaient ses mains.

– Elle est déjà enceinte.

Cette fois, Tii ne fit aucun effort pour maîtriser sa fureur. Le coup atteignit sa nièce à la tempe, et elle étouffa un cri. Puis, tandis que Tii posait la main sur son cœur affolé, elle se mit à gémir et à se balancer sur sa couche.

– Tais-toi! siffla Tii. Je n'ai pas frappé fort. Il semble que Kia soit une meilleure amie que toi pour ta fille. Elle, au moins, s'efforce de la réconforter!

Nefertiti, plus calme, enfonça la nuque dans les coussins.

– Meketaton comprend que c'est la semence de l'Aton qu'elle porte dans son ventre. Le Dieu se doit d'unir plus encore ceux qui sont de son sang. Tel est son devoir.

– Tu ne crois pas plus que moi à ces balivernes! Horus doit engendrer des incarnations de son Dieu, c'est vrai, mais pas de cette manière. Pourquoi n'a-t-il pas choisi Meritaton?

Nefertiti eut un regard prudent.

– En vérité, ma Tante, je l'ignore. Tu ne sais pas encore ce qu'il en coûte de discuter avec ton fils. Il hurle, il dit que les démons attaquent sa tête. Je ne peux rien faire.

– Tu es la femme la plus belle que l'Égypte ait jamais vue, murmura Tii, tristement. Mais tu as le cœur d'une vipère.

– Non! D'un cobra. D'un cobra royal, chère Tante. Car ne t'en déplaise, le pays tout entier me vénère. Écarte-toi de mon chemin!

Une immense lassitude gagna le corps de Tii.

– Je te conseille de m'éviter à l'avenir, Nefertiti. Car si tu sais mordre et griffer, je suis bien plus redoutable. Ne compte pas te débarrasser de moi comme tu as fait de Sitamon. J'espérais te persuader. J'avais besoin de ton aide pour inciter Pharaon à monter une campagne contre la Syrie. Et vite, car le temps presse. Mais à présent, je ne cherche plus à te convaincre. J'exige. *J'exige,* tu entends bien? que tu lui glisses un mot dans ce sens, ou tu verras bientôt l'Égypte à genoux!

– Ridicule! (Les prunelles de Nefertiti jetèrent des feux dans la pénombre.) Aucune puissance n'oserait nous défier.

– C'est toi qui n'oses pas défier le Roi, lui dire la vérité! Non pas *sa* vérité, mais la dure et cruelle réalité qu'il ne veut pas voir. Tu préfères ses faveurs, ses présents somptueux. Mais tout cela cessera, et plus tôt que tu ne penses, si le soutien de nos alliés et les tributs qu'ils nous paient continuent ainsi à diminuer.

– Tu oublies une chose, Déesse. Akhenaton m'adore. Si je choisis de me taire, tu es totalement impuissante.

– Oh! je pense que tu feras ce que je t'ordonne. Sans quoi certain sculpteur pourrait bien voir trancher sa belle gorge.

Nefertiti blêmit soudainement, et Tii s'étonna de ce que la flèche qu'elle venait de décocher à l'aveuglette, sur le vague souvenir d'un mot d'Horemheb, eût si bien atteint son but. Elle profita aussitôt de son avantage.

– Pharaon sait-il vers où penche le désir de sa parfaite épouse? Il semble que non. Oh, je n'aurai pas besoin de tuer ce jeune homme, sans doute. Non, il suffira que je fasse répandre dans la ville et au palais quelque savoureux commérage... Et je le ferai, tu peux m'en croire, chère nièce, si tu ne renonces pas sur-le-champ à ton égoïste confort.

– Démon! cracha Nefertiti. (Les bandelettes s'effilochaient sur la couche, et ses mains frissonnaient de rage.) Tu es une chienne, et tu es vieille et laide! Que Sebek broie tes os!

Tii se leva.

– Ainsi, tu n'en appelles plus à l'Aton pour assouvir tes vengeances? Pharaon serait bien déçu de savoir cela. Réfléchis, Nefertiti, quand tu seras calmée. Et jouis des bonheurs qui te restent encore.

Elle s'inclina et appela vivement ses gens. Les esclaves ouvrirent les portes devant elle.

Dans la soirée, trop lasse pour se déplacer, Tii convoqua chez elle Horemheb et Ay et débattit longuement avec eux de l'urgence d'isoler Akhenaton dans son rêve si Nefertiti refusait de joindre sa voix à la leur pour obliger son époux à sauver l'Égypte.

– Ma fille est ivre de pouvoir, intervint Ay. Tu nous dis, Majesté, que tu as menacé de tuer le sculpteur si elle ne voulait pas s'allier à nous. Mais je suis certain qu'elle le sacrifiera sans broncher pour conserver son emprise sur Pharaon.

– Dans ce cas, agissons sans plus attendre. Il n'est pas nécessaire de supprimer Thothmes pour l'instant. Il suffira que quelques rumeurs de leur liaison parviennent aux oreilles du Roi.

Et comme elle prononçait ces mots, elle eut mal soudain pour ce fils qu'elle savait si démuni, si faible. Dépouillé de l'amour de sa Reine, il serait perdu, lui qui avait cru, dans son innocence, pouvoir acheter la confiance de ses ministres. Même Horemheb le trahissait aujourd'hui.

– Je pense que ce stratagème est dangereux, objecta le Porteur d'Éventail. Si sa confiance en Nefertiti est ébranlée, Pharaon se réfugiera plus encore dans sa religion, et l'Aton interdit toute forme de violence. Azirou l'a compris, d'ailleurs, dès qu'il est arrivé. Nous n'obtiendrons rien de plus. Nous serons pieds et poings liés.

– Le risque n'est pas si grand. Je prendrai auprès du Roi la place qu'occupait Nefertiti. Un fils ne se tourne-t-il pas vers sa mère lorsque son cœur est blessé? Quoi de plus naturel?

– Ou un époux vers sa femme? ricana le vieux ministre.

– Je n'ai nullement l'intention de redevenir son épouse, Ay. Je regrette amèrement ma faiblesse aujourd'hui. Jamais je n'aurais dû partager sa couche.

– Il y a une solution plus simple, dit soudain Horemheb. (Son visage était noyé dans l'ombre du jardin, et Tii sentit, plus qu'elle ne la vit, la tension qui crispait ses poings, ses jambes croisées dans l'herbe.)

– Poursuis, capitaine, dit-elle calmement.

– Pourquoi ne pas retirer l'Égypte des mains de Pharaon ? Il est méprisé par tous les prêtres à l'exception de ceux d'On et de Memphis. Les courtisans se rient de lui en profitant honteusement de ses largesses. Les chefs des tribus voisines reprennent confiance en leur puissance militaire. Ton fils nous a perdu un empire, Déesse. Nous devons éviter qu'il saborde aussi notre pays.

– Ce serait pécher contre le Maât que de lever la main sur lui! s'écria Tii, blessée.

– Je ne parle pas de le tuer. (La belle voix grave d'Horemheb prit une inflexion apaisante.) Laissons-lui le trône tant que Smenkhara n'est pas en âge de régner. Mais retirons-lui l'armée afin d'entamer une guerre de reconquête. Telle est mon opinion, Majesté.

– Et je suppose que tu commanderais cette armée ? ironisa Ay, sans malveillance. Es-tu si naïf, Horemheb ? Une fois la victoire acquise, pourrais-tu résister à la tentation de poser sur ton propre crâne la Double Couronne ? N'oublie pas que Pharaon a ses partisans. Nous risquons une guerre civile, rien de moins! Et si Smenkhara prenait un jour le pouvoir, quelles garanties avons-nous qu'il ne s'alliera pas tôt ou tard aux adversaires de son frère, reléguant au second plan les anciens fidèles dont nous sommes ? Non, crois-moi, mieux vaut agir indirectement, tant que nous le pouvons encore.

Tii réfléchit un instant, puis elle dit :

– Horemheb, où en est la situation au-delà de la Syrie ? Sommes-nous vraiment en danger ?

– Pas pour le moment, répondit-il à contrecœur. Certains peuples s'entretuent allègrement, comme s'ils étaient ravis que l'Égypte ne soit plus en mesure d'imposer la paix chez eux. Ils éprouvent leurs armées. Un jour, Souppiloulиouma lancera ses Hittites sur l'Égypte, mais c'est trop tôt encore.

– Je te remercie, dit-elle. Tu n'étais pas obligé de me parler avec tant de franchise. Tu aurais pu chercher à m'impressionner en exagérant l'urgence d'une intervention.

Il eut un petit rire.

– Ce serait folie que de te mentir, Majesté.

Moutnodjme, qui se prélassait sur un coin de pelouse, se leva, brossa ses vêtements, appela ses servantes. Horemheb se mit debout à son tour et, après avoir salué Tii, le couple disparut dans la nuit.

– Depuis quand Horemheb convoite-t-il le trône d'Horus ? s'enquit sèchement l'Impératrice tandis que s'éloignaient les flambeaux.

Ay rapprocha son siège de celui de sa sœur.

– Je ne pense pas qu'il ait de telles ambitions. Mais il est désespérant pour un soldat tel que lui de voir ses hommes s'amollir dans l'oisiveté au fil des ans tandis que leur pays s'effrite lamentablement, faute de discipline.

– Et toi, Ay, nourris-tu une ambition de ce genre ?

– Tii ! la gronda-t-il gentiment. Les Dieux m'ont accordé cinquante-huit ans de vie. Je suis trop vieux maintenant pour imaginer des rêves de jeunesse ! Ma sœur est Déesse, ma fille est Reine. Que pourrait souhaiter de plus le vieillard que je suis ?

Tii dut attendre plusieurs jours avant de pouvoir parler à son fils, que l'émotion de sa venue avait précipité dans une nouvelle crise de migraines et de vomissements. Elle reçut des messages de Thèbes. Maya lui écrivait que les cadavres de prêtres morts de faim commençaient à flotter sur le Nil. Le maire se plaignait des émeutes qui éclataient parmi les pauvres désœuvrés. On profanait les autels d'Amon, que nulle offrande ne couvrait plus, et la nourriture venait à manquer depuis que Pharaon avait ordonné que toute marchandise transitât dorénavant par la douane d'Akhetaton. Vivement inquiète du tour que prenaient les événements, Tii s'efforça de ne pas y penser. Elle ne pouvait rien faire, elle le savait. Elle se rendit deux fois par jour au Grand Temple où, debout sous son dais magique, elle regarda Nefertiti et Meryra prier pour le Pharaon malade.

En attendant l'audience que son fils lui avait promise, elle fit venir auprès d'elle un prêtre du Soleil et lui demanda de lire à haute voix quelques textes de l'Enseignement. Et elle s'émerveilla une fois de plus de la sobre beauté de ces mots. Le Dieu dont ils chantaient les louanges n'était pas un juge austère et solennel qui présidait à la destinée des humains. Il avait la bienveillante douceur d'Akhenaton lui-même. « Toi qui as créé le germe dans la femme, dans l'homme la semence, Toi qui nourris le fils dans le ventre de sa mère, Toi qui le consoles afin qu'il ne pleure pas. Tu donnes le souffle de vie à Tes créatures... Tes rayons animent les jardins. Lorsque Tu parais à l'horizon, les plantes respirent et s'élèvent vers le ciel. Tu as créé les saisons afin que tous en jouissent. L'hiver pour la fraîcheur, l'été afin que nous puissions goûter Ta magnanime chaleur... » De tels sentiments étaient si inhabituels que Tii se demanda quelle source avait bien pu les inspirer à son fils. Un autre extrait, intitulé simplement « Révélation faite au Roi », disait : « Nul ne Te connaît que Ton fils Akhenaton. Tu lui as conféré la sagesse, afin qu'il glorifie Tes desseins et Ton pouvoir. » Dans ces lignes elle reconnut mieux la voix de l'homme qu'elle aimait, noyé dans d'étranges visions dont lui seul entendait le message.

Il la reçut enfin. Sourire aux lèvres, il l'enlaça tendrement. Il était pâle, et des cernes sombres creusaient ses yeux fardés de vert.

– J'étais inquiète pour ta santé, mon fils, dit-elle.

– Le bonheur que m'a causé ta venue a eu raison de mes forces. Mais je me sens mieux.

Il l'invita à s'asseoir. Au fond de la salle, elle aperçut trois singes perchés sur un portique de bois construit, de toute évidence, à leur intention. Une large coupe dorée contenant des fruits trop mûrs était posée sur le sol, juste en dessous. Une odeur déplaisante s'en dégageait, mêlée à celle des excréments. Elle s'étonna de ce que son fils servît lui-même le vin.

– Lorsque je viens de souffrir par la main du Dieu, expliqua-t-il, j'ai besoin d'être seul. Souvent le Dieu me parle ou m'envoie des visions, et je ne peux l'entendre si Parennefer ou un autre domestique rôde autour de moi. La douleur est terrible, Majesté, mais glorieuse est la récompense. Ah!... (Il frotta ses paumes teintées d'orange.) Quelle bénédiction que de voir ainsi notre famille réunie, et qui s'agrandit sans cesse...

– Fais-tu allusion à Meketaton et à l'enfant qu'elle porte ?

– Sans doute. Tous mes enfants doivent recevoir à travers moi la semence de l'Aton, afin de rester inviolables. Mais je parle aussi de ma chère Nefertiti, qui sera bientôt mère. La fertilité de l'Aton est infinie.

Les singes avaient quitté leur perchoir pour venir mendier quelque friandise. Akhenaton leur jeta à chacun une datte. Tii serrait sa coupe dans ses mains.

– J'ai étudié ton Enseignement, dit-elle. C'est tout à fait charmant.

– Oui. J'ai écrit les mots que me dictait mon Dieu, mais la musique est de ma propre création. Je trouve dans ma souffrance une telle inspiration, Mère, si tu savais! Hier, tandis que Meryra faisait brûler l'encens près de ma couche, j'ai vu ton visage dans la fumée, jeune et beau, comme dans mes souvenirs d'enfant. C'est un heureux présage, n'est-il pas vrai ?

Il commençait à transpirer. Des perles de sueur jaillirent soudain de sous son casque blanc et glissèrent le long de son cou. Ses mains s'agitèrent.

– Je serai toujours pour toi la tendre mère qui s'efforçait d'égayer ta captivité au Harem. C'est pourquoi je suis ici aujourd'hui. Je veux que nul ne fasse du mal à mon cher petit.

Il fronça les sourcils.

– Je me souviens de ce ton, également. Tu vas me dire quelque chose que je n'ai pas envie d'entendre! Pourquoi as-tu démis mon chambellan de ses fonctions de Gardien du Harem ?

Tii reconnut l'angoisse qui la gagnait soudain. L'impression familière de devoir se frayer un chemin parmi des roseaux gigantesques, impénétrables. Elle hésita un instant, puis répondit :

– Il servait les intérêts de la Reine avant les tiens, Pharaon. Il ne t'aurait jamais dit que l'on voit un peu trop souvent Nefertiti en compagnie de ton sculpteur Thothmes.

Il cligna violemment des paupières.

– Cela se peut, dit-il très vite. Nefertiti a commandé de nombreuses statues qui glorifieront sa beauté dans la cité de l'Aton et réjouiront le cœur de ses sujets.

– J'espère que tu as raison. Quoi qu'il en soit, ton Harem est de belle taille, à présent, et j'ai toute confiance en Houya.

Les prunelles sombres et inquiètes l'observèrent longuement.

– Il t'est resté fidèle, il est vrai, lorsque Kherouef t'a quittée après notre mariage. Je lui ferai bâtir un tombeau dans les collines.

– Tu es très bon, Horus. Mais puis-je encore abuser de ta générosité ? J'aimerais que tu exiges la démission de Toutou. Il ne travaille pas mieux ici qu'il ne faisait à Malkatta et...

– Malkatta appartient à un passé que je méprise! explosa-t-il soudain. Ô Mère, pourquoi me traites-tu de nouveau en petit garçon ? Tout va bien en Akhetaton. J'aime mon peuple. Je gouverne selon le désir de mon Dieu. Toutou restera!

– Parfait.

Elle se recula vivement, terrifiée par la brutale métamorphose qui s'emparait de son fils. Il ruisselait de sueur à présent. Soulevant le bas de sa robe de ses deux mains qui tremblaient, il s'en épongea le visage, et de petits cris plaintifs jaillirent de sa gorge. Son souffle se fit plus court, plus bruyant. Puis il se leva brusquement et se mit à arpenter le dallage. Les vastes plis de sa robe s'agitaient autour de son corps flasque, tandis qu'il pétrissait à pleins doigts ses gros seins.

– Tout ira bien! hurla-t-il. Tant que j'obéirai à mon Dieu et ne ferai de mal à aucun homme, l'Égypte sera prospère!

Affolée, Tii appela Parennefer et courut vers son fils. Les singes cabriolaient autour d'elle. Elle les écarta d'un coup de pied.

– Akhenaton, murmura-t-elle, glissant un bras sur son cou humide et brûlant. Pardonne-moi de t'avoir ainsi contrarié. Je t'aime. Je ne veux que t'aider.

– Toutou m'aime, lui aussi. Il est le fils loyal de l'Aton, et Nefertiti est mon roc, le sol où j'agrippe mes racines! Son souffle est un parfum de lotus, son sourire un lever de soleil. Ses caresses sont pures! Et voici qu'une fois encore je suis malheureux!

Il la repoussa et se mit à sangloter, et les spasmes secs et rauques plantèrent sous la peau de Tii un frisson de terreur. Les portes s'ouvrirent, Parennefer glissa la tête et disparut aussitôt. Elle conduisit Akhenaton à la table et lui fit avaler du vin. Il but à longues gorgées voraces, tremblant de tout son corps.

– Pharaon, insista-t-elle encore, tout sera ainsi que tu le souhaites. Mais le fait est que Nefertiti ne devrait pas voir si souvent ce sculpteur. Elle est la Reine. Ce n'est pas convenable.

Un filet de vin coula au coin de ses lèvres. Il s'appuya contre elle, vacillant, paupières fermées.

– Qu'il est difficile d'être un Dieu, bredouilla-t-il. Ils ne m'aiment pas, tous autant qu'ils sont, je le sais. Je fais pleuvoir sur eux de l'or et des paroles suaves, mais sous leurs sourires, c'est la pénombre, Mère. Seule Nefertiti... Elle seule...

Il s'effondra et Tii, incapable de supporter son poids, le laissa glisser sur le siège. Horemheb fut devant elle. Il s'inclina et se tourna aussitôt vers Pharaon.

– Mon Seigneur, dit-il, baisant à genoux les doigts qui frissonnaient. Te souviens-tu de ce voyage que nous avons fait ensemble à Memphis, la première fois que tu as quitté le Harem? Te rappelles-tu comme nous avons prié tous deux sous la tente, dans le soir qui descendait, et les oiseaux qui pépiaient autour de nous, sur la berge du fleuve? Nous buvions du vin, et tu me posais mille questions sur Memphis... Je suis toujours près de toi, Akhenaton.

Et pendant qu'il dévidait ce qui semblait une berceuse, un poème apaisant, ses mains caressaient les bras de Pharaon, massaient doucement ses épaules. Parennefer observait, immobile.

– Je ne suis plus un enfant, Horemheb, souffla Akhenaton d'un air las. Je veux dormir. Pardonne-moi, Mère, si je ne peux plus te parler. Demain, peut-être...

Il se laissa mener jusqu'à sa couche, soutenu par deux serviteurs. Tii empoigna le bras d'Horemheb.

– Tu ne m'avais pas avertie! murmura-t-elle, furieuse et bouleversée.

– Tu ne m'aurais pas cru, Majesté. Tu comprends maintenant pourquoi je t'ai parlé ainsi que je l'ai fait, l'autre soir dans ton jardin. Je suis sans doute le seul ami que ton fils ait encore. J'aime l'homme que je sers depuis tant d'années, comprends-le. C'est le souverain que je veux détrôner.

Tii planta les ongles dans la chair de son bras.

– Tu sais fort bien que l'homme est inséparable du Pharaon! Ne m'oblige pas à te tuer. Horemheb. J'ai besoin de toi!

– J'en suis conscient, mais l'Égypte aussi a besoin de moi. (Il baisa les doigts qui se ployaient comme des serres dans sa peau.) Fais ce que tu peux, Majesté. J'attendrai.

Elle le lâcha.

– Depuis quand est-il ainsi?

– C'est venu peu à peu. Quand il a ces crises, il ne fait de mal à personne, mais nous avons tous appris à surveiller nos paroles afin de ne pas provoquer ce que tu viens de voir. Je ne m'éloigne jamais trop longtemps. Il a confiance en moi, et je parviens à le réconforter.

Elle eut un rire douloureux.

– Je m'appliquerai donc à noircir Nefertiti aux yeux de mon fils, mais nul encens ne pourra jamais me purifier du mal que je vais lui faire. Prends Smenkhara sous ton aile, capitaine. Il est temps qu'il cesse de se disperser tel un papillon et qu'il apprenne enfin la discipline des arts virils.

Il hocha brièvement la tête et s'en fut. La coupe de Tii était à moitié vide. Elle but les dernières gouttes et sortit.

19.

Tii s'employa encore à raisonner la jeune Reine et mit tout son talent à faire fléchir son obstination. Mais Nefertiti, pour toute réponse, lui lançait à la figure les accusations de jalousie cent fois remâchées et ne voulait rien entendre. A bout d'arguments, et le cœur au désespoir, Tii renonça. S'enfermant avec Houya, elle mit soigneusement au point la calomnie qu'elle souhaitait voir répandre dans le Harem, parmi les visiteurs de Pharaon et, en termes plus colorés, sur les marchés de la ville.

Houya travailla promptement. Il savait qu'une rumeur se nourrit de peu de chose – un mot lâché au hasard, un sourcil qui se lève, un sourire entendu. Il agit avec discrétion, et sa voix feutrée se perdit bientôt dans l'onde de bavardages fiévreux qui balaya le palais, puis la cité tout entière. Car si la statuette aux singes avait longuement réjoui le bon peuple, l'image de la Reine dépeinte sous les traits d'une femme adultère vint exciter à point les imaginations blasées.

La délivrance de Nefertiti touchait à son terme. On se divertit à spéculer sur la paternité de l'enfant à naître, et les commérages allèrent bon train. On pariait sur le sexe de l'enfant. Si c'était une fille, disait-on, Pharaon en était probablement le père. Si c'était un garçon... Et Tii frissonna tandis que Houya lui contait les bruits qui se colportaient à la Cour. Quelle ironie, songea-t-elle, s'il fallait que le fils d'un simple sculpteur reçût un jour la Double Couronne! Elle avait tout prévu, hormis cela.

Mais, démentant les malveillantes rumeurs, Nefertiti donna le jour à une autre fille, sa sixième. Et les courtisans qui avaient lâché la bride à leurs fantasmes se départirent d'une coquette somme d'or. Pharaon, tout aussi ému qu'à la naissance de ses autres filles, nomma l'enfant Sotpe-en-Râ, Élue de l'Aton. Les ragots eurent tôt fait de s'éteindre mais Tii, qui observait soigneusement son fils, crut remarquer qu'ils avaient fait leur œuvre. Elle ignorait ce qui se passait dans l'intimité des appartements royaux, mais plus d'une fois elle constata que Nefertiti, lorsqu'elle paraissait en public, avait les yeux rouges et bouffis, et que le Roi, la délaissant quelque peu, préférait glisser son bras autour de la taille fragile et distendue de la petite Meketaton.

A la fin du premier mois de l'année nouvelle, on transporta Meketaton sur sa couche. Tii, éveillée à l'aube d'un jour moite, se rendit auprès d'elle. La fillette était assise contre des coussins et jouait au sennet avec Nefertiti. Pharaon siégeait à côté de la couche, seulement vêtu d'un pagne plissé et d'une écharpe blanche. La sage-femme s'activait près d'une table. Voyant approcher sa grand-mère, l'enfant leva vers elle un frêle sourire qui s'efforçait de faire oublier la terreur qui perlait dans ses prunelles en amande. Tii saisit sa main froide et la baisa.

– Je vois que tu passes agréablement le temps, dit-elle, observant du coin de l'œil un autel qui crachait sur le lit une fumée suffocante. Si tu bats ta mère au sennet, je t'offrirai des boucles d'oreilles en or. Qu'en dis-tu ?

Des tentures drapaient étroitement la fenêtre, rendant l'air plus irrespirable encore. Tii chercha des yeux les amulettes. Il n'y en avait pas. Elle s'inclina devant son fils.

– Je désire te parler en privé, Majesté.

Ils sortirent dans le corridor. Akhenaton souriait.

– C'est un grand jour, ma Mère, n'est-il pas vrai ? dit-il.

– Pourquoi n'y a-t-il pas d'amulettes autour du lit, et aucun prêtre pour chanter les incantations magiques ? Et penses-tu qu'il soit bien raisonnable d'empêcher ta fille de respirer, avec tout cet encens, et pas un souffle d'air qui entre dans la pièce ?

– Tu prétends étudier mon Enseignement et tu poses encore des questions aussi stupides ! (Il lui caressa les cheveux d'un air d'indulgence.) L'Aton n'a besoin ni de charmes ni d'incantations. Meketaton le comprend.

– Au moins, fais lever les tentures !

Il haussa légèrement les épaules.

– Si tu y tiens.

– J'ai envoyé chercher Tadoukhipa. Je t'en supplie, Horus, permets-lui d'entrer. Sa présence réconfortera la Princesse.

– Ma petite Kia a le cœur si tendre, objecta-t-il. Elle va pleurer.

– Je ne pense pas. Et même si elle pleure, ta fille sera soulagée de l'avoir auprès d'elle. Je t'en prie, Akhenaton.

– Entendu.

Comme il ordonnait à son scribe d'ajouter le nom de Kia sur la liste des invités, il y eut un hurlement. Glissant la tête par la porte, Tii vit voler à terre le jeu de sennet et Nefertiti saisir dans les siennes les petites mains qui s'affolaient.

– La délivrance sera longue et douloureuse, grommela-t-elle.

Son fils observait d'un œil impassible l'enfant qui se tordait sur la couche.

Une autre aube se leva. Retirée dans sa chambre, Tii recevait à heures régulières des nouvelles de l'accouchement, qui progressait avec lenteur. Pharaon et Nefertiti se rendirent au Temple pour les prières d'après midi. Tadoukhipa restait auprès de la fillette.

Après le coucher de Râ, comme Tii se reposait dans son jardin, Smenkhara et Meritaton demandèrent à être reçus. Surprise, elle les invita à parler. Ils échangèrent un bref regard.

– Nous désirons nous fiancer, dit le garçon. Je serai Pharaon un jour, tu me l'as dit. Meritaton est de sang royal, comme moi. Il ne peut y avoir d'objection à ce mariage. J'ai quatorze ans. Dans deux ans je serai légalement un homme, et Meritaton est en âge de porter des enfants.

– En avez-vous parlé à Pharaon ?

– Pas encore. Nous pensons que la Reine ne souhaite pas ce mariage, car elle te déteste, Mère. Nous t'implorons de plaider notre cause auprès d'Akhenaton.

– Mais je suis...

Elle se tut. Elle avait toujours pensé que le Roi désirait épouser la fillette comme son père avait épousé Sitamon. Pourtant c'était Meketaton qu'il avait glissée de force dans sa couche. Peut-être, après tout, se laisserait-il fléchir ? Elle leur sourit tendrement.

– Je ne promets rien, mais j'essaierai.

– Merci! s'écria joyeusement Meritaton. Il faut que j'aille prier pour ma sœur, maintenant. Tu viens, Smenkhara ?

Et ils s'en furent en gambadant. Avant que le crépuscule ne les engloutît, Tii les vit qui se prenaient par la taille. Elle fut émue de leur tendresse.

Elle dormit peu. Le lendemain, comme rien ne se passait, elle ordonna à Houya de quérir dans la ville une statue de Ta-Ourt. Un prêtre accomplit discrètement dans sa chambre le rituel destiné à soulager les femmes en couches. Puis elle se rendit au palais.

Serviteurs et ministres se pressaient autour de la porte et se prosternèrent à son arrivée. Mais ceux qui étaient à l'intérieur de la pièce ne remarquèrent même pas sa présence. Affalée sur le sol, ses doigts noués à ceux de la fillette, Tadoukhipa somnolait. Pharaon baissait la tête. Un singe dormait sur ses genoux. Nefertiti rafraîchissait d'un linge humide le front de Meketaton, qui gémissait tout bas. L'atmosphère était insoutenable, mélange d'encens froid et de sueur humaine, imprégné de douleur et d'angoisse. Meketaton s'agita, poussant des petits cris étouffés, et Tii se rendit compte alors qu'elle était trop faible pour crier. Elle sortit aussitôt, furieuse et triste.

On vint l'éveiller à l'aube suivante et elle sut, avant que les soldats eussent fini de s'incliner, que l'enfant était morte. Raide de rage, elle courut de nouveau au palais. Kia était partie. Pharaon, bras croisés, tournait le dos à la couche. Nefertiti sanglotait bruyamment. La sage-femme saisit dans les draps sanguinolents un paquet emmailloté de lin. Elle salua Tii et disparut. Tii s'approcha de la couche. Personne n'avait encore fermé les yeux emplis d'effroi, ni lavé le petit visage gris, où scintillaient des traînées de bave. Meketaton gisait, bras ouverts, épaules raidies sous les spasmes de sa souffrance. Le drap couvrait à peine ses seins plats, pitoyables. Tii se pencha, ferma les minuscules paupières. Elle dut gémir tout haut, car Akhenaton se retourna alors, tout ruisselant de larmes.

– C'était un garçon, articula-t-il lentement, comme s'il était ivre. (Puis il regarda Nefertiti qui gémissait, bras tendus vers le ciel.) C'est toi qui as courroucé le Dieu. Tu as brisé sa magie avec ton sculpteur. C'est toi qui es coupable! (Il avait hurlé soudain ces derniers mots. Horemheb, qui était assis dans un coin de la chambre, se dressa d'un bond.) Ma petite fille... Ah, Meketaton!

Parennefer accourut auprès de lui, suivi d'Horemheb. Ils conduisirent Pharaon hors de la pièce.

Dans le mois qui suivit les funérailles de la jeune Princesse, après une scène effroyable qui eut lieu en présence des familiers dans la salle d'audience, Pharaon répudia Nefertiti. La Reine se défendit âprement, clamant à grands cris son innocence et l'amour qu'elle portait à sa fille. Elle accusa Tii d'avoir fomenté la calomnie qui précipitait sa ruine. Akhenaton resta sourd à ses arguments. Il la bannit à jamais de la Cour. Elle emménagea le lendemain dans le palais du nord, pâle et choquée mais la tête haute, et les courtisans qui espéraient un nouveau scandale restèrent sur leur faim. Le sculpteur ne fut pas inquiété, malgré l'insistance de certains ministres qui convoitaient sa résidence au bord du fleuve. On ne lui interdit même pas l'entrée du palais du nord. Dans l'esprit d'Akhenaton, c'était Nefertiti, et elle seule, qui avait fauté. Il l'avait élue, initiée aux mystères de sa foi. Elle était impardonnable d'avoir brisé le cercle magique. Le reste importait peu. Il se désintéressa d'elle ainsi que de son amant.

Les mois d'Athyr et de Khoyak s'écoulèrent. Les eaux du Nil en crue inondèrent la rive occidentale, qui devint un lac paisible reflétant la douceur du ciel d'hiver. L'Impératrice paraissait chaque jour aux audiences royales et au Temple, hautaine et inaccessible. Elle suivait son fils en tous lieux. Mais en dépit des paroles et des sourires qu'ils échangeaient fréquemment, leur attitude n'évoquait en rien les manifestations de tendresse dont le Roi faisait étalage avec son épouse. On ignorait la nature exacte de leur relation, et Parennefer était bien trop dévoué à son maître pour laisser échapper la moindre allusion qui eût pu titiller quelque peu les esprits.

Après le bannissement de la Reine, Toutou comprit combien sa situation était précaire et redouta que Tii ne remît gravement en question la manière dont il gérait la Correspondance Royale. Mais les semaines passèrent, et il devint bientôt évident que l'Impératrice n'avait guère son mot à dire dans les affaires de l'État. Les réactions de Pharaon étaient imprévisibles. Lorsque ses proches avançaient un conseil quelconque ou tentaient une pression, selon ce que lui dictait l'humeur du moment, il feignait de ne pas les entendre ou se lançait dans de longues tirades enflammées, interminables. Ay, Tii et Horemheb finirent par comprendre que son refus de remédier au chaos qui grondait aux portes de l'Égypte se fondait sur l'intime conviction que son Dieu interviendrait tôt ou tard, à force de prières. Ils changèrent de politique. Pas un jour ne s'écoula désormais sans que le nom de Smenkhara lui fût glissé à l'oreille. On insistait à tout propos sur le dévouement et la loyauté du jeune Prince, on s'émerveillait qu'il fût un digne fils du soleil. On évoquait les liens de sang qui unissaient Akhenaton à son frère, en taisant soigneusement toute référence à Amenophis III, le géniteur honni. Pharaon écoutait avec un bienveillant sourire, ne faisait aucun commentaire.

Tii vieillissait, et regardait approcher sa mort sans amertume. De plus en plus lasse des contraintes qu'exigeait de son corps usé l'imposant protocole de la Cour, elle s'abandonnait pourtant aux mains des coiffeurs, cosméticiens et habilleuses qui s'efforçaient de camoufler aux regards les ravages du temps – moins pour les habitants d'Akhetaton, du reste, que pour les étrangers qui venaient rendre hommage au Roi, et devant qui elle désirait tenir son rang de souveraine austère et rigoureuse, irréprochable. Sauver les apparences jusqu'à ce que Smenkhara fût installé sur le trône d'Égypte était son seul souci désormais, le seul stratagème dont elle disposât encore pour assoupir la convoitise des chefs barbares qui piétinaient aux frontières. Un peu honteusement, elle se mit à prier Hathor, déesse de la beauté et de la jeunesse, avec une ferveur qui la surprit elle-même. Elle demandait simplement de conserver sa vigueur jusqu'au jour où l'Égypte n'aurait plus besoin d'elle.

20.

Smenkhara guettait fébrilement le message de sa mère ou de Pharaon qui lui annoncerait enfin que son frère approuvait ses fiançailles avec Meritaton. Mais le temps passait, et nul héraut ne se présentait à sa porte. Il pensa que la mort de Meketaton et l'exil de la Reine avaient fait oublier à Tii sa promesse mais, confiant dans la ténacité de sa mère, il conclut qu'elle attendait plutôt le moment favorable pour présenter à Pharaon sa requête. Il patienta. Il allait voir sa bien-aimée chaque jour dans ses appartements, et ils parlaient pendant des heures du seul sujet qui les passionnât vraiment. Lorsqu'il n'était pas auprès d'elle, il s'appliquait à contrecœur aux leçons d'Horemheb, heureux malgré tout de voir la Princesse aussi souvent qu'il le désirait. Il s'efforça de s'en contenter.

Mais un jour, comme il venait lui rendre visite, les gardes le repoussèrent. Il discuta, gronda, puis se mit à les insulter, criant qu'il venait ici tous les jours, et qu'il les ferait punir pour leur insolence. Impassibles et respectueux, ils barrèrent la porte de leurs lances.

Il erra longuement autour du jardin, finit par trouver une portion de mur qui échappait au regard des sentinelles. Il l'escalada. Meritaton était assise au bord de la mare. Il courut vers elle, furieux, se frottant les genoux.

– Tes gardes sont fous! Ils refusent de me laisser entrer, Princesse. Regarde, je suis tout écorché! (Il se laissa tomber sur la natte, où sa main rencontra un diadème.) La couronne de la Reine, dit-il. Ta mère est ici?

Elle retira délicatement le bijou de ses doigts.

– Non. Mon père me l'a fait porter ce matin. Va-t'en, Smenkhara!

Il la saisit par les cheveux, attira son visage près du sien.

– Quelle chipie tu fais! Nous devions aller pêcher ensemble. Les poissons mordent bien aujourd'hui, et la brise doit souffler sur le fleuve. Qu'est-ce qui te prend?

Elle écarta violemment la tête. Il la lâcha.

– Tu ne dois plus m'appeler par mon prénom, fit-elle d'un ton glacé, lèvres frémissantes pourtant. Je suis Grande Épouse Royale. Et tu n'es qu'un prince, Smenkhara.

Il ne comprit pas immédiatement. Puis, étouffant un juron, il l'attira contre lui sans douceur, parla tout contre sa bouche.

– Pharaon t'a faite Reine, c'est cela? Je n'en crois rien. Ma mère avait promis! Dis-moi que ce n'est qu'un simple titre, rien de plus!

Les lèvres de la jeune fille étaient froides sous les siennes.

– Non. (Elle recula.) Hier, mon père m'a emmenée à Marou-Aton. Nous nous sommes promenés dans les jardins. Il m'a offert la Couronne, et comme je refusais, par amour pour toi, il m'a dit que je n'avais pas le choix. (Sa voix était calme, ferme son regard.) Il m'a dit qu'à la différence de ma mère, je suis une véritable enfant du Soleil, et plus digne qu'elle de porter le cobra. Je dois emménager demain dans les appartements de ma mère. Telle est la volonté de l'Aton.

Pour toute réponse, il mordit sa bouche d'un baiser rageur, affolé. Elle se débattit, puis effleura d'un doigt ses lèvres meurtries.

– Tu me fais mal! Si tu recommences, j'appelle mes gardes. Pars, et ne reviens plus!

– Comme tu es calme, ricana-t-il. Je n'avais jamais deviné quelle ambition se dissimulait derrière ce beau sourire. J'espère que l'ivresse de ta gloire te consolera des molles caresses de ton père. Mais peut-être les apprécies-tu, après tout, Reine d'Égypte! Dans mon innocence, je t'ai bien mal jugée. Adieu, donc... Majesté!

Il avait jeté ces derniers mots avec tout le mépris et la dérision dont il était encore capable. Meritaton vacilla sous le sarcasme. Elle baissa la tête, et comme il se levait pour partir, elle hurla :

– Smenkhara!

Il se retourna d'un air de dédain mais, voyant le désespoir qui noyait son visage, il se jeta à genoux près d'elle, l'engloutit dans ses bras. Longtemps ils se tinrent enlacés d'une étreinte farouche, et il la berça jusqu'à ce qu'elle eût séché ses pleurs. Puis ils se prirent par la main et restèrent assis côte à côte sur la natte, sans se regarder.

– L'Égypte me bénirait si je le tuais, murmura l'adolescent.

Mais elle serra plus fort sa main et secoua la tête.

– C'est mon père, et je l'aime. Il faut que tu t'en ailles, à présent. L'Aton lui parle en secret. Peut-être sait-il que tu es ici. Va, mon amour. Adieu.

De ses doigts qui tremblaient elle cercla son front du cobra royal. Et le garçon crut sentir une sourde menace dans les prunelles de cristal qui flamboyaient soudain devant lui. Il fit une révérence et s'enfuit.

Meritaton s'habitua rapidement à l'imposante Couronne ainsi qu'aux responsabilités et privilèges qui l'accompagnaient. Plus mûre que le jeune homme qu'elle aimait, elle sut enfouir sous la joie réelle qu'elle prenait à gouverner la tendresse qu'elle éprouvait pour lui. Et ce furent désormais le père et la fille que l'on vit partout s'embrasser et se caresser, se chuchoter des mots doux à l'oreille sur le char royal ou sous le dais du palanquin. Elle se tint près de lui à la Fenêtre des Apparitions, jeune et fine réplique de Nefertiti, et saluait en souriant la foule assemblée, tandis que le Roi discourait ou faisait pleuvoir l'Or des Faveurs sur tel ou tel ministre qui avait récemment chanté ses louanges. La possession de sa fille semblait apaiser quelque peu Akhenaton. Ses migraines se faisaient plus rares, et il remerciait publiquement son Dieu pour ce sursaut de vigueur.

Tii observait avec inquiétude l'adolescente. Car si elle se montrait joyeuse et charmante à la Cour, attentive à son père-époux, autoritaire envers ses domestiques et gracieuse à l'égard de ses familiers, on sut aussi qu'elle gémissait dans son sommeil et s'éveillait souvent en larmes. Tii apprit également, par un espion qu'elle avait au palais du nord, que la Reine en exil avait éclaté d'un rire hystérique en apprenant qu'elle était supplantée par sa fille, et qu'elle s'était réjouie bien haut de ce que l'Impératrice n'en pût faire totalement à sa tête. Tii garda pour elle cette information. Comme de nombreux courtisans, elle pensait que son fils finirait par oublier sa colère et rappellerait Nefertiti auprès de lui, reléguant Meritaton dans un coin obscur de son Harem, ainsi qu'il avait fait de sa fille défunte.

Pourtant, un jour qu'elle traversait en palanquin la Voie Royale afin de se rendre au Temple, elle entendit un fracas de masses cognant sur des pierres. Elle entrouvrit les tentures, pencha la tête, et suffoqua aussitôt dans la brume de poussière blanche qui voletait sur la route. Des tailleurs de pierre à demi nus levaient et abaissaient leurs marteaux en cadence sur les murs, les pylônes et les fresques. Elle envoya aux nouvelles le capitaine de sa garde.

– Pharaon a ordonné ce matin de marteler toutes les images de Nefertiti qui sont gravées dans la cité, lui dit-il un peu plus tard, à genoux. Et le nom de Meritaton ainsi que ses titres remplaceront ceux de sa mère.

Stupéfaite, elle poursuivit sa route. L'initiative d'Akhenaton n'était pas seulement la marque de la grande faveur en laquelle il tenait sa fille. Elle signalait pour Nefertiti l'humiliation ultime, la répudiation sans retour. Elle se demanda comment réagirait la Reine à cet affront, et fit venir Horemheb pour en savoir plus.

– La Reine m'a convoqué en secret, avoua le capitaine. Elle désirait savoir si je lui étais fidèle, et si j'estimais qu'une révolte de palais avait quelque chance de réussir.

Étonnée, elle se tourna vers son frère.

– Tu savais?

– Non, dit Ay. Mais je m'y attendais.

– Moi aussi, sans doute. Mais que veut-elle, au juste, Horemheb? La Double Couronne pour Smenkhara? Pour le petit Toutankhaton? Le pouvoir suprême pour elle, ou pour toi, peut-être? La stupidité de cette femme m'étonnera toujours!

Horemheb eut un rire sans joie.

– Elle désire le pouvoir pour elle, Majesté, à travers moi. Elle n'aime pas les fils que tu as eus d'Osiris Amenophis, et souhaiterait probablement les écarter de son chemin. Elle m'a confié qu'elle aimerait m'épouser, ou même épouser Toutankhaton.

L'idée était si absurde que Tii eut envie de rire.

– Et tu l'en as dissuadée, bien sûr.

– Du mieux que j'ai pu, Déesse. Je pense qu'elle commence à entrevoir les conséquences de la désastreuse politique de Pharaon, mais jamais elle n'acceptera de s'allier à toi, ni à son père Ay. C'est une femme remplie d'amertume.

– Une révolte de palais, vraiment! C'est ridicule. Aucun changement ne pourra intervenir désormais avant la mort du Roi. J'en suis convaincue. Et j'estime en outre que le renouveau de l'Égypte, sous une autre administration, ne s'accomplira qu'avec la confiance et la coopération des prêtres d'Amon.

– Je sais, répondit Horemheb, très calme. J'y ai beaucoup réfléchi, et je suis arrivé aux mêmes conclusions.

Les semaines qui suivirent furent mornes et sans intérêt pour Tii. Résignée à n'être plus qu'une voix parmi d'autres, discrète et inefficace pour tout ce qui concernait les décisions importantes du gouvernement, elle médita sombrement sur ses erreurs passées et son impuissance du moment. Les heures lui appartenaient, et elle ne savait qu'en faire. Elle rendait parfois visite à Tey, dont l'indifférence à tout ce qui se passait hors les murs de sa résidence lui était d'un maigre réconfort. Seuls les messages de sa vieille amie Tia-Ha, tout bruissants de détails colorés et joyeux sur la vie qu'elle menait dans sa somnolente maison du Delta, égayaient quelque peu la morosité de l'Impératrice.

Au cours du mois de Phamenat, un héraut vint annoncer à Tii que la Reine Meritaton désirait lui parler. Elle s'en étonna. Elle n'avait guère fréquenté sa petite-fille depuis son mariage avec Pharaon, et elles ne se voyaient que rarement, et de loin, au cours des festins ou au Temple.

La jeune fille l'accueillit avec un sourire. Puis, s'avançant, elle posa un baiser sur sa joue. Drapée de lin blanc et parée de turquoises, elle était fraîche et ravissante. La Couronne cerclait joliment ses cheveux noirs et raides que voilait un mince filet d'or serti de joyaux. Tii la jugea plus belle encore que sa mère, car son visage aux parfaites proportions rayonnait d'une douceur et d'une bienveillance que nul n'avait jamais eu le loisir d'observer sur la face boudeuse de Nefertiti. Près du trône de Meritaton, Tii remarqua, à sa surprise, un vaste bureau sans prétention, couvert de papyrus rangés avec le plus grand soin. Plusieurs scribes s'affairaient à copier des lettres. D'autres attendaient, plume levée, les ordres de la Reine. Les deux femmes s'assirent.

– Comment se porte le prince Smenkhara? demanda aussitôt l'adolescente.

Et Tii perçut la passion de ces simples mots.

– Il va bien et poursuit son éducation, répondit-elle. Je pense qu'il ne sera jamais très habile au maniement des armes, mais il aime les chevaux et s'entraîne sur son char tous les matins, dans le désert.

– Je sais. (Elle rougit.) Je te remercie, Majesté, de comprendre mon impatience. Personne n'ignore le sentiment que j'ai pour lui, et il serait vain de vouloir le dissimuler. Mais tout en reconnaissant que je suis loyale envers mon père, nombre de courtisans estiment inconvenante une telle affection.

– Tu es très courageuse, Majesté.

– Je n'ai pas le choix. Mais je ne t'ai pas fait venir ici pour passer le temps. On me dit que tu es souffrante?

Tii sourit.

– Les effets de l'âge, rien de plus. Quelques massages, un petit jeûne, et il n'y paraît plus, mentit-elle.

– Le Disque en soit loué! répondit poliment Meritaton. (Elle fit un signe, et le chef des scribes, se dépliant, lui tendit un rouleau.) Comme tu le sais, Majesté, ma mère s'occupait de la Correspondance Étrangère et s'entretenait avec Toutou avant de présenter ses suggestions au Roi. Mon père se désintéresse de tous les messages qui affluent chaque jour sur le bureau de ce pauvre Toutou, et je m'efforce à mon tour de faire ce que je peux pour aider Pharaon. J'ai besoin de ton aide, Grand-mère.

Tii écarquilla les yeux. Un plaisir inattendu l'envahissait soudain. C'était là l'occasion, peut-être, de percer enfin une brèche dans l'aveugle obstination de son fils.

– Meritaton, ton père ne veut rien entendre en matière de conseils diplomatiques, et ta mère évitait soigneusement de lui déplaire, tu le sais, en ne lui disant que ce qu'il désirait savoir. Es-tu prête à affronter son désarroi, sa colère, même?

– Je n'y avais pas pensé. Je suis tout simplement effarée de voir le flot de missives que Toutou me confie tous les matins. Pour moi, vois-tu, seule la vérité compte.

Et Tii comprit alors qu'elle avait devant elle le beau fruit, pur et rigoureux, de l'Enseignement de son fils. Éduquée dans la foi unique de l'Aton, imprégnée des visions et des pensées de son père, Meritaton ignorait tout des combats intérieurs et des doutes qui assaillaient ceux qui avaient connu l'ancienne religion, et Akhenaton lui-même. Elle était le frais symbole du renouveau tant désiré par le Roi, la promesse de ce qui pouvait être... *De ce qui aurait pu être,* rectifia Tii. Car le spectre de son échec collait à la peau de son pauvre fils avant même qu'il eût fait jaillir sa cité du désert.

– En effet, approuva-t-elle. J'essaierai de t'aider. Que veux-tu me montrer?

Meritaton lui tendit le papyrus, copie d'une tablette d'Azirou, déjà traduite de l'acadien. « Afin de protéger mon peuple, je viens aujourd'hui de conclure un traité d'alliance avec le prince Souppiloulіouma. Le bras de l'Égypte n'étend plus sur le monde son antique puissance. Les paroles de son Roi sont vides comme le vent qui agite les roseaux, et ses promesses ne pèsent pas plus lourd que les mots d'amour les plus futiles. »

Avec une exclamation de dégoût, Tii jeta le rouleau sur la table.

– Ce n'est pas tout. (Meritaton lui tendit un autre papyrus.) Ceci est arrivé ce matin.

C'était un message court et sans fioritures, en provenance du Rethennou. Azirou, sans doute avec l'accord et la bénédiction de son nouveau suzerain, avait attaqué le pays d'Amki, vassal de l'Égypte. Tii était effarée. Elle réfléchit un instant, dit enfin :

– Majesté, si je porte ces lettres à Pharaon, viendras-tu avec moi afin d'appuyer ma requête ?

Meritaton hocha la tête.

– Il ne voudra pas me contrarier, dit-elle, détournant le visage. J'attends un enfant.

Elle avait articulé ces mots avec effort, et Tii vit glisser sur ses traits délicats l'ombre de Meketaton. Emplie de compassion, elle s'approcha de l'adolescente.

– C'est une grande nouvelle pour l'Égypte, murmura-t-elle. Sois sans crainte, Majesté. Tu as treize ans. Ton corps est plus robuste et mieux formé que ne l'était celui de ta sœur. Tu vivras.

Meritaton gardait les paupières baissées.

– Je ne désire pas cet enfant. Il n'est pas de Smenkhara.

Tii posa une main sur son bras, baisa ses lèvres rouges.

– Je suis ton amie autant que ta grand-mère, dit-elle doucement. Ne l'oublie jamais, Déesse.

Le lendemain, elles demandèrent audience à Pharaon, accompagnées d'Horemheb et du scribe de la Reine, qui portait les papyrus. Ay était déjà à son poste, au côté d'Akhenaton. Le Roi les accueillit joyeusement. Il revenait du temple. Sa peau et les plis de sa robe embaumaient encore l'encens et les fleurs. Meryra purifiait la salle ainsi qu'il faisait chaque jour, en éclaboussant le sol et les murs de lait et de vin, et le murmure de ses incantations ponctuait les paroles du Roi.

– Quel heureux jour ! s'exclama Pharaon. Tous ceux que j'aime viennent ensemble me rendre hommage. Meritaton, ma beauté, donne-moi un baiser. As-tu pris un bon repos ?

Il enveloppa sa fille dans ses bras et mangea sa bouche, longuement, sans se soucier des regards. Puis, gardant un bras autour d'elle, il embrassa Tii d'un air gracieux, tandis qu'Horemheb se prosternait. Ay attendait, l'éventail sur l'épaule.

– Que puis-je vous offrir aujourd'hui ? Une petite promenade sur le fleuve ? Quelques heures de simple et belle amitié ?

Mais sous la jovialité de ses propos, Tii sentait monter son malaise. Ses yeux couraient de l'un à l'autre, un peu inquiets. Elle ne dit rien, fit un imperceptible signe de tête à Meritaton qui, se dégageant en douceur des bras de son père, prit les papyrus et les posa dans ses mains.

– Je te supplie, mon époux, de lire ceci, dit-elle. Et sache que nous nous indignons vivement du contenu de ces messages. N'oublie pas, tandis que tu les liras, que je suis ta fille respectueuse ainsi que ta fidèle épouse, et que je ne ferai rien qui puisse te blesser, rien qui puisse blesser ton divin père l'Aton.

Il fronça les sourcils en déroulant le premier papyrus. Avec une moue méfiante, il monta vers son trône et s'y étala. Ay fit avancer un siège pour Tii. Seul le bourdonnement de Meryra troublait le silence qui était tombé sur la salle. Akhenaton lut les deux rouleaux, fit taire sèchement le prêtre, puis les relut. Quand il eut fini, il les lâcha dans son giron. Son souffle se fit plus court, plus rauque. Il dévisagea l'un après l'autre les membres de sa famille et, brusquement, ferma un œil. Tous ses traits se crispèrent. Mais le spasme disparut aussitôt.

– Comment Azirou peut-il me faire cela ? geignit-il alors. Quand il est parti, je l'ai embrassé comme un frère, j'ai pleuré des larmes d'amour dans ses bras ! Et alors même que les esclaves nettoient encore la résidence que je lui ai offerte ici, il se tourne vers les Hittites !

Il se couvrit la bouche d'une main, et sa longue face se tordit en un rictus angoissé. Meritaton saisit ses doigts, les baisa et les noua dans les siens.

– Père, ta foi est profonde, mais le monde ne la comprend pas. Peut-être ne la comprendra-t-il jamais. Azirou ne voit pas l'Incarnation du Disque. Il ne voit en toi qu'un souverain épris de paix, quand seule une guerre pourrait sauver l'Amourrou de l'agression sauvage des Hittites. Tu ne dois pas l'en blâmer.

– Se peut-il qu'il soit venu au Temple et n'ait pas entendu la voix de l'Aton couler de mes lèvres saintes ? Une fois encore, sans doute, j'ai offensé le Dieu, et ne sais pas comment!

Ivre de culpabilité soudain, il se redressa, puis laissa lourdement retomber son torse. Il enfouit le visage dans ses paumes rougies. Meritaton lança à Tii un regard hésitant.

– Si je peux me permettre, Horus, je sais où est ta faute, intervint l'Impératrice. Tu ne veux faire de mal à aucun être vivant né de l'Aton, mais en agissant ainsi, tu mets en péril la demeure même de ton Dieu. Une meute de lions affamés rugit à nos frontières, et s'apprête à envahir le pays. Si l'Égypte tombe, Akhenaton, la lumière du Disque s'éteindra à jamais. Ce n'est plus le temps de la paix. Le Dieu désire que tu le sauves!

– Non! s'écria-t-il. (Ses doigts tripotèrent fiévreusement les chaînes de son pectoral.) C'est Nefertiti. je l'ai répudiée trop vite, avec trop de haine. Je dois la rappeler près de moi. J'ai eu tort...

– Écoute ton Impératrice, Akhenaton. (Le capitaine s'avança.) Écoute celle qui t'a toujours éclairé de ses judicieux conseils. Azirou s'empare en ce moment même du pays d'Amki, sans doute avec des armes et des soldats prêtés par Souppiloulliouma, cet ennemi de la vraie religion. Entre l'Égypte et l'Amki, il n'y a plus que le Rethennou. Pour l'amour de Dieu qui a honoré l'Égypte de ses premières révélations et a daigné s'incarner par toi sur le trône d'Horus, ne laisse pas des barbares profaner notre terre!

– L'Égypte est encore puissante, intervint la calme voix d'Ay. Nos soldats sont devenus gras et paresseux, mais en quelques mois, ils pourraient retrouver leur vigueur et marcher sur l'ennemi. Nous avons de bons officiers. Envoie un message à Azirou, Horus! Frappe maintenant, surprends-les! Montre à ces bêtes féroces ce qu'est une vraie guerre.

Meritaton posa la tête contre son bras.

– Écoute-les, mon époux. Ils te disent la vérité!

Il l'enlaça, enfouit son visage dans le cou de l'enfant.

– Je suis tellement las, gémit-il. La nuit, mes rêves sont remplis d'horreurs. Je vois la mort, les démons de la vengeance, l'effroyable obscurité de la Douat... Si je déçois le Dieu, je ne vivrai pas longtemps.

– Ne le déçois pas! (Tii éleva une voix assurée, qu'elle voulut sereine, tandis que Meritaton s'efforçait, à sa manière naïve et enfantine, de consoler son père.) Réveille-toi, Akhenaton. Brandis le glaive.

– Mais je ne sais pas!

– Horemheb le fera pour toi. Donne-lui-en simplement l'ordre.

Il se recroquevilla.

– Je ne peux pas!

– Cher neveu, il le faut, insista Ay. Je t'en conjure.

– Sortez, tous! Je veux réfléchir. Partez! Meritaton, appelle mon médecin.

Horemheb haussa les épaules. Tii exhala un long soupir épuisé et s'extirpa de son siège. Ils essaieraient encore et encore, sans désemparer, maintenant que Pharaon daignait écouter sa fille, et peut-être finiraient-ils par gagner. Si les Dieux leur en laissaient le temps.

21.

Au premier mois de l'An Nouveau, quatorzième du règne d'Akhenaton, Meritaton donna le jour à une fille. Pharaon la baptisa Meritaton-ta-sherit, Meritaton la Petite, et célébra la mère et l'enfant par de fastueuses cérémonies au palais ainsi qu'au temple. Meritaton quitta sa couche et réapparut au côté du Roi, mais son joyeux entrain avait disparu. Elle était pâle et pensive, sujette à des crises de colère qui s'achevaient dans les sanglots. Elle se désintéressa de sa fille une fois qu'elle l'eut confiée à ses nourrices. Elle partageait de nouveau le lit de Pharaon, et Tii, qui l'observait aux dîners tandis qu'Akhenaton la couvrait de baisers et poussait entre ses lèvres boudeuses de petits morceaux de fruits, se demanda si l'adolescente n'avait pas espéré que la naissance de son enfant signalerait la fin de ses devoirs conjugaux.

Le bureau de la Correspondance Étrangère reçut un message indiquant que Souppiloulioума avait signé un traité d'amitié avec Mattiwaza, le successeur de Toushratta en Mittani, et avait arrêté pour un temps ses conquêtes. Rien ne pressait, en effet, pensa Tii. Il était sûr de lui, il pouvait attendre, réfléchir sereinement à ce qu'il entreprendrait ensuite. Par bonheur, la résistance d'Akhenaton semblait fléchir quelque peu. Passant outre à ses fureurs, ses migraines et ses nausées, l'Impératrice décida, en accord avec Meritaton, Ay et Horemheb, de remettre sur pied l'armée d'Égypte. Car si les patrouilles de frontière maintenaient une vigilance de tous les instants, les troupes régulières étaient exsangues. Horemheb ordonna une conscription, ainsi que la construction de nouvelles casernes et la remise à neuf des armes et des chars. Bientôt, ses officiers purent commencer l'instruction des recrues. Tii se réjouit à l'idée que la rumeur de ces préparatifs guerriers parviendrait sans tarder aux oreilles du chef hittite.

Mais malgré l'optimisme qui égaya, ainsi qu'il était d'usage, les fêtes de l'An Nouveau, Tii était inquiète. Le Trésor Royal, privé de ses ressources traditionnelles, diminuait de jour en jour, et Pharaon refusait obstinément de lancer l'ordre officiel de mobilisation. Sa santé s'améliorait. Faible mais souriant, il continuait de se montrer à la Fenêtre des Apparitions pour y distribuer son or. L'idée d'une guerre proche s'estompa dans les esprits. On attendait que l'Aton ordonnât la montée des eaux du Nil et les grains dormaient dans les silos, prêts pour les semailles.

Mais la Crue tardait. Le mois de Thoth s'écoula, et le fleuve n'était toujours qu'un fin ruban d'eau boueuse entre ses hautes berges poussiéreuses et craquelées. On ne s'alarma guère. L'Aton était tout-puissant et ne pouvait décevoir les prières si ardentes de son fils. Il y eut un regain de ferveur en Akhetaton. Les foules se pressèrent chaque jour au Grand Temple, et les autels, au coin des rues, se couvrirent d'offrandes.

Le mois de Paophi vint et s'enfuit, et le niveau du Nil ne monta pas d'un pouce. Les courtisans firent hisser sur la rive leurs barques de plaisance, car l'eau commençait à sentir mauvais. Les fonctionnaires chargés de surveiller la montée des eaux ne quittaient plus leur poste. Athyr passa. Le mois de Khoyak, où l'inondation, d'ordinaire, était à son apogée, vit diminuer plus encore le courant chétif. L'air devint fétide et s'emplit d'insectes. Au désespoir, les paysans commencèrent à puiser dans leurs maigres réserves. Debout à l'orée de leurs villages, ils regardaient s'élargir les fissures des champs où ils ne pouvaient plus marcher, tant la terre y était calcinée, brûlante. Les feuilles ne poussaient pas sur les arbres. Les lances brunes des palmiers pendaient, tristes et raides, et les branches des sycomores se brisaient au moindre contact.

Au début de Mekhir, alors que les paysans auraient dû patauger dans la boue noire pour épandre leurs graines, les serpents envahirent Akhetaton, et les scorpions s'enfouirent dans la fraîcheur des failles qui s'ouvraient un peu partout dans le sol. Matin et soir, Tii ordonnait à ses domestiques armés de bâtons de fouiller sa résidence, et interdit que l'on déposât désormais sur le carrelage les coupes de lait que l'on y offrait d'ordinaire aux reptiles familiers.

A la fin de Pharmouti, tous avaient accepté le fait qu'il n'y aurait pas de crue cette année-là. Les shadoufs qui alimentaient les jardins ne remontaient plus qu'une vase grouillante de vers et d'insectes répugnants. Pharaon donna l'ordre que l'eau fût apportée du fleuve par des esclaves, qui ployaient tout le jour sous les seaux. Il permit que l'on vidât les lacs de plaisance. Tii, qui observait de sa terrasse la vallée sèche et creuse, eût préféré que l'on sacrifiât les jardins au profit des champs, mais Akhenaton, toujours confiant en son Dieu, refusa.

– C'est une épreuve, disait-il, pantelant de sueur. L'Aton veut connaître la profondeur de notre foi. Du reste, nos greniers sont encore pleins des récoltes de l'an passé.

– Mais Thèbes, protestait Tii, les villages, le reste de la population ? Les collecteurs d'impôts ont tout pris. Le peuple n'a plus de réserves. Il va mourir de faim.

– Qu'ils attendent. Le Dieu y pourvoira.

Et Tii grommelait alors que si les paysans mouraient, aucune récolte ne serait plantée pour l'année suivante, et que si l'Égypte avait survécu par le passé à d'autres sécheresses, c'était grâce à l'initiative des Pharaons qui avaient pris soin de maintenir dans chaque ville des réserves de céréales. Les collecteurs d'Akhenaton avaient depuis longtemps vidé ces greniers-là.

Un jour qu'ils se querellaient ainsi, le Roi eut soudain un haut-le-cœur. La main crispée sur l'estomac, il appela à l'aide, et un esclave muni d'un bol accourut aussitôt. Il vomit, puis se redressa, haletant. Un autre esclave, à genoux, lui baigna le visage d'un linge humide. Il s'essuya les lèvres.

– C'est toujours douloureux, gémit-il, le souffle court. Mais cela ne dure pas. (Il tendit le linge.) As-tu vu les terrasses du palais du nord, Déesse ? Vertes, luxuriantes... Les jardins de Nefertiti ne flétrissent pas, *eux.*

Elle devina ce qu'il pensait.

– Non, Akhenaton, Nefertiti ne jouit pas d'une protection particulière de l'Aton. C'est simplement parce que l'eau de son lac arrose la terrasse supérieure et s'écoule ensuite sur les autres.

– Il est temps d'aller prier.

Il se leva et dégagea ses cuisses du lin humide de sa robe, tandis que Meryra s'avançait déjà, les doigts fumant d'encens.

– Sais-tu, Mère, que certains habitants de la cité ont ouvert des autels à Isis ? Si l'Aton s'en rend compte, il sera furieux contre eux !

Une rougeur enflamma soudainement ses joues creuses.

– Ils ont peur, mon fils. Ils désirent tant voir pleurer Isis.

– Isis n'existe pas! aboya-t-il. Je vais leur parler en me rendant au Temple. Accompagne-moi. Où est Meritaton ?

Il se tourna vers la fillette d'un air grognon, à la manière d'un vieillard, tandis qu'elle accourait vers lui. Ils traversèrent l'avant-cour et gagnèrent la rampe. Au-delà des murailles, la Voie Royale était étrangement silencieuse. Le soleil versait une chaleur aveugle et féroce, et leurs lèvres se craquelaient, leurs yeux pleuraient et la brûlure, sous leurs sandales, était intolérable. L'air était empli de poussières en suspension, de grains de sable qui s'insinuaient dans les poumons au moindre mouvement de brise et collaient aux peaux moites, sous les voiles imbibés de sueur. Tii vit son fils glisser le bras sous celui de son épouse, tandis que son autre main chassait les mouches qui rampaient dans son cou. Personne n'est venu l'adorer aujourd'hui, songea-t-elle en gravissant la rampe. Ils gisent tous dans leurs maisons, implorant que vienne un peu de pluie. Mais lorsque le petit groupe fit halte devant la Fenêtre des Apparitions, elle observa avec stupeur que la route fourmillait, entre les murs qui la bordaient, d'une vaste foule muette. Akhenaton leva la main. Le flot des robes s'agita et les têtes se courbèrent, mais nul ne se prosterna sur les dalles brûlantes.

– Imbéciles! cria Pharaon sans colère. Venez-vous ici le cœur empli de culpabilité ? Je sais que vous vous détournez de votre véritable protecteur pour murmurer des prières à une autre divinité, tandis que l'Aton qui flamboie sur vos têtes cherche à éprouver votre foi et observe chacun de vos mouvements! Soyez sans crainte. Entre le Dieu et vous, il n'y a que moi. L'Aton entendra bientôt son fils et fera grossir les eaux du fleuve. Moi, Akhenaton, je vous le promets.

Aucune acclamation ne salua ses paroles. Le doute et le désespoir imprégnaient les visages qui se levaient vers lui. Puis quelqu'un cria :

– Donne-nous de l'eau, Pharaon! Tu es un Dieu. Fais donc monter le fleuve!

Il leva la crosse et le fléau au-dessus de son peuple, mais la rumeur s'amplifia. Comme il reculait dans l'ombre et poursuivait sa route vers le temple, des hurlements furieux, narquois, explosèrent de tous côtés :

– Fabrique-nous de l'eau, Pharaon! Fabrique de l'eau, Incarnation Divine!

Raide de honte, Meritaton entraîna son époux sous les arbres desséchés du jardin du Temple. Comme ils franchissaient le pylône, le Roi s'arrêta soudain et, vacillant contre la pierre, se plia en deux. L'esclave préposé au bol s'approcha vivement, mais le spasme s'apaisa. Akhenaton se redressa, les traits tirés, douloureux, et reprit sa marche.

Plus tard, à l'abri de son kiosque, Tii regarda Meritaton qui se tenait, solitaire, au cœur incandescent du vaste sanctuaire. Sa frêle tête noire où vacillait le cobra semblait perdue dans un océan de tables d'offrande, courbée sous l'intolérable fournaise, au bord du vertige. Pharaon gravit les marches du grand autel et entonna ses prières dont les mots, inintelligibles, vibraient d'un écho implorant et anxieux sur les hautes murailles. Il se prosterna, puis se mit à genoux, les deux bras agrippés à la pierre, le front baissé. Meryra l'environna d'une brume d'encens et versa l'onction sur son crâne. Les grognements s'intensifièrent. L'huile qui coulait lentement dans son cou et son dos scintillait sous le flot cru de la lumière. Dans l'avant-cour, les chanteuses du Temple entonnèrent un hymne. Et Tii eut soudain le sentiment d'assister à un rite antique et barbare. Car il y avait une majesté singulière, une passion irréelle et un peu démente, dans le spectacle de cet homme en transe, torturé, de ces autels fumants, de ces prêtres en robe blanche qui semblaient pétrifiés, de cette adolescente ployant sous les joyaux et le feu du ciel; et le chant désincarné des chœurs invisibles flottait sur la scène telle une rumeur cruelle, démoniaque. Il semblait que l'Aton, ivre de l'adoration de son fils, ne pût s'en rassasier désormais, et qu'il déversât sur la terre d'Égypte l'inextinguible fureur de son appétit. Car plus Pharaon gémissait et priait, plus la chaleur devenait implacable. Tii se laissa tomber sur le siège qu'elle avait fait apporter sous le dais. Meritaton se retourna, visage blême. Tii lui fit signe de la rejoindre, mais après une hésitation, elle secoua la tête, craignant d'offenser son père en cherchant le refuge d'un ombrage.

Tii regarda de nouveau vers l'autel, et son sang se figea. Akhenaton gisait à présent sur le dos, les membres raides, le cou bizarrement tordu. Des petits cris étranglés perlaient de sa bouche.

Meryra brandit l'encensoir sur son visage. Tii se précipita, suivie de Meritaton.

– Apportez un dais, une litière, vite! Allez chercher les médecins! cria-t-elle.

Meryra protesta que les porteurs de litières n'avaient pas accès au Temple, mais déjà les prêtres s'affairaient. Le palanquin royal se faufila dans une allée. Akhenaton serrait les dents. Ses yeux, écarquillés, ne voyaient rien de ce qui se passait alentour. Des traînées de vomi s'égouttaient d'un coin de sa bouche.

– Faites taire ces femmes! ordonna l'Impératrice. Il fait bien trop chaud pour chanter!

On hissa Pharaon dans la litière. Un dais se déplia au-dessus de lui et le cortège partit vers ses appartements.

Lorsqu'on l'allongea sur sa couche, la rigidité de ses membres avait disparu. Il murmurait des bouts de prières et de chansons d'amour, de longs discours sans cohérence. Tii l'abandonna aux médecins.

Plus tard, elle revint le voir. Il était assis dans ses coussins. De courts frissons secouaient parfois son corps et sa face était grise encore de la violence de l'attaque, mais il avait le regard clair. Meritaton baisa tendrement ses mains.

– Ils m'ordonnent de ne plus me tenir au soleil, dit-il.

– Tu dois leur obéir, mon fils... Le Dieu t'a-t-il parlé? Tu as déjà eu ce genre de crise, mais jamais à ce point.

Il baissa les paupières.

– Non. Le Dieu ne m'a pas parlé. Aucune vision ne m'est venue.

Elle caressa ses longs doigts.

– Pharaon, j'aimerais que tu réfléchisses à ce qui arrivera si un jour le Dieu te précipite ainsi dans un malaise dont tu ne te remettras pas, si ces rêves qu'il t'envoie n'ont pas de fin... Je ne parle pas de ta mort, ajouta-t-elle très vite comme il se crispait soudain. Mais il est temps, je crois, que tu nommes un héritier.

– J'y ai pensé, prononça-t-il lentement, à la stupeur de Tii, qui n'attendait pas une telle réponse. Il faut que ce soit un enfant de mes reins. Je ne vois que Toutankhaton.

Il avait dit ces mots d'un ton ferme et raisonnable, comme si la crise avait purifié son esprit. Tii se garda de montrer son étonnement.

– Je ne suis pas d'accord, protesta-t-elle avec douceur. Toutankhaton est trop jeune. Il deviendrait la proie d'hommes sans scrupules qui ne chercheraient à travers lui qu'à détruire tout ce que tu as fait pour l'Aton.

– Tu pourrais assurer la régence.

Elle sourit à son expression si naïve, si confiante.

– Mon fils, je ne vivrai pas éternellement. Toi non plus. Smenkhara a aujourd'hui seize ans. C'est un homme. Il n'aurait besoin que de conseillers, et non d'un régent. Certes, il n'est pas ton fils, mais il est né de mon ventre, et il est ton frère. Choisis-le, afin que je puisse dormir en paix.

Elle guetta sur son visage les signes de détresse familiers, mais il resta calme, mollement étendu sous le drap, le visage empreint de dignité. Meritaton, qui s'était figée soudain, ne quittait pas l'Impératrice des yeux.

– Il faudrait que j'en fasse un membre à part entière de la famille de l'Aton, dit-il d'un air rêveur. Mais sans doute était-ce écrit... Il me ressemble beaucoup, Mère, as-tu remarqué? La même forme de crâne... (Il retira ses doigts de la main de Tii, les posa sur sa poitrine.) J'ai compris ce que ne disait pas mon peuple, ce matin. J'ai fait semblant de ne pas entendre, mais j'ai compris. C'est en vain qu'ils implorent. L'Aton ne leur donnera pas l'eau. Je le sais. Tout est de ma faute, sans doute, si le Dieu n'écoute pas mes prières. Peut-être s'est-il lassé de son fils et tourné déjà vers une autre incarnation. (Sa voix, résignée, vibrait d'un chagrin sincère.) Fort bien. Fais rédiger le papyrus, je le signerai demain. Mais pas aujourd'hui. Je suis trop las, il faut que je dorme. Meritaton, reste avec moi. J'ai peur.

Stupéfaite encore de ce triomphe inattendu, Tii convoqua un scribe dans ses appartements et dicta le document qui donnait à Smenkhara le droit de porter la Double Couronne à la mort de son frère. Puis elle envoya chercher le garçon. Il n'apparut qu'au bout de plusieurs heures, légèrement ivre.

– Puisque je ne peux bavarder ni me baigner avec Meritaton, bredouilla-t-il, autant que je me soûle! J'étais à Marou-Aton avec des amis. Il n'y a plus beaucoup de verdure, mais le pavillon est encore un peu frais.

Elle lui lança un rouleau.

– Lis ceci.

Il le parcourut négligemment, adossé au mur. Quand il eut fini, il le jeta sur la couche.

– Il était temps, grommela-t-il, mais que m'importe, après tout? Pharaon peut encore vivre pendant des années, et Meritaton deviendra vieille et grasse, et moi, je dépérirai d'ennui.

Tii se mit en fureur.

– Qu'ai-je fait aux Dieux pour qu'ils m'infligent un fils comme toi, capricieux, ignorant, égoïste et ingrat? s'écria-t-elle. Je viens de t'obtenir l'Égypte et tu te plains encore! Écoute-moi. Dorénavant, Pharaon va t'observer. Tu dois te rendre régulièrement au Temple, fermer l'autel où tu pries Amon, négliger un peu tes amis. Cela me peine, Smenkhara, mais je crains que Pharaon ne vive plus très longtemps. Tu dois penser à ce que tu feras de l'Égypte lorsqu'il ne sera plus.

Il haussa les épaules, laissa aller son corps contre la muraille et Tii, qui observait les frêles épaules voûtées de son fils et le renflement du ventre sous la ceinture, sentit la panique l'envahir.

– Je me plais en Akhetaton, dit-il. Tu m'en as tenu éloigné assez longtemps! Je resterai ici et Malkatta pourra bien pourrir... J'épouserai Meritaton et jouirai de mes privilèges.

– Peu importe où tu choisiras de vivre, pourvu que tu assures la stabilité de l'Empire et rétablisses le culte d'Amon.

– Passionnant. Aurais-tu un peu de vin, Mère?

– Non. Pense à ton avenir, mais souviens-toi que tu n'es pas encore Pharaon. Si tu te montres trop impatient, le Roi pourrait bien changer d'avis et n'en faire qu'à sa tête.

– Quelle tête? ricana-t-il.

Les yeux de Tii s'emplirent soudain de larmes, sans qu'elle y fût préparée.

– C'est une tête emplie de rêves d'une étrange sorte, dont aucun Dieu ne t'honorera sans doute jamais, articula-t-elle. Je t'interdis de te moquer de ton frère, tu entends? Et tu feras taire à l'avenir, je te prie, les sarcasmes de tes prétendus amis. C'est mon fils, et je l'aime. Disparais de ma vue!

S'éloignant du mur, il s'inclina mollement et lança, avant de sortir :

– Ne compte pas te servir de moi comme tu as fait de lui, Majesté. Quand la Double Couronne sera sur ma tête et Meritaton dans mon lit, tu auras droit à ma reconnaissance, mais pas avant.

Pharaon ratifia le document le lendemain, ainsi qu'il avait promis. La nouvelle traversa telle une brise fraîche le palais et la ville, et les plus naïfs coururent au fleuve dans l'espoir que l'Aton, apaisé, ferait enfin grossir les eaux. Mais la plupart étaient trop soucieux pour chercher à savoir quel genre d'Horus était dans l'œuf désormais, car d'alarmantes dépêches venues du Delta indiquaient qu'une maladie ravageait les troupeaux qui n'avaient plus rien à brouter, et ceux qui avaient de la famille dans la région s'en émurent vivement.

Les mois de Pakhons et de Payni s'écoulèrent avec lenteur. On commença à repêcher le long des berges et des quais de la ville les corps de paysans morts de faim, mêlés à des cadavres de bœufs et de chèvres en décomposition. Les nobles, dégoûtés, se cantonnèrent dans les murs de la cité afin de ne plus voir ni sentir l'agonie de l'Égypte. Pharaon les nourrissait sur ses réserves personnelles, afin qu'il ne fût pas dit que les élus de sa ville sainte souffraient de la faim, et ils se vautraient à l'ombre des résidences, grignotant du pain et buvant le vin de l'année précédente, tandis que dehors, le feu de Shemou consumait la terre, qui n'était plus qu'un désert nu où gémissaient des femmes pleurant leurs morts.

Les terrasses du palais du nord se flétrirent. Tii envoya Houya quérir des nouvelles de sa nièce. Il revint sans avoir rien obtenu de précis, en dehors de ses propres impressions. Le lac était tari. Nefertiti se portait bien, semblait-il, bien que la maladie eût déjà décimé une partie de ses domestiques.

– La Reine est très silencieuse, ajouta-t-il, et sa langue est amère lorsqu'elle daigne parler. Elle a un peu grossi, mais n'en est que plus belle. Son visage est empreint de mélancolie.

La contagion qui ravageait le palais du nord se répandit bientôt dans la ville. Au palais, elle emporta les enfants en bas âge et les plus vieilles femmes du Harem. Houya conseilla à Tii d'envoyer Toutankhaton et Baketaton de l'autre côté du fleuve, chez Tey. Pharaon, persuadé que la nomination de son héritier apaiserait l'Aton, clamait partout que l'épidémie ne durerait pas. Bien que l'on fût au plus fort de l'été, il paradait joyeusement dans les appartements du Harem et, réprimandant avec douceur les malades et les mourants pour leur manque de foi, il leur promettait que la crue viendrait bientôt et que leurs corps seraient purifiés. Mais lorsqu'ils regardaient la bouche rouge et humide de leur Roi, ses mains qui tremblaient et l'étincelle fébrile de ses yeux, les agonisants croyaient voir la mort étirer, par-delà l'épaule de celui qui leur parlait, son hideux sourire.

Les prêtres et les employés de la Maison des Morts s'affairaient nuit et jour à embaumer les corps de ceux qui trépassaient dans l'enceinte du palais. Mais la salle réservée aux citoyens ordinaires s'emplit bientôt de tant de cadavres pourrissants qu'un décret spécial du Bureau des Médecins ordonna qu'ils fussent préparés à la hâte afin d'être enterrés au plus vite dans le désert. Bientôt, la chaleur fut telle que les corps se décomposèrent avant même l'arrivée des embaumeurs.

Et tandis que la maladie poursuivait ses ravages, la puanteur de la mort flotta bientôt partout. Tii, recluse dans ses appartements où brûlaient en permanence des coupes d'huile parfumée, attendait chaque jour des nouvelles de ses enfants. Cinq fois, le héraut lui rapporta le message qu'elle espérait. Mais au matin du sixième jour, elle apprit que Baketaton était souffrante. Elle se fit aussitôt transporter en barque chez son frère. La fillette gisait sur le flanc, secouée de frissons. Sa peau était sèche et brûlante. *L'Aton la consume*, songea Tii, affolée. *Son propre père la dévore*. Puis elle tenta de se calmer. Des bols remplis de l'eau du fleuve étaient disposés sur une table, et un médecin veillait l'enfant.

– La Princesse souffre d'un abcès aux reins, lui dit-il. Il n'est pas assez mûr pour que je l'incise, mais il est sûrement fort douloureux. En ce qui concerne la fièvre, Majesté, on ne peut rien faire, comme tu le sais. Elle doit suivre son cours. Seules des incantations, peut-être...

Des incantations. Tii ferma les yeux. Il n'y avait en Akhetaton aucun magicien, aucun prêtre qui connût les rites antiques. Tey réfléchissait.

– Il se peut que j'aie dans mes ateliers quelques artisans qui se souviennent encore de ces prières, dit-elle. Je vais me renseigner.

Baketaton hurla, et son petit corps s'arc-bouta soudain. Il fallut la maintenir de force sur la couche. Tey réapparut bientôt, suivie de trois hommes robustes et pauvrement vêtus, qui aplatirent aux pieds de Tii leurs noires tignasses crasseuses. Lorsqu'elle eut expliqué ce qu'elle attendait d'eux, ils se postèrent contre le mur le plus éloigné, dos tourné à la couche de l'enfant qui geignait, puis, se raclant la gorge et fredonnant pour trouver le ton juste, ils entonnèrent une psalmodie rauque et sauvage, oubliée, qui faisait renaître dans l'esprit de ceux qui l'écoutaient comme un écho déformé des jours anciens, une obsédante et irréelle nostalgie. Il y eut un mouvement dans le dos de Tii. Le héraut lui tendit un message.

– Pharaon se lamente pour sa fille, murmura-t-il. Il te prie de déposer ce papyrus sur sa poitrine. Il ne peut venir lui-même.

– Qu'est-ce que c'est?

– Une prière à l'Aton pour la guérison des malades.

– Va.

Dès qu'il fut sorti, elle déplia le rouleau et, lentement, le déchira en deux. Elle jeta les morceaux à terre, puis sortit d'un pas raide sur les pas du messager. Ces hommes chanteraient jusqu'à ce que la fièvre s'apaise ou que meure l'enfant. Elle ne pouvait plus rien faire.

Baketaton mourut quatre heures plus tard, épuisée de fièvre et de convulsions. Tii donna des ordres pour l'embaumement et refusa de voir le petit cadavre.

– Je resterai cette nuit ici, dit-elle à Houya. Je ne souhaite pas retourner pour le moment dans la ville.

Le chambellan hésita.

– Majesté, une lettre est arrivée pour toi du Delta comme je m'apprêtais à te rejoindre. Elle vient de la résidence de la princesse Tia-Ha.

Tii n'eut pas besoin de lire ce qu'elle contenait. Son jugement venait de commencer, et rien désormais n'arrêterait l'impitoyable vengeance des Dieux.

– Ainsi, elle est morte.

Houya hocha la tête.

– Dans son sommeil, Majesté. Elle te laisse quelques bijoux et la promesse qu'elle intercédera en ta faveur auprès des Dieux.

Le lien le plus fort qui m'unissait à mon passé vient de se rompre, songea-t-elle tandis qu'elle vacillait jusqu'à la couche que Tey avait fait apprêter pour elle. Ma douce amie, ma joyeuse compagne, je n'ai pas beaucoup ri depuis que tu m'as quittée. Aujourd'hui, tu emportes avec toi tous nos plus beaux souvenirs... Elle s'allongea et regarda le soleil couchant empourprer les murs avant que la nuit ne les peigne de mauve sombre. Et tandis que mourait la lumière, elle pensa que rester en vie après que ce qu'elle avait de plus cher s'en fût allé était sans doute le châtiment le plus cruel qu'elle aurait à subir pour ses péchés.

22.

Les funérailles de Baketaton se déroulèrent dans la fournaise du plein été, et nulle part on ne trouva une fleur à déposer sur le dernier sarcophage. La main du Dieu étouffait d'une implacable étreinte ceux qui s'étaient assemblés devant le rocher de son tombeau afin d'écouter Meryra et ses prêtres psalmodier les strophes de l'Enseignement. Rien, dans les paroles harmonieuses qui s'écoulaient à leurs oreilles, ne parlait de punition ou de récompense, et pourtant l'Égypte agonisait, pantelante, dans les affres de la famine et des épidémies. Il n'y eut pas de festin funéraire, et les participants se séparèrent sans un mot, à la recherche d'une consolation que nul ne trouvait plus au palais, ni ailleurs.

Le jour de l'An Nouveau s'écoula dans la même atmosphère morose et résignée. Ce fut plus une réunion d'invités meurtris et de parias en quête de réconfort qu'une démonstration de la puissance de l'Égypte. Les délégations étrangères ne vinrent pas déposer leurs présents. Les courtisans, pour leur part, n'avaient guère le cœur à se pavaner dans leurs plus beaux atours en ce jour de triste fête où, jadis, les modes nouvelles explosaient et où les plus ambitieux se montraient à leur avantage. Les maires du pays s'étaient fait excuser. Ils avaient fort à faire dans leurs villes où s'amoncelaient chaque matin de nouvelles moissons de cadavres, où sévissaient émeutes et épidémies. Même Horemheb était absent, appelé d'urgence à Memphis. Des mutineries avaient éclaté dans les casernes. Moutnodjme, aussi placide et indifférente qu'à l'ordinaire, baisa les pieds de Pharaon et les couvrit, selon la coutume, de fleurs artificielles.

Meritaton siégeait au côté de son père, parée d'or et joliment fardée, mais ne parlait ni ne souriait. Tii était restée clouée sur sa couche, en proie à une violente douleur abdominale. A la droite du Roi, Ay brandissait son éventail. D'un œil serein et confiant, il observait l'assistance, mais nul regard ne vint croiser le sien.

Le festin qui suivit rassembla d'innombrables convives, dont les rires, pourtant, étaient plus appliqués que joyeux. A minuit, Pharaon était seul sous le dais, parmi les reliefs de son repas, et la grande salle était vide. Seul Smenkhara, assis jambes croisées devant une table basse, tripotait d'un air maussade des croûtes de pain sec abandonnées dans son assiette. Les serviteurs se tenaient dans les ombres qui noyaient les murailles, à l'écart des rares flambeaux qui gouttaient encore. La Reine s'était retirée de bonne heure, prétextant un malaise. Derrière Akhenaton, porteurs d'éventail, majordome et chambellan attendaient sans broncher que le Roi voulût bien se retirer, mais il ne bougeait pas, et sa bouche s'entrouvrait de temps à autre, comme s'il voulait parler. Le parfum suffocant des cônes d'encens qui jonchaient le sol stagnait dans l'air immobile, mêlé à la discrète puanteur des aliments qui commençaient à pourrir.

Smenkhara était plongé dans une sombre rêverie, et seuls ses doigts s'agitaient parmi les miettes de pain noir. Il n'entendit pas qu'on l'appelait. Pharaon répéta son nom. Surpris, il leva les yeux.

– Majesté?

– Viens ici, Prince.

Il se leva, gravit les marches du dais, s'inclina plusieurs fois. Akhenaton l'invita à s'asseoir. Puis il le dévisagea un instant d'un regard qui n'exprimait rien. Un lent sourire enfin étira sa bouche.

– Smenkhara, chuchota-t-il, qu'est-il arrivé à notre terre bénie des Dieux? Où que je tourne mes regards, je ne vois que douleur et mort. Même ici, dans cette cité où l'Aton a élu demeure, le mal rôde sans fin. Je suis épuisé, je me sens comme un vieux pot jeté aux ordures. Les prières ne coulent plus de ma bouche, et quand je parviens enfin à les dire, elles ont un goût de famine. Mon souffle est semblable au khamsin. Il ne souffle que la mort. (Il déglutit, et Smenkhara sentit combien il était ému.) Moi, que l'Aton avait choisi pour guider mon peuple, je ne sais plus que faire. Mes prières sont sans écho. Le Dieu ne me parle plus. (Ses lèvres orange frissonnaient. Il se voûta sous l'étoffe d'or qui enrobait ses épaules.) Je t'ai nommé mon héritier afin d'apaiser mon père, mais cela ne semble pas lui suffire. Pour une raison que j'ignore, il m'a répudié. Il ne m'aime plus. C'est toi qui dois poursuivre ma mission.

Smenkhara entendit quelqu'un, dans son dos, prendre une longue inspiration. Il pensa que ce devait être Ay.

– Majesté, dit-il, je ne comprends pas.

– Je dois te confier mes pouvoirs désormais. Déjà l'Aton transforme ton corps, il le modèle selon son désir, semblable au mien. Tu officieras au Temple et feras connaître au peuple la volonté du Dieu.

– Mais, Horus, je ne veux pas! bredouilla l'adolescent, glacé soudain. Le Dieu ne m'a rien indiqué de la sorte! Je ne suis qu'un Prince, un Horus-dans-l'Œuf. Je ne connais rien de l'Enseignement!

– Je ne savais rien non plus lorsque l'Aton m'a choisi. (Sa voix était sourde, ses yeux gonflés de larmes.) Dans un mois, le fleuve devrait commencer à grossir, si j'ai bien agi au regard de l'Aton.

Smenkhara le dévisagea, stupéfait.

– Tu m'offres le trône d'Horus? Mais un Pharaon ne peut abandonner sa divinité à un autre qu'à sa mort!

– Non, je continuerai à régner, Divine Incarnation de l'Égypte. Je ne t'offre pas le pouvoir de gouverner, seulement de prier. Un jour tu incarneras l'Aton, mais il faut dès à présent que tu entres dans sa famille. Ses oreilles alors s'ouvriront à toi. Gardien des Insignes, prends ma Couronne. Parennefer, fais dégager les couloirs. Nous allons dans ma chambre.

Il dénoua ses doigts et les glissa sur la joue du garçon qui recula brusquement, alerté par la lueur langoureuse qui noyait à présent les yeux du Roi.

– Viens, Smenkhara, insista Pharaon tandis que le gardien enfouissait dans son coffre la couronne, la crosse et le fléau. Viens. Je vais te consacrer membre de notre royale famille.

– Mais je le suis déjà! bégaya le jeune homme, qui sentit l'affolement le gagner. Ma mère est Impératrice, mon père...

Il croisa le regard d'Ay par-dessus l'épaule du Roi, y lut une mise en garde évidente. L'espace d'un éclair, il faillit s'enfuir à toutes jambes dans ses appartements, mais il vacilla, se dressa en tremblant au côté de son frère. Akhenaton glissa un bras sur ses épaules et l'attira contre lui. Il respirait fort. Ses ongles caressèrent la peau nue et huilée du garçon. Le héraut hurla ses ordres, afin que nul n'entravât, au long des corridors, la marche du Seigneur de Toute Vie.

Pharaon ne relâcha son étreinte que lorsqu'ils furent dans l'intimité de la chambre royale. Puis il congédia les domestiques. Son humeur solennelle semblait l'avoir quitté. Son sourire se fit indulgent, réconfortant, ses yeux pétillèrent. Il versa le vin, tendit une coupe à Smenkhara qui la lui arracha des doigts et la vida d'un trait, et le verre cognait à ses dents tellement il tremblait. Il se mit à transpirer. Venant tout près, Akhenaton dépouilla sa tête des rubans bleus et blancs qui l'ornaient. Il effleura des deux mains le crâne lisse du garçon, ses joues, sa bouche froide.

– Tu es très beau, lui dit-il.

Smenkhara ne pouvait le regarder. Il se tenait immobile et secoué de frissons, tête basse, semblable au bœuf qui attend son sacrifice. Akhenaton lui retira ses colliers et ses anneaux de bras, puis fit glisser une à une ses bagues en baisant chacun des doigts qu'il dépouillait. Il haletait, et ses seins allaient et venaient au rythme bref de son souffle. Du bout des doigts d'abord, puis à pleines mains, il malaxa sur le torse de l'adolescent l'huile parfumée qui avait coulé du cône d'encens dont on l'avait paré pour le festin. Smenkhara serra aussi fort qu'il put les paupières. Il tenta de s'évader – vers Meritaton et les jours délicieux qu'ils avaient connus ensemble à Malkatta, à rire et boire de la bière dans les jardins. Vers sa barque tanguant sur le fleuve, la canne à pêche qui ployait dans l'azur. Vers ses nouveaux amis, qui couraient derrière lui, les mains chargées de petits cadeaux, en l'appelant Altesse.

Mais il ne put se soustraire à la répulsion de ces attouchements. Les mains étaient maintenant sur son cou, dans ses narines l'haleine parfumée du Roi. Il ouvrit les yeux, vit le visage tout près du sien, l'épaisse bouche qui s'entrouvrait. Il pensa très vite : je ne dois pas fuir. Si je lui déplais, il choisira Toutankhaton, et mon tendre amour m'échappera à jamais.

Les lèvres prirent sa bouche, reculèrent, puis revinrent avec plus d'assurance tandis que Pharaon l'attirait contre son corps moelleux. Les mains descendirent le long de son dos, dénouèrent lentement le pagne, qui glissa au sol. Les longs doigts huileux plongèrent sans douceur au creux de ses fesses musclées, la bouche promena dans son cou un baiser fervent. Malgré lui, le jeune homme sentit se délier ses entrailles.

– Sois courageux, Prince, murmura Akhenaton, qui se détacha de lui avec un sourire flou, presque somnolent. Il le faut.

Puis il s'assit au bord de la couche et tira Smenkhara contre lui.

Plus tard, lorsqu'il s'éveilla, le garçon gisait au creux de son bras, la tête nichée dans son épaule. Le vent s'était levé, et des bouffées de poussière, descendues des interstices du plafond, voletaient autour des tentures. L'aube approchait, mais au-delà de la veilleuse dorée qui brûlait encore, la chambre était sombre.

– Tu es un bon garçon, dit le Roi. Tu peux être assuré de la faveur de l'Aton. Tu as déjà la mienne. Je désire te faire un cadeau, Smenkhara. Qu'aimerais-tu, dis-moi ?

J'aimerais courir vers le fleuve et m'y plonger, me laver, me laver, songea amèrement le jeune homme, qui n'était plus que honte et humiliation. Mais il eut une idée et, se dressant sur un coude, il dévisagea dans la pénombre la face tranquille qui le regardait.

– Si je t'ai plu, Majesté, si tu m'aimes et souhaites vraiment me récompenser, donne-moi Meritaton.

Akhenaton se figea.

– C'est impossible.

– Pourquoi ? Tu en as le pouvoir. Je suis ton héritier. Te rappelles-tu comme ton prédécesseur t'a refusé jadis la reine Sitamon, ta propre sœur, comme il t'a forcé à attendre jusqu'à sa mort ? Ne me fais pas attendre ainsi la femme que j'aime, je t'en prie.

Il aurait pu ajouter, mais c'était inutile tant la menace qui sous-tendait ses mots était évidente : ne m'oblige pas à te mépriser comme tu as méprisé Osiris Amenophis. Pharaon avait compris. Le garçon devina sur ses traits le tourment qui assaillait son âme. Déchiré entre la haine de son père et le désir qu'il avait de Meritaton, il hésita longtemps, puis soupira :

– Je n'ai pas oublié. Comment l'aurais-je pu ? Fort bien, Smenkhara, nous nous la partagerons. Après tout, ne sommes-nous pas de la même famille ?

– Non ! Non, Majesté. Je t'appartiens désormais, et je serai soumis et respectueux, je te le jure. Mais je suis la future Incarnation, et à ce titre Meritaton me revient de droit, à moi seul. Baketaton est morte.

– Il reste Ankhesenpaaton.

Alors, sans scrupule aucun, le jeune homme joua le tout pour le tout.

– C'est exact, murmura-t-il, mais l'Aton m'a désigné pour être ton successeur, je le sais maintenant. Il m'est venu en rêve cette nuit et m'a dit qu'il me donnerait Meritaton.

Akhenaton ne bougeait plus. Lentement, une profonde tristesse adoucit son visage, et il leva vers son frère un regard ému, implorant.

– Le Dieu t'a parlé? Ah! Smenkhara, quelle chance tu as! Cette voix que j'entendais autrefois me manque tant... Parfait. Puisque telle est la volonté du Disque, je te donne Meritaton.

Smenkhara ouvrit de grands yeux. Il avait peine à croire que Pharaon eût si aisément capitulé.

– Merci! s'exclama-t-il, incapable de maîtriser le bonheur qui vibrait dans sa voix.

Akhenaton sourit.

– Si ta gratitude est sincère, embrasse-moi.

Un instant, le garçon observa les lèvres offertes qui n'attendaient que son baiser. Puis, raidissant sa volonté qui déjà défaillait, il pencha la tête et les engloutit.

Akhenaton ne tenta nullement de tenir secrète la liaison qu'il entretenait désormais avec Smenkhara. Il eût même trouvé choquant de la taire. Il fit savoir qu'il avait sacré son frère, par le lien de la chair, servant privilégié de l'Aton, et qu'il lui conférait son pouvoir de la seule façon qu'il jugeât réellement efficace. A la ville comme à la Cour, la nouvelle fut accueillie dans l'indifférence. Après un regard désabusé au couple qui se pavanait au palais bras dessus, bras dessous, et dont se pressaient goulûment, à tout propos et en tous lieux, les bouches et les corps, chacun se tourna vers le fleuve. Car le temps de l'Inondation, une fois encore, était passé, et les eaux, loin de grossir, s'évaporaient dans l'air sec.

Akhenaton s'en souciait peu.

– La Crue viendra bientôt, assurait-il à qui voulait l'entendre. Smenkhara communie avec le Dieu.

Et tout au long des nuits interminables et arides, le jeune homme s'appliquait à faire l'amour à son maître. Puis, allongé contre lui, il lui racontait les désirs et les volontés que lui dictait l'Aton, tandis que le Roi, fasciné, posait mille questions. Et au fil du temps, sa voix se déliait, et se perfectionnaient ses mensonges. Il y aurait une inondation, concluait-il invariablement, à bout de forces, mais plus tard. L'Égypte devait apprendre la patience.

Akhenaton appela bientôt son frère du titre affectueux dont il avait honoré jadis Nefertiti – Nefer-neferou-Aton, Grande est la Beauté de l'Aton. Smenkhara, pour sa part, se fit nommer Bien-Aimé d'Akhenaton, car il devint évident que Pharaon déversait sur lui tout son amour. Il avait même commandé deux statues aux sculpteurs Kenofer et Auta. L'une qui le montrait enlaçant le Prince de son bras gauche et de la main droite lui caressant le menton, et une autre, qui resta inachevée, où ils s'embrassaient. Les sculptures présentaient sans complaisance leurs défauts physiques. Smenkhara regardait surgir de la pierre les corps disgracieux et jumeaux, et il était horrifié, car il détestait son crâne oblong, si étrangement semblable à celui de son frère, et la couche de graisse qui arrondissait peu à peu son ventre et qu'aucune gymnastique ne parvenait à dissoudre. Pharaon voyait dans cette évolution le signe de la faveur du Dieu. Pour Smenkhara, elle annonçait la vision lugubre de ce qu'il serait plus tard. Il se vautra plus encore dans les plaisirs du présent.

Passèrent Khoyak, Tybi et Mekhir. L'espoir d'une montée imminente des eaux, après avoir créé à la Cour un semblant d'euphorie, s'éteignit lentement. Le Roi continuait à déambuler du palais au temple et du temple au palais, flanqué de son amant. Il souriait à la Fenêtre des Apparitions, encourageait les quelques citoyens qui s'assemblaient encore pour l'apercevoir. Il jouait avec ses enfants, présidait audiences et festins, toujours aveugle à la sinistre réalité qui l'entourait. Pourtant, de la Fenêtre même où il se montrait, le paysage était effrayant. Tous les arbres avaient déperi, les pelouses étouffaient sous l'avancée du désert, et les gens qui chaque jour faisaient la queue devant les entrepôts du palais étaient maigres et ne disaient mot. La ville empestait la maladie et les excréments. La pouponnière était à moitié vide, la salle d'audience désertée. Toutes les délégations étrangères avaient quitté Akhetaton.

Soucieux, malgré tout, de plaire à l'Aton et de faire ce qu'il fallait pour apaiser son courroux, Pharaon dicta et scella le contrat de mariage qui unissait Smenkhara à Meritaton. Le soir des noces, le jeune homme attendit son épouse dans ses appartements. Il était calme, presque indifférent, comme si le temps de la passion n'était plus pour lui qu'un pâle souvenir sans consistance. Même lorsqu'elle parut à sa porte et que tous les esclaves les eurent laissés seuls, son cœur n'eut pas un frisson. Elle était vêtue sobrement, d'une robe jaune et plissée, nouée sur une épaule. Un filet d'or enserrait le flot raide et noir de sa chevelure, et de fines chaînes ornaient ses poignets et l'une de ses chevilles. Il la regarda s'avancer sur les dalles poussiéreuses. Il ne ressentait rien, hormis une tristesse informe qui palpitait en lui à la place de l'immense amour qui l'habitait jadis. Longtemps ils se regardèrent. Puis il ouvrit les bras et elle vint contre lui. Il fut heureux alors de la tenir, visage enfoui dans ses cheveux, et de sentir la chaleur, le parfum de son jeune corps vigoureux. Il ferma les yeux, lutta contre l'angoisse qui s'amassait dans sa gorge, contre les pleurs qui montaient. Elle s'écarta et tenta de lui sourire, et il vit sa bouche trembler, de longues larmes glisser sur ses joues peintes. Lentement, il but les pleurs de la bien-aimée, chercha ses lèvres. Elle n'avait pas beaucoup changé. La grossesse avait un peu élargi ses hanches. Ses seins étaient plus ronds, plus attentif son regard. Pourtant, alors même qu'il l'embrassait, aucune émotion n'était en lui. Même la tendresse avait disparu. Il ne restait plus que l'effroyable, la douloureuse tristesse. Il l'attira doucement sur la couche, écarta les voiles qui la drapaient, en songeant qu'enfin, enfin il était libre de la toucher. Il l'avait attendue. Elle était à lui. Très calme, le bras autour de son cou, elle le regardait, pleurant toujours. Au bout d'un moment, il se redressa d'un mouvement brusque.

– Je ne peux pas! sanglota-t-il. Qu'Amon me vienne en aide, je ne peux pas! (Il regardait fixement ses mains.) C'est inutile. Nous ne sommes plus les mêmes.

Elle détourna la tête.

– Non, murmura-t-elle. Nous ne sommes plus les mêmes.

Le Roi s'en fut trouver Ankhesenpaaton dans ses appartements. La fillette avait quitté la pouponnière l'année précédente. Elle était femme à présent, et sa tresse d'enfant avait été rasée, pour laisser place à une courte crinière noire et brillante qui encadrait un joli minois aux grands yeux. C'était une enfant heureuse et simple, qui partageait avec son père l'amour de la nature. Dès qu'elle sut qu'il était là, elle abandonna les bibelots qu'elle triait sur le sol et sauta dans ses bras. Il l'étreignit tendrement.

Après qu'ils eurent échangé quelques mots, il lui demanda de congédier ses femmes. Puis il prit sa main et la conduisit jusqu'à la couche.

– Viens sur mes genoux, sourit-il, et écoute ce que j'ai à te dire. Tu sais que ta sœur appartient désormais à Smenkhara?

– Bien sûr. Les femmes en parlent beaucoup. On dit aussi que le Prince la désirait depuis longtemps.

– Je le crois, en effet. Mais à présent, je n'ai plus de Reine.

– Pauvre Père! (Elle lui caressa la joue.) Mais, la princesse Tadoukhipa?

– Kia m'aime beaucoup, mais ce n'est qu'une épouse du second rang. Aimerais-tu être ma Reine, Ankhesenpaaton?

Elle scruta d'un air solennel son visage.

– Si cela peut te rendre heureux, Altesse.

– C'est bien.

Il retira le diadème d'onyx qui ceignait son front. Puis, cueillant dans ses deux mains le petit visage, il l'embrassa longuement sur la bouche. Il la retira de ses genoux, l'étendit sur le drap.

– Il n'est pas facile de me satisfaire en ce moment, dit-il. Je suis content que tu veuilles bien essayer.

Tii se remettait lentement de la maladie qui l'avait terrassée après les funérailles de Baketaton, et elle s'efforça de poursuivre avec Meritaton la tâche qu'elles avaient entreprise au bureau de la Correspondance Étrangère. Mais le cœur n'y était plus. Les messages qui leur parvenaient étaient sans intérêt, du reste – hommages polis à Pharaon des rares nations qui n'étaient pas encore en guerre, requêtes en vue d'obtenir un peu d'or. Elle s'était résignée à n'être plus rien dans la gestion des affaires de l'État. Et si elle s'inquiétait de ce qui se passait au palais, et notamment de l'aberrante conduite de ce fils qui, de toute évidence, à présent, perdait la raison, elle n'en laissait rien paraître et s'abstenait de tout commentaire. Ay, de son côté, semblait étonnamment passif. Elle avait pensé qu'il inciterait Smenkhara à ordonner quelque initiative audacieuse, la mobilisation de l'armée, ou même l'assassinat du Pharaon dément, mais sécheresse et famine avaient sapé sa volonté aussi sûrement que celle des autres ministres, Horemheb inclus. Retour de Memphis, le capitaine s'était cloîtré dans sa résidence avec Moutnodjme et n'en bougeait pas. Peut-être fomentait-il une révolution, mais Tii ne s'en souciait plus guère.

On chuchota dans la ville que la pluie était tombée en Rethennou, où d'immenses récoltes attendaient la moisson, et que Babylone regorgeait de réserves nouvelles, alors même que le Nil était envahi de grenouilles et empestait le poisson pourri. Il apparut bientôt que le fleuve lui-même semait la mort, car des malheureux qui avaient eu la fâcheuse idée d'y patauger et des enfants qui avaient tenté de se rafraîchir dans ses flaques stagnantes et huileuses s'étaient aussitôt couverts de rougeurs, de gale et d'abcès, et avaient sombré dans des fièvres dont ils n'étaient pas revenus.

L'Horizon d'Aton, pourtant, s'agrippait encore aux derniers lambeaux de son rêve. Dans une Égypte dont les souffrances avaient depuis longtemps passé les limites de l'endurance humaine, la ville restait un endroit béni. La nourriture y était rare mais suffisante. La Cour se réfugiait dans le relatif confort des rites et du protocole. Akhenaton passait ses jours au Temple avec Smenkhara dans l'espoir d'apaiser le Dieu féroce qui se déchaînait sur son peuple, et ses nuits à faire l'amour avec le Prince ou Ankhesenpaaton. La fillette était enceinte, mais l'événement reçut peu d'écho. Pharaon lui-même n'eut pas la force de s'en réjouir.

Mais si ministres et courtisans, épuisés, négligeaient quelque peu leur office, il n'en était pas de même des domestiques, dont l'entretien de la famille royale et des centaines de nobles qui vivaient au palais exigeait, comme à l'habitude, un travail de tous les instants. Houya se multipliait au Harem ainsi qu'auprès de l'Impératrice qui le réclamait sans cesse auprès d'elle, tant elle se sentait faible et morose. Un jour qu'il venait d'inspecter la pouponnière, il courut chez Pharaon, qui se réveillait. Smenkhara dormait encore, le souffle lourd, traversé de murmures. Akhenaton mit un doigt à ses lèvres.

– Ne fais pas de bruit, souffla-t-il. Il ne dort pas depuis longtemps. Que me veux-tu, Houya ?

Le chambellan s'inclina et dit à voix basse :

– Majesté, je pense que tu devrais te rendre à la pouponnière. Les fillettes de Nefertiti sont très malades. J'ai envoyé chercher tes médecins.

Un éclair de panique incendia les yeux du Roi.

– Toutes ? C'est la fièvre ?

– Je ne sais pas exactement. Elles ont la fièvre, mais elles portent aussi d'étranges ecchymoses sur le corps.

Akhenaton se leva péniblement.

– Cela suffit! chuchota-t-il d'un air furieux. C'est intolérable! Qu'ai-je donc fait pour subir tant de malheurs? Même un Dieu ne peut pas souffrir indéfiniment.

Houya s'efforça au calme.

– Majesté, puis-je te suggérer de faire avertir leur mère immédiatement?

Pharaon s'appuya sur la table de chevet, les yeux bouffis de chaleur et de trop de veille. Des traces de khôl et de henné maculaient son corps.

– Non, dit-il. Je ne veux pas la voir. Ordonne à mes esclaves de venir m'habiller.

– Pharaon, elles se meurent!

La grotesque silhouette s'effondra. Une main collée à ses yeux, comme s'il voulait refouler sa douleur, Pharaon hocha la tête. Houya s'en fut alors donner ses ordres. Il envoya un héraut au palais du nord.

Lorsque le Roi parut à la pouponnière, sa fille cadette, Sotpe-en-Râ, était déjà morte.

– On eût dit qu'elle se décomposait avant même que la vie eût quitté son corps, souffla un médecin, terrifié, à l'oreille de Houya. L'infection est des plus virulentes. Il ne faut pas que Pharaon voie le corps.

Mais Akhenaton n'en formula pas le souhait. Les deux autres fillettes avaient été placées dans une pièce voisine. Il entra d'un pas indécis. Une odeur de chairs en putréfaction saturait l'air immobile. Nul ne s'occupait des Princesses qui déliraient en se tordant sur leurs couches. Les servantes se blottissaient près de la porte, le nez enfoui dans leurs voiles. Un groupe de médecins et leurs assistants se tenaient non loin, muets, impuissants. Nefer-neferou-Aton-ta-sherit réclama de l'eau. Comme personne ne bougeait, le Roi prit une coupe et s'approcha d'elle. Un médecin accourut alors pour soulever la tête minuscule qui ballottait, mais l'enfant jeta violemment le gobelet, recommença à gémir. De larges traînées noires étaient apparues sur son cou. Akhenaton souleva le drap, vit les mêmes sur ses seins. Il laissa retomber l'étoffe. Puis, debout, immobile, mains pendant le long du corps, il eut un haut-le-cœur et vomit.

Quand, deux heures plus tard, Nefertiti parut à la porte de la pouponnière dans un envol majestueux de tous ses voiles, les trois

Princesses étaient mortes. Aux murmures soudains qui saluèrent son entrée, Akhenaton se retourna et, reconnaissant son épouse, il se mit à pleurer en titubant vers elle.

– Nefertiti, sanglota-t-il, tu m'as tant manqué, je suis seul, aide-moi...

Mais elle le repoussa et poursuivit son chemin, visage fermé, rageur. Tous les regards étaient sur elle. Car il y avait si longtemps qu'elle avait quitté le palais qu'elle était devenue pour la plupart des serviteurs présents une sorte de mythe, la femme solitaire et tragique dont les jours s'étiolaient à jamais dans la mélancolie de son exil. Or la Reine altière et vigoureuse qui passait à grands pas devant leurs yeux ne ressemblait en rien à la créature diaphane de leur imagination. Elle arracha le drap qui couvrait le corps de Sotpe-en-Râ. Après avoir longuement observé sa fille sans que son visage trahît aucune émotion, elle se rendit vivement dans l'autre chambre, et ceux qui étaient autour de la porte la virent accomplir deux fois le même geste, la même contemplation impassible. Quand elle eut fini, elle s'en revint d'un pas raide vers Pharaon et laissa tomber à ses pieds les linges maculés de sang.

– Tu as tué mes enfants, dit-elle.

Il tendit une main.

– J'ai du chagrin, moi aussi, geignit-il.

Elle écarta d'une gifle les doigts qui l'imploraient.

– Tu me sépares d'elles pendant quatre ans, et ensuite tu les tues! (Elle était blanche de douleur et de rage.) On devrait déposer devant toi tous les enfants morts d'Égypte! Tu sais comment les gens te surnomment, Majesté? Le criminel de l'Horizon d'Aton. Et ta mère, ils la traitent de putain! Par ta faute, les Dieux ont maudit ce malheureux pays! En as-tu le moindre remords? Non! (Elle serra les poings, se mit à les cogner l'un contre l'autre.) Loin de regretter le mal que tu sèmes autour de toi, tu accumules tes fautes. Meketaton, Meritaton, et ton frère, à présent, dans ton lit! J'exige de voir Ankhesenpaaton!

L'assistance qui avait suivi, ébahie, ce réquisitoire, tourna les yeux vers Pharaon et s'attendit à voir l'uraeus royal cracher vers la Reine qui blasphémait ainsi les flammes de son courroux. Mais Akhenaton se tenait à deux bras la poitrine et gémissait doucement. Puis, tandis que tous l'observaient, il tomba d'un coup sur le sol et commença à se balancer d'avant en arrière. Nefertiti baissa sur lui un bref regard empreint de mépris et sortit à longs pas de la pièce, tandis que ses gens couraient derrière elle.

Assise dans sa chambre, Ankhesenpaaton écoutait chanter son joueur de luth lorsque sa mère parut à la porte. Elle bondit à sa rencontre avec un cri de joie. Nefertiti la serra longuement dans ses bras, couvrant de baisers la courte crinière noire. L'enfant s'écarta, les yeux brillants.

– Mère! Il t'a donc délivrée? Est-ce que tu reviens au palais? Regarde! (Elle courut à la table et saisit un rouleau.) Le roi de Babylone, Bourrabouriash, a écrit à Pharaon. Il m'appelle la Dame de Ta Maison et promet de m'envoyer des bagues de lapis-lazuli portant mon sceau! Je suis une vraie Reine, maintenant!

Nefertiti observa le cobra qui jaillissait du front de sa fille sur un mince anneau d'or. Puis, baissant les yeux, elle vit le doux ventre qui s'arrondissait sous le lin transparent de la robe. Elle tourna les talons et s'en fut sans un mot.

Dans le palanquin qui la reconduisait au palais du nord, elle se tint immobile à l'abri des tentures, glacée de chagrin, encore sous le choc de ce qu'elle venait de vivre. Inconsciente de ce qui se passait alentour, elle ne reprit ses esprits qu'au pied du grand escalier qui menait à l'entrée de sa résidence. Elle congédia d'un signe de la main ses porteurs, sans un mot, de crainte de pleurer, puis s'enfonça dans la fraîche pénombre de ses appartements, suivie de son escorte. Là, enfin, elle retrouva sa voix, se tourna vers ses gens.

– Laissez-moi seule. Je ne veux voir ni entendre personne pendant quelques heures. Retirez-vous dans vos chambres.

Lorsque tous furent sortis, elle se mit à arpenter les vastes salles tranquilles de son palais, comme si sa douleur ne pouvait s'apaiser que dans le mouvement ininterrompu de son corps, comme si en marchant, elle s'éloignait peu à peu de l'intolérable souffrance. Et ses pensées se calmèrent, la fureur qui avait retenu ses larmes s'estompa au fil des heures. A la fin, elle revint dans sa chambre et, se jetant sur un siège, elle enfouit le visage dans ses mains et pleura.

Ce soir-là, elle était encore à sa fenêtre. Elle buvait tristement et contemplait ses terrasses décharnées que baignait la lueur blême d'une lune en déclin lorsque son héraut, poliment, toussota derrière elle. Elle se tourna vers lui, agacée, tout emplie d'amertume encore.

– Je ne me rendais pas compte qu'il faisait si noir, dit-elle. Fais allumer les lampes. Que veux-tu?

– Ton père attend dehors, Majesté.

Elle leva les sourcils.

– Il se souvient donc qu'il a une fille! ricana-t-elle. Fais-le entrer.

L'homme s'inclina et disparut. Les esclaves se répandirent sans un mot dans la chambre, déposant çà et là de fines bougies. Nefertiti s'était à demi tournée sur son siège et attendait, la coupe à portée de ses doigts sur le bord de la fenêtre. Ay apparut et fit une révérence. Il tenait un enfant par la main.

– Ce n'est pas un plaisir, dit-elle sobrement tandis qu'ils s'immobilisaient devant elle. Je n'ai reçu aucune aide de toi, Porteur d'Éventail. Ne t'attends pas à ce que je t'offre l'hospitalité.

– Je ne la demande pas. (Sa voix était rauque, entrecoupée de sifflements.) Tu as raison, Majesté, et je sais qu'il serait vain de ma part de tomber à genoux devant toi pour implorer ton pardon.

– Même si tu le pouvais encore. (Elle eut un sourire glacial.) Tu as terriblement vieilli, Père.

– Je sais. Mon souffle s'est amenuisé, contrairement à mon tour de taille. Écoute, ma fille. Tu peux revenir au palais si tu le souhaites. Akhenaton n'aurait pas le courage de s'y opposer. C'est un homme brisé, à présent.

– Non, merci bien. Pas après ce que je viens de voir aujourd'hui.

– C'est ce que je pensais. Dans ce cas, accorde-moi une faveur. (Il poussa l'enfant devant lui.) Prends Toutankhaton sous ta protection.

Nefertiti se tourna vers le Prince et lentement l'observa des pieds à la tête.

– Explique, ordonna-t-elle, mais il y avait moins de rudesse dans sa voix et elle tenait les yeux fixés sur le garçon. Prince, tu trouveras mon majordome dans le corridor. Je sais qu'il garde en secret une petite réserve de miel. Si tu le lui demandes, il te laissera sans doute tremper le doigt dans l'un de ses précieux pots.

– Ah? (Il eut un sourire indécis.) Cela me plaît, mais j'aimerais mieux rentrer chez moi.

Ay s'inclina.

– C'est impossible, Altesse. Je t'enverrai demain tes jouets et tes domestiques, et tu auras souvent ma visite.

Toutankhaton soupira ostensiblement et sortit. La Reine invita son père à s'asseoir.

– Je ne pense pas que Pharaon vive encore très longtemps, prononça Ay avec difficulté. Et Smenkhara fera un bien piètre successeur. Il est faible, avide et ignorant... Mais il est loin d'être sot. S'il pensait que l'Égypte n'attendait qu'une occasion pour lui retirer la Couronne et l'offrir à son demi-frère, il ne fait aucun doute qu'il tuerait l'enfant.

– L'Égypte attend-elle cette occasion ?

– De plus en plus. Smenkhara ressemble chaque jour davantage à son frère, et il ne cherche nullement à user de l'influence qu'il a sur Pharaon pour tenter de sauver le pays. Toutankhaton sera en sécurité ici. Tu sais bien te garder.

Nefertiti leva sa coupe et but d'un air pensif, sans quitter son père des yeux.

– Je vois. Et si un jour la Double Couronne devait ceindre son front, qui sera son Impératrice, qui son régent ?

– Tu pourras porter le disque et les plumes si tu le souhaites. J'assurerai la régence.

– Ah ! Et que fera Horemheb ?

– Il conduira la campagne de Syrie.

La Reine se mit à rire soudain et se pencha en avant.

– Est-ce qu'il le sait ? Et Tii ?

– J'en ai discuté avec lui. Mais Tii est vieille, ma fille. Après la mort de Baketaton et celle de son amie Tia-Ha, elle s'est coupée du monde. Elle est souvent malade et ne veut plus parler que du passé. Je lui survivrai.

– Tes mots sont sans pitié, et pourtant elle est depuis toujours dans ton cœur, elle est ton amie, ta sœur, ta souveraine ! Je pense que c'est plutôt ton ambition qui survivra à la sienne. Comme c'est étrange...

– Je t'offre une nouvelle chance de gouverner, de prendre le pouvoir, et comme Impératrice cette fois.

– Pourvu que j'obéisse au futur régent.

– Bien entendu.

Un lent sourire illumina les traits gracieux de la Reine.

– Il y aura plus d'un détour et plus d'une embûche sur cette route que tu t'emploies si bien à me dépeindre comme une vaste et droite avenue. Mais n'oublie pas que je serai certainement présente à tes funérailles, Père. (Elle se détendit et carra son corps au fond du siège, les doigts enroulés sur sa coupe.) Je garderai donc ce garçon auprès de moi. Il distraira mon ennui. Mais que dira Tii lorsqu'elle saura que je détiens son précieux oisillon ?

Ay se mit péniblement debout.

– Je n'ai pas l'intention de le lui dire. Elle ne s'intéresse plus à ses enfants. Ils ne lui ont apporté que soucis et tourments. Celui-ci ne lui manquera pas. Il ne manquera à personne, d'ailleurs. Chacun, au palais, est reclus dans ses propres malheurs.

– Moi aussi. Tu peux te retirer, Porteur d'Éventail. Mets du baume sur ta poitrine. Cela te soulagera.

Il s'inclina et disparut dans la nuit.

Tii se tourna sur le flanc. Tirant les coussins sous elle pour être plus à l'aise, elle contempla le crépuscule de sa chambre. Au fond de la pièce, Piha était assise en tailleur sur sa natte, nimbée de la lueur d'une lampe posée près de son genou, la tête penchée sur un ouvrage de couture. Derrière elle, les ombres que modelaient ses gestes minuscules glissaient en douceur sur le mur, et elle fredonnait tout bas une mélodie. Tii, qui l'observait, envia son humble contentement. Dans un moment, elle le savait, la vieille camériste roulerait avec soin la pièce de lin qu'elle cousait puis, s'approchant de la couche, lui demanderait si elle n'avait besoin de rien, mais jusque-là, elle resterait absorbée dan sa tâche. La journée avait été morne. Nulle nouvelle, en dehors d'un message du palais signalant que Pharaon était cloîtré dans ses appartements depuis quatre jours, qu'il refusait nourriture et boisson et restait assis sur le sol de sa chambre. Il ne reconnaissait plus les serviteurs qui papillonnaient, anxieux, autour de lui. Tii, encore affaiblie par une crise de fièvre récente, n'avait même plus la force de s'inquiéter vraiment pour son fils. Elle avait fait pour l'Égypte tout ce qui était en son pouvoir, et le reste, à présent, ne lui importait guère.

Elle somnolait un peu lorsqu'elle entendit une rumeur dans le corridor. Elle aperçut Piha qui posait son ouvrage et se levait. Mais déjà la porte s'ouvrait. Ay entra, fit signe à la vieille femme d'attendre dehors, et avant que Tii eût le temps de se redresser, il était devant elle.

– Tii... commença-t-il.

Mais remarquant le trouble extrême de son expression, elle l'interrompit.

– Apporte la lampe, pose-la sur la table.

Tout à fait éveillée à présent, elle l'observa, inquiète, tandis qu'il faisait ce qu'elle lui ordonnait. Ses mains tremblaient, et la flamme vacilla dans ses doigts comme il plaçait la coupelle près de la couche. Elle hocha la tête.

– Pharaon vient de donner un ordre à tous ses hérauts, articula-t-il d'une voix rauque, et les a menacés de mort s'ils ne l'exécutaient pas immédiatement. Ils doivent se rendre dans toutes les villes, tous les temples du Royaume, même les plus modestes, accompagnés de tailleurs de pierre, afin d'y faire marteler, détruire... (Il hésita, pressa l'une contre l'autre ses paumes fébriles.) Détruire le nom d'Amenophis III et tous ses titres en quelque endroit qu'ils se trouvent! (Il déglutit.) Ils doivent même fouiller les carrières où il pourrait encore y avoir des inscriptions inachevées.

Tii recula au fond de sa couche.

– Mais pourquoi? murmura-t-elle.

Il s'effondra sur le drap, contre les pieds de sa sœur.

– Il prétend qu'Amenophis n'est pas mort, et qu'alors même qu'il gît, embaumé, dans son tombeau, il continue à voguer dans la Barque Sacrée, où sa présence est un affront à l'Aton. Il pense que c'est la raison pour laquelle son Dieu a infligé à l'Égypte tant de malheurs, et que c'est pour cela aussi qu'il doute de la ferveur de son fils. Car le ka d'un défunt demeure tant que survit son nom. (Il chercha, affolé, le regard de Tii.) Il assassine délibérément son père. Les Dieux fassent qu'il meure bientôt! Il a déchaîné sur l'Égypte toutes les forces du mal. Le Maât n'est plus!

Tii, qui ne l'avait jamais vu perdre ainsi son sang-froid, sentit les griffes d'une terreur irraisonnée lacérer ses entrailles.

– Il n'est pas le seul à blâmer, prononça-t-elle péniblement. Je suis fautive autant que lui. Avec quelle joie, quelle insouciance je me suis jetée jadis dans ses bras! Et cette malédiction, je le sais, ne s'effacera qu'avec ma mort. (Elle eut soudain un rire âpre, sans joie.) Comprends-tu à présent combien le Fils d'Apou avait raison? reprit-elle. Doublement raison. Akhenaton devait assassiner ses deux pères, l'humain et le divin : Amon, Amenophis maintenant... J'aurais dû accepter qu'on le tue. J'aurais dû écouter le Fils d'Apou. Mais j'étais bien trop fière alors, et jalouse du pouvoir qu'il avait sur mon époux. Mais je paie pour mes fautes. (L'angoisse lui desséchait la gorge.) Je sais comment les gens me surnomment.

Ay se calmait peu à peu.

– Il est impossible que l'on retrouve toutes les inscriptions qui existent, répondit-il doucement. (Il prit sa main dans la sienne.) Toi-même, tu portes le nom d'Osiris Amenophis sur tes doigts chaque jour, gravé dans tes bagues. Rien n'est perdu, Tii. Nous prendrons les décisions que nous pourrons, avec toute la sagesse dont nous sommes encore capables. Que peut-on nous demander de plus ?

Il se pencha vers elle et l'embrassa, mais elle détourna le visage.

– Tu ne me fais plus part de tes décisions, grinça-t-elle soudain, et tu ne sais plus me consoler. Tu es devenu un étranger, Porteur d'Éventail. Fais ce que tu dois. Rien ne compte plus pour moi désormais.

Mais en dépit de ses mots, elle le retint un instant contre elle lorsqu'il voulut se lever, et dut lutter pour refouler ses larmes.

Lorsqu'il fut sorti, elle descendit à son tour de la couche et, forçant ses jambes raides à la porter jusqu'au fond de la vaste chambre, elle s'en fut ouvrir le coffre où elle serrait ses objets précieux. Elle écouta Piha qui bavardait avec le garde à la porte, puis leva le couvercle. La Déclaration d'Innocence était à l'endroit exact où elle l'avait déposée, sur son coussin de lin souple. Elle la rapporta sur son lit, la déroula et la relut lentement, puis du bout des doigts effleura son nom et la longue liste de titres qu'elle y avait tracés de sa main autrefois, il y avait si longtemps. Enfin, elle enveloppa soigneusement le papyrus, le soupesa un instant dans ses deux mains et appela Piha, qui accourut aussitôt.

– Porte ce rouleau aux cuisines et jette-le au feu. Ne le quitte pas des yeux avant qu'il soit totalement consumé.

La servante hocha la tête. Tii la congédia puis, avec un long soupir, s'étendit parmi ses coussins. Cette Déclaration n'était pas faite pour moi, songea-t-elle. Comment ai-je pu chercher à tromper ainsi les Dieux ? C'est indigne. Car si je suis de leur nombre, je n'ai pas à me justifier, et si je n'en suis pas... Quoi qu'il arrive maintenant, je suis prête.

Elle dormit profondément malgré la chaleur, et se sentit assez bien, le lendemain, pour se promener dans sa résidence. Mais ce fut sans réel plaisir. Traversant une à une les salles au décor fastueux, elle regarda défiler la vie qui scintillait sur les peintures, les canards tapis dans le joyeux fouillis des plantes d'eau, les raisins humides et lourds explosant au cœur des feuilles, l'éclair des poissons dans l'eau bleue, tant de luxuriante beauté. Mais comme elle tournait la tête, au détour d'un jardin, elle entrevit soudain le monde tel qu'il était. La terre craquelée, recuite, les squelettes des arbres morts, l'entaille du fleuve où ruisselait un misérable filet d'eau. Et elle eut alors l'impression d'être elle-même un mirage mouvant, sans réelle substance. Même son nom résonna étrangement lorsqu'elle le murmura. Elle s'enfuit dans le sanctuaire de sa chambre.

Ce soir-là, elle ne put trouver le sommeil. Après avoir supporté pendant quelques heures le frou-frou des éventails qui ne parvenait pas à l'apaiser, elle renvoya ses esclaves puis, allongée sur le drap, elle écouta le silence. Pas un son ne montait du fleuve. Nul clapotis de rame ou de voile se dépliant, nul chant de pêcheurs revenant, joyeux, d'une expédition nocturne. Aucun rire doux ne montait des roseaux où s'ébattaient jadis les amants, et les insectes ne bruissaient plus dans le jardin moribond. Seul le hurlement triste d'un chacal, perché quelque part sur l'éperon d'une falaise, sillonna la vallée d'un écho lugubre. Piha ronflait calmement dans son recoin baigné de nuit. Une lune fatiguée posait sur les carreaux une traînée grisâtre. Tii avait ordonné qu'on laissât les tentures levées à la fenêtre. Et tandis que glissaient les heures lentement, elle se tint mi-couchée, mi-assise dans ses coussins, mains abandonnées sur le drap et souffle tranquille, sous les longues vagues de ses cheveux mouillés de sueur.

Elle savait qu'elle attendait quelque chose, et lorsqu'elle perçut, du coin de l'œil, l'étincelle infime d'un mouvement, elle ne fut pas surprise. Elle tourna à peine la tête et resta mollement étendue, les yeux voguant dans la pénombre. Elle crut d'abord qu'elle s'était trompée, car juste après, la chambre parut sombrer de nouveau dans son immobilité irréelle. Mais bientôt, une longue forme fine ondula sur le sol dans le rayon de lune, près de la fenêtre, et se dirigea vers la porte. Le cœur de Tii s'affola. Elle se redressa. Après l'invasion de serpents de l'année précédente, on ne laissait plus de coupes de lait dans la maison. Celui-ci cherchait autre chose. Un peu de fraîcheur, sans doute. Un coin de carrelage où se recroqueviller, loin de la terre qui retenait, la nuit, l'intolérable chaleur du jour. Dressée sur un coude, elle suivit sa progression. Je devrais appeler mes gardes, pensa-t-elle. Il est peut-être venimeux. Il risque de blesser Piha... Mais quelque chose l'empêcha de crier.

Le sentiment d'une aventure inéluctable l'envahit peu à peu, sorte de calme qui apaisait les palpitations de son cœur, entrouvrait ses doigts qui s'étaient crispés sur les plis du drap. Le serpent disparaîtrait sous la fente de la porte, ou peut-être pas. Il découvrirait Piha, ou peut-être que non. Il se tournerait vers elle ou passerait son chemin... Elle sentit frissonner l'étoffe sous sa main, et son sang se glaça. Alors, lentement, très lentement, une tête sombre se profila au bord de la couche, oscillant d'une onde discrète, à peine perceptible. Le souffle de Tii se figea dans sa gorge. L'animal dressa jusqu'à son visage une mince colonne tranquille, menaçante. Pourtant elle n'avait pas peur. Mais son coude glissa soudain, et elle bascula en arrière. Au geste brusque qu'elle fit, une collerette se déplia, puis un capuchon moucheté. Elle comprit alors qu'elle regardait un cobra. Il n'y avait pas assez de lumière pour qu'elle distinguât sa couleur, mais l'éclat sourd de la lune scintillait dans ses pupilles.

Ce fut à cet instant que Tii sut que c'était cela qu'elle attendait. Les cobras étaient pratiquement inconnus au sud du pays et à Thèbes, et presque aussi rares ici, en Akhetaton. Ils préféraient la terre fertile du Delta. Mais le Delta n'était plus qu'un désert, et celui-ci devait être en chasse. Non, pas en chasse, pensa Tii, très calme à nouveau, les yeux rivés à la froide et majestueuse créature. Il n'est pas venu dans ma chambre par hasard. C'est pour moi qu'il est ici. Elle bougea timidement la main. Le serpent se balançait en douceur et son capuchon frissonnait. Tii crut entrevoir l'éclair d'une langue, qui disparut aussitôt. Il y avait, dans la posture de l'animal, comme une infinie patience, qui coulait jusqu'à elle et la tranquillisait. Il attendra que je sois prête, songea-t-elle. *Toi qui protèges les Rois, Wazt, Souveraine des Charmes, tu viens à moi vêtue de puissance pour tisser autour de mon corps le charme ultime.*

Un frisson de panique la cisailla. Non! hurla-t-elle en silence. Je ne suis pas prête à mourir! Mais c'était réaction de pur instinct, car elle sentit monter de ses talons un lent et profond soulagement. Je suis lasse de la vie. Je porte un fardeau de culpabilité et de chagrin qui jamais ne s'allégera. Tous ceux que j'aime ne sont plus, à l'exception de mon fils, et il eût mieux valu pour lui qu'il fût mort depuis longtemps. Mon amour ne lui a donné qu'angoisse et tourment. L'Égypte est détruite. J'habite ce corps pourrissant comme une ombre captive d'un catafalque. Il est temps d'affronter les Dieux.

Le cobra la dévisageait fixement, vivant symbole de tout ce qu'elle avait adoré, de ce que son premier époux avait tant glorifié, de ce que son fils aurait dû être... Avec un soupir, elle offrit sa main.

– Frappe, murmura-t-elle. Je suis prête.

L'espace d'une brève seconde, elle effleura la peau, sèche et fraîche, du reptile. Puis, tournant la paume vers le ciel, elle tendit son poignet. Elle souriait.

Le serpent frappa. Elle vit un éclair de lumière sur les crochets aigus, minuscules, qui plongèrent dans sa peau. Sans le vouloir elle recula brusquement, traînant le cobra avec elle. Elle se mordit la langue pour ne pas hurler, mais sentit alors son poids se détacher d'elle, s'éloigner. Je devrais réveiller quelqu'un, songea-t-elle. Personne ne le tuera, car il est sacré, mais il pourrait encore faire du mal. Elle palpa son poignet, nicha le bras au creux de ses seins et s'allongea. Lentement elle laissa voguer son regard dans la chambre, puisant un dernier réconfort dans la vue de ses objets familiers, les petits mouvements de Piha sur sa natte, le faisceau de lune qui grimpait maintenant le mur du fond, le cri d'un épervier en vol. Les minutes glissèrent paisiblement. Des cloques apparurent sous la peau de son poignet, douloureuses au toucher.

Au bout d'une heure, Tii sentit son cœur qui commençait à palpiter, et elle s'efforça de respirer d'un souffle profond et lent pour endiguer la vague de terreur qui la saisissait à nouveau. Une nausée brutale la plia en deux. Elle vomit, puis retomba dans ses coussins, pantelante. Elle s'y attendait, mais les Dieux avaient pitié d'elle, et le spasme ne revint pas. Une somnolence la gagnait, troublée par les battements affolés de son cœur qui l'empêchaient de s'y abandonner. Elle resta immobile. Au fur et à mesure que l'aube s'avançait, son souffle se fit plus court, plus rare. Elle dut s'asseoir et resta un long moment ainsi, à inspirer de toutes ses forces des goulées d'air que ses poumons refusaient, les yeux grands ouverts, mais qui ne voyaient plus. Elle n'eut pas une dernière pensée. Seulement la conscience, vague et interminable, du drap qui collait à sa peau moite et de l'insoutenable souffrance qui tenaillait son cœur.

Ay quitta son poste à la porte de Pharaon dès que Houya lui fit parvenir la nouvelle. Il contempla longtemps la fine silhouette que drapait une crinière auburn, ébouriffée sur les coussins. La mort avait adouci l'arrogance du visage, lui restituant un peu de sa juvénile délicatesse. Les lèvres s'entrouvraient sur un sourire calme et pulpeux, satisfait. Sous les paupières à demi closes, la lumière du jour piquait une manière de reflet moqueur dans l'eau bleutée du regard. Ay souleva le bras mollement ployé sur le drap et le retourna. Les piqûres étaient précises, cernées d'une chair mauve et bouffie. Piha sanglotait dans son dos.

– Je n'ai rien entendu, Seigneur, rien du tout! Je l'aurais sauvée si j'avais pu. Je m'en veux, oh! comme je m'en veux!

– Oh, tais-toi! fit-il sèchement, sans quitter la couche des yeux. On ne te reproche rien, Piha. Ferme la porte et dis aux embaumeurs d'attendre dehors. Lorsque Pharaon arrivera, laisse-le entrer.

Il s'accroupit et scruta longuement la face immobile. Il ne savait pas exactement ce qu'il cherchait, mais une étrange conviction s'empara de lui peu à peu. Jetant un regard discret par-dessus son épaule, il vit Piha qui s'activait à l'autre bout de la pièce. Houya regardait par la fenêtre. Alors il tira de sa ceinture un court poignard et prestement, sans un bruit, il trancha une boucle de cheveux et l'enfouit dans un pli de sa robe.

– Bien peu de choses, dans ta vie, ont échappé à ton contrôle, murmura-t-il au creux de l'oreille brune. Je ne crois pas à ce prétendu accident. Que ton nom vive éternellement, chère Tii.

Il baisa vivement les lèvres inertes de sa sœur et se glissa dans le corridor.

Il s'apprêtait à refermer les portes lorsque Akhenaton arriva en courant, sur les talons du héraut qui clamait ses titres. Tous ceux qui étaient présents se jetèrent au sol. Pharaon agrippa le bras du Porteur d'Éventail.

– Ce n'est pas vrai! hurla-t-il. Dis-moi que ce n'est pas vrai! Je veux la voir!

Avant qu'Ay pût ouvrir la bouche, il écartait les portes. Ay s'avança pour les refermer avant que n'explosent les lamentations du Roi, mais il était déjà trop tard. Les ululements pathétiques le poursuivirent longtemps après qu'il eut franchi l'entrée de la résidence de Tii, et alors même qu'il traversait la Voie Royale, suivi de son escorte.

Il avait hâte de retrouver son épouse et d'apaiser auprès d'elle son chagrin, mais une mission plus urgente l'appelait. Il ne conduisait plus son char. Il se fit porter en litière par ses soldats jusqu'au palais du nord, sous la féroce canicule de ce midi d'été qui martelait l'avenue où plus une ombre, plus une feuille ne soulageait la progression des voyageurs qui s'y aventuraient encore. Aux murailles du palais, les sentinelles de Nefertiti le reconnurent et lui permirent d'entrer. Il descendit de son palanquin. Meryra le conduisit à l'intérieur. Malgré la fournaise qui battait au-dehors, le palais du nord était si vaste que des courants d'air jouaient en permanence sous les hauts plafonds. Ay sentit se rafraîchir au fil de ses pas la sueur qui inondait sa peau.

Nefertiti bavardait avec ses femmes. Elle accueillit son père d'un air d'indifférence polie. Ay demanda qu'on lui amenât Toutankhaton et attendit devant la fenêtre, plongé dans la contemplation morose du paysage. Nefertiti ne dit mot. Lorsque le garçon accourut, arborant un grand sourire, elle congédia ses femmes. Ay s'inclina lentement et le prit dans ses bras.

– C'est bon de te revoir, Prince. Es-tu heureux ici ?

– Oh oui, dit l'enfant. Je ne pensais pas que je m'y plairais, au début, mais je suis bien. Je peux faire ce que je veux, quand je veux. La Reine joue souvent avec moi.

Ay eut envie de sourire malgré son chagrin. Sa fille n'avait guère perdu de temps pour gagner les bonnes grâces du garçon. Il plongea ses yeux dans les yeux du Prince et parla aussi clairement qu'il put :

– Je veux que tu m'écoutes avec attention, dit-il. Ta mère est morte. Tu auras beaucoup de peine, sans doute, mais elle n'aimerait pas que tu te lamentes sur elle trop longtemps. Désormais, tu dois considérer la Reine Nefertiti comme ta mère.

Nefertiti étouffa un cri. Ses mains volèrent à ses joues.

Le petit visage confiant de Toutankhaton allait sans cesse de l'un à l'autre.

– Ma mère a-t-elle rejoint l'Aton ? demanda-t-il, s'efforçant bravement de maîtriser sa voix qui tremblait.

Ay lui sourit.

– Cela ne fait aucun doute. Sa défense est assurée, et elle est heureuse à présent. Regarde. Je t'ai apporté une mèche de ses cheveux. (Il tira la boucle de sa robe et la posa sur la paume de l'enfant.) Il faut que tu la mettes immédiatement en lieu sûr. Une petite boîte qui ferme bien serait le mieux. Garde-la précieusement. C'est un talisman précieux, une amulette qui te portera bonheur. Tu dois me promettre de ne jamais la donner à personne.

Toutankhaton plia ses doigts sur la boucle. Ay croisa le regard stupéfait de sa fille.

– Est-ce possible ? murmura-t-elle.

Mais il la fit taire d'un froncement de sourcils.

– Je la rangerai avec l'arc de mon frère Osiris Touthmôsis, qu'elle m'avait donné, dit l'enfant, impressionné.

– Fais-le tout de suite. Pas un seul de ces cheveux ne doit tomber à terre. Tu comprendras plus tard.

Il hocha la tête et disparut en courant, tenant devant lui son petit poing solennellement serré. Nefertiti pivota vers son père.

– Est-ce possible ? Si c'est vrai, les Dieux ne la reconnaîtront pas !

Ay ne manqua pas de noter la malveillance discrète qui vibrait dans ces mots.

– Sans doute ne le saura-t-on jamais avec certitude, répondit-il d'un ton las, mais je le crois. Elle n'est pas allée au-devant du cobra, mais elle aurait pu appeler à l'aide, et ne l'a pas fait.

– Je pense que j'assisterai aux funérailles, conclut Nefertiti en reconduisant son père à la porte avec, sur les lèvres, un fin sourire.

Ay sortit et se demanda, tandis qu'il s'éloignait, si en offrant à Toutankhaton la boucle de sa mère, il ne venait pas de renoncer à sa propre chance. Car les cheveux d'un suicidé conféraient bonheur et belle fortune à celui qui les possédait.

23.

Soixante-dix jours plus tard, on déposa le corps de Tii au cœur du tombeau que son fils avait fait creuser pour elle dans les falaises de l'Horizon d'Aton. C'était le début du mois d'Athyr. Le fleuve eût dû commencer à grossir plusieurs semaines auparavant, mais ses hautes berges demeuraient arides. Tous les courtisans de la ville étaient présents aux funérailles. Environnée de ses gardes, Nefertiti trônait sous son dais, un peu à l'écart de la foule, et observait son époux dont les cris résonnaient par-dessus le murmure de Meryra. Entre deux crises de hurlements il s'effondrait sur le sol, cueillait des poignées de sable et les posait sur son crâne. A d'autres moments, il restait debout, agrippé des deux bras au cou d'Ankhesenpaaton, le visage enfoui dans son épaule et le corps secoué de sanglots. Et quand il ne pleurait ni ne s'oignait de sable, il embrassait et caressait fébrilement la fillette, qui endurait ses attouchements d'un air impavide. Mais des deux mains elle protégeait son gros ventre arrondi, et son regard fuyait les yeux de l'assistance.

Vers la fin de la cérémonie, Akhenaton s'approcha à grands pas du cercueil et, posant son bras sur le couvercle, se mit à parler à la morte avec de petits rires tendres. Assis côte à côte, Smenkhara et Meritaton se prirent la main et plongèrent les yeux dans leur giron. Ay et Horemheb échangeaient de brefs regards. Le fausset hystérique de Pharaon explosait sur les rochers et s'en revenait, multiplié, au-dessus du désert, semblable au babil insensé de mille démons.

Il n'y eut aucune fleur pour honorer le dernier sarcophage lorsqu'il fut dans l'humidité du tombeau. Un à un les membres de la famille déposèrent des bouquets artificiels faits d'or, d'argent et de joyaux, tandis qu'Akhenaton, à demi couché sur le couvercle, tripotait les offrandes et marmonnait tout seul, la tête penchée sur le côté, les yeux étrangement brillants.

Peu de courtisans attendirent que la tombe fût scellée. La plupart se dispersèrent, laissant Meryra et ses prêtres accomplir leur office. Nefertiti ramena Toutankhaton au palais du nord sans parler à personne. Smenkhara et Meritaton, suivis de leurs parasites familiers, se retirèrent dans leurs appartements. On conduisit doucement Akhenaton, toujours cramponné à sa fille, jusqu'à son palanquin. Seul Ay resta assis sous son dais, le souffle rauque et douloureux, à regarder les officiants presser dans l'argile qui scellait les portes du tombeau l'emblème du Disque. Lorsque ce fut terminé, il se fit conduire à la résidence de Tii et là, flanqué de Houya qui pleurait à chaudes larmes, il arpenta lentement les salles vides. Les yeux rougis et la voix entrecoupée de sanglots, Piha dirigeait les esclaves qui balayaient et lavaient. Ay s'approcha de la table à cosmétiques et promena les mains sur les dernières épaves de la vie de sa sœur. Un pot à khôl en albâtre, vide, des petites perles bleues échappées d'un collier brisé, un miroir de cuivre à demi sorti de son coffre, et qui portait encore sur son métal la marque des doigts de Tii. Il le prit et contempla un instant son reflet. Puis, avec un soupir, il le tendit à Houya en guise de souvenir. Enfin, il plongea dans le crépuscule qui rougeoyait de toutes ses flammes et s'en fut quérir le réconfort muet de son épouse.

Cette même semaine, Meritaton-ta-sherit, fille du Roi et de sa fille Meritaton, tomba malade. Meritaton la fit transporter dans ses appartements et veilla jour et nuit, en lui fredonnant des berceuses, son enfant de deux ans qui pleurait et se débattait. Mais il apparut bientôt que la petite Princesse était victime de la fièvre implacable qui avait tué les trois plus jeunes filles de Nefertiti. Smenkhara rôdait autour du lit, mal à l'aise, s'efforçant maladroitement de consoler Meritaton, mais incapable d'aucune tendresse pour cette fillette qui lui rappelait trop avec quelle brutale sensualité Pharaon lui avait ravi la jeune fille qu'il aimait. Il fut presque soulagé lorsqu'un héraut vint lui dire que le Roi l'attendait dans sa chambre.

Akhenaton était vautré, nu, sur sa couche. Lorsque son frère s'inclina, il lui tendit une main qui tremblait. Smenkhara s'en saisit, scrutant vivement la face jaunâtre, et vit à son désespoir que le Roi, pour une fois, semblait lucide. Car depuis les funérailles de Tii, les jours d'Akhenaton n'étaient plus qu'une longue crise ininterrompue de vomissements et de pleurs. Ses serviteurs, qui ne savaient plus où donner de la tête, faisaient de leur mieux pour le nourrir et l'habiller, et tentaient de fermer leurs oreilles à ses jérémiades. A la demande de Parennefer, Horemheb était venu le voir, mais ses paroles étaient restées sans effet, et la petite Ankhesenpaaton, terrorisée et en larmes, refusait de se rendre auprès de son père qui la réclamait à grands cris incohérents. Pharaon dormait peu. Aux moments les plus incongrus, il s'effondrait dans un lourd sommeil immobile, dont il s'éveillait en sursaut une ou deux heures plus tard, un flot de prières aux lèvres et le corps agité de frissons. Mais ce soir-là, il était plus calme. Il avait les yeux injectés de sang, mais tranquilles. Il força Smenkhara à s'asseoir près de lui.

– Nefer-neferou-Aton, mon bien-aimé, murmura-t-il, tandis que ses bras enlaçaient le Prince et que son corps déjà se pressait convulsivement contre le sien. Embrasse-moi. Je t'ai vu traverser cette chambre, semblable à l'image du jeune homme que j'étais. J'ai vu la magie du Disque palpiter dans tes reins et rayonner de tes lèvres.

– Sais-tu que la fille de ta fille se meurt, Pharaon? chuchota Smenkhara tout contre sa bouche.

Il étouffa la réponse d'Akhenaton sous un baiser violent, sans amour, et longuement, cruellement, avec une sorte de plaisir pervers, il pétrit les lèvres de son frère, tandis que des deux mains il empoignait les maigres épaules trempées de sueur et les repoussait sur le matelas. Akhenaton se mit à geindre, mais Smenkhara savait par expérience que ses plaintes étaient l'expression de son désir, et non une réponse aux mots qu'il venait de lui dire.

– Tu ne t'en soucies guère en ce moment, n'est-ce pas, mon Dieu? Moi non plus, je te l'avoue. Dois-je t'embrasser encore?

Il observa les yeux bouffis qui se levaient vers lui et, oubliant la boudeuse passivité qu'il affectait d'ordinaire, il se sentit soudain envahi d'une haine féroce pour cet homme qui le désirait avec tant de ferveur, tant de transparente lubricité. Akhenaton le dévisagea passionnément, puis hocha la tête. Il le saisit à la nuque, l'attira vers lui. Smenkhara effleura ses lèvres, mais comme il s'apprêtait à prolonger son baiser, les portes s'ouvrirent brusquement et Panhesy accourut, tomba à genoux près de la couche. Il tremblait d'excitation. Smenkhara repoussa son amant et s'assit.

– Qu'y a-t-il ?

– Altesse, Majesté, les nilomètres indiquent une légère montée des eaux du fleuve ! Isis pleure enfin !

Smenkhara ouvrit de grands yeux. Une onde de chaleur afflua soudain dans sa poitrine.

– De combien, cette montée ?

Panhesy indiqua la hauteur d'un doigt environ.

Akhenaton chercha d'une main aveugle la taille de Smenkhara et s'y agrippa de toutes ses forces.

– La malédiction est levée, le Dieu est apaisé, bégaya-t-il. Plus tard, j'irai au Temple et je rendrai grâce, mais pour l'instant... Smenkhara, où vas-tu ? Reste avec moi, je t'en supplie !

Mais déjà le jeune homme s'était arraché à l'étreinte de son amant et courait vers la porte avant que le Roi pût lui donner l'ordre de rester. Il fonça à toutes jambes le long des corridors, conscient des sourires qui défilaient près de lui dans un brouillard, des bras levés en remerciement, des cris, des pleurs de joie, des prières. Derrière lui galopaient pêle-mêle et comme ils pouvaient ses gardes du corps, porteur de sandales, héraut et majordome. Écartant les sentinelles de Meritaton, il fila jusqu'à la porte de sa chambre, bondit comme un fou près de la couche.

– Majesté, Isis a pleuré ! s'écria-t-il.

Mais il se tut aussitôt. Meritaton ne leva pas les yeux. Assise, tête ployée, elle serrait dans ses deux mains les doigts inertes de sa fille. Meritaton-ta-sherit était morte.

Les préparatifs d'une nouvelle inhumation royale passèrent pratiquement inaperçus. La cité n'avait d'yeux que pour les jalons de pierre plantés le long des rives. Le rythme des jours et des nuits n'eut plus d'importance. Et tandis qu'on emmaillotait de bandelettes la fille d'Akhenaton et que ses cercueils étaient préparés à la hâte, les habitants de la ville avaient installé leurs quartiers au bord de l'eau et là, assis ou étendus à l'ombre d'abris de fortune, ils chantaient, dansaient, ou restaient le plus souvent immobiles et calmes, un peu tendus, à surveiller le fleuve dont la surface était souillée encore, et nauséabonde. Des camelots circulaient parmi eux, proposant toutes sortes de babioles susceptibles de tenir lieu d'offrandes, et leur commerce marchait rondement. Les marchands de vin eurent tôt fait de vider leurs réserves. Une joyeuse ivresse envahit la ville, et les rues s'emplirent de flots de promeneurs qui s'interpellaient en riant.

Lorsque la nuit venait, on allumait les flambeaux. Nul ne rentrait plus chez lui. Dans le palais à demi vide, seule Meritaton pleurait en silence la mort de son enfant. Les courtisans organisaient des fêtes grandioses dont les convives n'abandonnaient les derniers vestiges que pour se diriger, chancelants et repus, vers une autre orgie qui commençait ailleurs, et où les attendaient des cruches de vin pleines, de nouveaux musiciens. Moutnodjme fit construire un énorme radeau enrubanné de guirlandes blanches, qui fut amarré au quai de la résidence d'Horemheb. Une planche entaillée était clouée à l'un des supports. A tour de rôle, ses nains sautaient dans l'eau et annonçaient à grands cris les progrès du fleuve sur les encoches. A chaque nouveau pouce gagné explosait une clameur, et les invités blottis sur le radeau qui oscillait doucement levaient leurs coupes vers Isis, qui avait eu pitié d'eux. Dans toute l'Égypte, hommes et femmes contemplaient dans une stupeur muette et incrédule les berges qui sombraient lentement, et ils étaient pareils à des âmes plongées dans l'obscure horreur de la Douat, découvrant soudain qu'on leur offrait une seconde chance de vivre. L'Égypte se relevait de la mort sur les eaux noires et miraculeuses qui enflaient en silence.

Les funérailles de Meritaton-ta-sherit furent oubliées dans le tumulte des réjouissances. Smenkhara tint Meritaton enlacée au creux de son bras tandis que se déroulait le rituel et que le petit sarcophage glissait dans la nuit du tombeau. Pharaon siégeait sans un mot, hochant parfois la tête ou se balançant brièvement, mais nul ne sut s'il avait conscience de ce qu'il advenait de son enfant.

A la fin du mois de Khoyak, le Nil franchit ses berges et inonda les champs assoiffés. Ankhesenpaaton donna le jour à une fillette. Les nobles qui encombraient la chambre étaient encore de fort belle humeur et, assis sur le sol devant des échiquiers ou affairés à des jeux d'argent, ils ne cessèrent de rire et de plaisanter tandis que hurlait la petite Princesse. La délivrance fut aussi longue et pénible que celle de Meketaton, et quand ce fut fini, la fillette, épuisée, put à peine répondre aux compliments d'Ay et au baiser de Meritaton. Prévenu de la naissance imminente de son enfant, Akhenaton ne parut pas, et les domestiques d'Ankhesenpaaton s'en réjouirent en secret.

Quand ses crises de démence lui laissaient quelque répit, Pharaon se consacrait corps et âme à Smenkhara, dont il avait fait son amulette favorite, son charme le plus sûr contre le mauvais sort. De toutes ses maigres forces il se cramponnait à lui, tandis que sa santé déclinait de jour en jour. Il fit installer le Prince dans une petite suite adjacente à ses appartements. Smenkhara se soumit à ce nouveau caprice dans l'espoir que le Roi, rassuré par sa présence, relâcherait quelque peu l'intolérable étreinte qui le rendait fou, mais ce fut l'inverse qui se produisit. Pharaon s'agrippa à lui plus encore. Ankhesenpaaton était trop faible pour partager la couche du Roi si celui-ci l'avait exigé. Il n'en faisait rien. A l'instar de son père jadis, il semblait puiser dans le seul corps du jeune homme une sorte de mystérieux pouvoir. Smenkhara ruminait sa honte. Lorsque Pharaon se rendait au Temple, ce qu'il faisait de moins en moins souvent, il se montrait à son bras à la Fenêtre des Apparitions, mais le reste du temps, il restait tapi dans le crépuscule de ses appartements exigus, grognant tel un chien furieux si quiconque osait l'approcher. Meritaton était venue lui rendre visite, mais il l'avait tant insultée et maudite qu'elle s'était retirée en pleurs. Les paysans pouvaient bien racler dans leurs greniers les quelques semences qu'ils possédaient encore, les arbres pouvaient scintiller d'une fine toison verte que l'on n'y avait pas vue depuis près de trois ans et les shadoufs recommencer à faire pleuvoir sur les pelouses mortes les ondes argentées de la vie. Au cœur de l'Égypte couvait toujours une noire gangrène.

Horemheb écarta d'un ordre sec les sentinelles de Smenkhara, fit claquer derrière lui les lourdes portes de cèdre et s'inclina pour la forme. Le Prince lui tournait le dos. Debout à la fenêtre, bras croisés, il observait par-delà les colonnes de l'allée couverte le jardin qu'inondait le soleil. Bien qu'il fît chaud dans la pièce, il était enveloppé d'une épaisse robe de lin blanc qu'il serrait fortement contre lui. Il semblait qu'il n'eût rien entendu. Horemheb attendit un instant, puis il dit :

– Altesse.

– Va-t'en, capitaine.

Horemheb s'approcha et fit une autre révérence.

– Pardon, Altesse, mais je ne peux me retirer avant d'avoir obtenu que tu scelles ce document.

Les yeux du jeune homme volèrent jusqu'au papyrus, s'enfuirent à nouveau.

– Sors immédiatement et emporte-le.

Horemheb observa d'un air pensif les lèvres charnues qui boudaient, la traînée mauve d'une ecchymose qui se fanait sur le long cou, la tension des doigts enfouis dans le lin froissé. Il fit un pas en avant, vint se placer entre le Prince et la fenêtre, et Smenkhara recula.

– Pharaon ne vivra pas éternellement... commença-t-il d'une voix douce.

Mais une grimace de mépris déforma soudain les traits du jeune homme.

– Comment oses-tu avoir pitié de moi! siffla-t-il. Moi, un Prince de sang et l'héritier du trône! Je lui demanderai qu'il te fasse châtier pour cette insolence!

Horemheb ne broncha pas sous l'insulte.

– Je n'ai nullement pitié de toi, jeune Horus, rétorqua-t-il sèchement. Mais il est grand temps de penser à une nouvelle administration.

– Si tu viens te frotter contre moi tel un chat servile, je te conseille plutôt d'aller t'amuser tout seul!

L'expression était vulgaire et obscène, mais Horemheb ne se laissa pas émouvoir. Il tendit le papyrus.

– Ceci est un ordre de mobilisation immédiate de toutes nos armées. Je désire que tu donnes ton accord officiel, Altesse, si tu veux qu'il te reste quelque chose à gouverner en Égypte.

– Je me moque bien de l'Égypte!

– Je le sais. Mais tu souhaites la Double Couronne, sans doute, et ma coopération également, car tu n'es pas trop bête.

– Des menaces? ricana Smenkhara. En réalité, capitaine, il suffit que je lève un doigt pour te faire percer d'une lance et jeter au fleuve, le sais-tu bien?

– Je ne pense pas que tu le puisses, Prince, murmura Horemheb. De toute façon, il est de ton intérêt de gagner ma confiance. Ta mère t'a offert le trône, mais si tu veux le garder, tu as besoin de moi.

Une rougeur incendia les joues blafardes du jeune homme.

– Ton impudence est sans limites, Horemheb! Je tiens déjà le trône!

– Pas tout à fait. Ton demi-frère continue à grandir sous la protection de la reine Nefertiti. Si la succession n'était qu'une affaire de sang, ses prétentions seraient plus justifiées que les tiennes.

Les yeux de Smenkhara se rétrécirent.

– Oserais-tu me dire, prononça-t-il lentement, que si je ne fais pas ce que tu veux, tu t'en iras servir ce bâtard, ce fruit d'une union illégale? Mon père était Amenophis III, le plus grand Pharaon que l'Égypte ait jamais porté! Nul que moi n'a droit à cette Couronne!

– A mon avis, Altesse, la pureté du sang et les prétentions qu'elle autorise n'auront guère de valeur lorsque Pharaon mourra. Le Trésor est vide, l'administration atrophiée par la corruption et le laisser-aller de ses ministres. Le pays tout entier est irrémédiablement appauvri. Le pouvoir ira au plus compétent, non à celui dont le sang est le plus pur. Tu dois te montrer assez fort pour mériter le trône. J'aimais et admirais ton père, et ta mère était ma Déesse. Aide-moi à t'aider, je t'en prie.

Smenkhara le dévisagea.

– Tes yeux mentent, dit-il. (Ses doigts effleurèrent distraitement l'ecchymose qui maculait son cou.) Si tu veux m'aider, tue mon frère.

– Ce n'est pas nécessaire. Je pense qu'il va mourir. Nous pouvons publier tous les décrets que nous voulons, il n'interviendra pas. Ses jours ne sont qu'une ténébreuse succession de rêves et de cauchemars. Il a perdu le contact avec le monde.

– Tu n'en serais pas si certain si c'était toi qu'il embrassait et tripotait avec ce désir bestial, monstrueux! (Sa voix tremblait.) Je croyais que tu étais son ami. Je ne peux te faire confiance.

– Peu importe. Je n'ai pas confiance en toi, moi non plus.

– Tu blasphèmes, capitaine. Que pense Ay de tout cela?

Horemheb sourit.

– Le Porteur d'Éventail se fait vieux.

– Dieux, tu es écœurant! (Smenkhara s'éloigna brusquement. Il y avait du vin près de sa couche. Il se servit et but à longues gorgées, puis s'essuya la bouche du revers de la main.) Donne-moi ce rouleau. La mobilisation, dis-tu?

– Et la guerre.

Horemheb quitta la fenêtre et, tendant le document au jeune homme, il le regarda bien en face et parla, très vite.

– J'ai toujours été fier de mon pays, Prince. Lorsque j'étais enfant, à Hnes, mon père m'a appris à servir les Dieux, à honorer Pharaon et à rendre grâces au ciel chaque jour d'être né égyptien. Tous les humains nous envient, disait-il, car l'Égypte est prospère et ses lois sont justes. Mais il n'y avait pas que ce qu'il me disait. (Il revint à la fenêtre et s'y appuya d'un air las.) Il travaillait dur, mais notre vie était agréable. Nos champs donnaient de bonnes récoltes, et même après avoir payé sa part annuelle aux collecteurs d'impôts, mon père parvenait toujours à échanger quelques mesures de grains pour offrir un colifichet ou deux à ma mère. Hnes était une bourgade heureuse alors. Même les paysans les plus pauvres n'avaient pas besoin de mendier. J'aimerais que tu voies, Altesse, dans quel état est mon village natal aujourd'hui! (Il tourna ses regards vers le jardin.) C'est la misère. J'envoie de l'or au prêtre afin qu'il le distribue, mais les gens de mon peuple sont devenus vulgaires à force de privations, et si l'or emplit à nouveau leur ventre, il ne rachètera jamais leur dignité perdue! (Il avait dit trop fort ces derniers mots. Il se tut un instant puis reprit, plus doucement) : Enfant, je n'ai jamais eu conscience que nous habitions si près de la frontière. Personne n'y songeait, d'ailleurs. Mais à présent, Hnes vit dans la terreur. Quelles paroles horribles! Des citoyens égyptiens, vivant sur le sol d'Égypte, qui ne savent jamais, lorsqu'ils s'endorment le soir, s'ils ne trouveront pas au réveil leur village envahi de soldats étrangers! Honte, grande honte sur nous! (Il pivota brusquement et regarda Smenkhara.) J'ai toujours été différent des autres garçons de Hnes, dit-il. Je sentais qu'un grand destin m'attendait. J'étais intelligent et pétri d'ambition, mais surtout je brûlais d'impatience de servir mon pays, d'honorer le Dieu qui gouvernait sur le trône d'Horus, et dont la toute-puissance nous permettait, à ma famille et à moi, de déplier nos grabats, le soir, le ventre plein, et de dormir sans angoisse.

– Voilà une histoire charmante, intervint Smenkhara, mais qui use ma patience. Chacun sait que tu es un homme du peuple et que tu t'es élevé dans les rangs de l'armée. Viens-en au fait.

Horemheb se raidit.

– Le fait est celui-ci, répondit-il calmement. J'aime toujours l'Égypte et je vénère la dignité de son souverain. Je souhaite que l'un et l'autre retrouvent la place que le Maât leur a ordonnée. J'ai vu se désintégrer peu à peu tout ce que chérissent les Égyptiens dignes de ce nom. Mais peut-être n'est-il pas trop tard, pas encore, pour tenter d'inverser cette marée de souffrances qui a déferlé sur nous le jour où ton frère est monté sur le trône – à la condition que tu acceptes, Prince, de m'aider. La première chose à faire, à mon avis, et la plus urgente, est de stabiliser la Syrie. J'ai l'intention de lancer l'armée dans nos anciennes dépendances et d'entamer une guerre de reconquête.

Smenkhara l'observa un instant avec un demi-sourire.

– Le gamin intelligent et ambitieux est devenu un homme ambitieux et intelligent, dit-il d'un ton glacé. Je veux bien croire à l'amour désintéressé que tu prétends éprouver pour ton pays, mais je parierais tout l'or que je possède que tu ne te rendras pas en personne en Syrie à la tête de notre armée. (Il s'approcha de la chandelle qui brûlait près de la couche et promena sur la flamme un bâton de cire à cacheter.) Car si tu agissais ainsi, tu risquerais de trouver à ton retour plus de changements dans le jeu du pouvoir que tu n'en pourrais contrôler. Hein, capitaine ? (Délicatement il déposa quelques gouttes de cire sur le bord du papyrus puis, retirant sa bague, il y enfonça le sceau du Prince Héritier.) Voici! (Il lança le rouleau à Horemheb.) Verse tout le sang égyptien que tu souhaites. Mais tiens l'Horizon d'Aton à l'écart de ta guerre, c'est tout ce que je te demande.

La voix de Pharaon lacéra soudain le silence qui suivit ses paroles.

– Smenkhara! s'égosilla-t-il. Où es-tu ?

Le jeune homme souleva ses sourcils épilés.

– Mon royal amant bêle et me réclame, dit-il. Je me demande ce que ma mère aurait dit de tout cela si elle était encore en vie.

Horemheb ne répondit pas. Il resta un instant à tourner le papyrus dans ses doigts, d'un air qui n'exprimait rien. Smenkhara le regardait. Une ombre de dépit vint brusquement ternir son beau visage. Il cracha sur le sol.

– Va-t'en! murmura-t-il. Je suis plus propre que toi au regard des Dieux, soldat!

Akhenaton l'appela une fois encore, et sa voix vibrait de détresse. Horemheb s'inclina et sortit.

Quelques jours plus tard, la rumeur de cette entrevue et de ce qu'en avait obtenu Horemheb parvint aux oreilles d'Ay. Inquiet et fébrile, il tenta d'obtenir une audience auprès du Prince afin d'évaluer l'influence qu'il avait encore sur son neveu, mais Smenkhara s'était reclus dans ses trois petites pièces et ne voulait voir personne. Ay dépêcha un domestique à la recherche d'Horemheb, et il dut encore attendre plusieurs heures après avoir été éconduit à la porte du Prince, pour apprendre enfin que le capitaine se trouvait dans le bureau du scribe du Recrutement. Il commanda une litière et se fit conduire jusqu'au bâtiment où les ministres de Pharaon dirigeaient autrefois les affaires du gouvernement. La plupart des pièces étaient vides, mais Ay croisa plusieurs scribes, portant palettes et papyrus, qui sortaient du quartier général de la conscription militaire. Il poussa la porte et entra.

Horemheb était assis, seul, derrière un bureau encombré de documents, et les reliefs d'un repas pris à la hâte jonchaient un coin de la table. Il se leva à l'approche d'Ay. Les deux hommes s'inclinèrent. Horemheb se rassit et invita Ay à en faire autant. Le vieil homme tira un siège pour être plus près de lui.

– On raconte que Smenkhara t'a donné l'autorisation d'entamer une campagne, et je viens savoir de ta propre bouche ce qu'il en est exactement, commença-t-il. Et si c'est vrai, comment se fait-il que tu ne m'aies pas consulté ? Après tout, je suis Porteur d'Éventail de la Main Droite!

– Je t'en aurais parlé tôt ou tard, s'excusa le capitaine, mais je ne tenais pas à ce que Pharaon connaisse prématurément mes intentions et, dans un de ses moments de lucidité, peut-être, annule mes ordres. C'est sans importance à présent. Des messagers sont partis hier pour les transmettre à tous les commandants de division.

– Ainsi, protesta vivement Ay, tu m'as dissimulé tes projets de crainte que j'en informe aussitôt Pharaon ? Mais je l'aurais fait, c'est évident! Ton initiative est sacrilège, Horemheb.

Le poing du capitaine s'abattit sur la table.

– Il fallait bien que quelqu'un agisse! prononça-t-il avec vigueur. Oui, ma décision est sacrilège, et je me sens totalement coupable. Mais je suis malade d'inaction, Ay, je suis las de donner des conseils dont on ne tient pas compte, las de ces sempiternelles discussions avec toi qui ne mènent jamais à rien. Ce n'est pas une trahison!

Il fit la grimace, et baissa son regard qui étincelait de fureur. Ay réfléchit un instant.

– Je n'ai pas dit cela. Mais tu as pris cette décision à la hâte, quand elle exigeait mûre réflexion. Tu as laissé ton désespoir triompher de ton bon sens, capitaine. Combien de divisions as-tu engagées ?

– Quatre sont en route pour Memphis, où des vivres leur seront fournis. Elles traverseront bientôt la frontière.

– Sont-elles prêtes à combattre ? (Ay voulait une réponse, mais Horemheb se taisait, les yeux toujours fixés sur sa main, grande ouverte à présent et crispée sur le bois lisse du bureau.) Le sont-elles ? (Il se leva, se pencha vers Horemheb.) Tu sais aussi bien que moi que la plupart de nos troupes n'ont pas fait la guerre depuis plus de quarante ans. Il leur faudrait au moins trois mois d'entraînement, le temps de s'endurcir, de se relever de la famine qui a épuisé leurs forces, d'apprendre à affronter les Hittites et le désert ! Si elles sont vaincues, leur défaite précipitera l'invasion de l'Égypte !

Horemheb releva la tête et foudroya du regard le vieil homme.

– Tu as toujours préféré les mots à l'action, grommela-t-il, et que nous ont apporté tes belles paroles, dis-moi ? Rien du tout ! En outre, cela fait des années que tu as renoncé à tes activités dans la cavalerie pour devenir un parfait courtisan. Tu ne connais plus ce dont tu parles !

– C'est possible, répondit sèchement Ay. Mais tes officiers auraient pu te conseiller la prudence.

– Je ne les ai pas consultés. (Horemheb se leva et eut un bref sourire.) Je suis Commandant Suprême de Toutes les Armées de Sa Majesté, et je dis que nos troupes peuvent partir en guerre. Sois sans inquiétude. (Il contourna le bureau et posa son bras, légèrement, sur les épaules d'Ay.) Nous avons vécu ensemble trop d'épreuves pour cesser de nous faire confiance, Porteur d'Éventail. Je te tiendrai informé de toutes les dépêches qui me parviennent du front, je te le promets.

Mais Ay s'écarta, toujours en colère.

– Cesse donc de jouer au protecteur, Horemheb ! J'ai plus de sympathie pour toi que tu ne l'imagines, mais n'oublie pas, je t'en supplie, que c'est moi qui suis obligé de me tenir jour et nuit à la porte de Pharaon et d'assister à la dégradation de cet homme que j'ai juré jadis d'honorer et de protéger. Pour ceux d'entre nous qui le servent constamment, c'est un grand chagrin.

– Je ne l'oublie pas, répondit Horemheb avec bienveillance. Je dois beaucoup, moi aussi, à Pharaon, mais sans doute devons-nous plus encore à l'Égypte, toi et moi.

Ay médita les paroles d'Horemheb tandis qu'on le ramenait au palais, et il se sentit très seul. Il eût aimé se faire conduire chez Tii pour discuter avec elle de la situation, mais ce plaisir ne reviendrait plus. Sa sœur lui manquait. Son absence était en lui comme une douleur sourde et continue, qui devenait intolérable les soirs où il devait présider aux festins royaux, car sa petite-fille Ankhesenpaaton, au titre de Grande Épouse, siégeait près de lui sous le dais, à la place où l'Impératrice naguère scrutait l'assistance de son beau regard bleu, impassible.

Bien que Pharaon se désintéressât complètement de sa dernière-née, Ankhesenpaaton-ta-sherit, Ay envoyait souvent son majordome à la pouponnière afin d'avoir des nouvelles de l'enfant. Sa santé n'était pas bonne. La petite Princesse mangeait peu et dormait trop. Un jour qu'il se sentait assez de force pour aller lui rendre visite, il trouva Ankhesenpaaton assise par terre, qui berçait la fillette dans son giron. Sur un signe de sa tête il approcha, fit une révérence. La jeune Reine eut un pâle sourire et, soulevant le bébé, elle le lui tendit avec la même confiance que s'il se fût agi d'une poupée brisée.

– Elle ne va pas bien, Grand-père, dit-elle. Regarde comme sa jambe droite est molle, comme ses bras sont faibles. Les nourrices me disent qu'elle ne pleure jamais, et ne fait que gémir.

Cueillant avec douceur la fillette, Ay observa le maigre visage blême qui semblait une copie de celui de son père.

– Majesté, dit-il d'un air grave, tu dois te préparer à perdre ta petite fille. Les médecins ignorent de quoi elle souffre, et je n'en sais rien non plus. Aime-la de toutes tes forces tant que tu le peux encore.

Ankhesenpaaton reprit solennellement son enfant et se mit à la bercer.

– Quand j'étais toute petite, mon père nous disait souvent que nous ne serions jamais malades, et que la mort nous serait douce. Ma fille se meurt, et il se meurt lui aussi, n'est-ce pas? (Ses yeux s'emplirent de larmes. Elle serra le bébé contre sa poitrine.) Les courtisans le traitent de noms horribles, et les gens du peuple disent que c'est un criminel. Mais il est mon père et je l'aime. On ne devrait jamais parler ainsi de Pharaon... Maintenant il est malade, et ils l'ont tous abandonné, mais tu ne feras pas comme eux, hein, Grand-père?

Ay s'accroupit devant elle.

– Non, ma chère petite Reine. (Il la nicha au creux de son bras.) Est-ce que ta mère te manque?

– Oui, et à lui aussi. Quand nous sommes au lit ensemble, parfois, il m'appelle Nefertiti.

Plein de compassion, Ay baisa sa joue veloutée.

– Quand le temps viendra, aimerais-tu aller vivre avec elle au palais du nord?

Elle baissa la tête.

– Oui, sans doute. Si tu viens me voir souvent.

Ils devisèrent encore un moment, puis Ay s'en revint dans les appartements de Pharaon, en songeant que l'idée n'était pas si mauvaise. Car Smenkhara serait Pharaon, mais s'il gouvernait mal, ainsi qu'il était probable, tous les yeux ne tarderaient pas à se tourner vers Toutankhaton. Il avait la confiance du petit Prince, et Ankhesenpaaton l'aimait tendrement... Il sourit.

La saison des semailles et la croissance des pousses qui s'ensuivit embaumèrent cette année-là d'une ivresse que nul n'avait jamais connue. Les courtisans qui jadis se bouchaient le nez à la simple vue d'une vache et exigeaient qu'un esclave les suivît partout, muni d'un tapis, pour le cas où il eût fallu poser le pied sur un sol boueux, se mirent à patauger allègrement parmi les jeunes pousses qui verdissaient sur la rive du couchant, émerveillés de cette fastueuse éclosion de vie dont ils n'avaient jamais pensé qu'elle pût leur être si précieuse. La vue des parterres en fleurs dans les jardins leur tirait des exclamations ravies. Le moindre souffle d'air, humide et parfumé, leur était un miracle.

Et tandis que les champs doraient lentement au soleil, l'agréable tiédeur hivernale laissa place, jour après jour, à la chaleur oppressante de l'été. La moisson commença enfin, après trois ans de disette. Mais l'homme qui avait eu tant de bonheur à contempler la ronde des saisons et les choses de la terre gisait sur sa couche, inconscient, effilochant à part lui ses derniers rêves. Akhenaton se mourait. Les quelques fidèles qui l'entouraient encore, dont Ay et Horemheb, assistaient à l'ultime délabrement de son esprit, aux ravages qui précipitaient la ruine de son corps. Il avait encore des crises nerveuses et des convulsions qui le laissaient sans forces mais elles se faisaient plus rares. Il sembla s'enfoncer dans un univers dont l'intime réalité restait pour ses familiers un mystère. Il y avait, dans la chambre paisible, comme une atmosphère d'attente, et chacun parlait bas autour de lui, sans trop savoir pourquoi. De temps à autre, Pharaon arpentait la pièce, puis s'immobilisait soudain et prononçait quelques mots parfaitement cohérents. Il s'arrêta un jour devant Horemheb puis, le regardant droit dans les yeux, lui dit :

– Mais j'ai passé toute ma vie à faire ce que le Dieu m'ordonnait. Nulle honte n'est en moi. Je ne peux affirmer que tout aurait été mieux si je n'étais pas né.

– Bien sûr, Majesté, répondit Horemheb, avant de comprendre que le Roi ne s'adressait pas à lui et qu'en réalité, il ne l'avait même pas vu.

Mais bientôt, Akhenaton fut trop faible pour marcher. Il reposait sur la couche, à demi assis dans ses oreillers, mains croisées sur le drap et remuant à peine. Il refusait la nourriture, de temps à autre absorbait un peu d'eau, et poursuivait à haute et intelligible voix l'interminable dialogue dont lui seul entendait les réponses. Ay ne pouvait s'empêcher de penser aux jours anciens où il avait commencé à prêcher son Enseignement aux jeunes gens de la Cour pressés autour de lui. Son ton était ferme alors, et vibrait d'une autorité singulière qu'il ne déployait qu'en ces occasions. Mais il sombrait à présent. Son souffle se faisait plus court, son corps maigrissait. Son visage revêtait peu à peu la translucide pâleur de la mort toute proche.

Vers la fin d'un long jour où il avait paisiblement somnolé, ne s'éveillant parfois que pour égrener un étrange murmure, Akhenaton s'agita soudain et se mit à pleurer en réclamant sa mère. Ay et Horemheb échangèrent un regard.

– Faut-il envoyer chercher Meritaton? chuchota Horemheb. Ou avertir Nefertiti, peut-être... La Reine a déjà refusé de le voir, mais nous pourrions insister encore.

Ay secoua la tête.

– Appelons Tadoukhipa, suggéra-t-il. Elle lui a toujours été dévouée. Que Meritaton et Ankhesenpaaton viennent également, si elles le souhaitent.

Le bruit d'une porte qui se refermait lui fit tourner la tête. Smenkhara s'était glissé dans la chambre et s'adossait au mur, tout près de l'entrée. Immobile, bras croisés, il observait le moribond. Horemheb sortit et donna un ordre au héraut. Ils attendirent, les yeux fixés sur Meryra qui circulait calmement autour de la couche et dessinait de lentes courbes avec son encensoir tout en marmonnant des prières. Akhenaton ne le regardait pas.

Tadoukhipa avait conservé son air timide et hésitant. Bien qu'elle fût Princesse de sang et Épouse Royale, elle répondit au salut des hommes qui l'accueillirent avec de petites révérences. Puis elle glissa jusqu'à la couche et se percha sur le siège que l'on y avait disposé pour elle. Cueillant dans ses mains les doigts de Pharaon, elle les baisa amoureusement. Il tourna la tête vers elle, tandis qu'elle essuyait ses pleurs.

– Tes mains sont si chaudes, Mère, dit-il tout bas. J'ai demandé à Kherouef d'allumer les braseros, mais j'ai encore froid. Ils voulaient m'assassiner. Je le sais maintenant. Personne ne m'aime. Il n'y a que toi. Toi seule...

– Je t'aimerai toujours, mon cher Seigneur.

– Vraiment? Mais les mots s'enfuient et s'évanouissent dans les brumes du temps... (Le murmure se fit indistinct. Il chercha son souffle.) Peu importe, reprit-il au bout d'un moment, ouvrant et fermant ses yeux embués de sommeil. Tu es ici, et je ne crains plus rien. Te souviens-tu de cette nuit, à Memphis, où la lune était pleine et l'air si tiède? Nous étions étendus dans cette barque, et nous faisions semblant de compter les étoiles... Non, tu ne t'en souviens pas, bien sûr, mais moi je n'ai pas oublié.

– Tais-toi, Akhenaton, l'apaisa la Princesse. Ne parle pas. Tu dois épargner tes forces.

Il ne dit plus rien. Son souffle était léger, irrégulier. Des larmes de lassitude et de tristesse noyèrent de nouveau ses joues. Puis, brusquement, il arracha ses mains à son étreinte et tenta de se redresser.

– Je me suis toujours efforcé de faire le bien selon le vœu de mon Dieu! s'écria-t-il. J'ai fait tout ce que j'ai pu!

Effrayée, Tadoukhipa se leva et l'aida à s'allonger dans les coussins. Il résista un instant, puis se laissa aller. Ses yeux s'écarquillèrent, soudain lucides, et il la dévisagea d'un air surpris.

– Petite Kia! s'exclama-t-il. Est-ce que je t'ai demandé de venir? Pardonne-moi, je ne peux pas te parler, je suis trop fatigué. Je crois que je vais dormir.

Il ferma aussitôt les paupières. Par trois fois la frêle poitrine se souleva et retomba, puis elle ne bougea plus. Tadoukhipa se retourna. Horemheb accourut au chevet du lit. Courbé sur le Roi, il écouta son cœur, brièvement, puis se redressa.

– Horus est mort, dit-il. Laissez entrer ses filles.

Et il reprit sa place au côté d'Ay, tandis que Meritaton et Ankhesenpaaton passaient près d'eux en courant et s'effondraient en pleurs devant le corps enfin apaisé de leur père.

Smenkhara observait d'un œil impassible, bras toujours verrouillés sur le torse. Il ne fit pas un geste non plus lorsque tous ceux qui étaient présents se détournèrent du cadavre difforme pour s'aplatir devant ses pieds et y presser leurs lèvres. Les lamentations des femmes commencèrent à flotter par-delà les fenêtres au fur et à mesure que se répandait la nouvelle de la mort du Roi.

– Retirez-lui son cartouche et donnez-le-moi, ordonna sèchement le Prince.

Ay s'exécuta. Smenkhara fit rouler un instant la bague dans le creux de sa main, d'un air pensif, avant de la glisser à son doigt.

– Je retourne dans mes appartements en attendant que ceux-ci soient prêts, reprit-il du ton banal de la conversation. Nettoie-les bien, Panhesy. Meritaton, viens. (Elle se leva et s'approcha de lui. Sans douceur, il saisit un coin de sa robe, lui essuya le visage.) Ce sont les derniers pleurs que tu verseras pour ton père, dit-il. Comprends-tu bien ce que je dis ? Viens. J'ai faim. Nous allons dîner dans le jardin.

Elle le suivit sans un mot et ils s'en furent parmi les têtes ployées, les bras tendus. Ay croisa le regard d'Horemheb, leva les sourcils. Le nouvel ordre avait commencé.

Troisième partie

24.

Tête basse, Nefertiti arpentait sa longue chambre obscure, bras croisés sur les rubans qui maintenaient dessous ses seins ronds et pleins une cape blanche. La nuit était bien avancée déjà. Une petite lampe brûlait sur la table de chevet, et la flaque dorée de sa lumière ne parvenait pas à dissoudre les ombres amoncelées alentour. L'air était tiède et immobile, ponctué par le souffle calme des femmes qui dormaient sur leurs nattes, au fond de la pièce. De temps à autre, la Reine s'arrêtait pour déchiffrer dans la pénombre les vastes reliefs d'argent qui chantaient sa gloire tout au long des murs et où, en pagne et couronne solaire, parée d'ankhs et de sphinx, elle foulait d'un pas orgueilleux l'Égypte prosternée devant elle. Parfois, sa marche distraite la conduisait à la fenêtre et là, les yeux plongeant dans la nuit, elle regardait sans vraiment les voir les terrasses qui déroulaient jusqu'aux eaux pleines et scintillantes du fleuve une belle végétation où la vie explosait de nouveau, et qu'une lune en déclin délavait à cette heure sous la lueur unie de ses rayons. Le paysage était paisible, mais son esprit voguait ailleurs. Ses doigts se dépliaient, caressaient doucement l'appui de la fenêtre. Elle ne sentait pas la pierre satinée que rafraîchissait la brise.

Il était mort, il était mort. Elle murmurait son nom. Pourtant ce n'était pas le chagrin d'un amour à jamais perdu qui lui venait alors, mais une sorte de stupeur mêlée de rage. Il était la voie royale qui l'avait conduite au pouvoir, le père de ses enfants, l'homme étrange qui avait partagé sa couche et fait naître en elle, tout à tour, la tendresse exaspérée d'une mère à l'égard d'un enfant capricieux et son mépris de femme pour l'époux maladif qui n'avait jamais eu la droiture un peu âpre du Pharaon invisible qui exaltait ses rêves d'adolescente. Malgré le prestige de sa position, elle n'avait pu obtenir la Couronne d'Impératrice pour laquelle elle avait pris le risque de faire assassiner sa cousine Sitamon. En dépit des désirs qu'elle couvait, enfant, dans son cœur, elle n'avait pas trouvé l'amour. Sa vie lui apparaissait comme un combat incessant contre des compromissions qui avaient toujours eu raison d'elle. Sa merveilleuse beauté, dont elle avait pensé se servir comme d'une arme, s'était révélée en fin de compte une lame au tranchant émoussé, inefficace. Tant qu'Akhenaton vivait, elle avait conservé l'espoir de voir un jour glorifier cet exil auquel elle n'avait nullement cherché à se soustraire, à la fois par orgueil et par crainte d'une nouvelle humiliation. Mais il s'en était allé vers le Dieu, quel qu'il fût, qui daignerait l'accueillir près de lui, et voici qu'elle se trouvait reléguée au rang honorable, certes, mais sans réel pouvoir, de Reine Douairière. Smenkhara serait Pharaon, et Meritaton, sa fille, régnerait à ses côtés. Mais entre Nefertiti et l'influence qu'elle eût pu exercer sur le couple royal, il y avait le Porteur d'Éventail et le Commandant de Toutes les Armées, deux hommes qui avaient su consolider au fil des ans leur lente ascension vers le pouvoir, et dont il ne faisait aucun doute qu'ils ne la laisseraient point agir à sa guise.

Et puis il y avait Toutankhaton. Il était là, tout près, qui dormait au cœur de son propre palais, petit Prince de huit ans dont les prétentions au trône étaient aussi fondées que celles de Smenkhara. Je pourrais l'épouser, songea-t-elle tandis que ses pieds la portaient sans bruit sur le frais carrelage, mais j'aurais besoin d'hommes forts derrière moi, des hommes qui sauraient neutraliser l'influence de mon père et d'Horemheb. Non. Si j'épousais cet enfant, ces deux-là feraient en sorte que je ne convoite pas d'autre couronne que celle qui m'appartient déjà, et que je marche bien sagement sur les pas de mon petit époux pendant qu'ils gouverneraient le pays. Mais j'ai trente-cinq ans. J'ai le droit de régner! Et si l'Égypte est mûre, je veux la cueillir. Je veux revenir au palais dans tout l'apparat dû à une Impératrice, et prendre enfin ce qui est à moi. Si Tii l'a fait, je peux le faire. Mais comment? Je me fane, ici. Chaque jour succède à la veille comme le goutte-à-goutte monotone de l'horloge à eau. Sans le soutien d'un homme fort, je ne suis rien. Où trouver un tel homme? Aucun courtisan ne m'aidera. Les servants d'Amon sont faibles et découragés. Horemheb doit s'occuper de l'armée...

Elle posa les mains sur ses yeux brûlants et sentit une panique monter en elle à la pensée qu'elle sombrerait lentement dans l'oubli, vague silhouette errant sans bruit dans les murs de sa prison dorée tandis qu'au-dehors passeraient les années et changerait l'histoire, encore et encore, sans qu'elle y fût pour rien. Non, se dit-elle, appuyée à la fenêtre. Autant me tuer! Tii était intelligente. Elle a vu sa fin toute proche. Elle avait tout tenté, il ne restait plus rien, et elle a saisi le moment... Mais ma vie à moi n'est pas finie, sans doute. Pas à trente-cinq ans! Faut-il que j'épouse Toutankhaton et que je tente ma chance? Je perdrais. J'ai trop d'ennemis qui s'allieraient à Smenkhara. Un homme fort, un prince...

Et brusquement, une solution lui apparut, si audacieuse qu'elle en eut des fourmillements sous les cheveux. Elle s'écarta de la fenêtre, et toute sa lassitude soudain s'envola. Oh, jamais! songea-t-elle, hors d'haleine. Je risquerais la mort si on le découvrait. Et puis je n'ai pas assez de temps. Le deuil d'Akhenaton a commencé, il ne reste que soixante-neuf jours avant que l'Héritier ne procède à l'Ouverture de la Bouche. Mais l'idée en elle prenait corps, et elle se surprit à sourire dans la pénombre. Essayons! décida-t-elle fébrilement. Cela vaut la peine. Sans quoi c'est le veuvage qui me guette jusqu'à la fin de mes jours, ou la corvée d'un maigre pouvoir de parade, sans réelle ivresse. Si je réussis, je peux du même coup circonvenir mon père et Horemheb, déshériter Smenkhara et faire en sorte que Toutankhaton reste à jamais un Prince. Je ne suis pas trop vieille encore pour avoir des enfants, des fils... Mais j'ai si peu de temps.

Elle courut aux portes, qu'elle écarta vivement. Le garde bondit sur ses pieds, le héraut jaillit du siège où il somnolait.

– Allez chercher mon scribe, ordonna-t-elle. Ainsi que le capitaine de ma garde. Faites vite!

Elle referma la porte et s'affala dans un fauteuil, faible de peur. Elle se versa un verre d'eau, l'avala d'un trait. Puis, rassemblant son courage, elle se rendit dans la salle d'audience, congédia les sentinelles qui en gardaient l'entrée. Lorsque le capitaine et le scribe s'inclinèrent devant elle, elle se tenait debout au pied du trône, toute raide et le cœur cognant à se rompre.

– As-tu assez de lumière? (Le scribe s'installa jambes croisées sur le sol et hocha la tête. Il mouilla sa plume dans l'encrier, attendit.) Parfait. Prends cette lettre. (Sa gorge serrée ne laissait couler qu'un rauque murmure.) « A Sa Majesté le Roi Souppiloulioumа, Souverain des Hittites. » Tu connais ses titres, ajoute-les... Ensuite, tu écris : « Mon époux est mort, et je n'ai pas de fils. La rumeur prétend que tes fils sont des hommes, à présent. Si tu consens à m'envoyer l'un d'entre eux, il deviendra mon époux, car je ne souhaite épouser aucun de mes sujets. » Comment dit-on « Reine » en acadien ?

– Dahamounzou.

– Signe « Dahamounzou ». Que regardez-vous, de cet air ahuri ? (Les deux hommes la dévisageaient avec stupeur, sans un mot.) Je sais exactement ce que je fais. Si Souppilouliouma satisfait ma requête, c'en est fini de la menace hittite ! Tu peux parler, capitaine.

– Mais, Majesté, ce sont nos ennemis ! s'écria-t-il. Un Hittite sur le trône d'Horus ?

– Oui. (Elle recouvrait son calme, maintenant que les mots fiévreux avaient quitté sa bouche.) Réfléchis ! Ce mariage mettrait un terme définitif au risque d'une invasion ! L'étranger n'aura pas de réel pouvoir en Égypte, puisque c'est moi qui gouvernerai ! (Sentant soudain ses jambes qui vacillaient, elle se laissa tomber sur le trône.) Allons, je n'ai pas à me justifier devant toi. Fais ce que je t'ordonne. Va porter toi-même ce message à Boghaz-keuoi, et ne confie à personne, en chemin, la nature de ta mission. Mais lorsque tu traverseras Memphis, prends bien garde. Horemheb maintient là-bas de nombreuses troupes qui surveillent le fleuve ainsi que la route du désert qui mène en Syrie. Si on t'interroge, réponds que tu dois transmettre à May des ordres de Smenkhara.

– Mais, Majesté, protesta le soldat, livide encore des mots qu'il venait d'entendre, notre armée marche en ce moment même sur les Hittites. Je risque de me trouver au cœur d'une bataille que l'Égypte est susceptible de gagner !

Je ne veux pas que l'Égypte gagne, songea froidement Nefertiti. Une telle victoire ferait d'Horemheb l'homme le plus dangereux du pays.

– Je ne pense pas que nos hommes aient encore affronté les Hittites, répondit-elle. Et même dans ce cas, et s'ils écrasent l'ennemi, les négociations que j'entreprends serviront simplement à garantir notre stabilité. Pars ce soir. Combien de temps te faut-il pour rejoindre Boghaz-keuoi ?

– Au moins trois semaines, Majesté.

Une angoisse tordit soudain le ventre de la Reine. Non, s'exhorta-t-elle. Je ne dois pas commencer à compter les jours, pas encore, sinon je deviendrai folle.

– Fais au plus vite. Emporte de l'or pour amadouer les Apirou du Sinaï et leur acheter des chevaux. Prends une escorte aussi, mais qu'elle soit discrète et ne se fasse point remarquer. Si tu réussis cette mission, soldat, je te promets la fortune et un rang plus prestigieux à mon service. Quant à toi, scribe, sache que ta langue sera tranchée et tes mains réduites en bouillie si tu souffles un seul mot de ce qui s'est passé ici ce soir. C'est bien compris ?

Il hocha la tête et lui présenta le papyrus. Après avoir pressé sa bague dans la cire chaude, elle le lança au capitaine.

– Cours donner tes ordres, lui dit-elle.

Et avant qu'il eût achevé sa révérence, elle avait quitté la salle d'un pas qui chancelait encore. Elle se glissa sous le drap, enfouie jusqu'au menton, et ferma les yeux. Le sommeil ne vint pas vite. Elle imagina le capitaine qui se dirigeait vers le quai où étaient amarrées ses canges. Il parlait au pilote à la lueur des flambeaux, embarquait enfin... Elle s'efforça à des pensées plus apaisantes. Les événements qu'elle venait de déclencher suivaient leur cours. Attendre, maintenant, attendre. C'était tout ce qu'elle pouvait faire.

Horemheb, pour sa part, avait également provoqué une situation irréversible, mais à la différence de Nefertiti, il ne cherchait nullement à distraire son esprit des conséquences probables de sa décision. Lorsque débuta le deuil du Pharaon défunt, période où par tradition seuls les actes officiels les plus urgents étaient réglés à la hâte tandis que ralentissait le rythme de la vie à la Cour, il se retira dans sa résidence afin de réfléchir à tout ce qu'impliquait pour l'Égypte l'ordre de mobilisation qu'il venait de lancer. Des dépêches lui étaient déjà parvenues des officiers qui pénétraient lentement en Syrie du Sud, et il les avait transmises à Ay, ainsi qu'il avait promis. Il eût aimé se trouver à pied d'œuvre parmi ses soldats, sachant qu'ils le respectaient pour ses qualités de chef, mais aussi parce qu'il ne dédaignait pas de partager avec eux les rudesses de la vie militaire : maigre nourriture, campement sommaire et marches forcées, harassantes, qui étaient le lot de la piétaille. Le moral des troupes serait plus bas en son absence. Sans doute penserait-on qu'il ne croyait pas vraiment à une victoire sur les Hittites, quelles que fussent les excuses qu'il avait données à ses officiers.

Pourtant, il n'osait pas s'éloigner de la ville avant le Couronnement de Smenkhara. En dépit des serments de confiance et d'amitié qu'il avait faits au Porteur d'Éventail, leurs relations se dégradaient un peu plus chaque jour. Ay ne croyait pas que l'Égypte pût être sauvée par les armes. A la vérité, il envisageait sans plaisir aucun l'ascension au sein du pouvoir d'une élite composée d'officiers, forts de leur victoire. Accoutumé à régler les crises par la voie diplomatique, il rendait l'échec d'Akhenaton dans ce domaine responsable du déclin de l'Empire, et préconisait une reprise des relations avec l'étranger qui était, selon lui, le seul moyen d'endiguer la menace hittite et de relever le pays. Horemheb, qui désapprouvait totalement cette attitude, jugea bon de s'incruster quelque temps auprès du nouveau Pharaon afin de défendre ses arguments en faveur d'une guerre d'escalade, au cas où le Porteur d'Éventail tenterait de fléchir son neveu à sa cause. Il semblait que le Prince ne se souciât en fait ni de l'un ni de l'autre, mais Horemheb ne voulait courir aucun risque.

Et tandis qu'il flânait au bras de Moutnodjme dans leurs jardins ou dînait avec elle sur la calme terrasse où se levait la lune, il songeait aux derniers entretiens qu'il avait eus avec Smenkhara ou Ay, et se demandait parfois s'il avait agi dans l'intérêt de son pays ou par simple frustration personnelle. Dans tous les cas, il était trop tard pour reculer.

Un après-midi qu'il observait, assis à l'ombre des sycomores, son épouse qui nageait gracieusement d'une rive à l'autre du petit lac de plaisance, on lui apporta une dépêche. La missive était étrangement longue, et lorsqu'il eut fini de la lire, il la parcourut de nouveau, lentement. Puis il la laissa tomber au creux de sa tunique et la contempla fixement. Il ne vit pas Moutnodjme nager vers lui. Une caresse fraîche le fit sursauter. Appuyée au rebord de marbre, menton posé sur ses mains en croix, elle l'observait.

– Tu es bien songeur, dit-elle. Ou est-ce la chaleur qui t'abrutit ? J'ai du mal à savoir, ces temps-ci. Peut-être es-tu amoureux ?

Il lui sourit.

– Pardonne-moi, Moutnodjme. Je suis fort préoccupé depuis que je suis ici.

– J'ai remarqué. (D'un mouvement très souple, elle se hissa sur la pierre. Une servante accourut, tendant une serviette, et Moutnodjme, bras levés, se soumit à ses soins. Puis elle s'assit sur la natte, près du siège de son époux, et commença à dénouer sa tresse d'enfant.) Si j'avais su à quel point tu serais préoccupé, je n'aurais pas annulé ces deux fêtes nautiques et cette croisière dans le Delta que je devais faire, pour le seul plaisir de rester avec toi... (Elle peigna du bout des doigts ses longues mèches ondoyantes et s'allongea sur un coude.) Un autre message, à ce que je vois. Mauvaises nouvelles?

Avec un soupir, il posa le papyrus dans l'herbe et s'étendit près de son épouse. Il sentit contre son bras sa hanche froide.

– De nombreux soldats souffrent de la fièvre à Jérusalem, dit-il, mais ce n'est pas le plus grave. Si l'on en croit nos éclaireurs, en plus des Hittites qui font route vers le sud, les Assyriens se rapprochent de la Syrie du Nord. Si j'ordonne à l'armée de poursuivre son avancée vers le nord, elle devra les vaincre avant d'attaquer les Hittites. Si je lui ordonne d'attendre et que les deux armées ennemies s'affrontent, nous devrons nous mesurer à celle qui aura vaincu l'autre.

Moutnodjme hocha la tête.

– Je suppose que les Assyriens ont encore l'intention d'envahir le pays d'Amki. Chaque fois qu'il y a un conflit entre les grandes puissances, ils profitent de la confusion pour tenter de nous arracher l'Amki. Que vas-tu faire, Horemheb? Ordonner à tes officiers de rester où ils sont et de laisser les autres s'entretuer?

– Si nos troupes continuent à avancer, elles devront reprendre l'Amki avant l'arrivée de Souppilouliouma. (Il lui caressa la jambe, doucement, mais ses pensées étaient ailleurs.) Franchement, Moutnodjme, je commence à craindre qu'Ay n'ait raison. Notre armée est indolente, mal entraînée, et incapable, sans aucun doute, d'une telle manœuvre. Je pense que je vais lui ordonner de progresser encore un peu, jusqu'en Rethennou, et ensuite d'attendre.

Elle s'assit et se tourna vers lui.

– Horemheb, que feras-tu si l'Égypte est vaincue? demanda-t-elle tranquillement. Il est certain que ta crédibilité à la Cour en serait gravement compromise, et bien faibles alors tes chances d'influencer Smenkhara.

Il écarta le torrent de ses cheveux humides et posa un baiser sur ses lèvres.

– Chaque problème en son temps. Pour l'instant, je vais aller dicter un message à mon second. (Il ramassa le papyrus et se leva.) Tu devrais peut-être rendre visite à des amis ce soir, ou traverser le fleuve et passer la soirée avec tes parents. Je sais que je ne suis pas de très joyeuse compagnie.

Elle se mit à rire.

– Je crois bien que je n'aurai jamais le courage de me faire vêtir et farder! Je vais commander un repas que nous prendrons ici, au bord du lac, tous les deux. Va, Horemheb. J'ai envie de nager encore un peu.

Il l'entendit qui plongeait dans son dos comme il s'éloignait. Que ferai-je si l'Égypte est vaincue? se répéta-t-il en glissant dans la fraîcheur de la maison. Il n'envisagea aucune réponse.

L'Horizon d'Aton observa dans la sérénité cette période de deuil royal. La moisson était engrangée, et tous s'apprêtaient à endurer l'aride canicule du plein été. De petites foules s'assemblaient encore dans l'avant-cour brûlante du Temple tandis que Meryra, au cœur du sanctuaire, présidait au rituel. Mais la solennité des gestes et des chants manquait singulièrement d'ardeur. L'homme qui s'était tenu entre l'Aton et son peuple, qui avait ordonné que chaque prière lui fût adressée afin qu'il la transmît au Dieu, cet homme était mort. La cité, elle aussi, semblait dépouillée de son essence comme si, bâtie dans un but unique, vaste châsse dédiée à la seule incarnation du Dieu, elle ne pouvait plus exister sans la présence de celui qui en avait fait l'œuvre bien réelle de ses visions, et sans l'adoration exclusive de ses habitants. Déjà, au coin des rues, auprès des petits autels dédiés à l'Aton, apparaissaient d'autres tables d'offrande où les gens du peuple, en même temps que le Dieu du Pharaon défunt, s'en venaient adorer les divinités anciennes. Les repères familiers semblaient avoir disparu soudain, et l'impression de bouleversement qui en résultait était plus vivace que celle qui suivait d'ordinaire tout changement d'administration. L'Horizon d'Aton vacillait sur ses bases.

Dans les murs du palais, cependant, nombre de courtisans poursuivaient matin et soir leurs dévotions à l'Aton – mais non point tant par habitude que par souci de leurs intérêts. L'Héritier n'avait pas encore fait savoir quel Dieu l'inspirait vraiment. Serait-ce l'Aton, serait-ce Amon? Smenkhara semblait indifférent au problème. Il passait auprès de Meritaton les longues journées torrides. Inséparables, les deux jeunes gens s'efforçaient de faire renaître le bonheur qu'ils s'étaient donné l'un à l'autre jadis. Avec une application vaguement honteuse, ils appelaient, comme pour une prière incantatoire, les souvenirs joyeux de leur enfance, mais l'amour qui les avait unis alors était empreint d'innocence, et sa fragile beauté n'avait su résister aux ravages qu'ils avaient subis tous deux entre les mains d'Akhenaton. Le bonheur d'un amour adulte leur était à jamais interdit.

L'atmosphère de confusion paisible qui planait sur la ville et le palais n'atteignait pas Nefertiti. Malgré la résolution qu'elle avait prise de tromper par mille divertissements son attente, elle émergeait tous les matins d'un enfer de cauchemars, les muscles déjà raidis d'angoisse et le corps trempé de sueur. Elle se maudissait alors de cette initiative qu'elle jugeait aussi périlleuse que précipitée. Mais le plus souvent, lorsqu'elle envisageait l'avenir auquel elle se fût condamnée sans cela, aussi prévisible et morne qu'un lever de soleil, elle se réjouissait d'avoir mis son plan à exécution. Le jour, assise à sa fenêtre, elle buvait en regardant la verdure qui languissait dans la fournaise des terrasses, et ses yeux brûlaient, parfois, tant elle scrutait, pendant des heures, le fleuve où devait poindre la cange du capitaine. Lorsque tombait la nuit, elle assistait au coucher de Toutankhaton, déambulait dans ses jardins ou restait allongée sur sa couche tandis que ses danseurs mâles tissaient pour elle des pas majestueux au son des minuscules cymbales qui vibraient à leurs doigts. Elle se délectait alors du spectacle de leurs tailles nues, ourlées de fleurs, mais sous les ondes de sensualité que les jeunes gens éveillaient en elle, il y avait toujours cette angoisse glacée qui ne lui laissait aucun répit. Son capitaine avait été intercepté et on la laissait se morfondre... Souppilouliouma l'avait assassiné... Ou bien, égaré dans le désert, il était mort de soif... La chute régulière des gouttes dans l'horloge à eau lui était un supplice. Elle portait sa douleur au creux de l'estomac et grignotait, sans plaisir, de rares nourritures.

Six semaines environ après le départ du capitaine de sa garde, Meryra l'éveilla d'un sommeil léger. Elle sursauta, l'esprit aussitôt en alerte.

– Il est de retour, murmura le majordome. Dois-je le faire attendre dans la salle d'audience ?

– Non. Congédie mes femmes. (Elle écarta le drap et se leva, les deux mains sur son cœur qui battait la chamade.) Qu'il vienne ici, tout de suite.

L'homme s'inclina et disparut dans l'ombre. Nefertiti alluma elle-même la lampe de chevet puis, cherchant à tâtons sa robe de nuit, elle la glissa par-dessus sa tête. Ses doigts tremblaient. Je devrais peut-être m'habiller, me farder, mettre une perruque, songea-t-elle dans son affolement. Je n'ai même pas demandé si le capitaine était seul. Oh! Dieux, comme j'ai peur!

Elle se raidit en attendant l'entrée du soldat, puis le vit qui tombait à genoux, se prosternait, rampait enfin pour baiser ses pieds nus. D'une voix étranglée, elle lui ordonna de se relever.

– Où est-il? articula-t-elle avec effort. M'as-tu ramené un des Princes? Que s'est-il passé?

– Altesse, je ne suis pas un diplomate, lui dit-il tout bas. Je n'ai pas su trouver les mots qui auraient donné plus de poids à ton message. SouppiloulIouma doute de son authenticité. Il croit que l'Égypte veut un otage. Il t'envoie son majordome afin de savoir exactement de quoi il retourne. Nous avons eu bien du mal à éviter les patrouilles d'Horemheb à la frontière et à traverser Memphis de nuit sans que l'on remarque notre embarcation. Nous sommes tous deux très fatigués.

Une fureur amère envahit le cœur de la Reine.

– N'as-tu pas fait sentir aux Hittites combien l'affaire était urgente? Si le Prince n'arrive pas avant les funérailles d'Akhenaton, tout est perdu! Où est-il, ce majordome?

Le soldat s'inclina vers la porte. Elle vit alors une ombre géante se détacher de la nuit, glisser vers elle dans la frêle lumière.

– Je suis Kattousaziti, chambellan de SouppiloulIouma le Suprême, prononça une voix douce et profonde. Es-tu Dahamounzou Nefertiti?

– Oui.

Il fit un bref salut, et un instant ils se dévisagèrent. Il a l'air d'un brave, songea Nefertiti, les yeux levés vers la face tannée, vigoureuse, que masquaient en partie une barbe et de longs cheveux noirs, soigneusement huilés. Du cran, oui, sans doute. Après tout, il pourrait s'agir d'une conspiration, et dans ce cas, il risque sa tête. Et quelle tête! Est-ce que tous les barbares d'Asie engendrent des guerriers de cette envergure?

– Mon Roi pensait que tu étais morte, dit-il enfin. Le sceau du message était bien le tien, nous l'avons reconnu, mais n'importe qui aurait pu utiliser ton cartouche.

– Mon époux s'est efforcé de me tuer, en effet, sans toucher à mon corps, répondit-elle amèrement. Il a fait marteler toutes les inscriptions qui glorifiaient mon nom, mais comme tu le vois, je suis bien vivante.

Elle retira sa bague et la lui tendit. Il la scruta, puis la posa sur la paume que la Reine tenait ouverte devant lui.

– Dans ce cas, Majesté, pourquoi négocies-tu dans un tel secret avec mon souverain ? Tu dis que tu n'as pas de fils. Mon Roi ignore si c'est la vérité. Mais si cela est, qui sera le futur Pharaon, et pourquoi désires-tu mettre un Hittite sur le trône ?

Elle l'invita à s'asseoir et s'installa sur la couche.

– Capitaine, commande des rafraîchissements, cria-t-elle. (Elle regarda l'étranger dans les yeux.) Si mon plan échoue, le frère de mon époux sera paré de la Double Couronne. C'est un incapable. S'il savait que j'entretiens une correspondance avec ton maître, il me ferait arrêter sur-le-champ. Avec un tel homme à sa tête, l'Égypte perdra la guerre contre ton peuple, c'est certain. Si j'épouse l'un de vos princes, en revanche, nous épargnerons à nos deux nations l'hémorragie de vies humaines et d'or que ne manquerait pas de provoquer un conflit à grande échelle. L'Égypte deviendra vassale des Hittites et, tout en continuant à gérer ses affaires intérieures, paiera son tribut à Souppilouliouma.

– Quelle garantie avons-nous que tes adversaires ne l'assassineront pas dès son arrivée ? Tu acceptes, je suppose, qu'il soit escorté par des guerriers hittites ?

On disposa des mets et des boissons devant eux, et Nefertiti apprécia la diversion. Elle n'avait pas prévu ce genre de détails pour le moins fâcheux que son plan risquait d'engendrer. Elle eut un frisson et regretta soudain d'être là, clouée sous le regard trop vif de ce guerrier ennemi dont la franche vitalité la rapetissait sur sa couche. Elle se força à sourire.

– Seul le commandant Horemheb est capable d'opposer une résistance. Smenkhara boudera un peu, mais au bout du compte, tous seront soulagés de voir l'Égypte libérée de la menace hittite.

Il y eut un éclair de surprise dans les yeux de l'homme, puis une lueur étrange et fugitive, où elle crut lire de la dérision. Elle leva sa coupe. Il tendit la main aussitôt vers la sienne.

– Si mon souverain accepte de confier l'un de ses fils à l'Égypte, il exigera, comme gage de ta bonne foi, la présence de soldats hittites en Akhetaton. Un Roi n'est jamais puissant, après tout, que par le soutien des hommes qui l'entourent.

– C'est peut-être vrai en ce qui concerne les souverains de ton pays, mais non en Égypte. Dès qu'il reçoit la Couronne, Pharaon est un Dieu, et rien ni personne ne peut menacer son pouvoir divin.

Il sourit, exhibant une rangée de crocs blancs, mal plantés, qui scintillèrent furtivement dans la pénombre, et une fois encore, une expression de mépris discret froissa les plaies et bosses de son visage.

– Un Hittite élevé au rang d'un Dieu ? Exaltante perspective, en vérité ! Est-ce uniquement parce que ton époux était un Dieu que son peuple a supporté si longtemps son incompétence ?

La familiarité du ton la blessa. Elle rétorqua froidement :

– Un étranger ignorant de nos coutumes ne peut comprendre, à l'évidence, les subtilités du Maât ! C'est l'un des points que j'enseignerai au Prince que m'enverra ton maître.

– Cela, par contre, je le comprends. (L'humilité de sa voix était un rien moqueuse.) Je vais retourner auprès de mon Roi et lui faire part de tes intentions.

– Pars cette nuit même. (Elle se leva et il se dressa à son tour, poliment.) La méfiance de Souppilouliouma nous a fait perdre un temps précieux. Si je n'ai pas d'époux dans le mois qui vient, nous ramperons tous aux pieds de Smenkhara, et une fois qu'il sera couronné, seule sa mort laissera le trône vacant pour un autre. Meryra va te conduire dans une chambre où tu pourras te reposer un peu cependant que je dicterai une lettre à ton Roi. Un ambassadeur t'accompagnera, cette fois. Tu peux te retirer.

Il inclina sa tête léonine et tourna les talons. Puis, comme si une idée lui revenait soudain, il pivota de nouveau vers elle.

– Puis-je encore dire un mot ? (Elle hocha la tête.) Il se peut que les messagers d'Égypte voyagent moins vite que les espions de la Reine. Aussi la Reine ignore-t-elle sans doute que mon Roi a repoussé les attaques de l'armée égyptienne et s'est emparé du pays d'Amki. Il n'y a pas eu, à proprement parler, de bain de sang, mais la déroute fut spectaculaire. Dors bien, Majesté.

Il disparut du cercle de lumière, et elle ne sut qu'il était sorti qu'au faible cliquetis de la porte qui se refermait. Meryra était rentré et attendait les ordres. Nefertiti prit soudain conscience de l'atroce migraine qui tenaillait son crâne, de ses mains pressées contre ses joues brûlantes. Elle baissa les bras. Ainsi, l'Égypte était vaincue ! Elle devait s'en réjouir, elle le savait, car le pouvoir d'Horemheb en serait affaibli et tous les Égyptiens lui sauraient gré d'avoir su leur éviter l'invasion qui, sans elle, s'ensuivrait inévitablement. Son cœur pourtant ne répondit pas à l'exaltation de ses pensées. Un malaise l'envahissait, fait de honte et de tristesse, d'orgueil blessé devant l'humiliation de son pays, d'aveugle fureur à l'égard de son époux défunt, qui les avait tous trahis. Tournant le dos à son serviteur, elle étouffa une envie de hurler. *L'Égypte n'est qu'un troupeau de bêtes de somme dont les yeux vides, fixés sur leurs maîtres, quêtent l'ordre qui dirigera leurs pas,* se souvint-elle. Oui, ce peuple-là, sans doute, accorderait plus d'importance à sa propre sécurité qu'à l'amour intangible qui le liait à son bout de terre, à son fleuve. Elle refoula sa douleur et regarda Meryra.

– Je ne peux plus faire d'erreurs, dit-elle. Il me faut un ambassadeur, un homme qui aimait mon époux et me soit dévoué, un homme qui ne se réjouisse pas à la pensée de servir un Pharaon dont la fidélité à l'Aton est plus que douteuse. Qu'il soit discret, aussi, et sache garder un secret.

Meryra réfléchit un instant, puis suggéra le nom de Hani, « serviteur loyal et soucieux de ses ambitions », en ajoutant qu'un peu d'or et la promesse d'un titre glorieux garantiraient le succès de son entreprise. Lorsque ce point fut réglé dans tous ses détails, la Reine dicta son message.

– Écris toi-même, dit-elle à Meryra. (Il s'assit, palette en mains, sous la lampe.) « A Souppilouliouma. » Tu ajoutes ses titres... « Ton chambellan Kattousaziti me rapporte que tu me croyais morte et que tu doutes du fait que je n'aie point de fils. Pourquoi m'accuses-tu de t'avoir menti ? Celui qui était mon époux est mort, et je n'ai de lui aucun enfant de sexe mâle. Si j'avais un fils, clamerais-je à la face du monde ma détresse et celle de mon pays ? Sois assuré que je n'ai écrit à aucun autre souverain que toi. Si tu as, ainsi qu'on le dit, un grand nombre de fils, donne-m'en un, je te prie, afin qu'il devienne mon époux et règne en Égypte ! »

Elle eût voulu ajouter d'autres mots que ceux que lui dictait son amertume, mais elle se tut et, après avoir scellé le papyrus, congédia le majordome. La chambre exhalait une mélancolie grisâtre des heures d'avant l'aurore. Avec le geste las d'une vieille habitude que l'on méprise mais ne peut rompre, elle tira un siège devant la fenêtre, bien qu'au-dehors, il n'y eût rien à voir encore que la nuit.

25.

Peu de temps après, Horemheb reçut une dépêche de May. Les sentinelles du désert qui surveillaient la frontière syrienne avaient intercepté un petit groupe de voyageurs venant d'Égypte. Parmi eux se trouvaient un ambassadeur égyptien et un étranger qui prétendait retourner dans son pays, à Canaan, afin d'y conclure une vente de grains qu'il venait de négocier. Pendant que les deux hommes se reposaient, May avait fait fouiller discrètement leurs affaires. Puis, ne sachant pas si la missive de Nefertiti dénichée dans l'escarcelle de l'ambassadeur était affaire officielle ou privée, il les avait laissés repartir, non sans avoir pris une copie du papyrus, qu'il expédiait par le même courrier à son commandant. Ay accourut horrifié, dans le bureau d'Horemheb. Puis, l'instant de stupeur passé, le soldat et le vieux ministre débattirent longuement de la suite à donner à cette sombre affaire. Smenkhara avait été averti. Ils s'en furent le trouver.

Le jeune homme était nu, et seul un ruban bleu taché de sueur ceignait son front. Avachi sur le trône de la salle d'audience, dans un nid de coussins, il avait posé un talon au bord du siège, et son bras livide pendait sur son genou. Ils s'inclinèrent brièvement, puis attendirent qu'il prît la parole. Un grand nombre de lampes brûlaient dans la pièce déjà torride, mais l'Héritier semblait aussi indifférent à la chaleur qu'au parfum âcre qui s'en exhalaient.

– Eh bien, mon Oncle, railla-t-il enfin, il semble que ma royale cousine ait passé cette fois les bornes de sa stupidité! Y a-t-il une seule raison qui s'oppose à ce qu'elle soit tuée ou condamnée à l'exil pour ce forfait ? Peut-être pourrions-nous l'expédier chez les Hittites, puisqu'elle semble si friande de leur compagnie!

Ay s'apprêtait à répondre, mais Horemheb intervint, très vite :

– Altesse, cela ne servirait à rien de mettre la Reine à mort. Nous proposons que des sentinelles soient postées en Syrie du Nord et qu'une embuscade attende l'étranger lorsqu'il franchira la frontière, ainsi qu'il est probable. Si nous nous y prenons bien, même Souppiloulouma ne pourra accuser directement l'Égypte du meurtre.

– Cela ne servirait à rien? coupa violemment Smenkhara. (Sa voix grimpait dans les aigus, et la main qui tombait sur son genou se crispa soudain). Ma mère m'a promis la Double Couronne. Elle me l'a promise! Le trône me revient de droit, et Nefertiti voulait me l'arracher!

Ay observa la rougeur qui fulgurait sur ses longs traits, l'affolement qui gagnait la poitrine creuse. Il n'osa pas croiser le regard d'Horemheb, mais il sut que le capitaine avait perçu comme lui, dans le ton de ces mots, l'écho d'Akhenaton. Une brève complicité unit à cet instant les deux hommes, et comme s'il l'avait senti, le Prince passa la main, d'un geste rapide et presque apeuré, sur la peau rasée de son crâne.

– Je suppose que c'est sans importance, reprit-il d'une voix plus calme. Dans peu de temps, Akhenaton sera inhumé et je serai Pharaon. Que pourra faire alors ma cousine ? (Il se pencha légèrement en avant, dévisagea d'un œil froid ses interlocuteurs.) Vous savez, n'est-ce pas, que si vous assassinez l'étranger, vous devrez tuer aussi tous les membres de son escorte, ainsi que l'ambassadeur de Nefertiti ? Sans quoi Souppiloulouma saura tôt ou tard ce qui s'est passé.

Horemheb hocha la tête.

– Je me charge de ces détails, Altesse.

Smenkhara tourna vers son oncle un œil narquois.

– Le Porteur d'Éventail a-t-il quelque objection à formuler?

Ay s'inclina.

– Aucune, jeune Horus.

Le Prince déplia son corps et se leva. Puis, sans un regard, il disparut à grands pas dans l'ombre du fond de la pièce. Ay eut un long soupir. Horemheb lui souriait d'un air moqueur.

– Eh bien, dit-il, cela nous ramène dix ans en arrière, non?

– Prends des cavaliers, répondit Ay, sans relever l'allusion. Et travestis-les en nomades Apirou. Nul n'ignore combien les routes du désert sont dangereuses par les temps qui courent... Nous réussirons peut-être, après tout.

– L'idée est excellente! (Le regard d'Horemheb s'était éclairci soudain.) Veux-tu une copie des ordres que j'envoie à May?

– Non. Fais-moi simplement prévenir quand tout sera fini.

Ay parvint à esquisser un salut poli. Il tourna les talons et s'éloigna à pas lents. Jamais il ne s'était senti à ce point fatigué.

La période du deuil officiel s'achevait. Jour après jour, clouée à sa fenêtre, Nefertiti fouillait du regard, sans un mot, l'argent brûlant du fleuve au pied de ses terrasses. Le soir, elle observait l'étincelle des flambeaux qu'elle avait fait planter le long des berges. Elle émergeait à l'aube de sommes courts et troublés, les yeux injectés de sang, douloureux, les doigts tout tremblants déjà d'une angoisse qu'elle ne parvenait plus à maîtriser. Lorsqu'on lui adressait la parole, elle répondait par des injures agacées ou des pleurs qui enflammaient plus encore ses prunelles. Son médecin prescrivit un onguent qui lui collait les cils et l'obligeait à agiter constamment le chasse-mouches afin d'écarter les insectes que l'odeur forte attirait. Mais la pommade était fraîche et, pour quelques heures du moins, la soulageait un peu. Elle ne quittait son poste de guet que pour s'étendre, la nuit, sur sa couche. Personne ne venait plus la voir. Même Toutankhaton, enfant placide et doux, s'était lassé de ses cris, et restait à jouer dans ses appartements ou dans la paix des jardins vides. Nefertiti savourait sa solitude et lui trouvait un goût amer.

Au matin des funérailles de son époux, elle se traîna jusqu'à sa table à cosmétiques et s'y fit peindre. Dédaignant l'onguent, elle voulut porter du khôl, mais il fallut laver plusieurs fois son visage, tant ses yeux suintaient. Rien n'était perdu encore. Le prince hittite pouvait arriver. Le retard s'expliquait aisément : des chevaux éclopés, la nécessité d'un détour pour éviter les sentinelles... Peut-être approchait-il en ce moment même d'Akhetaton. A cette pensée, elle ouvrit les yeux et son cosméticien, étouffant une exclamation, saisit de nouveau le linge humide. Smenkhara ne serait couronné que le lendemain. Il restait des heures encore, et chaque heure pouvait lui apporter la délivrance. Elle sentit qu'on posait sur sa tête la lourde perruque, le diadème au cobra et le filet d'or tressé de lapis-lazuli.

Dans son dos, debout et silencieuses, ses femmes apprêtaient le fourreau de lin bleu, les sandales d'or, la cape diaphane dont elles allaient la vêtir. Dehors, sous le soleil qui déjà flamboyait, sa cange cognait contre le quai dont chaque tache de couleur, chaque ligne lui étaient devenues aussi familières que son propre visage.

– Il me faut du vin, bredouilla-t-elle, tandis que ses yeux recommençaient à couler.

Un esclave s'agenouilla aussitôt, offrant un gobelet d'argent. Elle but d'un trait, sans plaisir. Moi seule ai déclenché ce tourment, songea-t-elle, et je ne peux l'arrêter! Elle tourna le visage vers son cosméticien, attendit qu'il eût essuyé les traînées de khôl qui zébraient ses joues. Quand vint l'heure de partir enfin, trop faible pour marcher seule, elle dut s'appuyer au bras de ses femmes.

Nefertiti garda baissés les rideaux de son palanquin tout au long de la route qui la conduisait vers la lisière orientale de la ville où se formait la procession funéraire. Elle entendit les cris des hérauts et des soldats qui écartaient devant elle la multitude des badauds qui tentaient, frénétiquement, de l'apercevoir, mais elle n'avait aucun désir de satisfaire leur curiosité, non plus que de revoir le foisonnement de palais et de jardins où elle avait eu tant de bonheur jadis. La rumeur s'apaisa comme l'escorte s'éloignait du centre de la ville. Elle souleva les tentures, abrita ses yeux du rayonnement furieux du soleil sur le sable. Le chef du Protocole vint vers elle et, après une révérence, indiqua aux porteurs la place qui lui était réservée derrière le sarcophage. Meritaton et Ankhesenpaaton se détachèrent de leur escorte. Elle se pencha timidement tandis que ses filles s'agenouillaient, en larmes, pour l'embrasser. Elle les serra un instant sur son cœur puis, indiquant d'un signe à son majordome qu'elle désirait poursuivre sa route, elle se rencogna dans ses coussins et baissa les rideaux. La procession s'étira dans le désert, en direction du tombeau que Pharaon s'était choisi, dans un creux de l'aride falaise. Derrière elle sanglotaient les fillettes et, plus loin, les pleureuses lançaient au ciel leurs lamentations, mais nul chagrin n'était en elle, tant elle avait pleuré déjà, et depuis longtemps, la perte de l'époux aujourd'hui défunt.

Akhenaton avait composé le rituel de ses propres funérailles, tout empreint de la joie et des louanges à la beauté que lui avait inspirées son Dieu. Les mots que psalmodiait Meryra, les pas ordonnés aux danseurs du Temple, les ondes musicales qui flottaient dans l'air tranquille, tout évoquait la grandeur et la majesté pathétique de la période qui venait de s'achever. L'assistance était émue. Et même les nombreux ennemis que le défunt comptait parmi ses courtisans oublièrent un moment le souverain qui les avait entraînés avec lui dans les errements de son illusion, pour ne se souvenir que de l'homme de bien qu'il était, qu'il eût tant voulu être.

Au cours des cérémonies, Nefertiti siégea sous son dais, se détournant de temps à autre pour offrir le visage aux soins discrets de son cosméticien. Elle s'efforçait de dissimuler le tremblement de ses mains, et comme malgré elle, son regard volait sans cesse au point où la ravine s'écartelait sur le désert et où elle croyait deviner la présence du fleuve au loin, invisible. Mais le sable miroitait dans la chaleur, la roche frissonnait, et nul signe de messager ne croisait l'horizon.

Smenkhara s'avança pour procéder à l'Ouverture de la Bouche. C'était l'instant solennel de la cérémonie où tous les yeux se tournaient vers l'Héritier. Pourtant, peu à peu, Nefertiti eut l'impression que des regards se fixaient sur elle. Je me trompe, c'est mon imagination, pensa-t-elle alors. Mais comme elle scrutait la foule sous ses paupières à demi baissées, elle vit son père qui l'observait de cet air un peu somnolent qui indiquait toujours chez lui, elle le savait, une pensée en alerte et, non loin, le franc regard glacé d'Horemheb rivé à son visage. Un flot de terreur, âcre et sec, lui monta à la gorge. Il lui fallait du vin, tout de suite. Elle tourna les yeux vers Smenkhara à l'instant où il tendait au Prophète le poignard sacré, et lui aussi sembla la regarder. Soudain, elle crut sentir sur elle tous les regards de l'assistance qui la poignardaient sur son siège, hostiles, accusateurs. Des filets de sueur coulèrent lentement sur son visage. Elle baissa les yeux, s'efforçant de ne rien révéler du malaise qui s'emparait d'elle. Une douleur aiguë se ficha au creux de son estomac. Elle y porta les deux mains, réprimant une plainte. Je ne dois pas leur montrer, songea-t-elle confusément dans sa panique. Si je m'enfuis, ils me mépriseront davantage. Mais alors même que les mots se formaient dans sa tête, elle se retrouva debout, chancelante.

– Que regardez-vous, misérables manants? hurla-t-elle. Je suis votre Reine! Détournez de moi vos yeux impies!

Meryra cessa de chanter, et le rituel vacilla. Maintenant, oui, tous les regards étaient sur elle, emplis de stupeur. Les pleurs brouillèrent

sa vision. Elle sentit une main qui enserrait fermement son bras.
– Calme-toi, Majesté, souffla à son oreille la voix de sa demi-sœur. Veux-tu donc qu'ils te croient folle ?

Elle s'écarta de Moutnodjme, mais une autre main, très douce, effleura son épaule. Sans ouvrir les yeux, elle devina la présence de Tey.

– Je veux rentrer chez moi, murmura-t-elle dans le silence ébahi qui l'environnait.

Moutnodjme interrogea son époux du regard. Horemheb hocha la tête puis, d'un mot sec, ordonna à Meryra de poursuivre. Très vite, Moutnodjme et Tey conduisirent Nefertiti jusqu'à son palanquin, parmi la foule qui chuchotait. La Reine entrevit Toutankhaton, étincelant de jaspe et de lin blanc, avec sa mèche noire d'enfant tressée de rubans bleus, qui l'observait d'un air surpris. Ankhesenpaaton fit un pas vers sa mère, mais Ay la retint. Le visage tout froissé de chagrin, Meritaton resta collée au flanc de Smenkhara.

– Fais-toi masser et couche-toi, dit Tey d'une voix apaisante, tandis qu'elle tenait ouverts les rideaux du palanquin. Je porterai tes fleurs dans le tombeau. L'isolement ne te vaut rien, Majesté. Viens chez ton père ce soir. Le deuil est fini. Il y aura de la musique et des danseurs. Tu te sentiras mieux.

Nefertiti se tamponna les joues et détourna les yeux.

– Je ne me sens pas assez bien, grommela-t-elle, furieuse d'avoir perdu son sang-froid et sa dignité. Plus tard peut-être, Tey.

Tey s'inclina aimablement et laissa tomber les tentures. Le palanquin s'ébranla. Nefertiti entendit les incantations s'élever de nouveau puis s'évanouir peu à peu comme les porteurs s'éloignaient de la falaise et bifurquaient en direction de la ville. Folle de honte, elle se recroquevilla dans les coussins, le visage au creux des mains. Le Hittite n'était pas venu. Akhenaton gisait dans sa tombe. Elle avait échoué dans son désir farouche de sauver quelque chose de sa vie, et de longs pleurs brûlants ruisselèrent entre ses doigts.

Peu après le coucher du soleil, on annonça à Nefertiti que son père demandait à être reçu. Elle avait fait déplacer sa couche de façon à pouvoir, appuyée à des coussins, regarder par la fenêtre, même si toute vigilance était vaine désormais. Elle jouait nonchalamment avec ses bagues dans la douce lumière rosée du soir lorsque le vieil homme la salua, le souffle court. Elle l'invita à s'asseoir.

– Je grimpais ces escaliers en courant, autrefois, siffla-t-il. Aujourd'hui, on a dû me porter en litière jusqu'à la terrasse. Le temps est cruel, Majesté.

Elle l'observa du coin de l'œil, mais la face rougeaude où glissaient des fils de sueur était sans malveillance.

– Si tu viens t'enquérir de mon état, dit-elle, sache que je vais mieux. C'était la chaleur, et le chagrin aussi.

– Ah! (Il hocha la tête d'un air compréhensif.) L'incident est fâcheux mais que cela ne te tourmente pas, Nefertiti. Chacun sait combien tu étais dévouée à Osiris Akhenaton, malgré le sort injuste qu'il t'a imposé.

Une fois encore, elle scruta le visage de son père, y vit l'ombre d'un bon sourire.

– Il n'apprécierait guère de s'entendre dénommer Osiris, sourit-elle à son tour. Mais je l'aime assez, Père, pour espérer que l'Aton lui accordera les récompenses qu'il mérite.

Elle s'adossa et ferma les yeux, résistant furieusement à l'envie de se frotter les paupières.

– Puis-je t'offrir quelque chose ? murmura-t-elle. C'est si agréable d'avoir de nouveau des raisins et des grenades, et les melons sont énormes, cette année. Mes greniers sont pleins. Étrange période pour des funérailles...

– Je n'ai pas faim, merci, Majesté.

Elle perçut une hésitation dans sa voix. Elle ouvrit les yeux, tourna la tête vers lui sur l'oreiller.

– Tu n'es pas venu pour prendre des nouvelles de ma santé et bavarder de la dernière récolte, n'est-ce pas ? Qu'y a-t-il, Père ?

Il s'inclina dans le dernier rayon de lumière rouge qui balayait la couche.

– Puis-je congédier tes femmes ?

– Bien sûr.

Il donna un ordre et les suivantes, après avoir ramassé leurs jeux et leurs bibelots, sortirent une à une. Ay se tut un moment encore, mains jointes sous le menton, et Nefertiti, voyant se fermer à demi ses paupières, se crispa soudainement. Il replia les mains.

– Je vais retirer Toutankhaton du palais du nord, dit-il. Il est le seul enfant mâle issu des reins d'Akhenaton, et doit recevoir à ce titre l'éducation qui convient.

– Je vois, répondit-elle lentement, sans quitter son père des yeux.

Mais n'est-il pas trop tôt encore pour supposer que Smenkhara et ma fille n'auront pas de fils? Ils sont jeunes. Ils peuvent avoir de nombreux enfants, des fils qui auraient droit au trône.

Ay soupira.

– Je ne peux me permettre d'attendre. Il faut tout prévoir. Si Smenkhara avait accédé au pouvoir à une autre époque, au temps où l'Égypte était puissante et sûre de son administration, son caractère aurait eu peu d'influence dans la gestion du pays. Mais il est capricieux, irascible et faible. Il ne tentera rien pour mettre un peu d'ordre dans le chaos que nous a légué ton époux. En outre, il s'entoure de jeunes courtisans avides de richesses mais non de responsabilités. (Il se tut. Le crépuscule glissait dans la chambre, et Nefertiti ne distinguait plus très bien les traits de son père.) Le pays se rendra compte bientôt que Smenkhara est incompétent, et qu'il ne reste auprès de lui aucun ministre susceptible de former un gouvernement digne de ce nom. Le maigre espoir qui a rejailli à la mort de ton époux s'éteindra bientôt. Et c'est dans de telles périodes, tu ne l'ignores pas, que les chacals s'attroupent – assassins affamés de pouvoir, ambitieux sans scrupules. Si Smenkhara meurt ou est assassiné, il convient que son successeur soit prêt aussitôt à prendre la relève.

Nefertiti jouait avec ses bagues éparpillées sur le drap.

– Je vois que tu as longuement réfléchi au problème, dit-elle sèchement. Mais qu'est-ce qui te fait croire que Toutankhaton conviendra à l'Égypte? N'est-il pas le souvenir vivant de cette malédiction que ma tante a précipitée sur nous en épousant son fils?

Elle chercha une réaction sur le visage d'Ay, mais n'entrevit plus que l'ovale gris de sa tête.

– Je l'élèverai dans la tradition, le respect d'Amon et l'amour des vrais Dieux du Royaume. Si Smenkhara disparaît, il incarnera le Maât et l'ordre ancien, le retour à une Égypte saine et prospère.

Nefertiti tourna ses regards vers la fenêtre. Plus bas, sur le quai où était amarrée sa cange, les torches crachaient des feux orange qui se brisaient dans les ondulations du Nil.

– Et Horemheb? demanda-t-elle tout bas. Tu le crains, n'est-il pas vrai? Tu redoutes qu'il ne domine Smenkhara, et le petit Prince aussi, peut-être, et qu'un jour il ne devienne régent. C'est un homme de grande ambition. Qui sait s'il ne caresse pas, en secret, des projets plus grandioses?

Ay disparaissait à présent dans la nuit. Elle ne percevait plus de lui que sa respiration, plus rapide soudain. Au bout d'un moment, il dit :

– Horemheb aime l'Égypte. Il estime qu'il a une dette envers son pays. Et j'ignore encore jusqu'où il ira pour s'en acquitter. Il est certain que la foi naïve qu'il avait en la toute-puissance de Pharaon est quelque peu ébranlée aujourd'hui.

– Ne crains-tu pas d'être si franc avec moi ? (Elle écarta les bagues et glissa les jambes au bord de la couche. Elle sentit le genou de son père effleurer le sien.) Je suis Reine. J'ai gouverné, et ma fille Meritaton ne connaît rien du pouvoir. Que dirais-tu si j'allais trouver Horemheb et lui proposais le mariage ? Il pourrait aisément divorcer de Moutnodjme ou en faire une épouse de second rang... La sympathie du peuple m'est acquise. Je suis une pauvre Reine bannie par un époux sans cœur, n'est-ce pas ? Ensemble nous pourrions détrôner Smenkhara et l'envoyer en exil!

Sans savoir exactement pourquoi, elle fut certaine qu'Ay souriait dans la pénombre.

– Ma chère Nefertiti, répondit-il avec une pointe d'ironie dans la voix, qui confirma son impression. J'admire ta ténacité. Je te plains aussi, car ta vie est pleine de souffrances, et j'aime profondément la petite fille qui courait autrefois dans mes jardins d'Akhmim, mais je n'ai aucune confiance en toi. Crois-tu que je te parlerais avec tant de franchise ce soir si je pensais qu'Horemheb acceptât seulement de t'écouter ? (Il chercha sa main dans le noir. Surprise, Nefertiti répondit à l'étreinte de ses doigts. Ils étaient secs, et très chauds.) Pardonne-moi, si tu le peux, Majesté, pour ce que je vais te dire. Horemheb et moi, ainsi que Smenkhara, connaissons le complot que tu as fomenté avec le Roi hittite depuis que May a intercepté ton ambassadeur à la frontière. Aux yeux d'Horemheb, tu as trahi l'Égypte.

Nefertiti se sentit glacée d'une horreur sans nom. Arrachant sa main des doigts de son père, elle bondit sur ses pieds, courut à la porte.

– De la lumière! hurla-t-elle.

Et les servantes accoururent aussitôt, portant les lampes qu'elles avaient préparées dans le corridor. Elles les éparpillèrent vivement dans la pièce, saluèrent et disparurent. Elle vit son père enfin, à demi tourné sur son siège, qui la regardait d'un air inquiet, confus, qui tordait son visage.

– Tu savais et tu ne m'as rien dit! lui cria-t-elle, raidie de chagrin. Tu m'as laissée souffrir, tu m'as laissée croire, espérer – aujourd'hui encore, j'espérais... (Elle déglutit douloureusement.) Jamais je n'aurais cru qu'il y avait en toi tant de cruauté!

– Quand nous avons su, il était trop tard pour arrêter ton complot, dit-il. Nous avons jugé plus simple de tendre une embuscade au Prince Zennanza et de le faire tuer de telle sorte que Souppiloulliouma croie les Apirou responsables du meurtre. Tu comprends maintenant pourquoi Horemheb n'a plus rien à faire avec toi.

– Ainsi, ma requête a été entendue... (Elle sentit sourdre à ses yeux des larmes d'humiliation, qui brûlèrent atrocement ses paupières.) Souppiloulliouma l'a envoyé. Le prince Zennanza. (Elle marcha jusqu'à sa couche et s'assit, disposant sur ses genoux, à petits gestes guindés, les plis de sa robe. Elle baissait les yeux.) Quoi qu'il en soit, emmène Toutankhaton, reprit-elle tout bas. Après quoi, je n'aurai plus aucune raison de t'adresser de nouveau la parole.

Il s'inclina.

– J'ai pris ta défense devant Horemheb, dit-il. En dépit de tout, je suis ton père, et ma fidélité ne s'est jamais démentie. Mais il est temps, Nefertiti, que tu acceptes enfin le destin que la vie t'a réservé, et que tu le vives dans la paix de ton âme. J'enverrai chercher Toutankhaton au matin.

Il attendit un instant, et comme elle ne répondait à son salut ni à ses paroles, il tourna les talons, et les portes se refermèrent sans bruit dans son dos.

26.

Au cours des semaines qui suivirent le couronnement de Smenkhara, la fragile enfant d'Ankhesenpaaton mourut, comme si la malédiction planait encore sur la ville, fauchant un à un tous les enfants du Soleil. L'Horizon d'Aton, pourtant, ne renonçait pas à son rêve. Les personnages qui peuplaient ses murs se cramponnaient aux derniers vestiges de sa magie agonisante. Au-dehors, l'Égypte chancelait et se débattait dans une famine qui n'en finissait pas, une administration en déroute, une flambée de pillages et de crimes. En Akhetaton, la vie était calme et agréable.

– Je me demande ce qui les retient ici, tels des mendiants assis devant un grenier vide! demanda un jour Ay à Horemheb, dans un accès de dépit.

Les deux hommes avaient conclu une trêve tacite, et vaguement honteuse, lorsqu'il était apparu qu'ils seraient désormais impuissants au sein du nouveau régime. Horemheb haussa les épaules.

– La crainte de ce qui les attend ailleurs. Rien n'a changé en Akhetaton. Ils ne veulent pas savoir ce qu'il est advenu de l'Égypte, de Thèbes. La réalité de notre déchéance. (Il eut un sourire sinistre.) Smenkhara sait fort bien qu'il est incapable de gouverner, et il refuse de déléguer ses pouvoirs. Il sait qu'il n'est pas digne d'être Pharaon, et cette idée le rend furieux. As-tu bien regardé notre souverain, Porteur d'Éventail? (Ay secoua la tête.) Alors je te conseille vivement de le faire. Et lorsque tu auras décidé qu'il est temps d'agir, viens me trouver.

Mais Ay choisit de passer outre à la suggestion d'Horemheb. Le défi qu'il avait lu dans ses yeux était terrifiant, sacrilège. Il se consacra à Toutankhaton.

Le jeune prince déambulait dans le palais d'un air d'indifférence studieuse, parmi des courtisans qui ne savaient trop quelle attitude adopter à son égard. Certains voyaient encore en lui le fruit maudit d'une union scandaleuse dont il valait mieux chasser le souvenir. D'autres songeaient au sang royal qui coulait dans ses veines et commençaient, discrètement, à le courtiser. Les temps étaient incertains, après tout, et l'enfant serait peut-être un jour Pharaon. Smenkhara ignorait purement et simplement sa présence. Et sous l'œil attentif de son oncle, le Prince récitait ses leçons ou ses prières, conduisait son char. Il portait autour du cou la mèche auburn de sa mère, serrée dans un médaillon d'or, et Ay se demandait souvent s'il était aussi candide qu'il le paraissait. Car la façon dont il arborait partout sa précieuse amulette semblait indiquer qu'il savait déjà à quel point il en aurait besoin pour subsister, à quel point ce charme le rendait fort. L'enfant appréciait la compagnie d'Ankhesenpaaton, et Ay s'en réjouit. Il jugea qu'un espoir se faisait jour, pour l'habile manipulateur qu'il était, dans cette tendresse qui unissait l'orphelin et la fillette esseulée qui venait de perdre époux et enfant, qui n'avait pas d'amis.

Smenkhara et Meritaton ne semblaient guère soucieux de produire un héritier. Toujours inséparables, la nuit, le jour, ils s'étourdissaient dans une ronde incessante de plaisirs, pareils à deux enfants frivoles auxquels l'univers des adultes et ses responsabilités sont totalement inconnus. Mais leurs rires étaient trop aigus, forcés, et lourds de crainte leurs mélancoliques silences. Aux moments les plus inattendus, la joie de Smenkhara se brisait dans un accès de rage boudeuse, et Meritaton fondait en larmes.

Ay ne renonçait pas à gagner la faveur du jeune Pharaon. Le problème des temples d'Amon se précisait. Il demanda une audience.

– Grand Horus, l'exhorta-t-il, il est temps d'envoyer à Thèbes un émissaire afin de prier Maya de rouvrir Karnak. Des majordomes pourraient également inspecter le vieux palais et voir ce qui peut être fait pour le rendre de nouveau habitable. L'humeur de ton peuple est en train de changer. Crois-moi...

Smenkhara leva une main. Le sourire qui avait accueilli Ay s'évanouit aussitôt.

– J'ai déjà fait ce que tu m'as demandé, il n'y a pas si longtemps. Mon tombeau est creusé dans les collines de Thèbes. J'honore ostensiblement Amon chaque jour, dans ce palais. J'ai nommé Pwah (il désigna un jeune homme drapé du lin blanc des prêtres qui se tenait derrière lui) scribe des Offrandes d'Amon... Mais je n'ai nullement l'intention de rendre à Karnak les terres que nous avons confisquées, non plus que de quitter Akhetaton! Pendant des années, j'ai moisi à Malkatta. Thèbes était sale et bruyante alors, et c'est pire encore aujourd'hui, sans doute. Non. Parle-moi d'autre chose!

Il avait hurlé d'une voix stridente les derniers mots. Ses épaules se voûtèrent brusquement sous l'étoffe dorée de la cape.

Et tandis qu'il observait son neveu, Ay se souvint des paroles d'Horemheb. Les cuisses de Pharaon, trop grasses déjà, emplissaient le trône sous le lin écarlate. Son ventre, bien qu'il fût jeune encore, commençait à pendre sur son giron.

– Majesté, insista Ay, qui se sentait faible soudain, envoie du moins à Thèbes le Vizir du Sud, afin qu'il annonce au peuple qu'il peut désormais adorer le Dieu de son choix.

Smenkhara jeta la tête en arrière.

– Nakht-pa-Aton! cria-t-il. Veux-tu aller à Thèbes informer le peuple de cette grande nouvelle?

Le Vizir rampa jusqu'à lui et toucha du front le pied royal.

– Je pense que c'est inutile, Divin Horus. Ces gens adorent depuis toujours qui ils veulent, en secret.

– Mais il faut les y autoriser officiellement, les rassurer! Sans quoi...

Ay s'était levé. Smenkhara se pencha vers lui.

– Sans quoi, mon Oncle? Vas-tu me menacer comme le faisait Horemheb quand j'étais encore Prince? Je lui cédais, alors, mais je me suis juré de ne plus jamais écouter un seul mot de sa bouche! Si tu as fini, tu peux te retirer.

Ayant eu vent de l'humiliation qu'Ay avait subie au cours de cette audience, Horemheb espéra que le vieil homme viendrait enfin lui offrir son soutien. Mais les jours s'écoulaient sans qu'aucun message lui parvînt. La nuit, souvent, étendu sur sa couche, il se demandait pourquoi le Porteur d'Éventail refusait d'agir. Il décida de se passer de lui. Il ne manquait pas de ressources. Car s'il n'était guère en faveur à la Cour, ni auprès des fidèles d'Akhenaton, l'armée lui était tout acquise, ou presque. Il avait interrogé ses officiers. La défaite essuyée devant les Hittites avait quelque peu ébranlé la confiance que les soldats plaçaient en lui, mais son prestige était grand encore, et il était probable que ses hommes le soutiendraient s'il tentait de s'emparer du pouvoir.

Il essaya de se rappeler à quel moment l'idée qu'il pouvait devenir Pharaon avait pris forme dans sa tête. Était-ce quand l'Impératrice était morte, et avec elle la foi de l'Égypte en l'autorité absolue de ses souverains ? Quand il avait menacé Smenkhara, jeune prince alors, de lui retirer son soutien, et avait obtenu aussitôt ce qu'il demandait ? Ou était-ce dans un passé bien plus lointain, lorsque posant les yeux sur un Pharaon, il n'avait vu pour la première fois qu'un mortel indécis et tourmenté, dont il était le seul ami, lui, l'humble capitaine ?

Pendant des jours, il lutta avec sa conscience. Moutnodjme et ses compagnons s'en étaient allés dans le Delta afin d'y célébrer la fin des semailles. Au matin du premier jour de Phamenat, il avait pris sa décision. Après avoir longuement observé l'évolution de ses troupes dans le désert, il appela Nakht-Min, son général favori, et lui dit qu'il désirait les services d'un assassin Medjay.

– Je veux un homme très sûr, et que nul n'ait jamais vu en Akhetaton. Tu le conduiras directement chez moi.

Le jeune homme ne broncha pas et, après avoir réfléchi, dit :

– Certains Medjay sont des mercenaires Apirou. Veux-tu un étranger ?

– Oui. Un étranger conviendra parfaitement. Bien entendu, il s'agit d'une affaire privée.

– Je comprends.

Un mois plus tard, le Medjay apparut dans le jardin d'Horemheb, grand guerrier aux cheveux longs, vêtu d'étoffes épaisses. Après l'avoir régalé de vin et de nourritures, Horemheb lui offrit une chambre pour la nuit, en le priant de ne parler à personne. Le lendemain matin, il convoqua Nakht-Min et lui donna ses dernières instructions dans le fracas des tambours et des cris du terrain de manœuvres.

– Poste deux soldats dans mon jardin cette nuit, dit-il. Quand le Medjay reviendra, tue-le avant qu'il n'atteigne la maison. Mais prends garde. Ces hommes sont des combattants farouches. Tu jetteras son corps dans le fleuve. Si l'un de mes domestiques vous surprend, tu diras que tu venais prendre des ordres et que tu as surpris un intrus dans ma propriété.

Dans l'après-midi, alors que Moutnodjme était partie se promener dans la ville, Horemheb s'en fut trouver le Medjay.

– Nous allons prendre ma barque, et je te montrerai où tu dois te rendre ce soir. Ma cange t'attendra pour te ramener ici, quand tout sera fini. Je veux que tu assassines un homme, sans corde ni couteau.

Les yeux noirs le dévisageaient tranquillement.

– Pourquoi pas le poison ?

– Le poison laisse trop de traces. Ne l'étrangle pas non plus.

– Parfait. Tu me paieras, bien sûr.

– Avec de l'or, dès demain. S'il y a une femme près de lui, tue-la aussi.

L'homme haussa les épaules.

– Je suis un amateur de femmes, dit-il. Quel gâchis. Ce sera plus cher.

– Si tu veux.

Horemheb réprima une violente nausée qui montait en lui. L'homme reprit la parole, et demanda, négligemment :

– Pharaon est-il au courant de ce pour quoi tu me paies ?

Horemheb secoua la tête.

– Non, et il ne saura jamais. Allons, maintenant. Je ne tiens pas à revenir en même temps que mon épouse.

Dissimulant son visage, il conduisit lui-même la barque jusqu'au milieu du courant, puis longea à la rame la lisière sud de la ville. Lorsqu'ils furent en vue de Marou-Aton, il décrivit au Medjay le pavillon niché dans les arbres, la disposition des pièces, les rondes des sentinelles. Puis, tandis qu'il virait de bord, il lui demanda de répéter ses paroles, ce que l'homme fit sans difficulté. Ils reprirent le chemin du retour et attendirent le crépuscule.

Smenkhara gagna sa couche de bonne heure ce soir-là, et resta un long moment les yeux ouverts, à écouter le vent dans les arbres qui battaient contre les murs du pavillon. Il ne partageait pas l'aversion de Meritaton pour ce palais d'été que son frère avait fait bâtir à la gloire de la nature. Il trouvait dans ce lieu, au contraire, une forme de pureté qu'il cherchait en vain en lui-même. Akhenaton les avait à jamais souillés, Meritaton et lui, quand ils n'étaient encore que des enfants, mais ici, à Marou-Aton, où embaumait le lotus et murmurait l'eau claire, il rêvait parfois de recouvrer son innocence.

Il ne dormit pas longtemps et s'éveilla dans la tiédeur des braseros, empli d'une inquiétude sourde, indéfinie. Des ombres glissaient dans la fenêtre. Les oiseaux de nuit lançaient de longs appels somnolents. Les gardes du corps déambulaient devant la porte. Il pensa à sa mère, à l'éclat froid et bleuté de ses yeux lorsqu'elle était en fureur, à l'étreinte de ses bras dans les rares instants de tendresse qui les avaient unis. Elle ne m'a jamais vraiment aimé, songea-t-il en glissant le drap sur son épaule. Elle n'adorait que mon père. A quoi ressemblait-il donc, ce Dieu dont tous parlent avec tant de crainte et de respect ? Mais peu lui importait, en fin de compte, car ils l'avaient tous utilisé et trahi, son père, sa mère, ce frère grotesque et répugnant. Il regretta de n'avoir pas ordonné à Meritaton de dormir avec lui. Il eut envie de son corps chaud près du sien. Le serviteur marmonnait dans son sommeil, à l'autre bout de la chambre. Il voulut l'appeler. Mais à quoi bon. L'homme ne pourrait rien ce soir contre sa solitude. Ni Meritaton. Ni aucun des adolescents dociles qu'il entraînait parfois sur sa couche. Il se rendormit.

Il ne s'éveilla pas lorsque le Medjay se faufila doucement par la fenêtre et s'accroupit près de lui. Il était debout, à l'ombre d'un palmier, et se regardait dormir au pied de l'arbre dans la chaleur d'un après-midi d'été. Il se vit sourire, et le sourire s'étira, s'étira, et les lèvres peintes du dormeur éclatèrent comme la plaie d'un fruit trop mûr. Pourtant il n'y avait pas de sang, et un immense bien-être l'envahit.

Il ne s'éveilla pas non plus quand le Medjay dégagea l'oreiller où reposait sa tête et froissa dans son poing un morceau du drap. L'homme travaillait sans hâte. Il sentit un instant le souffle de Smenkhara sur ses doigts. Il concentra ses forces. Les yeux s'ouvrirent d'un coup lorsqu'il enfonça brusquement le drap dans la bouche entrouverte, écrasa le visage sous l'oreiller. C'était le moment le plus dangereux. Les grognements étouffés du mourant pouvaient alerter les domestiques, ses membres cognaient sur la couche. Il s'assit à califourchon sur la poitrine du jeune homme et bloqua sous ses genoux les bras qui s'affolaient. Il continua d'appuyer de tout son poids sur l'oreiller et attendit, longtemps, que le corps s'apaise et ne bouge plus. Il venait de remettre le coussin en place et d'extirper le bouchon de drap, lorsqu'une voix ensommeillée, du fond de la pièce, demanda :

– Tu m'as appelé, Majesté ?

Très vite, le Medjay ferma les paupières de sa victime et se tapit derrière la couche, mais le serviteur ne vint pas. Il l'entendit qui se dressait sur son séant, écoutait, mais bientôt il s'allongea de nouveau avec un soupir. L'homme resta immobile. La nuit devenait plus claire. Râ voguait dans la dernière Maison de sa métamorphose.

Enfin il se leva, inspecta soigneusement le corps. Le jeune homme était mort. Alors, sans hâte excessive, après avoir pesé sa décision, il franchit la fenêtre et disparut dans les ombres. Il venait de tuer un Dieu, et il le savait. Même si les mots du serviteur n'avaient pas confirmé ses soupçons, jamais il ne serait revenu chez le capitaine. Il s'éloigna vivement et sans bruit de Marou-Aton puis, fuyant le fleuve où l'attendait la cange, il détala jusqu'à l'abri des falaises, très loin.

Un silence tomba sur la chambre. Tous ceux qui étaient présents serrèrent leurs voiles contre eux et détournèrent le regard. Les embaumeurs de la Maison des Morts entraient un à un, tête baissée, et la puanteur de la mort était sur eux. Dès qu'ils furent tous dans la pièce, les courtisans se faufilèrent prestement au-dehors. Pwah et quelques servants d'Amon apprêtèrent l'encens dont ils purifieraient l'atmosphère dès que les embaumeurs auraient emporté le corps.

Recroquevillée près de la couche, Meritaton tenait des deux mains les pieds de son époux, où elle avait enfoui le visage. Horemheb fit un signe de tête à ses servantes, qui la relevèrent avec douceur.

– Serviteurs du Maât, prononça-t-il soudain, le Dieu que vous allez toucher a l'apparence d'un homme, et la tradition voudrait que vous l'embaumiez dans la position réservée aux souverains mâles, les deux bras tendus de chaque côté du corps. Mais Horus était de fait une femme, puisque c'est ainsi que l'aimait Akhenaton et que lui-même se nommait parfois. Il est probable qu'il aurait souhaité reposer selon l'attitude des femmes, le bras gauche plié sur la poitrine, afin que les Dieux connaissent son sexe véritable. Me suis-je bien fait comprendre ?

Les embaumeurs hochèrent la tête sans un mot, afin de ne pas souiller l'air de leur souffle. Meritaton ne pleurait plus, mais des sanglots secs secouaient encore son corps, et elle fixait sur Horemheb de grands yeux horrifiés. Avant qu'elle pût ouvrir la bouche, le capitaine fit un autre signe, et les servantes la conduisirent hors de la chambre.

– Je ne pense pas qu'il soit nécessaire d'attendre cinq jours avant de livrer le cadavre à la Maison des Morts, n'est-ce pas ? demanda Horemheb, qui s'était tourné vers Ay. Bien que Smenkhara ait été plus femelle que mâle, je pense qu'aucun embaumeur n'osera souiller son corps avant qu'il commence à pourrir.

Ay avait la gorge serrée.

– Il faut que j'aille me laver, parvint-il à murmurer.

Et tandis qu'il se dirigeait vers la porte, il ne sut pas si c'était de l'infection des embaumeurs qu'il désirait, avec une telle urgence, se purifier, ou de l'inexplicable férocité d'Horemheb.

Un peu plus tard, lorsque le capitaine regagna ses appartements, il trouva Moutnodjme allongée sur sa couche en robe de nuit, les joues fraîches et luisantes, qui se régalait des acrobaties de ses nains. Il s'étendit près d'elle et congédia tous les domestiques. La mèche de la lampe s'éteignit. Une traînée de lune sans éclat vint saupoudrer la pénombre. Moutnodjme s'agita un peu, et sa voix s'éleva, calme et chaude.

– L'amour est une étrange chose, dit-elle. Hathor a l'apparence d'une vache, mais je pense parfois qu'elle en a aussi l'esprit. Et nous qui l'adorons, nous continuons à meugler désespérément derrière elle longtemps après que les délices de la passion ne sont plus qu'un goût fade à nos lèvres. Il reste bien peu de chose du farouche et honnête général que j'ai épousé, Horemheb. Tu es toujours l'homme le plus superbe d'Égypte, mais ce que je devine aujourd'hui derrière ces beaux yeux noirs ne me plaît guère. Si je ne te quitte pas, c'est sans doute parce que tu paies sans broncher mes dettes exorbitantes !

Pour toute réponse, il l'attira contre lui et l'embrassa, et une profonde tendresse l'envahit pour cette femme nonchalante et gracieuse que l'Impératrice avait poussée dans ses bras. Tant que j'ai Moutnodjme près de moi, songea-t-il, je sais que les Dieux ne m'ont pas condamné.

27.

Le corps de Smenkhara fut conduit à Thèbes, où on l'inhuma dans la tombe encore inachevée du jeune Pharaon. Les membres de la Cour qui avaient accompagné le sarcophage le long du Nil eurent l'impression de découvrir une terre hostile, inconnue. La moisson était finie. L'Égypte, craquelée de chaleur sous le soleil du plein été, semblait désertée, à l'abandon. A Thèbes, les entrepôts du bord du fleuve étaient effondrés, et la plupart des quais n'existaient plus. La foule venue assister au passage des embarcations royales n'était ni hostile ni amicale – curieuse, simplement, d'un spectacle dont elle avait été privée depuis longtemps. Malkatta n'était qu'une ruine. Le canal étouffait sous la vase, les marches du quai disparaissaient sous des herbes d'eau verdâtres et gluantes. Les fontaines ne coulaient plus. Le portail du jardin des femmes pendait sur un seul gond, et le sable avait dévoré les pelouses. L'intérieur du palais, malgré la sécheresse, sentait le moisi. Et sous les fresques dont la fraîcheur était restée intacte frissonnaient des nappes de feuilles mortes et de détritus desséchés.

Les funérailles de Smenkhara se déroulèrent sans émotion, et seule Meritaton versa des pleurs sincères. A l'aube qui suivit le banquet funéraire, ses femmes découvrirent dans les draps rougis de sa couche son corps baigné de sang. Près d'elle gisait le fin poignard à manche d'ivoire avec lequel elle s'était entaillé, derrière l'oreille, une plaie nette et profonde. Son cadavre fut emmailloté de lin blanc et jeté au fleuve.

A la fin de Mesore, la Cour se transporta à Memphis, où

Toutankhaton, au premier jour de l'An Nouveau, fut couronné Roi d'Égypte selon le cérémonial antique. Sur le conseil d'Ay, il prit les titres des Pharaons d'autrefois : Puissant Taureau, Horus d'Or, Dieu de Beauté et Seigneur des Deux-Terres. Quelques semaines après le couronnement, il épousa Ankhesenpaaton, et la Cour s'en réjouit. Car c'était une enfant belle et bonne, qui avait déjà prouvé qu'elle pouvait être mère.

Ay et Horemheb se disputaient âprement les faveurs du jeune Pharaon. Au cours d'une audience particulièrement houleuse, chacun lui exposa son point de vue sur ce qu'il considérait comme une priorité pour le redressement de l'Égypte. Horemheb estimait qu'une guerre de reconquête était le seul moyen de remplir les coffres presque vides du Trésor Royal. Ay demanda que les terres et les biens confisqués au Temple de Karnak lui fussent rendus, afin que le culte d'Amon fût enfin restauré dans sa splendeur, selon le vœu du peuple. Les nobles les plus fortunés et tous ceux qui s'étaient enrichis de l'or d'Amon grâce aux faveurs d'Akhenaton, ajouta-t-il dans le murmure indigné de l'assistance, participeraient à l'effort général en cédant au Trésor une partie de leurs richesses.

Après les avoir posément écoutés l'un et l'autre, Toutankhaton glissa la main dans celle de son épouse.

– Est-ce tout, mon Oncle?

– Non, Horus. (Ay prit une longue inspiration.) J'aimerais en outre que tu envisages de changer ton nom.

Un silence accueillit ces paroles, suivi d'un brouhaha de protestations. Toutankhaton resta un instant ébahi.

– Mais pour quelle raison? parvint-il enfin à articuler.

– Quelle que soit l'adoration que tu manifestes envers Amon, le peuple entend toujours dans ton nom le nom de l'Aton, et tous les souvenirs amers qu'il traîne après lui. Il n'oubliera pas, et sa confiance en toi...

– Que m'importe la confiance d'un troupeau d'esclaves! s'écria le garçon. Mon père a choisi mon nom. C'est un nom sacré!

Ay s'attendait à une telle résistance. Mais il connaissait bien son neveu, à présent. Toutankhaton méditerait sa suggestion et, mieux encore, il solliciterait l'avis de son épouse. Et Ay tenait en haute estime le jugement de la jeune Reine. Il s'agenouilla humblement.

– Pardonne à un vieil homme qui t'aime, dit-il.

– Majesté! explosa alors Horemheb. Je te prie de me laisser répondre aux propositions du Porteur d'Éventail!

Mais Toutankhaton commençait à s'agiter sur son trône. Il balança d'un air grognon son pied sanglé de lanières d'or.

– Pas maintenant, capitaine. Cette conversation m'ennuie à présent, et j'ai envie de me baigner. Une autre fois. Sortez.

Une semaine plus tard, Pharaon convoquait Ay et lui annonçait qu'il approuvait toutes les suggestions qu'il lui avait soumises. Il le nomma Régent, lui offrant ainsi un pouvoir que jamais, dans sa longue carrière de courtisan, conseiller et confident royal, Ay n'avait détenu. A sa demande, Horemheb reçut le titre, purement honorifique, d'Ambassadeur du Roi, et Nakht-Min celui de Porteur d'Éventail de la Main Droite.

Il fallut trois ans pour restaurer le vieux palais de Malkatta, où devait emménager la nouvelle administration. Durant cette période, Ay réalisa la plupart de ses projets. Il restitua au culte d'Amon son or et ses terres, demanda à Maya, le Grand Prêtre vieillissant de Karnak, de former de nouveaux prêtres, et fit savoir dans tout le Royaume que le peuple pouvait désormais adorer les Dieux de son choix. Il écrasa les paysans d'impôts, qui servirent à restaurer Malkatta ainsi que les quais et la cité de Thèbes. Enfin, il proclama un décret selon lequel les nobles devaient soumettre leurs récoltes au contrôle de l'État et déposer une partie de leurs grains dans les silos adjacents à leurs résidences, afin que chaque village pût y puiser en cas de famine. L'Égypte peu à peu relevait la tête.

Dans son désir d'affirmer son lien avec le passé, Toutankhaton, pour sa part, entreprit de glorifier Amenophis III, en insistant sur la parenté qui l'unissait au grand Pharaon. Il acheva son temple de Soleb, où il fit inscrire leurs deux noms. Sur les lions sculptés qui ornaient le sanctuaire, il nomma Amenophis III son père. Il rouvrit également le chantier de la maison d'Amon à Louxor, qui avait suscité l'intérêt passionné du Puissant Taureau. Et le jeune Roi, joyeusement, étudiait les plans que ses architectes dépliaient devant lui. C'était un adolescent de belle allure et d'humeur joviale, et s'il s'abandonnait parfois à des accès de fureur qui évoquaient le mauvais caractère de Tii, ceux qui l'épiaient discrètement, dans la crainte ou l'espoir de découvrir en lui les signes d'une instabilité intérieure, ne voyaient qu'un souverain épris d'action, qui riait bruyamment et chassait avec fougue, qui ne gagnait sa couche que tard dans la nuit, à contrecœur. Bien qu'il n'eût que quatorze ans dans sa troisième année de règne, il avait déjà consommé son mariage et commencé à organiser son harem, en gardant pour lui les plus jeunes concubines de son père. Ankhesenpaaton était enceinte, et à dix-sept ans elle semblait incarner, par sa grâce et son rayonnement, l'optimisme nouveau qui se répandait peu à peu à la Cour.

Quatre jours avant son départ officiel de l'Horizon d'Aton, Pharaon prit place sur son trône, paré de la Double Couronne et de tous les insignes de sa royauté. Devant Maya et la foule nombreuse qui se pressait dans la salle, il dicta solennellement le décret par lequel il changeait de nom. Celui qui se dénommait Vivante Image de l'Aton grava dans la cire chaude le sceau tout neuf de Toutankhamon, Vivante Image d'Amon. Ankhesenpaaton suivit son exemple. Cédant à ce qu'elle considérait comme une trahison à l'égard de son père et du Dieu qu'elle avait appris à adorer, elle prit le nom d'Ankhesenamon, Celle qui Vit par Amon. Puis, blême et muette, les deux mains posées sur son ventre qui déjà s'arrondissait, elle subit les vivats de l'assistance en délire.

Le lendemain, Toutankhamon, Ankhesenamon et Ay se firent transporter en palanquin jusqu'au palais du nord, dans le fracas et le chaos des préparatifs du départ : chariots chargés de meubles encombrant les ruelles, animaux de trait qu'aiguillonnaient à grands cris des enfants nus, jurons des capitaines manœuvrant les canges entremêlées sur le fleuve. Une poussière dorée voletait dans les rues, des nuées de mouches fondaient sur les tas de détritus qui grossissaient devant les maisons vides. Déjà les autels d'Aton qui ornaient les carrefours étaient nus et souillés, et des chiens pantelaient sous leurs dalles. La cité semblait en proie à cette hâte fébrile qui précède les invasions, comme si ses habitants, soudain, ne supportaient pas de rester une heure de plus dans ce lieu qu'ils avaient tant redouté de quitter jadis.

Les portes du palais du nord s'écartèrent devant l'escorte royale. Meryra accourut en haut des marches et s'inclina plusieurs fois.

– Quel honneur, Puissant Taureau ! s'exclama-t-il gravement avant d'introduire dans le frais royaume de Nefertiti les trois visiteurs qui n'en croyaient pas leurs yeux.

La grande salle de réception qu'ils traversèrent d'abord regorgeait de statues. De tous côtés, le visage de la Reine contemplait leur progression, modelé dans l'ébène, le marbre ou le grès. Il y avait des bustes et des têtes, et une foison de sculptures en pied, grandeur nature. Certaines présentaient Nefertiti dans la solennité de sa fonction, arborant perruque et cobra, ou parée de la sobre et masculine couronne solaire, le corps rigide sous les plis de ses voiles, bras figés le long des flancs. Mais la plupart évoquaient la grâce moelleuse du mouvement saisi dans son envol, du geste vibrant de vie. Le génie artistique d'Akhenaton trouvait ici sa pleine mesure, dans cet hommage secret rendu par un homme à sa bien-aimée. Car Thothmes avait dépeint Nefertiti sans complaisance, dans l'intégralité de son caractère. En même temps que sa sensuelle splendeur, il avait su insuffler aux statues cette arrogance et cette étrange fragilité que la Reine avait en elle, et qui semblaient s'exhaler autour des visiteurs au fur et à mesure qu'ils avançaient. Une effigie retint particulièrement leur attention. Ils s'y attardèrent un instant. Sculptée dans un bloc de calcaire blanc, Nefertiti était penchée sur un côté. Les cuisses pleines, les seins lourds et tombants, le ventre mou évoquaient une femme mûrissante. Elle tenait au bout des doigts une fleur de lotus qu'elle humait, souriant légèrement et paupières closes, et la langueur de son attitude était un fervent hommage à la vie, presque une action de grâces.

– Dieux! s'exclama Toutankhamon avec dégoût. Les sculpteurs ne sont guère que les domestiques de ceux qui les paient, mais celui-ci est un véritable esclave!

Puis il détourna les yeux, et le petit groupe reprit sa marche.

Les corridors qui menaient au salon particulier étaient pareillement décorés de sculptures, et il apparut que Thothmes était aussi bon peintre que sculpteur, car les murailles resplendissaient d'effigies grandioses de Nefertiti, conçues dans un style plus traditionnel. La chair cependant y était peinte en rouge, teinte réservée aux portraits masculins, et les cheveux avaient l'éclat bleuté du lapislazuli, la gemme des Dieux.

Meryra conduisit ses hôtes vers un rang de sièges que l'on avait disposés près d'une table basse chargée de boissons et de fleurs. Comme ils avançaient, Nefertiti et le sculpteur se levèrent de leurs fauteuils. Thothmes murmura quelques mots à l'oreille de Nefertiti, qui se mit aussitôt à genoux puis se prosterna sur le sol. Elle se releva enfin, appuyée à son bras, et se tint debout, sans sourire, mains nouées devant elle. Elle était vêtue sobrement, d'un fourreau blanc et souple qui cascadait en plis innombrables jusqu'à ses pieds. Un rang d'onyx enserrait sa gorge et sa taille. Sa perruque était simple aussi, noire et raide, cerclée d'un fin diadème. Elle semblait une irréelle vision d'un autre âge. Sous le fard épais de ses joues, des rides délicates commençaient à apparaître. Thothmes aussi était peint et emperruqué, mais sous l'élégance un peu cérémonieuse de sa tenue, Ay découvrit à sa surprise un homme svelte et gracieux au regard profond, rayonnant de bonté. Ankhesenamon sourit à sa mère, qui ne parut pas la remarquer. Le Régent non plus ne put croiser son regard tandis qu'elle examinait vivement les nouveaux venus. Sans y être invité, Toutankhamon prit un siège et dit :

– C'est bon de te revoir, Nefertiti.

Les deux autres s'assirent à leur tour. Déçue, Ankhesenamon plongea les yeux sur son ventre difforme.

– Tu as bien grandi, Majesté, depuis la dernière fois que je t'ai vu, répondit Nefertiti. Et toi, Père, tu as encore pris du poids!

Ay l'observa avec stupeur, car il avait fort maigri, en réalité, depuis qu'il assumait l'épuisante fonction de Régent. Sa fille avait perdu sa pétulance de jadis, et son corps était étrangement calme, ses gestes mesurés. Thothmes se pencha vers elle d'un air tendre. Ay saisit la main d'Ankhesenamon.

– Bien au contraire! s'exclama-t-il. J'ai déjà sacrifié quelques livres de graisse au service de mon Roi... (Se tournant vers l'adolescente, il lui fit signe de ne rien dire.) Nefertiti, je regrette vraiment que ta fille n'ait pas pu venir aujourd'hui. Tu espérais la voir, je sais, mais elle est un peu souffrante.

La Reine eut une moue triste soudain. Puis, la tête penchée sur le côté, elle sembla écouter quelque chose. Elle étira un froid sourire.

– Tu deviens gâteux, Régent! Ankhesenpaaton, est-il vrai que ta santé n'est pas bonne?

– Tu es aveugle, n'est-ce pas? dit alors Ay avec douceur, avant que l'adolescente pût ouvrir la bouche. Oh! Nefertiti, un tel orgueil! Si nous avions su...

– Si vous aviez su, ricana-t-elle d'une voix blanche, j'aurais dû endurer votre pitié à tous. Cette pauvre Nefertiti, qui avait tant de pouvoir autrefois! Regardez-la : une femme vieillissante et aveugle, qui a trahi les siens et ne peut faire un pas aujourd'hui sans l'aide d'un bras secourable! (Elle porta brièvement la main à sa joue pâle.) Non, je ne suis pas totalement aveugle. Je distingue encore l'ombre et la lumière.

Les mots flottèrent un court instant au-dessus de leurs têtes. Puis, avec un petit cri, Ankhesenamon jaillit de son siège et courut vers sa mère, qui la serra dans ses bras.

– Tu dois quitter immédiatement ce palais! s'écria Pharaon. A Malkatta, tu auras des appartements et des domestiques, et mes propres médecins veilleront sur toi. Viens avec nous, Nefertiti.

Ses doigts exploraient le visage de la jeune fille.

– Malkatta? répondit-elle tranquillement. Non, Majesté, il est trop tard pour moi. Je ne supporterais pas les ricanements silencieux de la Cour sur mon passage. Ici, je suis toujours Reine. Mon époux s'en est allé, toutes mes filles sont mortes hormis celle-ci, et je n'ai pas de fils sur le trône d'Horus. Mais j'ai trouvé du moins une forme de paix. Voudrais-tu la détruire dans l'unique but de manifester à la traîtresse ıon infinie miséricorde?

Blessé par la calme violence de ces paroles, Toutankhamon répliqua vivement :

– Rien ne m'oblige à te pardonner! J'entends simplement les supplications de ma Reine!

Nefertiti repoussa doucement Ankhesenamon et hocha la tête.

– Mon époux a fait de moi un être sacré, dit-elle. La cité d'Akhetaton est un chant de louanges à l'Aton ainsi qu'à moi-même. Elle m'appartient. Jamais je ne partirai.

– Je ne pourrai garantir ta sécurité une fois que la police secrète du Mazoï aura quitté la ville, lui rappela le Régent.

Elle haussa les épaules.

– J'ai mes propres soldats. Quatre de mes filles reposent ici, dans la falaise, Père. Je ne peux les abandonner.

– Mais ton devoir n'est-il pas de vivre auprès d'Ankhesenamon, le seul enfant qui te reste?

– Ankhesenamon? Ton père serait fort chagriné d'entendre le nom de ce Dieu mêlé au tien... Quant à mon devoir, Ay, je l'ai accompli, je crois.

Le vieil homme n'insista pas. Dans ce palais, il le comprit, les rêves de Nefertiti avaient fini par prendre corps, d'une certaine manière. Ce lieu était un autel à sa gloire, un sanctuaire d'adoration, et l'homme qui siégeait auprès d'elle de ce bel air calme et solide lui donnait enfin l'amour qu'elle avait ardemment désiré. Elle était comblée, sereine. Elle n'inspirait plus la pitié.

Ils continuèrent à bavarder quelque temps encore tandis que Meryra, sur les ordres discrets de Thothmes, leur servait des friandises. Ay observa le sculpteur. Nulle ostentation dans sa tendresse, nulle fierté de mauvais aloi. Son amour semblait sincère et désintéressé, inaltérable. Lorsque Pharaon prit congé, Nefertiti et Thothmes se prosternèrent à ses pieds, après quoi ils l'accompagnèrent dans le soleil couchant, la Reine délicatement arrimée d'une main au coude de son amant. Comme Pharaon grimpait dans son palanquin, la jeune fille revint enlacer sa mère.

– Je brûlerai de l'encens pour toi chaque jour, promit-elle en sanglotant, et je t'écrirai souvent.

Nefertiti tourna vers son enfant l'éclat gris de ses prunelles vides.

– Donne un fils à l'Égypte, Ankhesenamon, et ne te mêle jamais d'affaires qui ne te concernent pas. Je t'aime.

Les joues noyées de larmes, l'adolescente s'enfouit dans sa litière. La dernière vision qu'elle eut de sa mère fut son beau visage immobile, le lin blanc que la brise plaquait sur ses formes majestueuses et l'éclair du soleil sur ses bagues lorsqu'elle chercha la main de Thothmes.

Deux jours plus tard, la Cour s'éloigna de l'Horizon d'Aton pour n'y plus jamais revenir, emportant les corps de Tii et d'Akhenaton, que le Régent avait décidé de faire inhumer près de Thèbes. Après les festivités profanes et religieuses qui accueillirent à Malkatta le jeune Pharaon, les deux sarcophages furent placés côte à côte dans un tombeau préparé à la hâte au cœur de la Nécropole. Ankhesenamon donna naissance à une fillette mort-née.

Dans le cours de la même année, Ay reçut un message de l'Horizon d'Aton. « Elle est morte, disait le papyrus. En m'éveillant un matin, j'ai découvert son corps froid près du mien. Je l'ai enterrée dans les collines. Je quitte le palais du nord, en n'emportant que ce qui m'appartient. Longue vie à toi, Régent. » Les lignes étaient signées : Thothmes, sculpteur. Ay se rendit aussitôt chez sa petite-fille. Quand elle eut fini de lire le papyrus, elle s'assit brusquement au bord de sa couche, saisit l'étoffe qui drapait le lit et la serra frileusement autour de son corps.

– Je hais ces appartements, dit-elle au bout d'un moment. Ils sont vieux et sombres, et ma mère y vivait autrefois. (Sa voix tremblait.) Je dors mal.

– Pour l'amour du ciel, parles-en à ton époux. Il t'adore, Majesté. Il fera construire une autre aile pour toi.

– Ce n'est pas de nouveaux appartements dont j'ai besoin, répondit-elle amèrement. Lorsque j'ai couché pour la première fois avec mon père, j'avais onze ans. J'étais innocente et pure, Ay, je ne comprenais pas. Ce que mon père m'a fait, ce qu'il a fait à mes sœurs ne violait pas la loi du Maât, pensais-je alors, puisqu'il était Pharaon. Mais aujourd'hui, à Malkatta, je sais que ce n'était pas seulement la raison d'État qui le poussait à agir ainsi. La vérité est plus sombre, plus sordide. Et maintenant que mes yeux se sont ouverts, je me sens pareille à une vieille femme qui découvre soudain que ses souvenirs les plus doux n'étaient en fait que de sinistres mensonges. (Ses yeux s'emplirent de larmes.) Thothmes nous avertit alors qu'il est trop tard pour que nous puissions la revoir, la pleurer, rester auprès d'elle! Mais pourquoi, pourquoi?

– Je le comprends, répondit Ay. Elle était à lui, non à nous. Il l'a voulue pour lui seul jusqu'au dernier moment. Il n'a pas supporté l'idée de voir le palais où ils ont vécu si heureux dans leur solitude envahi tout à coup de courtisans éplorés et braillards. Comme je lui donne raison... Je demanderai à Pharaon de faire bâtir ici un temple mortuaire à la gloire de Nefertiti.

L'adolescente releva le menton.

– Je me sens si seule, murmura-t-elle, et plus seule encore maintenant qu'elle nous a quittés.

Il glissa un bras sur ses fines épaules.

– Tu n'as que dix-sept ans, Ankhesenamon. Tu es Reine, tu es belle et aimée. L'avenir est plein de promesses pour nous tous. Ne regarde pas en arrière.

Elle se détourna de lui.

– C'est plus fort que moi, prononça-t-elle d'un ton glacé. Le passé ne relâchera jamais son étreinte.

Épilogue

Dès que Toutankhamon eut atteint sa majorité, Ay abandonna sa fonction de Régent. Son influence auprès de Pharaon cependant resta considérable, et il maintint son autorité au sein du pouvoir. Ankhesenamon accoucha d'une autre enfant mort-née, et comme aucune concubine royale ou épouse de second rang ne parvenait à donner à Pharaon l'héritier tant désiré, les yeux se tournèrent peu à peu vers Horemheb. Celui-ci, conscient des espoirs que certains courtisans et ministres commençaient, tacitement, à fonder en lui, reprit confiance. Il finit par se satisfaire de son rôle d'Ambassadeur du Roi, car des jours meilleurs viendraient, pensait-il, où Pharaon daignerait enfin prêter l'oreille aux solutions militaires qu'il préconisait pour restaurer à l'Empire sa toute-puissance de jadis.

Mais les années passaient, l'Égypte recouvrait une partie de son antique vigueur, et Toutankhamon, fort du succès des pacifiques réformes qu'il avait entreprises sous la houlette d'Ay, refusait toujours d'entendre parler de mobilisation et de reconquête. A dix-neuf ans, il avait les lèvres sensuelles de Tii, et sa façon parfois cassante de s'exprimer, et de grands yeux doux, inexpressifs, qui rappelaient son père Akhenaton. Il s'entendait bien avec tout le monde, aimait la mode et les conversations légères. Il eût fait un bon courtisan, songeait parfois Horemheb, qui le jugeait immature et totalement inapte à gouverner seul.

Les fêtes de l'An Nouveau virent affluer à Malkatta des émissaires étrangers qui boudaient la Cour d'Égypte depuis la douzième année du règne d'Akhenaton. Alashia, la Nubie et Babylone exprimèrent leur désir de renouer avec le Royaume des relations commerciales et diplomatiques. Le Trésor fut rouvert à cette occasion, et l'or coula à flots pour honorer les visiteurs.

Six semaines plus tard, dans le courant du mois de Paophi, Pharaon accepta l'invitation de son ambassadeur à une chasse au lion dans le désert, qui devait durer quatre jours. Après les prières, le festin et les danses d'usage, le jeune Roi et le capitaine parlèrent pendant des heures du passé et de l'avenir, assis sous la tente royale. La conversation fut amicale, et Horemheb se surprit à apprécier la compagnie de ce jeune homme impulsif et futile qu'il n'aimait pas et qui ne lui avait guère épargné les humiliations. Le remords cependant ne l'effleura pas un instant lorsqu'il songea à ce qu'il avait à faire. Il était trop tard.

Et quand, au matin du troisième jour, lancé à vive allure sur les traces du fauve doré qui venait de jaillir des falaises, le char de Toutankhamon se fracassa sur les rochers, Horemheb fouetta sauvagement ses chevaux et jeta un regard par-dessus son épaule. Les autres chars étaient loin derrière lui. Il sauta de son attelage, tomba à genoux. Toutankhamon ouvrit les yeux. Il gisait sur le flanc, le souffle court. Son pagne safran était en lambeaux, et le casque découvrait sa nuque. Il était simplement étourdi. D'un bref regard, Horemheb repéra parmi les pierres qui jonchaient le sable la broche de l'essieu qu'il avait desserrée, trois jours auparavant. Déjà les chars se rapprochaient, et les hurlements des hommes. Alors, sans hésiter, il fit rouler le jeune homme sur le ventre. Puis, saisissant la broche et un caillou, il chercha du bout des doigts le creux tendre de la nuque, y logea la pointe du pivot et frappa, une seule fois, de toutes ses forces, en poussant un grognement. Il y eut une brève résistance, puis la broche remonta. Toutankhamon émit un gémissement minuscule, semblable au miaulement d'un chaton. Horemheb arracha le morceau de métal. Un petit flot de sang perla lentement, cessa, puis goutta de nouveau. Il frotta le caillou sur la plaie, remit le casque en place et disposa le corps sur le dos. Cela fait, il jeta le caillou parmi les rochers, enfouit prestement la broche dans le sable. Il se retourna. Les conducteurs bondissaient de leurs chars, accourant vers lui.

Toutankhamon mourut tandis qu'on le transportait au palais.

L'émotion fut vive à la Cour et dans toute l'Égypte, où chacun commençait à vénérer ce jeune souverain qui avait su mener, dans la paix, les réformes indispensables au bien-être de son peuple. A Malkatta, les courtisans se reclurent, abasourdis, dans leurs appartements, et les soixante-dix jours du deuil officiel furent empreints d'angoisse autant que de douleur. L'avenir, de nouveau, s'annonçait incertain.

Seul Ay, dans l'affolement qui suivit la mort du Roi, soupçonna un instant Horemheb. L'image du capitaine penché sur le corps du blessé, qu'il dissimulait aux regards de ses larges épaules, lui revenait sans cesse à la mémoire. Il interrogea le médecin qui avait examiné le cadavre. L'homme de l'art attribua à un rocher pointu la plaie découverte au bas du cou.

– La chute a dû être extrêmement violente, avait-il ajouté.

Et faute de preuves, Ay renonça à poursuivre plus avant ses investigations. Des affaires plus urgentes l'appelaient. Le peuple réclamait un nouveau souverain. Après en avoir longuement délibéré avec Maya et les vizirs du Nord et du Sud, le vieux conseiller s'attribua la Double Couronne. Il avait la confiance du peuple et de la Cour, le soutien indéfectible des prêtres de Karnak. Ay devint Pharaon d'Égypte.

A l'aube d'une longue nuit de méditation, Horemheb annonça à son épouse qu'il désirait s'installer dans leur propriété de Memphis après les funérailles de Toutankhamon.

– Ay va être sacré Pharaon, dit-il, et je tiens à me faire oublier pendant quelque temps. Je suis un soldat, après tout, ainsi qu'il se plaît souvent à me le rappeler! J'inspecterai donc mes troupes de frontières, j'irai visiter les divisions du Nord, et dans mes heures de loisirs, je pourrai enfin m'occuper de nos récoltes et de nos troupeaux, organiser quelques festins pour les notables de la province...

– Je sens que je m'ennuie déjà! gémit Moutnodjme. (Elle l'observa d'un air narquois.) Aurais-tu peur de mon père, capitaine?

– Non. Je sais qu'il n'oserait pas me toucher.

– Alors, tu veux sans doute charmer tous ces officiers qui ont rarement le bonheur de te voir parmi eux. Tu complotes une guerre civile, c'est cela!

Il éclata de rire.

– Non, non. Il est vrai que je veux reprendre en mains mon armée et me montrer plus souvent à mes hommes, mais je pense simplement qu'il est temps d'envisager une retraite provisoire... Moutnodjme, aimerais-tu être Reine ?

Elle resta un instant ébahie, puis explosa d'un grand rire rauque.

– Non, merci bien, mon époux! La Couronne royale ne tiendrait pas bien sur ma tresse d'enfant, et en outre, les infidélités d'une Reine sont sévèrement punies! Vas-tu déclarer nos terres de Memphis Royaume Indépendant ?

Il sourit malgré lui devant la bonne humeur de son épouse.

– Ce n'est pas « Reine » que j'aurais dû dire, reprit-il, mais plutôt « Impératrice ». Je parle sérieusement, Moutnodjme.

Son rire mourut aussitôt. Elle déclara simplement :

– J'ai compris les raisons pour lesquelles tu as tué Smenkhara, et je pense que tu as également sur les mains le sang de Toutankhamon, bien que je ne te l'aie jamais vraiment demandé. Par deux fois tu as tué un Dieu, Horemheb. Si tu as l'intention de tuer encore une fois, je me verrai contrainte de demander le divorce et de me retirer dans les terres de ma famille. Ay est mon père. Je ne fermerai pas les yeux sur son assassinat.

– J'ai toujours été un homme dur, répondit-il, mais ma cruauté n'est jamais gratuite. Je t'aime, Moutnodjme. Je te jure sur Amon que je ne ferai aucun mal à ton père... C'est inutile, d'ailleurs.

– Tu as l'air si innocent, parfois. Inutile... Oui, je comprends. Mon père est un très vieil homme, n'est-ce pas ?

Se levant, il posa un bref baiser sur son front et se dirigea vers la porte. A l'instant de sortir, il se retourna, le visage rayonnant d'une malice qui en avait depuis longtemps disparu.

– De toute façon, il est grand temps que tu rases ta tresse! lança-t-il en riant. Il y a bien trop de mèches grises, à présent!

– Et toi, vaniteux capitaine, cesse donc de dépenser une fortune en fards et peintures de toutes sortes, et accepte enfin tes rides! En sortant, dis à mes femmes, je te prie, de faire chauffer l'eau de mon bain.

Le gardien des Insignes s'agenouilla pour recevoir la crosse, le fléau et le glaive, qu'il baisa solennellement avant de les déposer dans leur coffre d'or. Courbé jusqu'à terre, le cosméticien gravit les marches du trône puis, murmurant une excuse, il tamponna les gouttes de sueur qui perlaient à la face du Dieu, retoucha le khôl noir qui ourlait ses paupières. La vaste salle s'emplissait peu à peu de courtisans, ministres et ambassadeurs parés de leurs plus beaux atours. Les gardes du corps postés au pied du baldaquin scrutaient âprement l'assistance et les hérauts, bannière blanche au poing, n'attendaient qu'un signe pour ordonner à tous de se prosterner. Le porteur de sandales était agenouillé devant son coffret vide. De part et d'autre du trône, les porteurs d'éventail agitaient leurs plumes, symbole de l'inaliénable protection due aux Pharaons d'Égypte. Le vieux Maya, drapé d'une peau de léopard, balançait d'un air maussade, au-dessus de la foule, son encensoir.

Les conversations étaient décousues, distraites. Les regards glissaient fréquemment vers le dais. Les convives s'impatientaient. Horemheb décida de les faire attendre. Se détournant, il sourit à Moutnodjme qui trônait près de lui, tout empesée de joyaux et de brocarts sous le disque emplumé de la Couronne impériale. Au creux de sa main teinte au henné où miroitaient une multitude de bagues, il cueillit le menton de son épouse et contempla ses longues lèvres qui s'entrouvraient sur un sourire. Il baissa le bras, fit signe à Nakht-Min d'approcher. Le Porteur d'Éventail s'inclina.

– Tu désires, Majesté ?

– Ce jour est jour de renaissances, dit Horemheb. Je veux nommer de nouveaux ministres, anoblir certains courtisans, distribuer mes faveurs à ceux qui les méritent. Ainsi qu'il est de mon droit divin, Nakht-Min, je te relève de ta fonction de Porteur d'Éventail de la Main Droite.

L'homme s'efforça bravement de cacher sa déconvenue.

– Comme tu voudras, Majesté, bredouilla-t-il.

Horemheb éclata de rire.

– Mais j'ai une autre mission pour toi, général. Ces quatre ans passés au service d'Osiris Toutankhamon ont-ils effacé de ta mémoire ce que tu es en réalité ?

Le visage de Nakht-Min s'éclaira soudain.

– Certainement pas, Horus.

– Parfait. Dans ce cas, je veux que tu prennes le commandement de l'armée. Trois divisions sont massées dans le Delta. Il est grand temps de marcher sur la Syrie. Telle sera la première décision de mon règne. Je nommerai bientôt le jeune Ramsès Vizir du Sud, mais en attendant, tu en feras ton second. C'est un bon soldat.

D'un petit geste de la main, il interrompit les remerciements joyeux de Nakht-Min et promena son regard au fond de la salle, où se pressaient les émissaires des pays voisins accourus en nombre à Memphis afin de tâter les eaux de la nouvelle administration. Il entrevit le visage noiraud de l'ambassadeur hittite dépêché par Moursilis, le fils de Souppilouliouma, et sourit à part lui. Moursilis recevrait bientôt d'autres nouvelles que celle de l'hommage poli de l'Égypte à son peuple. Il s'adressa de nouveau à Nakht-Min.

– J'ai une dernière tâche à confier au Porteur d'Éventail, dit-il. Tu ordonneras à mes architectes de dessiner un pylône à ma gloire, qui sera érigé à Thèbes. Ils abattront à Karnak le temple de Nefertiti ainsi que celui d'Akhenaton, dont les pierres serviront à la construction du pylône. Tu feras savoir également que quiconque désire utiliser pour son propre compte les matériaux de l'Horizon d'Aton pourra le faire en toute impunité. Je livre à qui la voudra cette cité maudite.

Il fit un signe aux hérauts, qui dressèrent aussitôt leurs bannières et proclamèrent à hauts cris les titres du nouveau Pharaon. L'assemblée se prosterna sur le sol.

D'un cœur tranquille et satisfait, Horemheb contempla longuement la foule ployée en signe d'adoration devant lui. *J'effacerai de leur mémoire et de la face du monde les souvenirs putrides de notre histoire,* se jura-t-il, *et les Dieux me pardonneront.* Lorsqu'ils repartiraient, le lendemain, pour Malkatta, l'aube d'un jour frais et pur se lèverait sur l'Égypte. Tii reposerait dans le tombeau d'Amenophis III, son véritable époux, et le corps d'Akhenaton se dissoudrait à jamais dans les flammes d'un brasier semblable à celui du Dieu qu'il adorait... Il sentit les doigts de Moutnodjme effleurer sa main. Tous attendaient, debout, patiemment, qu'il prît enfin la parole. Il était temps de commencer. La Double Couronne pesait sur son front. Il s'éclaircit la gorge.

– Maya, avance! ordonna-t-il. Je désire, pour les servants d'Amon...

Cet ouvrage a été réalisé par la
SOCIÉTÉ NOUVELLE FIRMIN-DIDOT
Mesnil-sur-l'Estrée
pour le compte des Éditions Stock
23, rue du Sommerard, 75005 Paris
en décembre 1993

Imprimé en France
Dépôt légal : décembre 1993
N° d'édition : 1982 - N° d'impression : 24402
ISBN : 2-234-02576-1
54-05-4217-03/3